云潋

◎ 华九灯 / 著

长江出版社

图书在版编目（CIP）数据

云潋 / 华九灯著. -- 武汉：长江出版社，2024.
9. -- ISBN 978-7-5492-9690-3

I. I247.5

中国国家版本馆CIP数据核字第2024VH5567号

云潋 / 华九灯 著
YUN LIAN

出　　版	长江出版社
	（武汉市解放大道1863号 邮政编码：430010）
市场发行	长江出版社发行部
网　　址	http://www.cjpress.cn
责任编辑	李诗琦
封面设计	Ash　张　强
印　　刷	北京盛通印刷股份有限公司
版　　次	2024年9月第1版
印　　次	2024年9月第1次印刷
开　　本	880mm×1230mm　1/32
印　　张	11.75
字　　数	355千字
书　　号	ISBN 978-7-5492-9690-3
定　　价	42.00元

版权所有，侵权必究。如有质量问题，请与本社联系退换。
电话：027-82926557（总编室）027-82926806（市场营销部）

目 录

第一章	001
第二章	007
第三章	013
第四章	019
第五章	023
第六章	027
第七章	033
第八章	039
第九章	045
第十章	051
第十一章	057
第十二章	063
第十三章	069
第十四章	075
第十五章	081
第十六章	087
第十七章	091
第十八章	095
第十九章	099
第二十章	105
第二十一章	111
第二十二章	117
第二十三章	123
第二十四章	129
第二十五章	135
第二十六章	139
第二十七章	145
第二十八章	149
第二十九章	153
第三十章	157

目 录

第三十一章	161
第三十二章	165
第三十三章	169
第三十四章	173
第三十五章	177
第三十六章	181
第三十七章	187
第三十八章	193
第三十九章	199
第四十章	205
第四十一章	211
第四十二章	217
第四十三章	223
第四十四章	229
第四十五章	235
第四十六章	241
第四十七章	247
第四十八章	253
第四十九章	259
第五十章	265
第五十一章	271
第五十二章	277
第五十三章	283
第五十四章	289
第五十五章	295
第五十六章	301
第五十七章	307
第五十八章	323
第五十九章	339
第六十章	345
番外一	353
番外二	357

第一章

月光如薄纱,罩于渐浓的夜色。

红衣少女坐在妆台前,绿钗轻柔地取下她发间的发簪,乌发瀑布般垂落在腰间。

烛光下看美人,越看越美。沈清漱每日必做的事情,就是对镜欣赏自己的美貌。书中描绘这张脸美得前无古人后无来者,没想到这张漂亮的脸最终会成为她的脸。

是的,她现在在《缘君如雪》一书中。沈清漱没看过这本小说,是她舍友看的。

当时,舍友对她挤了挤眼睛,问:"你要不要全文背诵一下,以防万一?"

沈清漱犹记得那时,她对舍友翻了个大大的白眼,没想到竟一语成谶。她现在只希望时间倒流,若能回到过去,她一定把那本书背下来!

得益于舍友的念叨,沈清漱对这本书的剧情走向还是了解得很清楚,也知道自己这个角色的结局——被烈火焚烧而死。

虽然结局很惨,但事已至此,还能怎么办?只能想办法逃开原定的死亡结局了。

沈清潋眉头轻轻一蹙,便多了几分江南的婉约清愁。

绿钗将沈清潋头上的发饰一点点卸除,心里叹了口气,沈姑娘长得这么好看,王爷为什么会不喜欢呢?可怜了沈姑娘,每天打扮得这么好看,王爷却没来过一次,以至于沈姑娘常常对镜自泣,独守到天黑,沈姑娘每日都会哭几次,想来是心中悲苦……

如果沈清潋知道她在想什么,一定会"呸"一声,原角色单纯天真,会被大渣男哄骗,她可不会!若不是因为走剧情、扮演原定人设可以获得积分,她才不会哭呢!天知道她每天挤出那么多眼泪有多难!

沈清潋掏出手帕,拭了拭眼角滚落的泪,努力想着悲伤的事情,力求让泪珠变得更大更多。

她的努力终于被大脑内的系统所承认,系统的机械声没有感情地播报道:"哭泣一次,积分加1。今日哭泣次数为5次,每日哭泣积分获取上限为5分。"

沉迷于自己美貌的沈清潋,没有发现角落里红簪的异样。

红簪的嘴角紧紧抿着,偷偷抬头看了一眼沈清潋。沈清潋正在擦拭眼泪,单薄的背微微颤动,可怜得像一只残缺跌落的蝴蝶。她的眼里爬上一抹犹豫,但那抹犹豫瞬间就被野心吞噬。沈姑娘虽然对她们这些下人很好,但人不为己,天诛地灭,侧妃承诺只要她按吩咐行事,就提拔她做王爷的侍妾!

王爷金尊玉贵的身影出现在红簪的脑海,她的颊边飘上两抹薄红,一咬牙将香饼扔入炉中。

三角香炉,飘出袅袅青烟,与竹叶清香混成一种特别的香味,在室内逐渐晕开,朝沈清潋的方向侵袭而去。

沈清潋鼻翼翕动,香味入鼻,一瞬间,她就将这香料的用料分析得明明白白,这分明是迷香!

此刻反应过来已然晚了,那香一入鼻,她的身子就软了。

这迷香甚是厉害,沈清潋晃了晃头,仿佛在原地转了两百圈,眼前的一切都化为残影。她的手抵着额角,手背与冰冷的镜面相触,镜面的凉意令沈清潋的意识清醒了几分。

一道人影朝她砸来，是中了迷香昏倒的绿钗。

扑通一声，梳妆镜一晃，沈清漵捂着微红的额头，眼底弥漫上一层雾气，她眯着眼朝角落里紧捂着鼻子的红簪看去："你……"

喉咙仿佛堵了一块碎冰，吐出来的字软绵又含糊。

红簪紧张地站在角落，眼看沈清漵和绿钗瘫倒，她的心怦怦直跳，只要过了今天，她就会成为王爷的女人！

对上沈清漵氤氲着水光的冰冷眼神，红簪的瞳孔骤然一缩，抿了抿嘴，蹲下身用布将香炉一裹，从沈清漵身边经过，打开紧闭的窗往外一扔。

沈清漵沉下眼，她就知道这个红簪有问题！刚来这里时，她就把院里的人挨个儿试探了一遍，说要把他们调离院子。只有面对红簪时，她无法说出把对方调离院子这句话，那时她就知道，这个红簪肯定有剧情！

沈清漵咬了咬舌尖，疼痛令她清醒了些，她的手痉挛着往腰间伸去，却怎么也无法够到荷包。她的眼一沉，是剧情在束缚她……

红簪咬了咬牙，做到这个地步，她已经无法回头了。

待屋内迷香散得差不多了，她才松开紧捂鼻子的手，朝外面大喊道："小姐你怎么了！"

伴随着喊声，房间大门蓦然被人推开。

"叮——新剧情已触发，宿主可查看。获取该段剧情自由需要1000积分，宿主当前积分1336，是否兑换？"

"小贱人！"闯进来一个艳丽女子，一身红衣热烈得仿佛夏天的一团火。

眼见一团红色气势汹汹地朝自己快步走来，沈清漵将意识沉入脑海深处，脑海深处浮动着一本书，书皮上写着几个烫金大字，赫然就是：缘君如雪。

每次触发新剧情，沈清漵都能在这本书里看到最新剧情。意识翻动书籍，只一瞬，她就看完了最新剧情。

这是一段极为恶心的剧情，原角色在这段剧情里失了身，阮琼芳——顾荣安的侧妃，与原角色一样，是个恶毒的女配角，只是原角色是中途变坏的，而阮琼芳是从头到尾的坏人。阮琼芳以为顾荣安喜欢她,于是设计迷晕她,让一个乞丐玷污了她。原角色没有主角光环,就这样失了身,却不敢说出去。入宫前夜,原角色怕自己失身的事情被燕帝发现,连累顾荣安,于是将所有事情都告知了顾荣安。顾荣安心底的那几分绮念,在听说原角色失身后散了个干净,他表面怜惜安慰,心底却觉得脏。

以沈清潋对阮琼芳的了解,阮琼芳出现在这里,不难猜出肯定要出事。而要摆脱这个剧情只有两个办法:一是通过系统,用积分兑换;二是说服系统,令系统觉得另外的剧情发展更加合理。只是第二种特别难,至今为止,沈清潋只成功了一次。

冰冷的暗芒在眸子里闪烁,她忍着心底翻滚的情绪,在心里对系统道:"兑换当前剧情自由。"

"扣除1000积分,成功兑换当前剧情自由,剩余积分336。"

系统话音刚落,沈清潋总算够到了腰间的荷包,这是她以防万一专门给自己配的提神醒脑的药。她将荷包压在鼻子上,一股药味充盈在鼻尖。

"还挣扎什么?徒然罢了!"阮琼芳哼笑一声,声音里带着胜利者的张扬和快意。

沈清潋也哼笑一声,只是因为中了迷药,哼声有点软。她轻咳一声,道:"侧妃错了,输的是您。"

阮琼芳心底愤怒涌动,冷言道:"你在说什么疯话?输的明明是你!"她眯起眼睛看向身后的婢女们,眸子里凝聚着一丝怨毒,"还不把她抬上床?"

婢女们连忙朝沈清潋走来。

阮琼芳一双眼睛死死盯住有气无力的沈清潋,说:"你放心,我已经给你准备了一个好男人,一个跟你非常般配的乞丐!"

沈清潋趴在妆台上,眼见婢女们过来,一点也不慌,反而淡定地笑了笑。

阮琼芳看着这抹淡定的笑,莫名的不安涌上心头,怒道:"你笑什么?如今你为鱼肉,任我宰割!你笑什么?"

"侧妃以为民女一点也没发现吗?民女早就通知了王爷,王爷就快来了。"

沈清潋扬起唇角,"民女的计划成功了,王爷就要看到您的真面目了,民女为什么不笑?"

此刻婢女们已经架起了沈清潋,沈清潋努力压住心底的忐忑,无比自信坚定地盯住阮琼芳的眼睛:"王爷就快到了,侧妃还是快想想该怎么解释吧。"

沈清潋淡定自信的神情,令阮琼芳信了几分她的话,阮琼芳摇了摇头道:"不可能,你怎么会察觉?"她的视线蓦然落到婢女身上,思绪混乱了,怒道,"这里面有你的人?"

听到这句话,沈清潋知道阮琼芳慌了,就算还没完全信,至少她的思绪已经乱了。

婢女们惊慌地跪倒在地,沈清潋没了支撑,摔在地上,眨了眨眼,收回眼里分泌出的泪水——原角色的身体就这点不好,不耐痛,泪腺发达,磕了碰了就会流泪。

她一手撑着地,半坐起身,看起来狼狈,气势却一点也不弱。在阮琼芳阴毒的视线中,她抬起头笑了笑,仿佛一切尽在掌握:"如果民女说,她们里面没有民女的人,侧妃会相信吗?"

阮琼芳恨得咬了咬牙,目光一一扫过每个人,被她扫过的婢女皆浑身一抖。她的视线落回沈清潋身上,问道:"是谁!"

"民女的计谋已然成功,此时告诉侧妃也无妨。"沈清潋坐在地上,偏头看向红簪,跪着的红簪心底闪过一丝不祥的预感。

"自然不可能是侧妃身边的婢女。"沈清潋极为欣慰地看着红簪,"多亏民女的婢女红簪……"

红簪的脸唰地变成没有血色的苍白,张嘴欲辩,阮琼芳已一脚朝她心口踹了过去:"好你个奴才!"

沈清潋看着趴在地上,痛苦地捂着胸口,哭着喊冤的红簪,心里没有一点同情。她是个小心眼的人,谁若有心害她,能当场报仇她必定会当场报仇。

她装作担忧地看着红簪,说:"红簪,你放心,等王爷来了,我一定会为你报仇的!"

红簪哭声一顿,看向沈清漱,对上沈清漱一双漠然的眸子,全身瘫软在地。

阮琼芳冷冷地看着沈清漱:"你一定是在拖延时间吧?想欺骗我?"

沈清漱勾了勾唇角,气定神闲道:"侧妃不信可以在这里等着,看王爷会不会来。"

第二章

阮琼芳心头怀疑渐息,眼看沈清潋如此笃定,她眯了眯眼,手摸向挂在腰间的匕首,眼里闪过凶光。只要沈清潋死了,就没人跟她争王爷了。

沈清潋蜷了蜷手指,暗暗吸了口气,越是这种时刻,越要镇定。

在阮琼芳怨毒的目光下,沈清潋定了定神,抬起眼,直视着阮琼芳道:"王爷此时最喜欢的是民女。"

只这一句话就让阮琼芳气疯了,她妒忌得发红的眼神落在沈清潋身上:"你找死!"

沈清潋笑了一声:"侧妃若杀了民女,民女可就是王爷心里永远也忘不了的人了,毕竟……"两人四目相对,她的话仿佛恶魔低语,"活人永远比不过死人,不是吗?"

"你!"阮琼芳的声音像是从牙缝中挤出来的,"你这张嘴同你的脸一样令人恶心!"

沈清潋笑了笑,把她的嘴和脸放在一起,似乎是在夸她?她叹了口气,语调温软道:"侧妃若杀了民女,王爷必然会对侧妃心生嫌隙……"

阮琼芳眯起眼睛,沈清漱说得没错,王爷已经知道她来了这里,如果在这时候杀了沈清漱,王爷必定会对她心生嫌隙。

她眸子一转,气咻咻地扫了一眼沈清漱的脸:"我不杀你,但你这张脸,我一定要划花它!"她抽出腰间的匕首,"没了这张脸,我看你怎么勾搭王爷!"

锋利的匕首泛着冷光,沈清漱鸦睫颤抖。剧情不会让阮琼芳毁了她的脸,毕竟没有一张漂亮的脸,她如何入宫?又如何被暴君看中,成为宠妃?

沈清漱的从容刺激了阮琼芳,她手握匕首渐渐逼近,嘴里还不忘恐吓沈清漱:"等你没了这张脸,王爷就不会对你另眼相待,日子久了便也厌弃了,到时候你是死是活,还不是任由本宫拿捏?"

她说得确实没错,原角色能被顾容安看中,就是因为这张脸,沈清漱垂下眼,手悄悄摸向腰带处。阮琼芳以为沈清漱吓傻了,握着匕首,脸上全是兴奋,渐渐逼近。

"王爷救我!"沈清漱倏然看向门口,一双美目闪着惊喜的情绪。

阮琼芳瞳孔一震,差点没握住匕首,忙转头看去,门口空荡荡的,哪里有王爷的身影?她的眼里闪过被戏耍的怒意:"你找……咳咳咳……"药粉扑了阮琼芳一脸,呛进她的喉咙。

"这什么东西?"阮琼芳抹了把脸,怒不可遏道,"你找死!"

沈清漱动了动唇,似乎是想要说些什么,眼角余光却看到一个身影出现在门口,她眸子里的嚣张迅速压下,浮现出惊喜中带点恐惧的情绪,声音轻颤道:"王爷!救我!"

"你还想骗我?"阮琼芳咬着牙挤出笑,"今日就是你的死期!"

白光划过,千钧一发时,一只手掐住了阮琼芳的手,往外一扭。

"啊!"阮琼芳惨叫一声,匕首掉在地上。

刚才刀尖几乎要贴上她的脸,沈清漱脊背冒了一层冷汗,好险,差点就破相了。

果然剧情不会让阮琼芳毁她的脸,要她的命。它虽是一把悬于头上的刀,

但未到她魂归故里时，它就会化为她的保护伞。即使剧情罢工不救她……沈清漾看向阮琼芳的脸，白黄色的药粉闪着细碎的光，她勾了勾唇角，她的腰间可是备了好些药，有迷药，也有令人瞬间毙命的毒药，就算剧情不救她，她也不会死。

阮琼芳全身无力地倒在地上，那药粉……她怒气冲冲地抬起眼，却在瞧见来人的脸时，脸上的血色顿时消失殆尽。"王……王爷……"她拉住顾荣安的衣袖，扯出一抹僵硬的笑容，"今日真巧，臣妾和王爷竟想到一处，都来了这个地方。"

来人正是书里的男主角顾荣安，他貌若好女，眉目间却英气勃发，又因气质沉稳，绝不会有人把他认作女人。绮丽的容貌配上一双寒眸，徒添几分神秘，且行事有君子之风，难怪在书中会吸引那么多人。

只是那君子之风，是他装的，不过是个阴险虚伪的小人罢了。沈清漾暗地里撇了撇嘴。

顾荣安的视线在阮琼芳身上掠过，偏头看向沈清漾，他转过身半蹲下，温柔地看着沈清漾，淡声道："可有事？"

沈清漾长长的睫毛微微颤动，可怜得如同受了暴风雨的娇嫩花朵，然而与她表现出来的可怜不同，她的眼里不但没有惊颤怯意，反而展露出几分嫌弃。她浑身无力，半瘫在地上，这不是很明显有事吗？

她缓缓抬眼，在对上顾荣安的眸子时，眼底弥漫上一层雾气，双眼一眨，眼泪唰地一下涌了出来："请王爷为民女做主！"

沈清漾的变化之大，令阮琼芳瞠目结舌。

"你在胡说些什么！"阮琼芳张牙舞爪地想要去抓沈清漾，却因身体无力，只是蠕动了一下。

沈清漾装作惧极，害怕地往后缩。美人凄凄惨惨的模样令顾荣安心中一动，他半搂住沈清漾，不悦地按住阮琼芳的肩，冷厉道："阮氏，不要闹了！"

两人亲密的模样，令阮琼芳面色一白，她拉住顾荣安的衣袖，悲戚道："王爷，臣妾只是来看看沈姑娘……臣妾在跟沈姑娘玩游戏呢，是沈姑娘误会了。"

谁家看人是这样看的？谁家玩游戏是这样玩的？你骗谁呢？沈清漾在心里暗暗吐槽。

"阮氏,不要把本王当傻子!"

阮琼芳悲悲戚戚得不说话了,暗地里却狠狠瞪了沈清漱一眼。沈清漱在顾荣安看不到的地方,回了她一个嚣张的笑容。

阮琼芳的声音顿时提高了几分:"王爷,沈姑娘看着柔柔弱弱,实际上……"见顾荣安面色冷沉,阮琼芳心口一梗,手指着沈清漱,不忿道,"王爷,沈姑娘给臣妾下毒!"

"王爷明鉴,那药粉只是普通的防身药物,并没有毒,侧妃睡一觉便好了。"

"你说没毒便没毒了……"

顾荣安一甩袖,打断了阮琼芳,他蹙起眉头,凉薄的唇不悦地抿起:"阮氏,日后不得如此!罚你禁闭三日思过!"

沈清漱沉下眼,有些不高兴。顾荣安看着仿佛是为她出气,实际上是大事化小,小事化了,想这样轻飘飘地把她受的罪揭过。

沈清漱初见顾荣安时,就觉得此人定是个好人,直到她知道他的名字……顾荣安!原文男主角顾荣安,野心勃勃,他的目标只有一个,就是得到江山。为了得到江山,所有东西,所有人,对他来说都是棋子。

若是光明正大地夺取皇位也就罢了,偏偏他的每一步都是女人在给他助力。顾荣安虽不喜阮琼芳,但阮琼芳是助他登基的重要角色。原角色是在顾荣安攻破皇城时死的,而阮琼芳是在顾荣安成为新皇之后死的。原角色就是他的一颗重要棋子,阮琼芳也是。

"沈姑娘,不要怕。"顾荣安脸部的线条柔和了几分,他目光灼灼地看着沈清漱,仿佛在看极为心爱的人,保证道,"日后必不会再发生这种事。"

沈清漱垂着眼,看起来有些可怜,暗地里却翻了个白眼。按照这个角色原来的性格,她肯定会就此住手,吃了这个哑巴亏,不会给顾荣安添乱,心里说不定还甜滋滋地觉得顾容安喜欢她。

但她不是原角色,也不喜欢顾荣安,而且她从不受气!

"王爷。"沈清漱撑起瘫软的身子,退后一步,行了个大礼,"请为民女做主!"

顾荣安脸上的柔情逐渐收敛,沈清漱一点也不怕,她有底气,直视着顾荣安再次道:"请王爷为民女做主。"

"沈姑娘,王爷已经罚了我,你还想怎么样?"一股睡意涌上来,阮琼芳努力瞪大眼睛道。

沈清潋瞥了阮琼芳一眼,心想这当然不够,不让你喝一壶,今日不是白白被你吓了一场?她可不吃这种亏。

顾荣安心里不悦,却又觉得比起平日里的柔弱,此刻的沈清潋更加令他心动,于是便问:"沈姑娘可是还受了些什么委屈?"

"王爷,她哪有什么委屈?"阮琼芳慌乱出声,"臣妾今日真的只是想来看看沈姑娘,没料到沈姑娘竟与人偷情!"

顾荣安瞟了一眼阮琼芳,不悦地压下唇。今日来到院中,他发现院里的人都被调离,一个可疑的男人在门口探头探脑,他本以为是沈清潋耐不住寂寞,与人偷情。虽说沈清潋并非他的妾室,但他养了她三年,早已把她当成自己的东西。

他养了她那么久,想到她竟被别人染指,一瞬间怒火冲昏他的头脑,当场让侍卫把那鬼祟之人抓来,直到看到那人的脸,顾荣安才打消沈清潋偷情的念头,只因那人长得太普通了……

如果沈清潋知道他在想什么,一定会"呸"一声。什么叫养了她三年?原角色的父亲是为保全顾荣安的势力,替人顶罪而死!若非顾荣安,原角色一家四口,不知道有多安稳幸福,用得着他养吗?

顾荣安柔和地看着沈清潋,想到差点冤枉沈清潋,心里涌上愧疚,他的眼神令沈清潋恶心地打了个颤,顾荣安以为她在害怕,柔声安慰道:"别怕,沈姑娘尽管说,本王一定会为沈姑娘做主。"

沈清潋眼眶里闪动的细泪沾湿了鸦羽般的睫毛,道:"民女的婢女红簪听从侧妃的命令,给民女下了迷药,还说……"她垂下眼,仿佛难以启齿,"还说给民女准备了一个乞丐,要让那乞丐……"她掩住脸,哽咽着发出细碎泣声。

顾荣安心口被重重一击,明明已经猜到,但从沈清潋的嘴里说出来,仍是令他的心猛地下沉,如果他没来救她……一股怒气涌上来,他的眉眼一片冰凉。

"臣妾没有!这都是她在冤枉臣妾,就是为了掩盖她偷情的事实……"

"阮氏！"顾荣安冷眼看着她，"阮氏品德不端，罚跪宗祠十日，抄《女诫》十遍，禁足反省，无令不得出！还不把你们夫人扶走？"

　　角落里缩着的婢女们浑身一抖，忙搀扶起愣愣坐在地上的阮琼芳，阮琼芳瞬间红了眼。

　　此刻殿中只余下四人，沈清漱、顾荣安、昏过去的绿钗，还有红簪。

　　红簪跪在地上瑟瑟发抖。

　　"带下去。"顾荣安冷言道，"杖二十，发卖为奴。"

　　门外进来两个侍卫，拖走大哭大闹喊"饶命"的红簪，即将被拖出门口时，她仿如啼血般求道："沈姑娘，奴婢以后再也不敢了，求您饶了奴婢吧！"

　　沈清漱淡漠地扫了她一眼，侍卫将她拖了出去，屋外传来红簪恶毒的辱骂。

　　"叮——失身剧情已结束，请宿主注意收敛。"

第三章

　　收敛什么,难道她很嚣张吗?沈清漱柔弱地坐在地上,细细地啜泣,哭得格外好看。

　　顾荣安脸部的线条柔和了几分,手伸到沈清漱眼前,沈清漱抬头瞧了一眼他的手,眼睫轻颤,垂下眼,仿佛害羞一般,敛下的眸子里却闪过嫌弃,她实在不想握住渣男的手。

　　顾荣安嘴角勾出一个浅浅的笑,声音带着一种说不出的磁性魅惑:"沈姑娘与平日相比,似乎有些不同。"

　　平日里若是做了违反原角色人设的事情,是要扣积分的,只有兑换剧情后,她才能获得片刻自由。她的性情与原角色相差甚大,原角色善良懦弱爱哭,而她……谁若是惹了她,能被她骂哭,她就是个眼里揉不得沙子,睚眦必报的人。

　　犹记得刚来到这个世界,因行事风格与原角色完全不同,她多次想要反抗剧情,不但一次都没成功,反而还被扣了许多积分。她用三个月欠下了一笔积分巨债,差不多花了三年来偿还,到了近期才好不容易让积分变成正数。

若不是剧情约束,加上这个行为可能会让她偷鸡不成蚀把米,令她再次背上一笔巨债,她现在就想给他一个大耳光!

沈清漱将心中繁杂尽数压下,抬头露出一双微微泛红的眼眸,大颗的眼泪在下巴处滴落:"今日受了些惊吓,故而有些害怕……"

顾荣安的视线在沈清漱脸上一定,养了这么些年,她出落得如此美丽,倒让他有些舍不得了,只可惜性子如一株菟丝花般柔弱,需要依靠他人才能存活。顾荣安极其喜欢沈清漱的脸,却不喜欢她这柔弱的性子。

沈清漱久久没将手放入他的掌心,他略有不悦,眉眼冷了几分,扬起唇角,状似调侃道:"沈姑娘喜欢坐地上?"

比起靠近顾荣安,沈清漱确实更愿意坐在地上,只是这话不能说,剧情限制,她也说不出口。

沈清漱努力憋红了脸,令自己看起来像是害羞了。笼罩在青年的目光下,她仿佛无所适从,红着脸略微偏了偏头,看向不远处昏倒的绿钗,转移话题道:"王爷可否命人看看民女的婢女绿钗。"

"放心。"顾荣安脸色松动,状若无奈地扶起沈清漱。

沈清漱努力站直,尽量离顾荣安远一点:"王爷扶我到那软榻便可。"

少女的脸上挂了绯红,顾荣安笑了一声,心想真是可爱。

如果沈清漱知道他在想什么,一定能把三天前吃的饭都吐出来,她是憋气把脸憋红了!

顾荣安扶着少女往软榻的方向走去,沈清漱努力离顾荣安远一些,等他走了,她要立刻洗个澡,沾了他身上的气味,晦气!书中的女主角也是凄惨,一个潇洒热情的女剑客,喜欢上这么一个虚伪的人。

她记得舍友看这本书看得涕泪横流,一边看一边念叨:"我倒要看看女主角还能有多惨,剧情都这样了还怎么有个美好结局!"

直到看完结尾,舍友良久无语——女主角经历九九八十一虐后,终于和男主角在一起了。男主角成了皇帝,娶了有权有势的贵族之女为后。女主角做了男主角的妃子,没了一身武功,甚至有一只手因为受了重伤,拿筷子都会颤抖,至此被锁在深宫之中。

想到这里，沈清漱心里愈加愤怒，男主角顾荣安从未为女主角做过什么，全是女主角在牺牲，书的结尾，女主角醒悟了，他还要把人锁在深宫里，简直又废又坏，不是个男人！

到了软榻边，她强忍着迫不及待的心情，慢慢地躺了上去。

"放心，以后不会再发生这种事了。"顾荣安笑了笑。

笼罩在顾荣安自以为宠溺的目光中，沈清漱很想搓一搓手臂，看看自己是不是起了鸡皮疙瘩。

昏黄的光打在顾荣安的侧脸上，他目光柔和地看着沈清漱，少女半躺在红木软榻上，脸美得像个妖精，几缕青丝落在胸前，红衣包裹着她玲珑的身体，乌发红唇，美不胜收。

见顾荣安眸色渐深，沈清漱指尖一蜷，看向地上躺着的可怜绿钗，抬头瞟一眼顾荣安再立马收回，说："民女的婢女……"

顾荣安笑了笑，召了两名婢女进来，命她们将绿钗抬了出去。昏暗的屋内只留下顾荣安和沈清漱两人，暧昧的气氛在昏黄的灯光中滋生。

再次笼罩在顾荣安黏腻目光下的沈清漱心中无语，她错了，她不该让绿钗离开，哪怕绿钗昏迷了，但至少也是多了一个活人在屋子里。

其实顾荣安今日来这里的目的，沈清漱大约能猜到，大抵是入宫的剧情就快来了，他来和她培养培养感情，让她日后更加心甘情愿地为他卖命。但沈清漱不想和他多待，只想快快把顾荣安送走，她眼波流转，怯怯地抬眼道："王爷夜深来此，可是有什么事情？"

顾荣安恍然回神，皱了皱眉道："今日有个贵人夜里走失了，最后的出现地点是长安街，你可有见到什么生人？"

沈清漱有些好奇："在长安街走失的，那怎么会出现在安王府？"

"此人会些武艺，故而去了哪里都有可能。"说到此，顾荣安眉心紧蹙。

以顾谈云对他的仇恨程度，若对方头疼发作后理智丧失，说不定还真的会来他的府邸杀他，毕竟这种事也不是没有发生过。顾荣安眸色微沉，世人都知道顾谈云是会伤人的野兽,临近他头疼发作的日子,太子府也不把他锁得严密些,怎能放他出来发疯咬人。

沈清漵摇摇头:"民女未见到什么生人。"

"没有便罢了。"顾荣安顿了顿,继续道,"那个贵人脾气不好,本王担心你,便过来看看。"

沈清漵眼里沁出感动的热泪:"多谢王爷挂念。"

他略微一顿,像是想到什么,叹了口气。

有话就直说,说完赶紧走,院里的空气都要被他污染了。沈清漵在心里翻了个白眼,面上却做出一副关心他的模样,眉头轻蹙,道:"王爷可是有什么烦心事?"

顾荣安的视线锁住她,笑了笑:"本王犹记得初见你时,你还是个小丫头,没想到三年过去,沈姑娘已经到了要谈婚论嫁的年龄了。"

沈清漵垂下眼,似乎也忆起往昔,嘴角向上扯了扯:"多亏王爷救了民女……"说着她眼眶一红,"否则民女都不知道如今究竟身在何处了。"

"也是缘分,没料到你竟是沈添之女。"

沈清漵面色白了白:"民女是罪臣之女。"

顾荣安摇了摇头,怜惜地看着沈清漵:"本王认为,沈大人不可能做出那些事,必是被人栽赃陷害。"他叹了口气,"可惜本王不得父皇喜爱,人微言轻,才让太子殿下陷害了你的父亲。"

沈清漵想对着他的脸直接"呸"三声,原角色的父母才不是遭未来暴君陷害,而是为了保全顾荣安的势力,主动替真正的肇事者背了锅。

原角色一生的悲剧都是因他而起,他救原角色也完全不是因为好心,而是见她的模样玉雪可爱,日后或有用处,才救下她。而原角色因此对他心生爱慕,由此开启了悲剧的一生。

只是那天,她变成了沈清漵,得知一切后,她自然不会对顾荣安产生什么情愫。

她知道,他现在所说的话,都是在为日后做铺垫。皇帝身子日渐衰弱,而

在一众老臣的协助下，太子的位子坐得稳稳当当。顾荣安已经开始策划，待日后暴君登基，要把她送去暴君身边做内应，因此他在试探她有多爱他，有多愿意为他牺牲。

她眨了眨眼，一连串的泪珠涌出："民女都明白，王爷莫要自责……只可怜民女是个女儿身，无法替家父、家母及走丢的胞弟报仇。"

顾荣安瞧见沈清漱脸上的决绝恨意，心中满意，面上却依旧悲愁，叹了口气道："本王如今无法为你父亲洗脱罪名，还自身难保……"

沈清漱眼里泛起一丝担忧："陛下可是为难王爷了？"

顾荣安摇了摇头："不说这些了……"他话语一转，"你可有爱慕之人？"

演了三年戏，沈清漱的演技已到了炉火纯青的地步。听了顾荣安的问话，她的脸上布满苦涩，看着顾荣安的柔情目光，仿佛在说"民女喜欢的就是王爷，只是民女的身份配不上王爷"。

顾荣安心中满意，她一定是他最完美的棋子！

"其实本王甚是喜欢你。"

沈清漱心底哆嗦一下，他说话就说话，别吓她呀。

顾荣安眼里多了一份探究的意味："只是本王如今自身难保，唯恐牵连了你。"

沈清漱舔了舔嘴唇，完美演绎了从震惊到害羞再到担忧的情绪变化："王爷可是遇到什么事了？"

"无事。"顾容安叹了口气。

"王爷不如说说，或许民女能够帮到王爷。"

美丽的少女，眸子里仿佛只有他，为他担忧，甘愿为他付出一切。顾荣安心中一动，只是有些事不能急，必须一步一步来。

他摇了摇头，说："今日见着你，本王的心情好了许多，就不说这些不开心的事了。"

不说就算了，她也懒得陪他演戏。沈清漱适时垂下眼，仿佛在为帮不上他而自责。

顾荣安正欲说些什么，沈清漱打了个哈欠，暗示他该滚了。

不过沈清潋之前的表现让他很满意，于是他宠溺一笑道："是本王的不是，沈姑娘睡吧。"

　　在沈清潋看似不舍，实则迫不及待让他快点滚的目光下，顾荣安关上房门，贴心地留了几个婢女服侍。

　　屋外传来顾荣安叮嘱婢女的声音，沈清潋抬眼看向门上的人影，做戏还挺全的，她一手遮住嘴，打了个哈欠，眼角沁出两滴泪，她是真的困了，他们一个一个的都不消停，偏挑睡觉时间找她麻烦。

　　顾荣安一走，沈清潋就让婢女们去备热水，她得好好洗个澡。

第四章

　　沐浴后，沈清漱有些睡不着，便提着灯笼离开了院子。

　　与旁人不同，别人喜欢灿烂的阳光、温柔的风，或者是婉约的细雨，沈清漱则喜欢狂风暴雨，喜欢黑暗阴郁的环境，她觉得这很解压。

　　她提着灯笼，四处乱走，昏黄的灯光左右晃动，映着她漆黑的影子，远看仿佛索命而来的幽魂使者。

　　安王府今日巡逻的侍卫多了许多，沈清漱心中略一思索，想起顾荣安先前所说的话——一个在长安街走丢的贵人，也不知道这贵人是怎样的身份，惹得安王府这样严阵以待，估计年纪不大，否则不会"走丢"。

　　巡逻的侍卫见树影重重中，一道人影缓缓而来，吓出一身冷汗，待走近时，才发现是府里的沈姑娘。

　　沈清漱淡定地向他们说了句抱歉。走了许久，她走到了灵水湖，这是沈清漱最喜欢的地方。

　　湖面倒映着天上的月亮，清冷的月光洒下点点银光，湖面上笼罩着一层雾气，雾气很淡，宛如蝉翼轻纱。

沈清潋坐在湖边看水里游动的鱼，只觉得心里的不快全部消散。湖面波光粼粼，她弯下身子，想去捧一点冷冽的湖水。

"姑娘！"一道温柔的声音急促喊道。

一股巨力猛地将沈清潋往后扯，她蓦然跌进一个温暖的怀抱，浓郁的药香蔓延至她鼻尖，她的鼻翼轻轻翕动，还未反应过来，只听得身后那人轻声劝道："姑娘莫要做傻事。"

她抿了抿嘴，心里有点恼怒，谁要做傻事了？

沈清潋的小腿擦到了一块石头，她眨眨眼，眼里两行清泪缓缓流下。原角色的身体就这点不好，不耐痛，泪腺发达，磕了碰了就会流泪。

此刻她靠在青年的怀中，青年的手紧紧抓着她的手臂。沈清潋偏过头，恼怒道："你这个登徒子！还不放开我？"

"宿主违反人设，积分减20。"系统的声音在她脑中响起。

青年一僵，急忙松开手，仿佛遇到了洪水猛兽般迅速后退几步。

沈清潋直接跌坐在地上，绵绵不绝的眼泪顺着下巴滴下，可惜今日的哭泣次数已经满了，不能再获得积分。她咬了咬牙，抬起头瞪去，对上青年抱歉的目光。他站在那儿颇有些不知所措，不知道到底是过来扶她，还是离她远些。

顾谈云看到沈清潋的面容，眉心微微动了动，少女肌肤白皙，眉眼精致，双眸中的泪水楚楚可怜，但眼中的嗔怒让其面容在柔和的清丽中多了几分攻击性。不知为何，顾谈云一见沈清潋，便觉得熟悉。

顾谈云微抿一下淡色的唇，移开视线，看向前方闪着粼粼波光的湖面，复而垂眸看向沈清潋，温和疏离的眉目间染上几分疑惑，他轻声问道："我们是不是见过？"

沈清潋看清青年的样貌，收敛了怒容，只见青年眉如远山，眼神温和，鼻梁挺直，唇薄却不显得薄情，气质如月光般温柔，却又带了点疏离冷意。她的视线往下移动，看见他天青色的衣摆下是一双修长笔直的腿。

青年的模样极为符合她的喜好，莫非是上天觉得她太可怜，所以给她送小

郎君来了？

沈清潋抬起眼看他，这人模样生得确实好，只是他把她的腿弄得这么疼，不捉弄捉弄他，她心里不痛快。

沈清潋坐在地上，仰头看着青年，顾谈云半敛着眸子担忧地看着少女。他们四周都是浓郁的绿，清澈的水，浓稠的夜，他们都穿着天青色的衣裳，完美地融合在背景色中，却又觉得这些背景都是在为他们做陪衬。

顾谈云的视线落在沈清潋的小腿上，斟酌片刻，温声问道："你的腿可是受伤了？"

听了青年的话，沈清潋悄悄勾了勾唇，心想就是被你拉扯得受伤了。她掀起眼皮，望向英英玉立的青年，心里的气恼散去了些，青年神情关切，不似作假，他之前说"莫要做傻事"，似乎是误会她要寻死，心地还怪好的。

沈清潋半垂下眼，长长的睫毛似蝶羽一样在轻轻颤动，凄凄惨惨地颔首道："剐伤了。"

说完她抬起眼，泪眼蒙眬地看着顾谈云。

顾谈云半蹲下身，轻声道："可还能走？"

伤处在小腿侧边，没有伤到骨头，当然是不妨碍走路的。她扫了一眼青年的衣饰，能出现在安王府，且身上所穿所佩无不精致华美，定然不是什么普通人物。京城里有身份的人很多，但是他们的姓氏各不相同，他究竟是什么身份，问了名字便知。

沈清潋歪了歪头，问道："郎君叫什么名字？"

顾谈云皱了皱眉——哪怕皱起眉，他的眉眼也是清润的，过了片刻，他笑了笑道："我失忆了，不记得自己的名字。"

风仿佛也沉默了一瞬，晃荡的枝叶安静下来。

沈清潋愣住，片刻后扑哧一笑："你在逗我开心吗？"

顾谈云略微偏开眼睛，心头涌出一股强烈的愧疚感，他盯着远处漆黑一片的夜，轻声道："我真的失忆了。"

顾谈云不想骗她，但他若是说出实情，说不定会把她吓到。他其实不属于这个世界,并且很确定这副身体也不是他的,因为这个身体的肤色太苍白了,像是有病。

顾谈云小心地瞥了一眼沈清漱,他不想被眼前的少女视为异类。他其实是个孤儿,在现代没有什么牵挂,唯一的牵挂就是他新研究出的那一批作物还未得到最新数据,只是这一点儿牵挂,不值得与眼前的少女一提。

东西还可以再种,但是人错过了就再也遇不到了。以前朋友总说他像个不近女色的和尚,他那时觉得做个和尚也没什么不好,他只想种地,不需要美色。现在想来,原来他不是不喜美色,只是没有碰到她。

被沈清漱一直看着,他觉得脸有些发热,略垂下眼,却又不舍得不看她。他想要追求她。

沈清漱的视线落在青年红得似血的耳上,温润疏离的青年露出这样的神色,真是有些可爱。既然他说失忆了,那就让她试探试探。

她眉头轻轻一蹙,便多了几分江南的婉约清愁,问:"哥哥,你连妹妹都不认识了?"

顾谈云温润的面容一愣,喉头一哽:"妹妹?"

第五章

昏黄的光下，青年的情绪清晰可见。

沈清漱抿了抿唇，想要捉弄他的想法更加强烈，她点了点头，指着自己道："我确实是你的妹妹，之前我看你神色不对劲，以为你在演戏，就顺着你演……你怎么真的失忆了？"她做出一副关切的模样，急促道，"莫非是遇到了什么事？可有受伤？身上有没有哪里不舒服？"

"除了失忆，我没什么事。"顾谈云顿了顿，眉头蹙起，"我真的是你的哥哥？"

沈清漱憋住笑，担忧地看着顾谈云，煞有介事地点了点头。

顾谈云沉默了一瞬，温玉般的眸子紧紧盯着沈清漱，却没在沈清漱脸上找到一丝破绽。他抿了一下淡色的唇，指了指自己："那我叫什么？"

"你叫沈听白，我叫沈听雨。"沈清漱扯住他的衣摆，眼里氤氲出一些泪意，"哥哥以后可不要忘了。"

顾谈云的眉眼暗淡了一瞬，却又立刻坚定下来，既然她是他的妹妹，那他更要好好地护她一世。他将心中的悸动强压下去，想到刚才的一幕，眸含担忧道：

"你刚刚可是遇到了什么事？为何……"

"没遇到什么事，就是你这个傻哥哥不见了，我就一直找，走累了在湖边歇一会儿。"沈清潋瞟他一眼，嗔怪道，"没想到就被你一拖一拉的，把我的腿给拖伤了。"

顾谈云眼里闪过悔意，他伸出手，往她腿的方向而去，伸到一半，忽然想起男女授受不亲，哪怕他是她哥哥，也不能随意冒犯，于是只是问道："可有伤到骨头？"

沈清潋摇了摇头，这次没有骗他，老实道："没有伤到骨头。"

顾谈云不会医术，试探道："要不我背你去看大夫？"

沈清潋见他如此热心，又有几丝呆愣，眼里浮起笑意，轻轻点头。

顾谈云背对着沈清潋蹲下身，沈清潋一手勾住他的脖子，另一只手提着灯笼，照亮前方的小路。

青年避开少女的伤处，稳稳背着少女往前走。

温热的呼吸喷在顾谈云的耳后，他呼吸一窒，只觉得少女贴着他的位置，好像着了一片火。

青年的背给人的感觉很可靠，沈清潋趴在顾谈云的背上，恍惚像是回到了小时候，那时她发了烧，她爸就是如此背着她，带着她去找大夫。

少女身上清甜的馨香涌入鼻中，他的心再次不受控制地跳动起来，却听耳边少女轻声道："你真像我爹。"

顾谈云心里的火花啪的一下就灭了。

途中遇见了几次巡逻的侍卫，都被顾谈云躲开了。沈清潋趴在顾谈云的背上，心想这个便宜哥哥好像真有几分本领。

两人走着走着，走到了一个岔路口。"往哪儿走？"顾谈云温声道。

沈清潋也不知道该往哪里走，她随便用灯笼指了一个方向："往这边。"

顾谈云点了点头，没有丝毫怀疑，往她所指的方向走去，走着走着，走到了一堵高墙前。墙差不多有三米高，沈清潋看了一眼高高的墙，心里有些尴尬，心想怎么这墙一点面子也不给她？

不过这墙来得恰到好处,她不想陪他继续玩了,也该结束了。

"哥哥,只要跳过这个墙,我们就到外面了。"沈清漱煞有介事道,"外面不远处就有大夫。"

顾谈云不解地蹙眉:"为何不走大门?"

"因为我们都是被抓到这里的,要悄悄走。"沈清漱瞎编道,"这府里的安王看中了我的美貌,于是将我掳至府中,又将哥哥也掳至府中,威胁我从了他。"她仿佛心有戚戚道,"哥哥你失忆,或许就是他造成的。"

顾谈云眉头蹙起,漆黑浓密的睫毛下,温和的眼变得十分锐利。

"哥哥,我们还是回去吧,这墙那么高,我们跳不过去的。"

顾谈云抬眼看向高墙,声音温和而坚定:"妹妹放心,我定会带妹妹逃出去!"

顾谈云脑子里闪过一个场景,似乎是这具身体原来的记忆,他照记忆提气,一股暖流自丹田而起,他觉得自己可以跳过这堵高墙。

沈清漱没想到他真的跳了,还真的跳了上去,于是紧紧抱住顾谈云。

由于沈清漱双手紧锁,顾谈云的喉咙被她猛地掐住,他身形一晃,差点在半空中摔了下去,好不容易才站稳落地。

灯笼自半空坠落,在地上滚了滚,熄灭了。

沈清漱连忙松开手,忘记了装可怜,急切问道:"你没事吧?"

"放心,无事。"顾谈云站在路口,问道,"现在往哪里走。"

沈清漱没想到他这一跳还真的跳到外面来了,这条路她恰好认得,她经常去药店买药材,那个药店是一对老夫妻开的,夫妻俩皆会医术,她常去与他们讨论医术,但是……

她只是开玩笑,想让他知难而退,谁知道他真的能跳出来,若是让他知道自己在捉弄他,他应该不会报复她吧?

此刻她受了伤,占据着不利地位,人也已经出了安王府,再怎么喊救命估计也没人来救她。

一个谎言一旦开始,就要用无数的谎言去补救。

沈清漱揪了揪他肩上的衣裳,顾谈云略微偏头,漆黑的夜色中他的眼睛仿佛是唯一的暖意，能够驱走一切可怕的事物。

沈清漱心虚道："要不我们还是回去吧，外面很危险。"

顾谈云皱了皱眉："你是担心我护不住你？"

沈清漱看着他的眼睛，青年的眼眸温和真挚，他跟她不是同一种人，或许他会原谅她的欺骗？

沈清漱试探道："其实我之前都是骗你的，我不是你妹妹，我就是那府里的。"见青年的眉眼依旧温和，沈清漱放下心来，胡乱道，"我其实是安王的第十八房小妾，你还是把我送回去吧。"

顾谈云听了前面半句心中一喜，听了后面的话，心情又沉了下去，他的声音添了几分冷意："此刻不是执拗的时候，我知道你害怕，你相信我，我会带你逃离安王府的。"

执拗的到底是谁……

顾谈云面色沉静道："我先带你去看大夫。"

沈清漱挣扎道："其实我自己就是大夫，你把我送回去，我房里有药……"

顾谈云打断她的话，温声道："莫要讳疾忌医。"

沈清漱叹了口气，指向右边的岔路："往这边走，已到宵禁时分，若是遇到官兵莫要疾走。"

顾谈云点了点头。

幸运的是，他们没有遇到官兵，顺利到达了药店前，顾谈云敲了敲大门，门里没有动静。他执着地敲着门，门猛地打开，露出老人不悦的脸，大半夜的谁被吵醒都会有些情绪。

顾谈云露出清润的笑容："老人家。"

老人的视线在顾谈云的衣服上一扫，见他衣着华丽，不似普通人，便将不耐烦的神情收起。

顾谈云抱歉地笑了笑："深夜打扰，烦请见谅，实是家妹受了伤。"

第六章

沈清漱在顾谈云肩上无奈喊道:"李爷爷。"

老人听到熟悉的声音,朝顾谈云背着的人看去:"沈姑娘?"

"是我。"

"快进来。"李爷爷的神情忽然热切,担忧道,"快进来快进来,哪里受伤了?"

"小腿受了点皮肉伤。"沈清漱不太好意思地笑了笑。

老人推开药店的后门,朝院子里走去,一边走一边喊:"老婆子,沈姑娘腿受伤了,快来帮忙看看。"

屋里灯亮起来,李婆婆"哎"了一声。

老人将顾谈云和沈清漱领到屋里,顾谈云将沈清漱放在木椅上,过了一会儿,一个满脸皱纹的慈祥老婆婆走了出来。

"沈姑娘。"李婆婆的视线在沈清漱身上一扫,落在沈清漱的腿上,再看向一旁的顾谈云。

"我是他的哥哥。"顾谈云想了想道,"沈听白。"

老婆婆眼里露出疑惑，却也没有多问，开始专心给沈清漱看伤，又问了几个问题后松了口气道："没有伤到骨头，没什么大碍，涂些药便好。"

顾谈云眼中浮起笑，轻声道谢。

"沈姑娘不用怕，老婆子给你配些药。"老婆婆眼睛一转，看向顾谈云，"虽是兄妹，也要避些嫌，你先出去。"

顾谈云依言走了出去，顺手关上了门。两位老人家瞧着慈眉善目，且看起来与沈清漱极其熟悉，他们看向沈清漱的目光都很关切，这种关切是装不出来的，他们不会对沈清漱做什么不好的事情。

顾谈云站在门口等着。

当伤口裸露时，沈清漱也吓了一跳，原以为只是受了点小伤，然而她的皮肤娇嫩，哪怕隔着衣服，也擦出了一片瘀青，瘀青间有一道指甲长的划伤，渗出一丝已经干了的血痕。

李婆婆倒了些药酒在手上，盖住她腿上的瘀青揉了起来。沈清漱倒吸一口冷气，疼得眼泪汪汪，她强忍着不让自己露出丑陋的表情，咬牙硬挺着。

李婆婆的眼里荡漾着慈和的笑意，将瘀血揉开后，沈清漱已是泪流满面，她擦了擦眼泪，却见李婆婆将药酒收好，又掏出一个小玉瓶，说："再涂些这个，好得快。"

沈清漱柔声道："麻烦婆婆了。"

"说来惭愧，我们这些快要入土的老家伙，医术还比不得沈姑娘。"李婆婆双指蘸了一坨白色的药膏，盖在渗着血丝的伤口上，"还要谢谢沈姑娘平日里对我们这些老家伙的照顾，教了我们那么多，现在难得能帮沈姑娘做些什么。"

沈清漱摇了摇头："婆婆太过自谦了。"

李婆婆将药瓶收起，净手后擦干水，瞄了一眼门的方向，压低声音问："那青年真是沈姑娘的哥哥？"

沈清漱偏着头想了想，嘴角微微翘起："婆婆觉得不像吗？"

"不太像。"李婆婆摇了摇头，思索了一下又点了点头，"还是有些像，都生得俊俏。"

沈清漱笑了笑："是个白捡来的哥哥。"

李老头进屋披了一件衣服，见青年矗立在门口，仿佛成了一块石头，他不放心，他们认识沈姑娘两年多，还从未听说沈姑娘有个哥哥，莫不是被人诓骗了吧？于是他踱着步，走到顾谈云身旁，问："你叫沈听白？"

顾谈云侧过身，抿了一下淡色的唇，点了点头。

"你……"李老头还欲再问，却听吱呀一声，门开了。

顾谈云立刻看过去，李婆婆看见他隐藏不住的担忧神情，笑了一声，眼角的皱纹舒展开来："放心吧，沈姑娘没什么事。"

顾谈云轻轻"嗯"了一声，真诚地再次道谢。

此刻已是月上中天，星光月辉洒了一地。李婆婆想着这么晚了，外面不安全，若是遇着官兵，指不定就被抓了，那可就得关进牢里蹲一夜，于是她让顾谈云和沈清漱在这儿留宿一夜。

这个时间，外面有官兵巡逻，客栈也都关门了，除了麻烦两位老人，他们也没有别的办法，于是顾谈云轻声道了句谢。

后院有几间空房，但很久没有打扫，落了许多灰尘。眼见李婆婆忙里忙外，沈清漱心里愈加后悔，先前不该捉弄"沈听白"，以至于搞出这么多事。

顾谈云也不好意思再麻烦两位老人家，对两位老人温和道："这屋子便交由我来收拾吧。"

"你？"李婆婆扫了他一眼，这个青年衣饰华贵，气质脱俗，绝不是什么普通人物，而且大燕一向是男主外，女主内，男人一向视干家务为耻辱。

面对质疑，顾谈云笑了笑，直接用行动表明他可以。

眼看青年干劲十足，瞧着有一种要把整个房间都打扫得干干净净的架势，沈清漱明眸微动，叫住他，柔声道："把床收拾出来便可。"

顾谈云听了沈清漱的话，"嗯"了一声，转身要去旁边的屋子收拾，沈清漱又叫住他，伸出手，可怜兮兮地看着顾谈云道："你不背我一起走吗？"

李婆婆和李爷爷大半夜的被他们闹醒，肉眼可见的疲惫，沈清漱可不想再待在这间屋子里打扰两位老人家的睡眠了。

顾谈云抿了下淡色的唇,耳尖微红地蹲到沈清漱身前。沈清漱趴到他的背上,搂住他的脖子,顾谈云将挺直的背弯了些,好让沈清漱趴得更舒适。

李婆婆在旁边笑了笑,李老头站在一旁深思着什么。

李婆婆提着一个灯笼在前面带路,顾谈云温声道谢。李老头独自一人在房间里思来想去,总觉得沈清漱和沈听白两人的相处有些奇怪,不像是兄妹。他百思不得其解,眼见李婆婆将灯笼放在门外,他几步走过去,说:"老婆子,我总觉得有些不对劲。"

"什么不对劲?"李婆婆走进门内。

李老头跟着关上门,走到李婆婆身前,皱着一张老脸道:"这么多年了,沈姑娘怎么突然多出了一个哥哥?"

"我瞧着也不像兄妹。"李婆婆笑道,"不过你放心,沈姑娘吃不了亏。"见李老头面露疑惑,李婆婆打了个哈欠道,"快睡吧,那青年不是坏人。年轻人有年轻人的造化,我们这些老家伙就不要想那么多了。"

沈清漱坐在椅子上,手撑着下巴,看着顾谈云铺被子。他的动作看起来有些不熟练,估计没做过这些事,但他的动作很认真,将被子铺得整整齐齐。

顾谈云确实很久没铺过被子了,他之前在研究所住的是宿舍,每天都有人定时过来打扫,他只需要专心钻研作物。不过他也不是没铺过床,他是个孤儿,读书时总是省吃俭用,吃的苦头也不少。他上学时连跳几级,也正是因为想尽快毕业,摆脱这种贫穷的状况。

顾谈云将被子铺好,抱起沈清漱,沈清漱搂住他的脖子,顾谈云努力忽略少女身上的馨香,将沈清漱轻柔地放在床上,僵硬着身子转身就要离开。

"哥哥。"沈清漱叫住了他。

顾谈云回过身,温馨夜色中,青年的目光清正,不带一丝杂念。

沈清漱半撑着身子,乌黑的发落在身上,她垂下扇般的羽睫,轻声道:"你要不要一起睡?"

顾谈云耳尖飘上两抹红,喉结上下滚了滚,略微侧目不敢看沈清漱。

"不了，我收拾旁边的屋子睡。"

其实话问出口，沈清潋便后悔了。她本是见天色已晚，顾谈云又折腾了那么久才收拾好一间房子，等他收拾好旁边那间，估计天都要亮了，她心中不忍，故而话未过脑，便说出了口。

直到听到顾谈云的拒绝，她眼里的悔意才缓缓退去，她往顾谈云的方向一瞧，见他正迈着凌乱的步伐往外走，忍住嘴角的笑意又喊了一声"哥哥"。

顾谈云僵住身子，回头看她，只是他的神色极其紧张，仿佛看到了吃人的妖怪。

沈清潋差点没忍住笑意，抿了抿殷红的唇，又想逗他了，于是她蹙起眉尖，可怜兮兮道："可是哥哥不在，我睡不着。虽已逃出安王府，但我还是害怕，哥哥在这里陪着我好不好？"

顾谈云艰难地滚了滚喉结，静静地看了少女一会儿，然而少女也只是懵懂地看着他。

见顾谈云僵立在那儿，沈清潋想了想道："幼时我们一起睡过，就当我们还小，一人一床被褥没关系的。"

顾谈云恍然回神，脚步慌张地走了出去，完全失去了平常的温和冷静。

沈清潋心想，若是他的温和守礼都是装的，胆敢在睡觉时对她做什么，那她就给他撒一包毒药。虽然他身形高大，她的力气也比不过他，但施谋用计讲究出其不意攻其不备，他把她当作一个弱女子，不会对她多加防备的。

十几分钟后，两人一个躺在床上，一个躺在地上。

顾谈云出门后，被凉风一吹，脑袋彻底清醒了。同床共枕到底是于礼不合，更何况他现在的身份是她的哥哥，更应该保持距离。于是他抱了两床衾被回来，一床铺在地上，另一床用来盖。

沈清潋唇角微微扬起，有这么一个哥哥，好像也挺好的。只是，她的身上绑着系统，终究是要离开的。

第七章

沈清潋偏头看他，柔和的月光洒入屋内，在青年下巴的位置打上一层朦朦胧胧的银光。借着清冷的月光，她依稀可以看清他的脸部轮廓。他的头上还戴着束发用的嵌宝白玉冠，沈清潋能看到他高挺的鼻梁，而他长长的睫毛在她的注视下轻轻颤抖。沈清潋觉得挺有趣，便一直盯着他颤动的睫毛。

如今正值小阳春，京城白日里还觉得热，夜里却已有了凉意。顾谈云睡在地上，只盖了一层薄薄的被子，却流了一身汗。在沈清潋的目光下，他僵硬着身子，一动不动，连呼吸也降到了最浅。

顾谈云无法控制自己紧张的情绪。

"你睡着了吗？"沈清潋问。

顾谈云的心脏猛地一跳，努力压抑住雷鸣般的心跳声，苍白的脸上泛出淡淡红晕，压着嗓子轻柔道："还没有。"

沈清潋翻了个身，面朝顾谈云的方向，顾谈云顿时连呼吸都停住了。

"哥哥，你真的什么都不记得了吗？"

顾谈云抿了抿淡色的唇，雷鸣般的心跳安静下来，化作一种无力的慌乱。他脸色苍白，唇上血色渐无，忽然意识到，他占了她哥哥的位置，她若是知道她的哥哥已经没了……光是想到那个场景，他便觉得自己无法呼吸。

沈清漱久久没有听到回应，疑惑地唤了他一声。

顾谈云闭了闭眼，想要说出实情，但那些话堵在嗓子眼，无论如何也吐不出来。过了片刻，他生硬地挤出一句："什么都不记得了。"

沈清漱"嗯"了一声，有几分好奇地问道："你还记得你会些什么吗？还是说生活技能也全部忘了？"

顾谈云沉吟一会儿，沈清漱只当他在思索，过了一会儿，听见他道："全部忘了，什么都不记得。"

"那你怎么会记得武功？"沈清漱细柔的嗓音抬高了些。

"武功？"顾谈云面露疑惑，转而想起离开安王府时那堵高高的墙，解释道，"当时很想出去，便想起了一些，莫非我是个江湖人士？"

沈清漱也不知道他以前是干什么的，在静谧的夜色中，她的眼神逐渐朦胧，低声道："是的。"

沈清漱怕自己说多了暴露，不敢再好奇什么。

"你……"顾谈云顿了顿问道，"我们的父亲母亲呢？"

沈清漱指尖一蜷，不仅是因为她的父母，也是因为原角色的父母。她的父母没了她，还有弟弟，随着时间的流逝，终有一天他们会忘记她，在弟弟的陪伴下好好地生活下去，而原角色的家人……

原角色与她是两个人，按道理，她并不会对原角色的家人有什么感情，但不知怎的，她的心却忽地抽痛了一下。原角色的父亲为了保全顾荣安的势力，主动替某人顶罪。父母俱亡后，原角色和胞弟被卖身为奴，逃跑途中，和胞弟失散，之后原角色还是被抓住了，紧接着她就来了。

沈清漱眼神朦胧地看着窗外，轻声道："他们都不在了。"

顾谈云心尖一颤，偏头看向床上的沈清漱。沈清漱用被子盖住脸，细声道："睡吧，好困。"

顾谈云轻轻"嗯"了一声。

沈清漱合上沉重的眼皮，呼吸平稳下来。听着少女细细的呼吸声，青年偏过头，睁着一双琥珀色的眼睛，在黑暗中凝视着她，复杂的情绪在他心里翻涌，他深吸一口气，将第一次心动埋入心底深处，强硬地转成哥哥对妹妹的喜欢。

窗外窸窸窣窣的虫叫声不绝于耳，他看向窗外，夜色在月亮的照射下有了一丝光明。

夜越来越深，在嘈杂的虫鸣声中，少女翻了个身，将被子踢到一边。他坐起身，捏起被沈清漱踢开的被子，将她盖得严严实实。

过了一会儿，沈清漱又把被子踢开了。

第二日醒来时，天还尚早，阳光温柔地落在房间里，地上已经没了顾谈云的身影，屋子也被收拾得干干净净，若非尚有昨夜的记忆，沈清漱都要以为这个屋子昨晚只有她一个人。

她撑坐起身，微微恍神。昨夜，她做了一个梦，竟梦到了原角色的结局。梦里，她站在一条灰暗的甬道中，暴君站在她的身前，面容蒙了一层雾，她几番定神地看着他的面容，却怎么也无法穿透那浓厚的雾。

他摸了摸她的面颊，安慰她不要害怕，说他已在宫外替她安排好了一切，这条甬道走到尽头，有接应她的人。

她泣不成声地说一起走，他将她拥入怀中，摇了摇头，说他要去履行作为帝王的职责。

他离开了逃生的甬道，毅然决然地走向死亡。她站在甬道良久，忽然踉跄着朝他离去的方向追去，而后是一场大火……

屋外传来幼童们清脆的笑声，沈清漱缓缓回过神，轻拍自己的额头。原角色的结局，与她有什么干系？她翻身下床，绣鞋整齐地摆在床边。

沈清漱昨夜是和衣而睡的，故而只稍稍理了理凌乱的发丝，洗漱之后便出了门。

几个孩童在院子里嬉闹，走廊里一个男童追逐着前面的小伙伴，却不料撞上了刚走出门的沈清漱。沈清漱扶着门站定，白色织锦腰带勾勒出不堪一握的纤纤楚腰，弱柳扶风的姿态令人心生怜意。

李婆婆正在院子里给女眷们问诊，女眷们的目光不由自主地看向沈清潋。一个排着队的中年女子叫了一声男童，男童看了一眼中年女子，抬头对沈清潋慌张道："姐姐，对不起。"

"没事，以后小心些，莫要摔了自己。"沈清潋摸了摸他的头。

男童抬起头愣愣地看着沈清潋的面容，扯了扯她的衣袖，沈清潋蹲下身，听见他问："姐姐，等我长大了，我可以娶你吗？"

排队的中年女子又叫了一声男童的名字，脸上浮现出几分尴尬。

沈清潋还未说话，从厨房方向走来的顾谈云直接拒绝了男童："不行。"干净温和的声音中透着几分冷意。

清晨的曦光穿透深绿的树叶，落在他苍白的脸上，沿着鬓间墨发，折射成薄薄眼皮上的一点碎金。他的眉头微微皱起，却在对上沈清潋水润的眸子时浅然一笑。

小男孩皱了皱鼻子，抬眼瞪着顾谈云，颇有些不服气："凭什么你说不可以便不可以？"

沈清潋起身，微微歪着头看他。

顾谈云半垂着一双冷然星目，对男童笑了笑道："因为我是她哥哥，要娶我妹妹，自然要先过我这个大舅子这一关。"

顾谈云把未来想得很清楚，既然他是她的哥哥，那他便好好做她的哥哥，至于原来的顾谈云……就让这个秘密埋进土里，烂入泥中吧。

也不知道原来的顾谈云还能不能回来，什么时候回来，他不想让唯一令他心动的女子伤心，也不想让她恨他，所有情绪在心头荡漾，他只好强自压抑。

他静静地看着沈清潋，眼底弥漫着淡淡的忧伤，他的第一次心动就这么无疾而终了。

沈清潋蹙眉在他的脸上打量好几眼，眼中含着些担忧问："你怎么了？"

他的肤色很白，是一种不健康的苍白，精气神仿佛被谁抽掉了，这样一瞧，倒像是病入膏肓的病人。

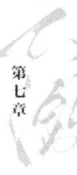

沈清潋朝他走过去，男童哼了一声跑向中年女子。

顾谈云的全部心神都放在沈清潋身上，见她伸出手，想要给他把脉，他按住少女的手，避开她要号脉的动作，温声道："我没事，你先吃早饭，等会儿要凉了。"

说着人已转身迈进屋内，将粥放在桌上。

桌子早已擦得锃亮，沈清潋眨着眼睛，忽然觉得"沈听白"有点像故事里勤劳体贴的田螺姑娘。

外面的女眷们好奇地探头，却怎么也看不到他们的身影。

沈清潋是药堂的常客，偶尔也会在这里坐诊，故而许多人都对她很熟悉。她每次都是独身一人，没想到这次居然有一个这么俊俏的哥哥和她一起来，只见青年玉树临风，气度不凡，随身所饰无不精巧，有人已经熄灭的做媒心思，又蠢蠢欲动起来。

可惜顾谈云没给她们这个机会，他安置好沈清潋后，便去了市集买东西。他准备带沈清潋离开京城，离开之前要买好必要的东西，莫要让妹妹在路上吃苦。

"系统警告，检测到宿主即将偏离剧情线，请宿主莫要越界，否则系统将开启强制功能。"

沈清潋站在门口，目送着顾谈云渐行渐远。

上一次听到这个提示，还是三年前。按照原著剧情，她为了顾荣安，答应入宫成为暴君的妃子，系统绝不会让她偏离这个剧情线。她讽刺地勾了一下唇，玩得也够久了。

沈听白，永远不见。只要不见，她就不会心虚。不过仔细想来，她并没有对他做什么坏事，顶多是捉弄他一番，也没必要心虚。

沈清潋想了想，还是给"沈听白"留了一封信，上面只写了几行字：

"昨夜所说都是逗你玩的，我根本不认识你。"想了想，她又补了几个字，"莫寻，江湖不见。"

第八章

沈清漱把这封信交给李婆婆,让李婆婆帮她隐瞒行踪,李婆婆面露迟疑:"你与他……"

沈清漱睁着一双明亮的杏眼,弯着唇角道:"有时候再不相见,反而是最好的结果。"

"你们的事我这个老婆子不懂。"李婆婆接过沈清漱手里的信,叹了口气道,"这封信我会交给他。"

沈清漱道了声谢,转身离开。

她的命运已被原著设定好,而想要离开这条既定的路,需要付出许多代价,耗费极大的精力,她何必把一个局外人拖入戏中,招惹一身是非?何况她说是他的妹妹,本就是骗他的,她与他没有一点关系,昨日的冤仇已经报了,没有必要再去害他。她看得出那个青年对自己有好感,他的性子也是她喜欢的那一类,或许相处久了,她会喜欢上他,但一见钟情的冲动又能持续多久?当冲动退去,理智重归脑海,未来的某天,谁又能确定自己不会后悔?沈清漱在感情上是一个极其理智的人，原本就是捉弄他，就让这场玩闹尽快结束吧。

绿钗蔫头耷脑地站在院门口，见沈清潋归来，眼睛一亮，小跑到沈清潋面前道："沈姑娘，还好您没事，都怪奴婢昨日竟未察觉红簪的心思……"说着她的脸上露出自责。

沈清潋温声安慰了她。剧情设定的东西，怎么会让她们察觉呢？

绿钗很快就忘记了不高兴的事情，拉着沈清潋欢快道："以前很多人私底下说，王爷只把沈姑娘养在府中却不纳入后院，是不在乎沈姑娘……"说到这里，她忽然顿住，连忙捂住嘴。

沈清潋故作悲切，露出几分痛心。

绿钗打了一下自己的嘴，急道："王爷最喜欢的一定是沈姑娘！因着昨夜的事，王爷把红簪赶出府，惩罚了侧妃，还增派了好多人来保护沈姑娘呢！"

沈清潋最喜欢的就是绿钗的这张嘴，守不住秘密，喜欢八卦。她不需要做任何事，只需要等着，便能从绿钗嘴里听到许多秘密。

听完绿钗的话，她脸上的悲哀适时退去，化为娇羞甜蜜。

回到院内，沈清潋扫视一圈，发现院子里果然多了许多下人，还有几个侍卫。她清楚地明白，顾荣安派来的这些人，与其说是保护她，不如说是保护未来的棋子。他们也会暗中观察她，看她是否真的如表面一般喜欢他，愿意为他付出一切。

昨天那一遭，他估计怀疑她了。她不能主动破坏剧情，看来日后得小心点。

与此同时，另一边的顾谈云回来了。

他去当铺当掉了腰上佩戴的玉佩，准备买一辆马车，再买些食物，尽可能地备好一切，好让沈清潋在路上能舒服些。

她说他们兄妹原本在溪县生活，父母双亡后，两人在家务农，相依为命，偶然被安王看见，才被强掳至京城。顾谈云打算带她回去，他的脸上洋溢着温柔的光。

"您再看看这个玉镯子，这玉可是好玉，您看这颜色，再看看这质感。"首饰摊的老板卖力地夸着。

顾谈云伸手拿过来，放在光下仔细看了看。

"公子若是将这玉镯送了夫人，夫人想必会喜欢的！"

顾谈云唇角一抿，不悦道："不是夫人，是妹妹。"

老板呆了呆，青年虽然眉眼温和，但他脸一沉，就有一种令人畏惧的冷感。老板回过神，极快地转口道："想来令妹一定会喜欢的。"

"多少钱？"

老板伸出两根手指："二十两。"

顾谈云买下了玉镯，正要离开，一群官兵围了过来。他眼眸一压，莫非是安王派人来寻他和妹妹，欲捉妹妹回去？

顾谈云正要动手，却见他们齐齐半跪，唤他太子殿下。

老板吓了一跳，拿着二十两银子的手微微颤抖，太子殿下怎会到他这种小摊买东西？若是让太子殿下知道这玉镯根本不值二十两……

老板惶恐地跪在地上，顾谈云扶起他，但老板再次跪在地上，顾谈云只好转身看向半跪的侍卫们，眉头微蹙道："你们认错人了，我并不是太子殿下。"

侍卫长愣愣地抬起头，看了青年一眼。青年变得比以往温和了许多，但无疑跟太子殿下长得一模一样，不知道太子殿下为何要说自己不是太子殿下，莫非有什么深意？

就在侍卫长苦思冥想时，一个满脸皱纹的老人气喘吁吁地跑过来，冲着顾谈云便是一顿痛哭："太子殿下，您受苦了！"

这个老人是顾谈云的贴身太监——王公公。

王公公只要一想到太子殿下昨日未吃止痛药，生生把头疼挨了过去，就觉得后悔，他怎么就没随身带着殿下的止痛药呢！

顾谈云的眼睛闪了一下，未曾说话。为何他们都叫他太子殿下？莫非原来的他真是太子，可她说他们是从溪县来的……

"老人家，您是不是认错人了？"顾谈云还是更加相信沈清潋。

王公公满脸震惊，哭得更惨了，边哭边道："殿下，您别吓奴才。"

顾谈云温和地笑了笑，带着歉意道："你们真的认错人了，我叫沈听白。老人家，我还要去找我的妹妹。"

"您的妹妹？"王公公哭声一顿，疑惑道，"可是公主殿下在宫里呀，您在外面找什么？"

顾谈云的心中生出几分不耐烦："您真的认错人了。"

青年的眉眼露出清清淡淡的不悦，转身离去，欲将这一群奇怪的人抛在后头。

王公公心想，莫不是因为头疼发作，太子殿下把所有事都忘了？可太子殿下的头疼明明还要几日才会发作，怎会突然提前，还失去记忆，而且偏偏是在这个节骨眼？

王公公开始猜测，莫非是安王……

眼见顾谈云转身离开，王公公急忙拖着老胳膊老腿追上顾谈云，谄媚道："殿下您要去哪儿？奴才陪您一起去。"

地上半跪的侍卫们面面相觑，也站起身追了上去。

李老头坐在药堂里给人看诊，眼瞧一群官差浩浩荡荡地走来，吓了一跳，连忙迎过去，才发现走在前面的青年是沈姑娘的哥哥。

"你怎么……"李老头看了一眼顾谈云身后的人。

王公公目光一厉："大胆，竟敢对太子殿下……"

顾谈云偏头看了他一眼，目光淡淡，却充满警告，王公公立刻闭了嘴。

"诸位莫要再跟着我了，我真的不认识你们。"顾谈云说完，便拉着李老头往药堂里走，李老头还没理清发生了什么，脑子已化作一团糨糊。

王公公和侍卫们都在门口候着，不敢再跟进去。

侍卫长问王公公："王公公，这可怎么办？"

王公公冷眼瞧着侍卫长，谴责道："若不是你昨夜跟丢了太子殿下，事情怎会变成这样？"

侍卫长很委屈，太子殿下使出全力，是他能追得上的吗？

顾谈云回到院子，却没见到熟悉的身影，他站在门口唤了一声妹妹。李婆婆听见后，停下诊脉，让大家等一会儿，随即走向顾谈云。

"婆婆，她呢？"

第八章

李婆婆欲言又止地交给他一封信，说："沈姑娘说她回去了。"

"她回去了？"顾谈云有些不解，"溪县那么远，她回哪里去了？"

青年水葱似的五指紧紧捏着手里的信封，像是察觉到什么，却不愿意相信。

"你看看这封信吧。"李婆婆瞟了一眼他手里的信。

他打开信封，上扬的唇角渐渐沉下去。她一定是怕牵扯到他，独自回了安王府！

王公公和侍卫们站在药堂门口，惹得百姓纷纷不敢靠近，王公公正在想这事怎么解决，就见太子殿下脚步急促地跑了出来。

青年面容皎洁，如同温柔疏离的月光，只是眼底散着冰冷的气息，微微猩红。侍卫们不敢靠近，只有王公公着急地追了过去。

"殿下，您怎么了？"

顾谈云恍然回神，他们称他为太子殿下，太子殿下这个身份这么厉害，他们一定可以帮他把她从安王府救出来！

他偏眼望去，张嘴说道："你们……"

一个冰冷的机械音打断了顾谈云："系统成功启动，检测到异常，宿主已改动自身剧情，检测剧情回归方法中……"

"为确保宿主的剧情正常进行，执行锁定宿主记忆。"

"锁定完毕。"

一息之间，关于沈清潋的记忆被系统全部锁在他的脑海深处，顾谈云只觉得心里空荡荡的，只记得他要找一个人。

王公公还在等着顾谈云的命令，他心疼地看着自家殿下，还从未见过殿下露出这样脆弱的神情。

顾谈云狠狠皱了皱眉，急促道："我要找谁？"他的手指按着太阳穴，哑着嗓音道，"我不记得我要找谁了！我不记得了！"他抬起眼，红着眼睛看着王公公，声音几乎虚弱到没有，"我什么都不记得了……"

"宿主擅自更改自身剧情，实施惩罚……"

顾谈云晕了过去，他的面色苍白到几乎透明，鬓角渗出细细的冷汗。

"检测到同类系统宿主,传递消息中……"

王公公吓了一跳,连忙伸手垫在下面,着急喊道:"殿下,您怎么了?"

侍卫们冲了过来,王公公抬起眼,厉声道:"还不快去找大夫!"

第九章

　　世事纷纭，须臾变化。永祐二十三年，帝崩。
　　因安宣帝与玉妃感情甚笃，帝不忍玉妃独留人世，受离别之苦，故赐毒酒一杯，与玉妃携手而去。玉妃感泣，当即饮下毒酒，随先皇而去。
　　三日后，太子云登基，正式成为燕帝。
　　顾荣安则去了先皇所划定的封地——凉州。沈清漱也被顾荣安带去了封地，过着与以往没有什么差别的生活，偶尔走走剧情，跟侧妃阮琼芳玩玩内宅私斗，只在偶尔听人说起先帝对玉妃有多宠爱时，内心讽刺一笑。
　　或许是她做任务太拼命，先皇和玉妃死的那天，顾荣安醉醺醺地来找她。她其实挺想试试，毒死顾荣安，系统会扣她多少积分，不过她也就是想想，不会真的那么做，她可是文明人，怎么会做手染鲜血这种可怕的事？
　　沈清漱心里还挺佩服顾荣安的，醉成这样也还记得要让她向他表忠心。她当即顺水推舟，深切地表达了自己对他的爱慕，拿到了一积分——蚊子再小也是肉不是？

流年似水，转眼又过了三个月。在这些日子里，沈清漱积累了一大笔积分，总积分已高达六千二百五十五。原角色的人设有三个：一是爱哭，二是善良，三是爱顾荣安。她只需在众人面前哭一哭，做些力所能及的好事，在婢女与随从面前诉说对顾荣安的爱意，每日最多就能获得十五积分。

　　除了维持人设获得的积分外，顺应剧情也能获得积分。虽然每个任务只有六十积分，但是一个任务能抵得上她哭六十次，这肉一点也不小！

　　这期间，新皇燕帝成功从默默无闻的太子殿下，进化成令朝臣闻风丧胆的暴虐皇帝，但若要问皇帝怎么暴虐了，却没人能说出个所以然，只能吐出三个官员的名字。

　　新皇登基不久便流放了三名官员，惹得朝臣人人自危，但沈清漱知道那三个官员都是剥削百姓的恶官。她觉得这个世界有些奇怪，如同系统给她的三个标签一样，暴虐这个标签应该也是什么东西强赋给皇帝的，不同的是她需要扮演，而皇帝的暴虐则刻入了每个人的脑中。

　　不过就算皇帝真的是个可怕的暴君，她也并不为将来的入宫而担忧，因为她记得舍友说过，燕帝虽暴虐，但喜美人，而原角色生得极美，在原著中，暴君对原来的沈清漱还是很不错的，说不定她入宫后，生活待遇还会提升一大截。

　　沈清漱抿了抿殷红的唇，不知为何，每次想到暴君与原角色的结局，她的心中都会产生一种奇怪的感觉，不知道是怅然还是悲伤，或是都有。

　　沈清漱轻轻甩了甩头，意图将那种奇怪的情绪甩出脑海，或许她该透下气，不能闷得太久。

　　她站起身，打开屋里的窗户，窗前走过两个婢女，仿佛没有注意到开窗的沈清漱，旁若无人地闲聊着。

　　沈清漱听清她们在说什么，唇角轻轻一抽——五日前，恰如剧情发展，暴君命各地进献美人，顾荣安已经在准备将她送入宫中了。只是他们的目的太明显了，是把她当傻子吗？

　　有多明显呢？比如，她坐在树下挑拣药物时，两个下人路过，一眼也不往她的方向瞧，装作没有注意到她，一边走一边道："陛下招选天下女子，命各地

第九章

选出最美的女子送往皇都，这也就罢了，为何却要召王爷亲自护送入京？"

另一人道："听闻王爷与陛下有旧仇，此一去生死难料……"

比如，她路过窗前，屋里插花的婢女对花叹气道："若是王爷出了事，也不知我们这些下人会如何？"

其他的就不举例了，沈清漱大概总结了一下，大意就是，陛下让各地进献美人，还要顾荣安亲自护送去皇都，陛下可能是想处理顾荣安，顾荣安此次进京可谓九死一生。

第一次听到时，沈清漱心里幸灾乐祸，眼角眉梢不小心展露出几分喜意。若是顾荣安死了，她是不是就自由了？

然而沈清漱的表现太过露骨，违反了原角色的人设，系统无情地播报道："宿主偏离人设，积分-20。"

看来顾荣安是死不了了，当晚沈清漱开始表演茶饭不思。原角色是易瘦体质，怎么吃都吃不胖，但是一饿就会瘦，一连五天的节俭饮食，沈清漱感觉自己好不容易养出来的肉又饿回去了。

就在沈清漱心中充满怨念时，顾荣安终于来了。

当日，沈清漱照旧在阴凉的树下磨制药粉，绿钗坐在旁边给她打扇，眼角余光瞥见顾荣安的身影，慌忙扯了扯沈清漱的衣袖，给顾荣安行了个礼。

沈清漱随手把垂到脸侧的碎发挽到耳后，站起身行了个标准的礼。

顾荣安抬了抬手道："起来吧。"

沈清漱和绿钗站起身，绿钗退到一边，恭恭敬敬地站着。

顾荣安的视线凝在沈清漱柔美的面容上，沈清漱嘴角一僵，抬起头，眸光如水，声音温软地唤道："王爷。"

顾荣安瞥了一眼绿钗，挥了挥手，绿钗会意退下，树荫下，只余沈清漱和顾荣安。

顾荣安走到沈清漱面前，视线自地上的捣药工具扫过，说："你倒是与众不同，不爱那钗粉珠环，独爱这医书药材。"

沈清漱垂下眼，嘴角轻轻勾起道："王爷见笑了。"

顾荣安扫了一眼地上的工具,不以为意,他并不觉得眼前的美貌少女会什么医术、毒术,不过是女孩家玩玩的东西罢了。至于那天沈清潋迷昏阮琼芳的东西,或许是她从外面买的防身之物,就算是沈清潋自己制作的,也不过是照本宣科罢了。

他一背手,极其霸道地对沈清潋道:"陪本王四处走走。"

"叮——新剧情已触发,宿主可查看。获取该段剧情自由需要9999999积分,宿主是否兑换该段剧情自由?"

这是她能兑换得起的吗?沈清潋将意识沉入脑海深处,只过了几息时间,便抬脚跟上了顾荣安的脚步。

这段剧情是顾荣安吐露他的处境,沈清潋自荐入宫,成为顾荣安的内应,自此成为暴君的宠妃。沈清潋记得舍友说过这一段情节,并且津津乐道于暴君和原来的沈清潋的二三事——因为她的名字与沈清潋相同,舍友特地把那些情节念给她听,比如暴君和原来的沈清潋的第一夜,她哭了一夜;又比如暴君七日没有上朝……

可惜这种在书上写得明明白白的剧情,她根本无法违抗,只能靠积分兑换剧情自由。

沈清潋想想舍友说的那些片段,觉得前途一片黑暗,这得花多少积分才能全部跳过呀?不知道她现在的积分够不够跳过和暴君的第一夜。

其实最好的办法是直接不嫁进暴君的后宫,但……9999999积分,她每天哭五次,哭一辈子也拿不到吧?

"沈姑娘在想什么?"顾荣安蓦然停住脚步,视线落在沈清潋白皙秀美的侧脸上。

沈清潋收回漫游的思绪,恢复一贯的柔弱,抬手摸了摸身旁鲜嫩的花,说:"这花园里的花真美。"

丛丛鲜花有的盛开怒放,有的含苞欲吐,像云锦似的漫天铺去,美不胜收。

顾荣安将沈清潋摸过的那朵花摘了下来,花的颜色虽然是素净的白,却有着动人的美。他将白花插在她的鬓边,沈清潋身体略微僵硬了一下,强忍着想躲

开的欲望。

顾荣安以为她害羞了，唇角浮着笑道："确实很美。"他说这话时，直直地盯着沈清漱的脸，也不知是在说花美还是人美。

沈清漱心中一凛，又想骗她感情了？她伸手摸了摸鬓角的花，垂眼羞涩地笑了笑。

顾荣安叹了口气道："只是以后可能再也看不到这样的美景了。"

这些天，这么多人在她面前演戏，顾荣安此刻又说出这句话，沈清漱知道顾荣安想让她主动搭话。沈清漱确实不想入宫，但她更不想体验那种被剧情发展控制身体的感觉。得想个办法，偏离剧情，不然总有一日，她会走到死亡之地，只是眼下，她还没找到好的破局点，这剧情还是得继续走。

沈清漱抬起眼，目露忧愁："王爷……民女这些日子听说了一些话。"

顾荣安眼中的柔情荡开，说："你放心，本王会将你转移到一个安全的地方，即使本王……你也能安康地度过一生。"

沈清漱心中不屑，暗骂你有本事说，你有本事做呀！就会骗人！明明就是他想让她去宫里当内应，却不直接说，拐弯抹角地想让她主动请缨，真是渣男。

吐槽完毕，沈清漱开始加载演技——她抬起眼睛，赤诚地直视着顾荣安，一向柔弱的她，眸子里仿佛燃起了熊熊火焰，她柔弱而坚定道："民女愿为王爷入宫！"

沈清漱眼中的无畏热诚令顾荣安心中一震，她竟如此爱他？此刻他的心里是真舍不得将她送人了，或许以后他再也遇不到这么一个长得如此美，心里还全是他的女人了。

但大业未成……顾荣安心中怅然若失，知晓当以大业为上。

"你……"他的话音一顿，眸中仿佛蕴藏了万年的悲苦。

"请王爷将民女献给陛下。"沈清漱斩钉截铁道，"暴君害民女一家至此，民女想为家人报仇雪恨！"

"你怎可称呼陛下为暴君？"顾荣安皱起眉头，"若是这般，本王可不敢让你入宫白白送死。"

沈清潋眼眸一缩，像是被顾荣安的面色吓到了。顾荣安抬手抚上她的鬓角，沈清潋心里生无可恋，等回去后她得洗个头，顺便洗个澡去去晦气。

顾荣安万般柔情道："不要任性。"

沈清潋忽然好奇，她若是顺着他的话，不入宫了，他会怎样？

虽然很好奇，但系统不可能让她说出不符合剧情的话，沈清潋只能打消了这个想法。

"求王爷让民女入宫吧……民女绝不会冲动行事。"沈清潋的眸中缓缓流下两行清泪，"若王爷能应了民女的请求，民女一辈子都会感激王爷的。"

"哭泣一次，积分+1。今日哭泣次数：3次。每日哭泣积分获取上限：5分。"

顾荣安怜惜地将沈清潋半拥入怀，沈清潋瞳孔一震，回去必须得洗澡了！她好像演戏得太过了。

"本王日后定会带你离开那个暴君！"顾荣安嘴里一阵发苦，为何暴君总是要抢他喜爱的东西？皇位是，沈清潋亦是！终有一日，他会把属于自己的东西一一夺回！

沈清潋还在流泪，心里却忍不住想翻白眼，她若是信他，就是个傻子。真到了那个时候，他估计已经开始跟女主角虐恋情深了……呃，这样一想，女主角真惨啊。

往好了想，暴君虽然喜欢杀人，但是不会杀她，也没有顾荣安这么虚伪，至于那些剧情……总会有办法面对的。

御花园中，太监们恭敬地站在各自的位置上，一点声音也不敢发出，几乎成了雕像。

王公公笑着看着正前方的青年，青年身后一步的位置，一个小太监小心地为他撑着伞，他的脸笼罩在阴影中。

青年英英玉立，金龙在他的衣上游曳，他半倚着栏杆，姿态有些懒散，但他的背习惯性挺直着，浑身上下有种清正的贵气。

悠闲撒着鱼食的青年忽然指尖一顿，打了个喷嚏。

第十章

青年背影清瘦,指尖按压着太阳穴,众人看着他的动作,心里闪过畏惧的寒意。

王公公脸上笑意一敛,眸子里闪过担忧,只犹豫了一瞬,便恭敬地走到青年侧方,道:"陛下,可是又头疼了?"

素色油纸伞上,红梅点缀。顾谈云偏头侧目,笑意温和:"孤无事。"

王公公见陛下脸上并无杀意,大了些胆子道:"不若召个御医看看?"

"没有大碍。"

头疼发作时,那种疼痛仿佛千万只蚂蚁在脑子里啃噬,令人痛不欲生,此刻这一点细微的刺痛,几乎可以忽略不计。顾谈云一手压住小太监握着的伞柄,从油纸伞下走出,眯着眼睛仰起头,阳光落在他苍白的脸上。

顾谈云道:"晒晒太阳舒服些。"

撑伞的小太监走到一边,阳光刺目,他垂下眼,又看着桥下水中游动的鱼。

王公公看着青年清瘦的背影,龙袍穿在他身上,显得有些空荡荡的,心里叹了口气，陛下生来尊贵，怎么就……

顾谈云抓了一把鱼食撒入湖中，鱼群簇拥着游向鱼食坠落之处，争先恐后地争夺鱼食，摇摆的鱼尾溅起朵朵水花，向四周扩散开来，泛起密密的波纹。

他撒一会儿，停一会儿，直到鱼群吃完，摇曳着尾巴要散开，他又撒了一把。

木盒里的鱼食渐渐空了，鱼群吃完鱼食，消失在水底，湖面平静下来。顾谈云眸光淡淡的，颇有些百无聊赖，手指轻轻地敲着木栏杆，浓密的睫毛投下一小片阴影，与眼下的鸦色混在一起，不似以往般阴郁，反而有种温和的清贵感。

王公公有些出神。他自小服侍陛下，说句大逆不道的话，陛下是在他眼皮底下从幼童长到现在的，只是那日之后，陛下似乎忽然变了，说不出是哪里变了，总之给人的感觉变了。以前陛下虽也爱笑，但笑是冷的，而现在的陛下，更像是幼时还未中毒犯头疼病的陛下，退去了那层吓人的残暴杀意，眸光温和而疏离。

王公公无比确定，陛下还是原来的那个陛下，不可能有谁冒充，故而心头那抹疑虑刚刚升起，便已消逝。或许是陛下近些日子心情比较好吧，陛下最喜美人，以往被先皇约束着，先皇去了之后，又被太师束缚着，如今终于可以广纳美人，而各地进献的美人，过些日子就将陆续到达京城……

王公公这般想着，抬了抬眼，看向青年敲木栏杆的手，却看到桥对面的小道上，一个小太监鬼鬼祟祟地躲在花丛后。

王公公定眼一看，小太监的视线与王公公对上，吓得瞳光一震。他慌张地走出来，低着头走上桥，恭恭敬敬地跪下了。

"你为何要偷偷摸摸的？"王公公怒目而视。

顾谈云低垂眉眼，视线落在小太监的头顶。

笼罩在顾谈云的目光下，小太监的身体细细地颤抖道："奴才……奴才恐打扰陛下的兴致，故而不敢上前。"

顾谈云道："可有什么事？"

小太监提心吊胆道："内务府已将各地美人画像收录成册，送至御书房。"

王公公恨铁不成钢，这般胆小，谁让他到陛下面前的，不知道陛下最讨厌胆小之人吗？

小太监穿着紫色布袍，这个颜色是杂役太监的穿着，明显是得罪了谁，被人弄到陛下面前送死的。罢了，他今日便积个德吧。

"陛下可要去瞧瞧？"王公公试探地问道。

顾谈云不想去看美人图，只想去种田，但系统不让他种田。

他刚吐出半个不字，就顿住了，脑海里的那个声音道："禁止说出与原著人设不符的言语。检测到宿主意欲偏离人设，扣除二十积分，当前积分，-4620。请宿主注意态度，努力收集积分。"

一年前，顾谈云来到这个世界。来之前他正在割稻子，深青的山，金黄的稻海，空气清新，风景秀丽。来到这里后，他躺在床上，一群大夫围着他，他隐约记得要去找一个人，但那人是谁，他不知道。

而后就是奇怪的系统，奇怪的剧情，原角色悲惨的结局，还有这每日都在倒扣的积分。原来的顾谈云，身世说来坎坷，幼年时身中数毒，毒素在体内混合，却没有毒死他，反而达成了一种平衡，只是每次身体里的毒性发作，头便会剧痛，令他痛不欲生。

顾谈云来到这里一年，整整体验了十几次头疼到痛不欲生的感觉。其中一次，他睁开眼睛，看到身前躺着两具尸体，死者的眼睛惊恐地瞪着，地上染了一片猩红。顾谈云知道这两个人是安王派来的奸细，但他从未想过要杀他们。

那时顾谈云才真正明白，他不再是原来的自己，而是成了"顾谈云"。

他轻轻蹙起眉，来到这里后，系统一直在扣积分，其中一个扣分理由，是他的面目太和善了。因此顾谈云在自己脸上多添了几笔，在眼下染上一片鸦色，眉目特地化得锋利些。这几处改变，给他的脸添了几分阴郁暴虐之气。

他这一皱眉，把王公公吓坏了，心想今日恐怕又要多一具尸体。

顾谈云张了张口，却什么话也没能说出来。他想让小太监起身，但这话不符合原角色人设，被系统禁言了。

"检测到宿主不想配合，倒计时二十秒，倒计时结束将强制执行剧情发展。"

顾谈云抿了抿淡色的唇，他曾被系统控制过一次，按照剧情，他得知那三个官员是安王的人时，恰逢头疼，便直接杀了他们，但那时顾谈云理智尚在，不想杀人,系统便控制了他。

久久没有听到陛下的声音,小太监跪在地上瑟瑟发抖。

顾谈云眼眸微沉,把装鱼食的木盒子往王公公身前一递。王公公赶紧接过,偷偷抬起眼打量陛下。

"美人图,当然要去瞧瞧。"顾谈云路过瑟瑟发抖的小太监,小太监低着头,不敢看向顾谈云的衣角。

王公公看了一眼趴在地上的小太监,心想这小子真是大难不死。

"宿主偏离人设,扣除二十积分,当前积分,-4640。请宿主注意态度,努力收集积分。"

顾谈云稳健的步伐一顿,随即继续迈步向前,他敛下眼,嘴角不悦地抿着。他不知道这积分有什么用,但存在即合理,积分变成负数,肯定不是什么好事,但要他杀人才能获得积分,他实在做不到。

行至御书房,案上堆着一叠高高的画卷,只有一份单独放着。

顾谈云瞧了一眼那单独放着的画卷,王公公极有眼色,解释道:"这是内务府选出的最美的女子。"画卷缓缓展开,露出上面的貌美女子,"此女是凉州刺史司明之女司鸣玉……"

"司鸣玉……"王公公正介绍着画上人的身世来历,却被顾谈云打断了,顾谈云看着女子的面容,忽地笑了。

王公公站在一旁不敢说话,自那日之后,陛下的性子变得愈加难以琢磨,他现在也无法猜出,陛下这一笑到底是高兴,还是不高兴。

顾谈云不知道该怎么形容此刻的心情,他眼眸压下,晦暗不明。在系统绑定他的那天,他忘记了一个人,不管怎么想,也无法想起丝毫。他仔细看了几遍画卷上的女子,女子的容貌竟给他一种熟悉感,仿佛在哪里见过,可他知道画卷上的女子与他想找的人无关。

绑定系统后,顾谈云脑海里多了一本书,他读完了那本书,书里有此女子的名字,但她不叫司鸣玉,而是叫沈清漱,她心慕书中的男主角,为了男主角,甘愿入宫成为他的妃子。

剧情中，他对沈清潋一见钟情，慢慢将这个女子放入心底。

顾谈云垂下眼，遮住眼中情绪，沈清潋胆小且心慕顾荣安，又怎么会是他的"妹妹"？他对画中人的熟悉感，想必是系统的控制。

顾谈云想起系统曾控制过他，心中生出厌恶。

"凉州……"顾谈云狠狠皱了皱眉，"孤……"他想要拒绝，然而刚说了一个字，就说不出话了。

王公公会意道："陛下放心，此女虽来自凉州，但凉州刺史与安王水火不容，定不会与安王有什么关联！"

顾谈云看了一眼王公公，随后垂下眼，长长的睫毛掩盖了他眼底的情绪。书中有写，凉州刺史表面上与安王不和，实际上却是安王的人，因为他与安王一样，都是前朝人。

王公公看着画像上的美人，点点头："此女之美，堪当陛下妃子。"

"孤……"顾谈云再次说不出话。

"检测到宿主想要改变剧情，对宿主进行禁言处理。因态度恶劣，扣除四十积分，当前积分，-4700。"

顾谈云蹙起眉，不能改变剧情？那么……他回想了一下那本书里他的剧情，视线再次落在画卷女子的名字上，脸色一青。

他绝不会为了做任务而出卖色相，再美也不行！

一番折腾后，顾谈云的积分变成了-4840。

"请宿主端正态度。"

顾谈云温和的眼眸沉下来，多了几丝冷意。

王公公举着画卷，心中忐忑，陛下怎么忽然生气了，莫非是不喜欢美人？

"检测到原著人物怀疑宿主人设，扣除二十积分，当前积分，-4860。"

官道上，骏马飞驰。

沈清潋掀开车幔，薄雾裹着黛青色的山峰，远山连绵不断，如同一条长龙飞向遥远的天边。各地献上的女子，还需要选拔一番，才能正式面见陛下。

直到现在，沈清漪一共收集了六千八百五十五的积分，选拔估计得耗时一个多月，她还可以继续攒积分，希望这些积分能够跳过入宫第一夜的剧情。

　　沈清漪忽然想起之前触发剧情时，系统所说的9999999积分，感觉她的积分还是不安全，这样的话，她只能对不起暴君了。

　　系统不让她在入宫第一夜对燕帝做什么，但在平常，她的行为只要符合原角色的人设，就不会被约束，她可以在剧情触发前，给暴君下点药。

　　原角色爱慕男主角顾荣安，误会是暴君害了自己一家，那她对暴君做出什么都是合理的吧？仇恨可以让一个胆小的人变得胆大包天，何况她只是下点致幻药，并不会对他的身体产生什么危害。

第十一章

历时近一个月，马车一路风尘仆仆，终于到了天子脚下。

京城门口站着两个检行的士兵，见来的是一辆华丽马车，便知这是某地进献的美人来了。两位士兵依职拦住这辆华丽的马车，脸上赔着笑。

顾荣安骑着高头大马，展出金印。守门士兵见了，面上一惊，立刻拜见安王。

安王殿下排行第二，乃先皇最为宠爱的玉妃之子，先皇爱屋及乌，对安王殿下也极为宠爱。虽说安王殿下与当今陛下不和，但再怎么也是个王爷，绝不是他们这些守门士兵能得罪的。

入了城，另是一番繁华景象。街道上人群熙熙攘攘，店肆林立，络绎不绝的叫卖声此起彼伏，一片昌盛繁荣。

与以往不同的是，街上多了许多弱柳扶风的女子。卖钗粉珠环的商家赚得盆满钵满，笑得合不拢嘴。

陛下命各地甄选美人，进献京城，近些日子，陆续有人带着美人抵达京城，细细数来将近有一千多人。城中一下多了千来人，各种店铺全部爆满，最高兴的便是开客栈的和卖钗粉珠环的商家。

见又有马车自城门口徐徐而来,商家们顿时精神了,纷纷打开嗓子,卖力吆喝。

沈清漱掀开车幔,好奇地往外看,京城之繁华,完全看不出这是一个将亡之国。他们连找了几间客栈,间间爆满,好不容易才找到一个有空房的客栈。

顾荣安翻身下马,将一包银子抛给客栈小二。

沈清漱理了理面前的遮纱,掀开车帘,出了马车。她提起裙摆,小心地踩在凳子上,立刻有一个婢女迎过来搀住她的手。

沈清漱抬起头,看到了客栈的名字:昌盛客栈。这名字还真是简单直白。

客栈小二笑道:"贵客赶得巧,天字一号房刚退了房,恰巧空了出来。"

顾荣安安排好沈清漱的住处便要走,他得前往礼部鸿胪寺安排的住处。

走之前,顾荣安深深地看了沈清漱一眼,心尖泛起痛意。他看起来面无表情,手却不自觉地捏紧。终有一日,他会夺回所有,本该属于他的东西,他都会拿回来!

沈清漱并不知道顾荣安在想什么,她跟上客栈小二的脚步,领着两个婢女去往天字一号房。她的心里不仅毫无留恋,甚至还暗暗窃喜终于摆脱了顾荣安这个又油腻又自信的大渣男。

客栈小二走前笑着道:"恰逢七夕,今夜街上有灯会,热闹非常。姑娘虽是为了甄选而来,但逛逛也是不错的。"

沈清漱点点头,向他道谢。客栈小二弯着眼睛走了。

夜晚,京城的长街上灯火通明,处处挂着精致的灯笼,烛火幽幽跳动,流光溢彩。沈清漱买了一个狐狸面具戴上,逛了一会儿,因人流太拥挤,她与两个婢女走散了。

沈清漱看了两圈,没有看到两个婢女,便继续往前走。京城如此繁荣,四处又有官兵巡逻,想来不会有什么危险,再说日后入了宫,恐怕就没机会出来了,这次她一定要好好逛逛。

街上不仅有各种各样精美的花灯,还有各种各样的美食小摊,香味飘到沈清漱的鼻尖,她咽了咽口水,想吃……

她摸了摸面具，为什么这里没有只遮半张脸的面具？若是她摘了面具，这张脸这么好看，定然会吸引许多人的视线，被那么多人盯着，想来她也吃不下去。

沈清漱偏着脑袋想了一会儿，眼神一亮——十几分钟后，她回到买面具的摊子，摘下面具，在摊主惊艳的目光下，换了一个野猪面具。

摊主惊艳的目光一愣，沈清漱递给他几个铜板，摊主愣愣地接过，犹豫了一下，问："姑娘真要买这个？不若挑些其他的？"

已经戴上野猪面具的沈清漱摇摇头："就这个，这个很好。"

这姑娘长得漂亮柔弱，声音也如泉水般清澈，怎么……怎么眼光这么奇特？摊主怔愣地盯着野猪面具，眼神死寂。

"宿主偏离人设，积分-20。"

有时候人还是不要太过压抑自己，这积分扣得值。沈清漱摸着脸上的野猪面具，满意极了。这个野猪面具的嘴是大张着的，将她的嘴露了出来，非常适合用来吃东西。

还有三日，她便要住进宫里安排的院子，和其他美人一起接受选拔和宫里嬷嬷的礼仪培训，日后入了宫，成了暴君的妃子，或许能吃到山珍海味，但不一定能吃到这些民间小吃，毕竟贵人都觉得路边摊不干净。

沈清漱并不这么觉得，大燕律法严苛，为了防止商家恶向胆边生，有着极为完善的食品安全法，若是食物出了问题，引发什么事件，轻则杖刑坐牢，重则处以绞刑，所以大可放心食用。

沈清漱辗转于各种小吃店铺，秉承雨露均沾的精神，每种美食都买了一点。她一路从街头吃到街尾，看到街尾有一家卖串串的，香味十分诱人。过了一会儿，沈清漱一手拿着许多串串，一手正往嘴里塞着一串。

路上有人用奇异的眼神看了她好几眼，沈清漱毫无负担，吃得很欢，反正有面具遮挡，他们看不到她的脸。

沈清漱露着脸时喜欢端着，务必让自己符合一个美人的人设，但遮住脸后，便毫无负担了。系统这次没有响起扣积分的提示，因为没有人看到她的脸，也没有人知道她的身份，故而她的行为没有算在原角色的头上。

逛得差不多，肚子也吃饱了，沈清潋正欲回去，忽然看到前面围了一圈人，隐约有女子的哭声传来。

"那钱是宝儿的读书钱，夫君你不能拿去赌啊！"

沈清潋挤了进去，见一个女子半跪着扯着一个黑衣青年的衣摆，女子泪流满面，恳求着丈夫不要拿钱去赌。黑衣青年戴着一张老虎面具，水葱似的手指抓着自己的衣摆，想要将衣摆扯回。哪怕如此狼狈，他看起来也有一种说不出的风采，鹤立鸡群的身高、清俊的气质与旁人格格不入。

沈清潋蹙起眉，直直盯着青年狼狈的侧影，总觉得有些眼熟，好像在哪里见过，然而她在脑海里过了一圈，却怎么也想不起来。

女子还在哭喊着："夫君，你把宝儿的读书钱还给我好不好？"

顾谈云有洁癖，这样被人拉着，心中已有了几分不悦，但他并没有多想，只以为这女子是认错人了，声音依旧温和道："姑娘，你认错人了，我不是你夫君。"说到这里，他蹙眉看了一眼衣袖，"姑娘可否松开？我不喜与旁人接触。"

女子扯着顾谈云衣袖的手岿然不动，哭着道："你赌也就罢了，连我也不要了吗？"

顾谈云总算看出这女子不是什么好人，是想要敲诈他。他往后退了一步，一双黑白分明的眸子逐渐变冷，轻声道："姑娘，你真的认错人了。"

女子身后走出一高一矮两个男人，高喊着对顾谈云道："我们都认得你，你就是晚娘的夫君！你还要狡辩吗？"

顾谈云松开扯衣袖的手，站定在原地，抬眼看向那几人，眼中多了几丝冷意。

沈清潋挤在人群里，耳边全是围观群众低声说青年不是的声音，她抬起一双清亮的眸子，见青年全身的气场由温和转为冰冷，微微垂头对哭泣的女子说了句什么，女子蓦然一僵。

见女子怔愣，后面一高一矮两个男人有些着急，大声喊着要青年把钱拿出来。

沈清潋以前有个闺密，闺密乐观开朗，最后却跳楼死了，因为她爱上了一个赌徒。

过去的种种冲上沈清潋的脑海，她站在人群中，指尖微动，将药粉洒在另

一只手上。当药粉落在手上时,她迅速冷静下来,如果黑衣青年真的不认识那个女子,真的是那个女子在撒谎,那她岂不是做错了?

这时,人群里冲出一个老人,怒气冲冲地猛地将女子扯开,怒视着那一高一矮两个男人,厉声道:"大胆!"

女人被老人野蛮的动作扯得跌坐在地上。王公公没想到,自己只离开了一会儿,陛下居然被人欺负了!

顾谈云拉住王公公,摇了摇头,轻声道:"莫要扰了百姓的兴致。"

"宿主偏离人设,积分-20。"

若是让百姓知道,站在人群中间的是燕帝,估计会被吓得跪下。王公公强咽下怒意,冷冷地看着哭泣的女人,女人畏缩地抖了一下。

顾谈云半蹲下身,对跌在地上的女人说了句什么,女人愣愣地瘫在地上。

王公公的一张冷脸吓退了那两个欲要纠缠的"证人",也吓退了围观的愤慨群众,众人让出一条路,巧的是,沈清漱就站在那儿。

沈清漱往后退了一步,谁知身后拥挤,她反倒被推着往前一步,脚下一歪,险些跌在地上。

身后几人惊呼一声,都没反应过来,眼见她面朝下朝前跌去,惊险万分之时,她的身侧伸过来一只骨节分明的手,牢牢地扶在她纤细的腰上。

沈清漱急急地抓住他的手腕,微凉的温度蔓延在她的掌心,她头上的流苏轻撞,叮叮作响。

两人离得极近,四目相对,沈清漱闻到了一股清淡的药香,这股药香令她瞬间想起了一个人。

顾谈云闻到一股清甜的馨香,这香味叫他心头一跳。

第十二章

身后熙熙攘攘的人群起伏不定，只有他们安静注视着彼此。他们只对视了短短一瞬，又仿佛过了许久。

顾谈云的手扶在她的腰上，触电般的麻痹感从他的指尖一直钻到心里，炙热烫意在心间翻滚。

触及少女清澈的眼眸，他的心跳快了一拍，面上却从容地挪开视线，扶着她站直后立刻松开手，保持着一种恰到好处的礼节。他苍白的脸上不自觉地染上几分血色，好在有面具遮挡，倒也看不出什么。

沈清漵用手扶了扶面具，心中乱成一团，怎么就这么巧，竟在茫茫人海中遇见了他？他应该不会认出她吧？

一年前，她不告而别，甚至那么嚣张地给他留下一封特别气人的信，现在说不心虚，那是假的，她只能庆幸脸上有面具遮挡，"沈听白"的视线不可能穿过面具看到她的脸。希望他已经淡忘一年前的那些事，可千万别认出她。

相比一年前，他高了许多，看起来也瘦了许多，沈清漵抬起眼，悄悄地打量他。

一年前，她差不多到他的肩头，此时却堪堪到他胸口的位置。

有几个人在吆喝着什么，顾谈云看向沈清漱身后的人群，见后面还有人在往前挤，他温和的视线变得极具压迫感。

"莫要再拥挤。"他的声音如同春风化雨般温润，语调却像是挂在枝头的寒冷雾凇，沉甸甸的，冰冷砭骨。

前方拥挤的人群闻声一定，连喧闹声都小了一些。

沈清漱好奇地抬头望他，这人不只是变高了，好像还变凶了些？

他垂下眼，接触到沈清漱探究的视线，不太自然地抿了抿嘴，轻声道："姑娘小心点，日后莫要再凑热闹了，易发生危险。"

被顾谈云直接点明，沈清漱当即有些脸红，小声地"嗯"了一声。这个人既然是"沈听白"，那就绝不可能是欺负女人的赌徒，毕竟他那么傻，当初她说是他的妹妹，他便相信了。"沈听白"不可能是那样的人。

知错就改，善莫大焉。她垂下头，轻声道："对不起。"

少女忽然说了句对不起，顾谈云却莫名会意了她在说什么，笑了笑道："没事，不必在意。"

顾谈云不知道，沈清漱所说的"对不起"里，包含着两件事，一件是一年前骗了他的事，一件是刚刚误会他的事。

沈清漱心想，既然他说了不必在意，那便是也不在意一年前的事了，四舍五入，这样一算，是不是就等于她没有欠他什么？不对，刚才他扶了她一下，她还需要说一句谢谢。

沈清漱抬头看他："谢谢你。"

少女戴着丑陋的野猪面具，野猪大张的嘴里露出少女殷红的唇，滑稽中有些可爱。顾谈云看着她，温和地笑了笑："举手之劳而已。"

老虎面具将青年的面容遮住，沈清漱看不见他的脸，但她有一种感觉，"沈听白"似乎在笑她的面具。

笑就笑吧，就当赔罪了，不过……他的老虎面具也不怎么样。这样他们应该算是两清了吧？沈清漱不太确定地想着。

顾谈云总觉得面前这个少女给他一种很奇怪的熟悉感，他欲言又止，灯笼明灭的火光闪在他温和的眸子中，他轻声问她："我们可曾见过？"

沈清潋心中一跳，蹙起眉打量了他好几眼，确定他并没有认出自己，估计是觉得她有些熟悉。她连连摇头道："我们没有见过。"

顾谈云抿了抿淡色的唇，移开视线，看向喧闹的人群，轻声道："在下冒昧，不知姑娘芳名？"

沈清潋睁着一双杏眼，过了一会儿才道："我叫司鸣玉。"

听到"司鸣玉"三个字，顾谈云心间的热意骤然降了下去，微微颤动的睫毛遮住眼底失落的光彩。

司鸣玉……就是书中的宠妃沈清潋。按照剧情设定，他会对沈清潋一见钟情，莫非又是剧情在控制他？或许这一出相遇，就是剧情设定的。

他温和的眸子沉了下去，唇角绷得紧紧的。

沈清潋看不到他的表情，不知道他不高兴了，她对"沈听白"的真实身份有些好奇，于是道："我告诉了你我的名字，礼尚往来，你也该告诉我你的名字才是。"

顾谈云却没接她的话，温玉般的眸子带了些疏离冷意道："姑娘可以放开我的手了吗？"

他垂眼看向自己的手，先前那女子抓着他的衣袖，他便觉得不可忍受，为何此时他能任由她抓着他这么久，剧情的力量就这般强大吗？

沈清潋连忙抽回手，刚才慌乱之中，她直接抓住了他的手，一直到现在都没松开。松开手时，沈清潋心里有些不舍，他的体温冰冰凉凉的，还挺舒服……她回过神，想起他还没告诉自己他的名字，又道："你还没告诉我你叫什么。"

顾谈云眸色淡淡，疏离道："萍水相逢，有缘自会相见，无缘也就无须知道名字了。"说完他退了一步道，"姑娘一路顺风。"

沈清潋眯了眯眼睛，只觉得一口气梗在胸口。他说这话就是明晃晃的不给一点面子的拒绝……难道不是他先问她名字的吗？他这么一说，好像先问名字的是她似的。

她不高兴地皱了皱鼻子，狠狠瞪了他一眼，心里气愤地想，他以后就是想告诉她他叫什么名字，她还不稀罕呢！

"宿主偏离人设，积分-20。"系统冰凉的声音一出，沈清漱满脑疑惑，她不是戴着面具吗？眼前又没有其他原著中的角色，凭什么扣她积分？"沈听白"该不会是剧情里的人吧？

她的眼中不由得多了几分打量，顾谈云蹙起眉头，再往后退了一步。

沈清漱一愣，他太过分了吧！连看几眼都看不得了？不给看就不给看，她又不是没看过他的脸！

沈清漱哼了一声，气愤地偏过脸道："那便后会无期吧。"说完这句话，她没有再看顾谈云，转头就走。

顾谈云看着少女渐行渐远，怔在原地，只觉得心中憋闷得出不来气，但他眼底的悔意很快一丝丝地退去，里面透露着几分深寒。

他刚才的语气确实有些重了，但他与她素不相识，心中为何会生出那样浓重的悔意？他的眼眸愈加深沉冷冽，肯定是剧情又在控制他，意图让他走原来的剧情。

他将心中的异常暂且压下，他绝不会受剧情控制，喜欢上"司鸣玉"这个人！

走了几步，他侧身回头看了一眼，戴着野猪面具的少女已经消失在人群中，他的眉心拧紧了三分，不再停留，转身离去，他绝不会喜欢上"司鸣玉"！

人群里隐藏的侍卫立马跟上，顾谈云作为燕帝，自然不可能没人保护，除了这些隐藏在人群里的侍卫，还有暗卫，绝不会让他受到一点伤害。

暗卫负责保护顾谈云的生命安全，侍卫则主要是差遣办事的，先前纠缠顾谈云的只是一个普通女子，且陛下未让他们动手，他们便都隐藏在人群里，等待指令。

一走出拥挤的人群，王公公立刻上上下下把自家陛下打量了一遍，确定没出什么事才放下心。

"都是奴才的错,害得陛下受了委屈！"王公公一张老脸皱出褶子，咬着牙道，"陛下为何不直接杀了那女子，竟敢冤枉陛下，冒犯龙颜！"

顾谈云笑了笑,并没有将先前被人冤枉的事放在心上,声音不急不缓道:"杀她有什么用?"

他看向身后,侍卫长会意,从阴影中走出来,走到顾谈云身前,听候命令。

顾谈云冷声叮嘱侍卫长:"他们是团伙作案,一个不留,全抓了。"

侍卫长恭敬道:"是!"

待他转身欲走,顾谈云又叫住他,慢条斯理道:"莫要打扰百姓的兴致,也莫要杀人,关入牢狱,照法规处理即可。"

话音刚落,系统不断警报:"宿主偏离人设,积分-20。"

至今,顾谈云还未发现积分有什么作用,要扣便扣吧,已经扣到这个地步,再扣二十也没什么差别。

待"沈听白"离开后,沈清澈站在晚娘面前,本来她是想问一问这个晚娘,威胁她说出真相,给"沈听白"洗刷冤屈,好弥补自己的过错,此事过后,他们便互不相欠。没料到,她还什么都没说,之前哭得可怜的女子就把自己骗人的事实说得仔仔细细,大喊着她知道错了。

看热闹的人群开始骂这个名叫"晚娘"的女子,沈清澈盯着漂亮的花灯,往嘴里扔了一颗解药,再买了些零嘴儿,想着带回去明天吃。她走了几步,心里总觉得忘了什么,她的眉心蹙起,忘了什么呢……她的脚步顿住,手里的糖画"啪啦"一声掉在地上。

沈清澈的眼底闪现一层惊慌失措,倏然转头,看向她来的方向。

她的手上有毒!而她之前握了"沈听白"的手!那毒会在一个半时辰后发作,发作时大笑不止,持续半个时辰。

沈清澈僵硬了一瞬,蓦然往回跑去,希望他还没走远!

第十三章

时候尚早,街道上依旧人潮似水,男男女女都出来踏月看灯赏烟火。沈清潋寻了许久,没有寻到顾谈云的身影,眼看着街上人头攒动,她心里叹了口气,以她一个人的力量,人海茫茫,去哪里找"沈听白"?不如回去看看能不能找到帮手,至少还有一个时辰毒才会发作,她还有时间,于是她提着新买的兔子灯笼,匆忙转身离去。

街角昏暗处,站着两个人——顾谈云和王公公。

王公公探着头,努力去看沈清潋的身影,想要看清这个能让陛下躲藏的姑娘长了一副什么模样,是个怎样的人。他记得这个姑娘,就是先前差点摔了,被陛下扶住的那位。

王公公当时见陛下快走几步,扶着一个差点摔倒的少女,内心是有些吃惊的,但仔细想来,陛下这一年来确实变了许多,虽然杀过三个人,处罚过几个人,但大多数时候,陛下的神色总是疏离而温柔的。陛下扶住那位姑娘后,对待那位姑娘似乎没什么不同,只是冷漠地与她道别,故而王公公当时并没有多想,可他没想到这个人竟能叫陛下躲藏起来,这一躲可就不对劲了,不管是一年前还是现在,陛下都从未躲过谁。

他仔细回忆,却只能依稀记起一张狂野的野猪面具。此女子可真是个神人啊!也不知道是哪家的姑娘,在没有内务府收录的美人册上!

眼看着少女窈窕的背影消失在人群中,顾谈云从街角昏暗处走出来,鸦羽般的睫毛微微颤动,掩住了他眼底的情绪。

王公公连忙跟上去,又实在好奇,忍不住问出了口:"陛下,您为何要躲着那位姑娘?"

若陛下仍是一年前的陛下,他是铁定不敢问的,但是现在的陛下……不知为何,王公公总觉得他不像个暴君。

听了王公公的疑问,顾谈云眼帘轻掀,眸光淡淡地落在他的脸上,问:"你很好奇?"

他的声音温和,语调平缓,王公公却一张老脸一缩,立刻住了嘴——陛下的脾气不管变得有多好,到底还是大燕的皇帝,他怎么敢好奇陛下的事情!

顾谈云沉下眼,温和的眸子泛起冰凉的寒意。他躲着,自然是不想见沈清潋。她匆匆赶回,根据剧情,顾谈云猜到她或许是在找自己。他不知道沈清潋找自己有什么事,但他不在意她为何要返回找他,剧情或许是想让他和沈清潋扯上关系,他自然不能让剧情如愿。

沈清潋并不知道"沈听白"在躲着她,若是知道了,只会说一句"活该"!

她将野猪面具揭下,换上另外一副漂亮的狐狸面具,换好后,并没有在路上耽搁,一路回了客栈。

客栈里的人都去外面凑热闹过节日了,只有几个大汉坐在大厅里喝酒划拳,给有些寥落的客栈添了几分热闹。

与其他地方不同,京城这地方,一块砖掉下来,说不定就能砸到一个官员的脑袋,故而这里的人都是客客气气的,生怕一个不注意招惹了什么可怕人物,因此见门口走入一个戴着面具的女子,几人只是瞧了一眼,便都不敢再看,直到沈清潋走远,他们才凑近小声议论,说那小娘子的身影瞧着真好看。

沈清漱走上楼梯，先前看花灯时，她与两个婢女走散了，也不知道她们回来没有。顾荣安若是知道她要找一个男人，定然会怀疑她，因此要找到"沈听白"还需要依靠那两个婢女。

不过她要镇定一点，从容一点，不能让两个婢女发现她对"沈听白"的不同。

正想着，她一抬眼便瞧见了她们。橙色衣裳的婢女叫花容，紫色衣裳的叫清秋，她们是顾荣安留下来帮助她的，除了帮助她，她们还有一个作用，就是监视她。

她们一左一右守在楼梯口，横眉竖目，气愤地在说些什么，就像两尊凶恶的门神。沈清漱一呆，她们怎么了？

两人瞧见沈清漱，立刻迎过来，首先将她手里的吃食全部接了过去。

沈清漱捏了捏酸软的手腕，这些东西刚开始拿得轻松，但走得久了，就觉得这些零零碎碎的东西越来越重，但已走了一半路程，丢了未免可惜，她只能咬咬牙硬撑了一路。

花容竖着眉，气愤道："小姐，他们欺人太甚！咱们明明已经订了天字一号房，东西都收拾好了，他们却叫我们换一间，哪有这样的道理！"

"换一间房？"沈清漱蹙起眉，一时不能确定到底发生了什么。

"是啊，我们钱都付了，他们却叫我们搬去天字二号房！"清秋应和着告状。

小二瞧见沈清漱的背影，连忙放下茶壶，小跑着去找掌柜。

两名婢女向沈清漱讲起刚刚发生的事情，她们与沈清漱走散后，便直接回来了，打算在客栈等着，谁知客栈掌柜却叫她们搬去隔壁的天字二号房，她们当然不依，住店的银子都给了，哪有中途变卦的道理？谁知他们竟强硬地把她们的东西都搬到了天字二号房。

"那掌柜的说把钱还给我们，奴婢和清秋都没拿那钱，等小姐回来再做决断！"花容圆圆的脸蛋拉得老长，气得不轻。

清秋往沈清漱身后看了一眼，努了努嘴示意道："那可恶的掌柜来了。"

沈清漱转过身，眼看掌柜走到跟前，她站的位置较高，漆黑的眼眸微微下垂，便看见掌柜挺着圆圆的肚子，脸上的肉颤巍巍的。

"实在对不住。"掌柜微微喘着气,行礼致歉,眼瞧花容和清秋怒目看他,他调节着呼吸,无奈道,"姑娘,实在不是不给你们住,这间房有别的客人要了。"

"可这间房是我们先订的,不是吗?"沈清漱的声音轻轻柔柔的,说出来的话却半分不让,"天字一号房和天字二号房,虽一字之差,但做生意最应该讲诚信。"

掌柜的脸上露出一抹苦笑,嘴巴张了张,欲言又止,最终叹了口气道:"那个贵人小人实在招惹不起,咱这就是小本生意,招惹不起那样的贵人。失了诚信只是没了生意,得罪那位贵人,却有可能掉脑袋,还是请姑娘换房吧。"

沈清漱的眉心拧了起来,什么贵人,这么霸道?她眼眸微垂,语气轻缓道:"就算如此,掌柜您也不能未经客人同意就擅自把我的东西搬到另一间房吧?"

掌柜垂着一张脸,看着就要哭了:"都是小人的错,客人您想怎么着都行,让小人给您跪下都行!"

眼看客栈掌柜真要跪下,沈清漱制止了他:"罢了,这次就算了。"

只是一间房而已,倒也不必争这口气,而且她现在急着救人。

"这间房便罢了……"沈清漱侧着身子低眼看他,"但你未经我的同意,随意处置我的东西……"

客栈掌柜立刻从宽大的衣袖里掏出几大块银锭,道:"这事确实是小人做得不对,这些钱便当是给姑娘的赔礼了。"

见沈清漱并没有反应,掌柜的眼泪都要下来了。

掌柜手里的银锭,能抵得上她住房钱的五倍。沈清漱看了一眼掌柜佝偻的背,终于动了动手指,拿过他手心里的银锭道:"这次便罢了。"

掌柜立刻点头哈腰地道谢。

等回到屋里,花容脸上的气愤之色还未消去。沈清漱走到窗边推开窗,天字二号房只比天字一号房小了一些,但坐北朝南,光线很不错。从窗口往外瞧,可以看见院子里开得正艳的花,天空上有昏黄的灯缓缓升起,是有人在放天灯。

清秋把沈清漱买的吃食放到桌上,满满摆了一桌,她忽然有些好奇,这么多东西,柔弱的沈姑娘是怎么抱着走回来的。

沈清漱瞥了花容一眼,花容正在收拾衣物,只是眉间的褶皱都能夹死一只苍蝇。

　　察觉到沈清潋的视线，花容放下手里的衣物，抬起眼轻声询问道："小姐可要洗漱？"

　　顾荣安安排的这两个婢女倒是不错，沈清潋殷红的唇轻轻勾起，摇了摇头："我需要你们帮我找一个人，用上你们能调用的所有力量。"

　　清秋也停下手里的动作，抬眼看向沈清潋："姑娘初来京城，是要寻谁？"

　　沈清潋知道她是在试探自己，漂亮的眉眼染了些怒气道："那人偷了……"

　　这时，屋外的声音依稀自半掩的门缝传入，沈清潋竖起耳朵仔细一听，这声音……好像是"沈听白"身边那个老人？她刚刚才见过他们，应该不会记错。这个老人的声音特别尖，隔着老远都能听到他的声音。

　　这么巧，又遇到了？

　　清秋走过去，合上门，紧闭的房门将老人的声音隔绝在外。

　　沈清潋站起身，走到门口，将耳朵贴在门上。花容茫然地抬起眼，圆圆的眼睛微微瞪大，瞳孔里倒映着贴在门上偷听的沈清潋。

　　门的隔音效果太好，沈清潋没能听到什么，皱了皱眉，轻轻拉开了一点门缝。

　　花容看得满脑疑惑，小姐在做什么？

第十四章

　　天字一号房就在天字二号房隔壁，比起天字一号房，天字二号房距离楼梯口更近些，故而要去天字一号房，必然会经过天字二号房。

　　从楼梯口走来的正是顾谈云和他的贴身太监王公公。

　　若不是拉开了门缝，加上客栈内本就安安静静的，沈清潋不一定能听到外面的声音。

　　"主子，您觉得这地方怎么样？"为了隐藏身份，顾谈云让王公公在外面不要称呼他为"陛下"，故而王公公只唤顾谈云"主子"。

　　这地方是王公公命手底下的小太监找到的，陛下要住这间客栈，那定然要选最好的房间才能配上陛下的身份。

　　顾谈云微微抬起眼，扫了一圈，没什么兴致地淡声道："尚可。"

　　"这客栈虽没其他客栈繁华，但地处偏僻，胜在环境清幽雅致。"王公公紧跟在顾谈云的身后，提了提嗓子油腔滑调道，"正符合主子的要求。"

　　顾谈云依旧没有什么兴致，轻轻"嗯"了一声。

他的身影进入了沈清澈的视野，沈清澈眼底带着一缕诧异，她之前找了他那么久，怎么也找不到，这就送上门来了？她的心里安定了一些，找到顾谈云，那就不急了。

　　但沈清澈也不想这么快就给他解毒，她要让他笑上一会儿，再去解毒。因为天字二号房再往里，就是天字一号房，他就是那个霸道抢了她房间的家伙。

　　沈清澈眉间舒展，唇角上挑，眼里浮现出一抹兴味，今日她就让他知道，借势压人是不对的。

　　顾谈云即将走过天字二号房时，感觉到一种强烈的被偷窥感，脚步微顿。

　　"主子，怎么了？"王公公什么也没发现，绕着看了一圈，唯独没有看向左手边的房门，他吓得仿佛惊弓之鸟，"可是有什么异常之处？异常之人？"

　　顾谈云侧眼看向天字二号房的房门，眉目间的温柔倏然裹上了一层二月的凉风。

　　微微开了一条缝的门迅速合上，顾谈云看着紧闭的门，眉头微挑。

　　"主子！这……"王公公瞪眼看着天字二号房的房门，只见门扉上映着一个淡淡的人影！

　　屋里的灯烛明亮，沈清澈站在门口，挡住了火烛的光，于是就在门上留下了一个清晰的人影。她没有想到，她的影子出卖了她。

　　沈清澈听到外面那个老人的惊呼，心头一跳，屏住呼吸，只希望外面的人没有发现她。

　　她暂时还不打算给"沈听白"解毒，故而还是不要被发现得好。若是被发现了，"沈听白"说不定会联想到她身上来，到时新账加旧账，合起来一起算……

　　客栈掌柜之前说要天字一号房的，是个招惹不起的贵人，看来"沈听白"的身份不低。客栈掌柜能如此害怕，可以看出"沈听白"也并不是什么善人。

　　她或许不该用一年前的眼光看他了，毕竟人是会变的。

　　一年前的"沈听白"不会做这种仗势欺人的事情，一年后的"沈听白"做了；一年前的"沈听白"有可能会原谅她写的那封信，对她既往不咎，一年后的"沈听白"就不一定了。

第十四章

系统虽然会保住她的命,但是中间要是吃了什么苦头,系统是不会管的。想要自由自在,还是等成为暴君的宠妃之后,再尽情自由吧,毕竟"沈听白"再怎么厉害,也不可能超过暴君。

沈清潋慢慢后退,要想个好点的办法,既能让他不怀疑她,又能给他解毒。

屋里的花容站了起来,瞥了一眼门口,手摩挲着衣角紧张地问道:"小姐,怎么了?"

清秋同样露出疑惑之色,将手里的衣物放到一边。

沈清潋对着她们摇了摇头,将食指竖在殷红的唇前,示意她们不要说话。花容微微瞪大眼,紧张兮兮地点点头,小心朝沈清潋走去,半个身子挡在她的前面。

沈清潋的眸中覆上一层暖意,侧耳细听,外面什么声音也没有,没有说话的声音,也没有脚步声。他们一直站在门前,没有离开。该不会真的被发现了吧?沈清潋开始心虚。

"陛下,要不要把这屋子里的人捉起来?"王公公挡在顾谈云身前,小声询问。

顾谈云第一眼看到那道影子时,心里便有个声音告诉他,门内的就是沈清潋。或许是剧情的牵绊……没想到他躲了这么久,剧情却硬是要把他和沈清潋凑在一起。但顾谈云并不讨厌沈清潋,他讨厌的是剧情,讨厌被系统控制的感觉。

青年葱白的指微微蜷起:"没什么,走吧。"

门外的脚步声渐渐远去,随后是门打开又关上的声音,他们走了!沈清潋顿时松了一口气,还好没被发现。

"小姐,发生什么事了?"花容依旧压着嗓音。

沈清潋的眼底弥漫上一层雾气,眼泪一下子飙了出来。

花容惊道:"小姐,您怎么了?"

"我本来以为来的是王爷,没想到不是。"沈清潋眉目之间笼罩着几分憔悴,"见了两个陌生人,吓了一跳。"

"符合原角色人设,积分+1。"

"符合原角色人设,积分+1。"

一下加了两分,沈清潋的唇角微不可察地弯了弯。

花容不知道该如何安慰沈清漱，只得不断道："小姐莫要伤心，王爷可喜欢小姐了。"

清秋轻声道："小姐不要想这些伤心事了，不是还要找人吗？"

沈清漱看了一眼门外，轻轻蹙起眉："算了，不过是几两银子，丢了就丢了吧。"

清秋安慰了沈清漱几句，便出门去准备洗漱用品。

沈清漱在圆桌旁坐下，她要想个办法，混到隔壁给"沈听白"解毒。

花容自顾自地安慰着沈清漱，抬头见沈清漱依旧一脸愁容，叹了口气，安静了下来。

屋子里顿时只有收拾物品的声音，沈清漱撑着下巴呆呆地看着门外，心里默默计算着时间。

此时门外有人敲了敲门，清秋在外面道："小姐，沐浴的水来了。"

沈清漱用手帕擦了擦眼角的泪，走到床前的屏风后，轻声道："请进。"

一群人抬着浴桶进来，他们将浴桶抬至角落的屏风后，就目不斜视地离开了。

浴桶的水面上漂着红粉的月季花瓣，晕开一阵甜香，里面除了月季，还放了些沈清漱自配的香料，可舒缓身心。

清秋试了试水温，道："小姐试试这水温，可要再加些热水？"

地上放着几个装水的木桶，都是滚烫的沸水，若是觉得水凉，就可以加一些到浴桶中。

沈清漱用指尖试了试温度，说："再加些水吧。"她喜欢热一点的温度。

花容点了点头，拎起木桶，往浴桶里倒了些热水，道："小姐再试试。"

沈清漱伸手触了触浴桶里的水，轻轻颔首道："差不多了。"

清秋和花容退了出去，沈清漱不习惯沐浴时有人在旁边侍候。

衣物褪下，屋里泛起阵阵水声，清秋和花容都在门口守着。花容和清秋，两人一动一静，花容直爽，会几分武，清秋细心，行事妥当。沈清漱越来越喜欢她们了。

泡在热水中，鼻尖是各种香料混合而成的甜香，只觉全身疲劳都被洗去。过了一会儿，她捻起一片漂浮在水面上的粉色花瓣，撕着玩起来。

第十四章

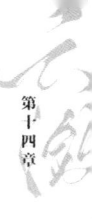

算着时间，"沈听白"的毒差不多要发作了吧？不知道他那张脸不可遏制地笑起来，是什么模样。沈清潋明亮的杏眼闪动着灵动的光芒，嘴角翘起。

天字一号房内流转着静谧的气氛，明亮的烛光在房间中跳跃，暖色的光映在顾谈云苍白俊美的脸上，他的气质原本温和而疏离，此刻却仿佛脱去了那层疏离。月光褪去清冷寒意，只留下那簇莹白的光，照亮漆黑的夜色。

桌案上堆满了奏折，他蘸了些墨水，在奏折上写着什么，落下一行清新飘逸的字。他眉目沉静，迅速处理着桌案上的奏折。

除了原著剧情外，顾谈云还获得了原角色的记忆。原角色虽然设定是个昏君，但除去爱美色、头疼失去理智或不高兴时会杀人这几点外，其实他一点也不昏庸。

大燕至今已经历三任帝王，顾谈云正是第三任。他的先祖为了夺取天下，给了世家许多权利，而这恰巧会成为原角色失去皇位的导火索。

世家势力渐渐壮大，浮现许多弊端，官官相护，贪赃枉法之事时有发生。若是寄希望于世家内部安分守己，维护秩序，只会让资产分配愈加不均匀，导致民不聊生，起兵发动战争自然在所难免。

更加悲惨的是，原角色在位时，发生了多起灾祸。大燕是一个极其注重祭祀的国家，极其信仰天意，无论做什么，都要开天坛卜卦。他想要动世家的蛋糕，世家当然不答应，于是借天意让原角色失了民心。大燕就这样，只传了三代就亡国了。

顾谈云眸光意味不明，原著写的是男主角的故事，自然要将与男主角对立的他，污化成一个小丑。他的人设有三个，一是喜欢杀人，二是喜欢美人，三是喜欢和世家势力作对。前两个设定顾谈云并不认同，但最后一个……世家的势力，他是一定要削弱的。

在其位，谋其政。既然他现在成了原角色，自然要扛起责任，对大燕负责，对大燕的百姓负责。只是这事不能急，只能一点一点慢慢来，一点点地分解世家势力，温水煮青蛙……

想到原角色的人设，"沈清潋"三个字划过他的脑海，顾谈云也不知道为什么，他的脑海总是划过沈清潋的身影。剧情就这般不可抗吗？还是沈清潋就是那个给他留下一封绝情信的人？

长长的睫毛在他的眼下投出一片阴影，他眼眸微深，他只知道忘记的那个人姓沈，药堂里的人叫她沈姑娘。他们说她喜爱穿素雅的衣裳，模样极其美丽。顾谈云本想叫宫廷画师将那位沈姑娘画出来，但或许是剧情的不可抗性，许多人说出的沈姑娘的特点是完全相反的。

沈清潋也姓沈……是剧情在误导他，还是她就是他忘记的"妹妹"？

突然，顾谈云感到心间微痒，一股麻意攀爬而上，他轻笑出声，笑声不息。

站在一旁侍候的王公公疑惑地抬起眼，顾谈云却还在笑。

"陛下？"王公公轻轻唤了一声，但顾谈云还在笑。

顾谈云唇角紧闭，闷笑声却从他的胸膛不间断地传出来，今日发生的一幕幕，在他脑海中迅速闪过。除了王公公，今日只有那个名叫"花娘"的女子触碰过他的衣摆。

他的眉轻轻皱起，不间断地轻笑着。

还有一个人直接触碰过他……沈清潋！

他立刻向隔壁看去，沉眉咬牙，像是要透过墙壁，吃了住在隔壁的人。被人这样捉弄，哪怕顾谈云是神仙般的好脾气，也被弄出了几分气性。

第十五章

顾谈云……笑声，但最终没忍住，笑声冲到嗓子眼，从……

……眼睛。他活了二十多年，无论是贫……从容淡定的形象示人，哪怕是少年……么大的糗。

……天字一号房忽然显得拥挤起来。……般的眼睛，他们身上没有血腥杀……他们不像活物。

这是……每一任皇帝。

暗卫们……表达着他们的臣服，他们在等待顾谈云的指令。只要顾谈云的命令……下，他们就会如同凶狠的鹰，将敌人撕得粉碎。

顾谈云摆了摆手，让暗卫全部退下，对付一个普通少女，没有必要动用暗卫队。

暗卫听从他的命令，全部闪身离开。天字一号房又恢复了宽敞，室内安静，只有顾谈云的笑声在屋内回荡。

顾谈云笑着笑着，心里不知怎的，怒气渐散，真的生出了几分笑意。他只觉得沈清漱的行为，真是令人又好气又好笑。至于哪里好笑，他不知道，只觉得心里无奈极了。他能够确定下药的正是沈清漱，而不是那位名叫"花娘"的女子。他有洁癖，故而离开那场事故后，便立刻换了外衣。王公公接触过那件外衣，但此刻王公公没有事，一直笑的只有他。排除"花娘"的嫌疑，只有沈清漱直接接触过他。

他半合着眼，鸦羽般的睫毛随着笑声轻轻颤动着。

"陛下，大夫来了！"侍卫长背着一个年迈的大夫冲进屋里，王公公在后面追着跑，跑得气喘吁吁，几乎要昏厥过去。

大夫听到侍卫对他的称呼，吓得手一抖，侍卫长把他放下来时，他的腿一软便坐在了地上。

王公公心里着急，半拖着大夫往顾谈云的方向走。

顾谈云努力憋住嘴角溢出的笑，艰难地断断续续道："我没什么大事，不用着急。"

"宿主偏离人设，积分-20。"

大夫哪里见过这样尊贵的人，手吓得直哆嗦，听了顾谈云的安慰才放松了些。

顾谈云伸出手，拨开衣袖，露出手腕，王公公将一块薄纱盖在他的手腕上。大夫哆哆嗦嗦地给顾谈云把脉，良久没有说话，室内寂静得只有顾谈云的笑声。

"陛下怎么样了？"王公公心里着急，噼里啪啦地问道，"可是中了什么毒，有什么办法可以解开？需要多久可以恢复正常？"

大夫的手哆嗦个不停，脸上浮现难色。

"怎么了？"王公公脸上露出几分紧张害怕，艰难问道，"可是中了什么奇怪的毒？"

王公公擦了擦眼泪，陛下怎么就这么命运多舛呢？幼时陷入宫闱阴谋，中了三种毒，好不容易命大没死，此刻竟又中毒了！

"但说无妨。"顾谈云努力压抑着笑，断断续续道。

他这句话一出来，系统又扣了他二十积分。

顾谈云脸上虽然还化着暴君妆，但笑声之下，他的语气温和有礼，大夫心里的害怕减了一些，半跪在地上，忐忑道："草民医术粗浅，没能看出这是什么毒……"他嘴角的皱纹抿得更深了些，"草民只会治些普通病症，这毒草民从未见过，请陛下恕罪！"

在王公公不甘的视线下，大夫哆哆嗦嗦地离开了房间，一离开客栈，大夫立刻不顾年迈的身子，狂奔而去。

"陛下，奴才再去给您找个大夫！"王公公说着，拉着侍卫长便要往门外跑。

顾谈云叫住了他们，王公公着急道："陛下，奴才去去就回。"

顾谈云摇了摇头，强压着溢出的笑声断断续续道："解铃还须系铃人……"

按照他的猜想，这毒应该是通过肌肤接触染上的，既然是她所为，那么她必然有解药。

在王公公和侍卫长疑惑的目光下，他略微偏眼，看向一墙之隔的天字二号房。

如此大的动静，天字二号房自然不可能听不到。花容好奇地盯着门，想着隔壁到底发生了什么，怎么不断有人从门口跑过来跑过去的？

清秋眼里浮起担忧："隔壁好像发生了什么事情，小姐您……"

"放心，没什么事，他们不会过来的。"沈清漱泡在水里淡定道。

第一，顾谈云没有看过她的脸，不会知道是她的毒；第二，他不知道她就住在隔壁的天字二号房。让他再笑一会儿，尚且不会出什么事情。

然而，沈清漱很快就被打脸了，话说完没多久，外面就有人拍了拍门，动作很粗鲁，明显来者不善。

"来的是谁？有什么事情？"清秋警惕地大声询问外面的人，花容开启戒备模式，随时准备开打。

外面站的是侍卫长，他对着屋内道："我家主子找你家主子有事。"

"我们这里都是女客,不方便与你家主子单独见面。"清秋肃着脸回绝了他。

侍卫长再次不耐烦地拍了拍门:"再不开门,我们便直接进去了。"

沈清漱急促地穿好衣服,湿漉漉的乌发披散在腰间,朝下滴着水,打湿了刚穿上的衣裳。

"让他们稍等一会儿。"她对花容和清秋道。

"我们家小姐正在沐浴,请稍等一会儿。"清秋说完这句话后,外面没有再说什么。

侍卫长来到房门口时,便想破门而入,里面的人竟敢伤了陛下,谁给的胆子!他心急于陛下的毒,只想尽快抓住罪魁祸首,给陛下解毒,但陛下命令他不可以乱闯,不可以出言不逊,必须礼貌地把人请过来,侍卫长只能心里着急地等着。

沈清漱穿好衣服后,再披了件保暖的宽大外衣,又去翻找帷帽。

"小姐,您要找什么?"清秋问。

"遮脸的帷帽。"沈清漱还是想挣扎一下。

清秋寻来帷帽,连忙将帷帽戴在她头上,白色的纱垂下,遮住了她的脸。

门打开,面纱后少女流畅的下巴曲线若隐若现,朦朦胧胧更显神秘,侍卫长愣了愣,变得礼貌了些,对沈清漱做了一个请的手势。

听说陛下极爱美人,或许陛下见到面前这个少女,会将她纳入后宫也不一定。

沈清漱走进隔壁的天字一号房,顾谈云坐在屏风后,屏风上映着他清瘦的影子。沈清漱忽然就明白了,"沈听白"为什么会叫她过来——她之前站在门口,偷看来人是不是顾谈云时,她的影子映在门上,顾谈云肯定看到了她的影子。一个鬼鬼祟祟偷听的人,怎么看都有很大的嫌疑。

沈清漱偷偷抬起眼,他的身影有种温柔又孤高的感觉,如果忽略他压抑不住的笑声的话。她压了压唇角,努力不让自己幸灾乐祸地笑出声。

"还不快把解药交出来!"王公公对着沈清漱厉声道。

沈清漱抬起眼,畏缩地往后退了一步,怯声问他:"什么解药?"

她装得太好,哪怕王公公阅人无数,也无法区分她说的到底是真话还是假话。

顾谈云嘴里溢出的笑声顿了顿。

沈清漱绝不会承认这件事，承认后系统就会扣她的积分，"沈听白"说不定还会惩罚她。如今的世家子弟几乎个个都是酒囊饭袋，品行不端且心胸狭隘，就算他不是睚眦必报之人，但细数她以前对他做的事，沈清漱扪心自问，如果她是"沈听白"，也绝不会放过自己。

沈清漱"此地无银三百两"地掩了掩面纱，心想可千万不能让"沈听白"看到她的脸。

屋里除了顾谈云的笑声，寂静无声。沈清漱紧了紧手指，看来今日她不给解药，是无法离开这里了。

"其实民女稍懂一些岐黄之术，不若让民女给您把把脉，看看这毒怎么解？"

顾谈云垂下眼，轻轻颤动的睫毛在他苍白的脸上打了一层阴影。他不想让沈清漱看到自己此刻如此狼狈的模样，站起身，笑声盖住他的脚步声，他停在屏风后，伸出手腕。

他的手腕修长匀称，苍白的腕上透出几簇青紫的青筋。

王公公连忙走到顾谈云身边，用薄纱盖住他的手腕。

沈清漱一怔，一年不见，他倒是多了些毛病。她抬手放在青年的手腕上，垂眸细思，一副认真工作的模样。

少女碰到顾谈云的手腕时，他只觉得一股麻意，从他们相触的地方往上攀爬，痒痒地爬到他的心里，他的心跳快了些，血色爬上他苍白的面颊，不知道是因为此刻太狼狈，还是因为什么。

同样姓沈，同样会医术，她们究竟是不是同一个人？

第十六章

沈清潋看不到顾谈云的脸，自然不知道他的纠结。她原本只是想意思一下，给他随便把个脉，那个药粉没有任何副作用，不会对人体造成什么危害，只会让人笑半个时辰，没料到这一把脉，她却把出了了不得的东西。

他似乎身中几种剧毒，几种毒在他体内互相制约，竟达到了一种平衡。

还真是一个不幸又幸运的人，平常人哪会中这么多毒，但中了几种剧毒，还活在世上的，唯他一个。沈清潋的心里生出几分兴趣，相比医术，她更喜欢毒术，而要制毒，一定要会的就是解毒。

她还没遇上过"沈听白"这样的人，她与他好歹相识一场，虽然她是抱着惩罚他的心思，却没想过要他的命，无论从哪个方面想，她都该研究研究他体内的毒，想想怎么治好他，只是当务之急，还是要先给他解药。

直接拿出药丸，似乎不太行，这不就是在直说给他下药的就是她吗？除了直接吃药丸外，就只有针灸了。

沈清潋沉吟一会儿，故弄玄虚道："要解开这毒并不难，只是此客栈离药堂太远……"见王公公听到这里就要去药堂，沈清漱连忙快速道，"还有一个方法，快速又有效！"

"什么？"王公公急声问她，侍卫长也面露急躁。

听到沈清漱不动声色地吐出"针灸"二字，王公公脱口而出道："你要主子脱衣服？"

她把脉的手微僵，针灸确实要"沈听白"脱衣服，但从这位老人家嘴里说出来，怎么就这么不对劲呢？

王公公的话撞入顾谈云耳中，他的脑子里仿佛有无数烟火撞开，心怦怦直跳，就像一只脱缰的野马，激烈得要从心口跳出来。

大燕对男女大防不是特别注重，从男客女客不分层住，顾谈云住天字一号房，沈清漱住天字二号房就可以看出来。但再不防，脱衣坦诚相见还是过于开放了。沈清漱自己虽然不在意，但她想着其他人估计比较注重这些，于是软语安慰道："你们放心，在我的眼里，没有男女之分，只有需要医治的病人。"

这话一出，王公公和侍卫长的态度都软化了些。顾谈云的目光状似不经意地在沈清漱把脉的手上飘过，如果不是他已经确定下药的人就是她，恐怕他也要感动于她这一番拳拳治人之心。

王公公想着，陛下是男子，再怎么样，吃亏的也不会是陛下，于是在顾谈云点头之后，也没什么异议。

这女子虽以薄纱遮面，但观其身形，听其言语，应当是个美人。哪怕之后这女子强求入宫，成为陛下的嫔妃，想来陛下也不亏。陛下不正是要纳美人吗？多一个到宫里也不碍事，何况谁敢威胁陛下？

为了防止沈清漱心怀不轨，对陛下下手，王公公和侍卫长都留了下来，只是在顾谈云的要求下，他们都退到了屏风外。

王公公心里有些惆怅，陛下再也不像幼时一般可爱了。

沈清漱理了理面纱，在王公公和侍卫长虎视眈眈的目光下，绕到屏风后面。

顾谈云没有用面具遮住脸，但他不想让沈清漱瞧见此刻的狼狈模样，于是微微侧过脸，在明亮烛光下，他苍白俊美的侧脸暴露在沈清漱的眼中。

他用修长的手指捂着嘴，笑声从他的指间溢出，长长的睫毛垂下，在眼睑处打上一片阴影，令他白月光般温柔疏离的容貌，多了几分邪魅阴沉……等等，那个好像不是他的睫毛下的阴影，好像是画上去的。沈清漱抿了一下唇，虽然"沈听白"这个样子也很好看，但她还是更喜欢他没化妆时的样子，哪怕是化妆，也应该把自己往好看了弄吧，他怎么把自己弄成这副奇怪的模样？

久久没有听到动静，顾谈云偏头看过来，嘴里飘出一句破碎的话："你还愣着做什么？"

"民女在等郎君褪衣。"沈清漱的回答轻轻柔柔的，但只一句话就把顾谈云镇住了。他全身忽然紧绷，双颊飘红，耳尖红如血，慢慢地垂下长睫，想要侧过脸去，又觉得不好，但不侧脸又不行，显出一种明明白白的拘束感。

沈清漱看了一眼，连忙垂下头，他的其他地方变了，但容易害羞这一点倒是没变，她还是不要看他了。

只是她不知道，顾谈云哪里是爱害羞，只是面对她才这样而已。

屏风外的王公公听到声音，忽然想看看里面是什么情形，但也只是想想，真要干他是不敢的。

片刻后，顾谈云别扭地走到床边，慢慢地解开腰间的玉带，开始脱衣服。

沈清漱看了一眼他的动作，忽然觉得自己像是在勉强一个黄花大闺女，她想着给他留几分面子，干脆垂下眼不再看他脱衣裳。

顾谈云解衣裳的手一顿，她看他时，他觉得心里紧张，不想让她看，但她真的不看了，他却觉得不高兴，难道她不想看他吗？

意识到自己生出了莫名其妙的想法，顾谈云眸光意味不明，慢慢地解开衣裳，里衣半开，露出他的肩背，他躺到了床上。

沈清漱这才抬起眼，朝他走去。与他外表的清瘦不同，脱下衣裳后，他的肤色虽然苍白，却覆盖着一层薄薄的肌肉。肌肉所占比例不夸张，恰到好处，在明亮的灯光下，显出一种硬中带柔的美感。

或许是受王公公的话的影响，沈清漱此刻也有些不自在，她深吸一口气，心想自己又不是没见过男人的后背，磨叽个什么？

她定了定神，从针灸袋里拿出一根细针。因顾谈云还在笑，他的背部轻轻颤动，但这点异动并不影响沈清漱施针。

　　顾谈云十指紧握，只要一想到床边给他施针的女子，目光正扫视着他的背，他全身的血液顿时沸腾起来。

　　银针置于青年背部上方时，顿住了，沈清漱提醒道："放松些，否则进针时会疼。"

第十七章

沈清漱说完后，顾谈云的肌肉绷得更紧了，她只能无奈下针，细细的银针在他身上的几处穴道落下，直到最后一针，他的笑声停了下来。

与吃药丸不同，针灸只是暂时封住他的穴道，让药性不会影响他，算是治标不治本。但那药原本就只会让他笑半个时辰，半个时辰后药性自解，故而也算是治好了。

她无奈地叹了口气，轻声道："郎君是第一次针灸？"

"不是第一次针灸，"顾谈云的嗓音有些哑，"但是第一次一个女子给我针灸。"

"郎君瞧不起女子？"顾谈云看起来没有找她算账的意思，也不知是相信了她的说法，还是装作不知。只是不管是哪种可能，沈清漱都稍稍放下了心，于是胆子也大了些。

顾谈云坐起身，背对着沈清漱的方向，敛好衣裳道："那倒没有，有句话叫巾帼不让须眉，自古以来，女诗人、女将士比比皆是。"

沈清漱眼里多了几分讶异，在现代，尚且有许多瞧不起女人的人，没想到"沈听白"一个古代男人，竟有这种觉悟，她心里对"沈听白"不禁多了几分欣赏。

屏风外的王公公和侍卫长心里也讶异，陛下竟会说出这种话？在他们心里，陛下虽然脾气变好了一点，但还是一年前的陛下，杀伐果断，高高在上，怎么也不可能垂下眼睛，去看大燕的女子，说出这么一番赞美女子的话。

"这天字一号房，是郎君要住的？"沈清潋顿了顿，到底问出了口。他似乎还是一年前的那个"沈听白"，并没有发生她想象中的变化。

顾谈云闻言抬起眼，觉察到不同寻常的意味，问："天字一号房是我家老仆安排的，可是出了什么事情？"

屏风外的王公公精神一凛，天字一号房虽不是他拿下的，但是他命令手下必须给陛下订最好的房间。

"没什么。"沈清潋颇有些心虚地笑了笑，她决定弥补自己的错误，于是主动道，"刚才给郎君把脉时，民女发现郎君似乎身中好几种毒。"

顾谈云此刻已经穿好了衣裳，他的眸光落在沈清潋滴水的发上。

王公公此刻迫不及待地走了出来，恭敬问道："姑娘可有什么救治之法？"

沈清潋摇了摇头："暂时只有压制之法，可以减轻毒性发作时的痛苦，若要根治……还需要一些日子研究。"

听了这话，王公公丧了气，心想一个女子，哪怕医术再高明，还能比得上御医？是他鬼迷心窍，一时头脑发昏，竟以为有希望。

沈清潋一看王公公的神色变化，就知道这个老人家不相信她，她抬眼看向顾谈云，问："郎君可信民女？"

不料一抬眼，隔着一层薄纱，对上顾谈云的眼睛，他温和的眸子带了几分灼热，似乎想要透过面纱看到她的脸。

沈清潋心虚地侧过头。

顾谈云轻浅一笑，轻声道："姑娘不若给我留个药方子？"

沈清潋点了点头，顾谈云带着她走到书案前，顺便命王公公去拿擦头发的布帛。

沈清潋按照顾谈云的示意，拿起笔，准备起墨，却忽然想起她曾给他留过

一封信，若是她用本身的字迹写出来，一比对字迹，根本不用看脸，他就能认出她来。

"姑娘怎么不写了？"顾谈云站在一旁，眸色淡淡，揶揄道。

他瞧着十分淡定，实则心紧张到了嗓子眼。

沈清潋偏头看他，顾谈云淡定回望，她垂下眼，笔尖只稍稍顿了顿，便一笔一画地写下药方，字迹如同狗爬，与她之前留给顾谈云的信上的字迹有着天壤之别。

顾谈云看着宣纸上狗爬般的字迹，皱起了眉。

沈清潋不好意思地小声道："民女未曾练过字，故而写出来的字比较丑，郎君见笑了。"

她很小心地连写字习惯都改了，她就不信都这样了，他还能认出她的字迹。

顾谈云言语依旧温和，只是多了几分疏离，轻声道："无碍。"

王公公推开门，手里拿着擦头发的布帛，他将布帛递给沈清潋，沈清潋双手接过，柔声道谢，但她拿着布帛没有擦头发，退了一步道："既然郎君已经无事，民女便退下了。"

顾谈云没有说话，她转身欲走。

"等等。"顾谈云叫住了她，嗓音微哑。

他思忖一番，轻声道："下药的人是你吧？"

沈清潋步子一顿，王公公和侍卫长拦在她的身前，她转过身，言笑晏晏地看着他，低声道："民女不知郎君在说什么。"

"我记得你身上的香味。"忽然意识到这句话有些过于暧昧，顾谈云顿了顿，轻咳一声才继续道，"除了那位名叫花娘的女子，只有你接触过我。"

沈清潋嘴硬道："民女不知郎君在说些什么。"

顾谈云冷湖般的眸子看过来，回道："姑娘可敢露脸？"

沈清潋抿了抿殷红的唇，声音冷硬了几分："民女先前是遇见过您，但这又能代表什么？除了民女，与您接触的那位女子，您连她的名字都能记错，怎么就能这样信誓旦旦地怀疑民女？"

顾谈云心中诧异,原来那女子并不叫"花娘"?算了,叫什么并不重要……
　　"大胆!"王公公怒喝一声。
　　顾谈云若有似无地叹了口气:"算了,你走吧。"
　　这次对峙后,沈清漖被扣了二十积分,顾谈云被扣了四十积分。
　　清秋和花容守在门外,见沈清漖平安出来,两人立刻迎了过来。
　　"小姐,他们可有为难您?"清秋担忧地问道,花容也担忧地看着她。
　　沈清漖的脊背出了一层冷汗,这一年来,"沈听白"身上的气势倒是可怕了不少。她笑着摇摇头:"没什么事情,只是帮天字一号房的郎君治个病,一切顺利。"
　　听到沈清漖这样说,她们方才放下心。
　　"有求于人还那么嚣张。"花容看了一眼天字一号房,不满道。
　　今夜的纷争总算是告了一段落,沈清漖擦干头发,忙乱一夜到底还是香甜入睡了,隔壁的顾谈云却一夜无眠。
　　三日很快过去,沈清漖退了天字二号房,隔壁的"沈听白"早就退了天字一号房,在那晚之后就离开了。
　　今日是参加入宫选拔的日子,过了入宫选拔,她与暴君的剧情就要正式开始了。

第十八章

来参加大选的约有五百名女子,这五百多名女子个个生得漂亮,各种类型都有,叫人眼花缭乱。沈清漱看了这个看那个,不知道将目光停在哪张脸上。

许多美人围在一起轻声慢语地闲聊,见又有三人走进来,都抬起眼看过来。她们的目光落在沈清漱的脸上时,略微一顿。

顾谈云的暴虐名声还未流传到京城外,她们只听说燕帝俊美非凡,风流倜傥,因此她们或多或少都是带着目的而来,于是那些落在沈清漱脸上的目光,变得充满敌意——她的脸生得实在是太好看了,在如此多的美人中也是艳压群芳。

在众多美女火辣辣的目光中,花容和清秋僵硬了身体,只有沈清漱淡然如初,对在场的美人软软一笑,仿佛一朵安静无害的蔷薇花。

一个美人朝她走过来,问:"这位不知是从哪里来的?"

沈清漱礼貌回她一句凉州。

凉州二字在这个美人的脑中一转,忽然想起凉州是安王的封地,她眼里的戒备散去,捂着嘴笑了几声道:"原来是安王殿下进献的美人呀。"

燕帝与安王不和，几乎无人不知，哪怕生得再美，燕帝也不会宠幸安王献上的女子。

其他美人对沈清潋的关注也渐渐散去，沈清潋乐得如此，她们不关注她，她就不用交际了。

一个嬷嬷将沈清潋领到一间小屋，屋里陈设虽然简陋，但该有的都有。

说来大选要持续一个月，但是沈清潋记得，原角色只在这里待了半天便入宫了，想来剧情很快就要触发了。

花容和清秋动作麻利，只一会儿便把屋子收拾好了。沈清潋想要出去走走，但又怕惹上什么是非，便只在屋子里待着。

京城的白日渐渐热起来，叫人心底生出几分烦躁，沈清潋抽出一本闲书，靠在躺椅上看起书来，花容在旁边给她打扇，清秋则去外面给她打探消息。

凉风习习，渐渐地，她生出几分睡意，眼眸半合，过了一会儿她闭上了眼睛。

打探消息归来的清秋轻轻推醒她，沈清潋半睁开眼，见她满脸惊慌焦急，睡意消去，轻声问道："发生什么事了？"

花容停下打扇的手，眸中多了几分不安。

清秋一向平缓的嗓音多了些起伏，有些激动道："奴婢刚才打听到，陛下今夜会来这里瞧瞧参加选拔的姑娘们！"

沈清潋轻轻"嗯"了一声，看不出是高兴还是不高兴。

清秋猜她可能是想到了安王爷，激动的神色微微收敛，放轻声音道："小姐快起来吧，奴婢给您打扮一下。"

另外一边的顾谈云并不想按剧情要求娶一个剧情让他娶的人，在他的强烈反抗之下，他的意识沉入了深处。青年温和疏离的眼神彻底转变，依旧平静如水，只是这种平静之下，暗藏着一种汹涌的可怕力量，有一种病态又阴郁的美感。

王公公只看了一眼，便不敢再看，一年前的陛下又回来了！

"顾谈云"阴郁的眸子环视一圈御书房，眼睫垂落，视线落在奏章上，眉心蓦然蹙起，这不是他一贯的字迹！

"顾谈云"只觉得脑中仿佛搅了一锅糨糊，朦朦胧胧，不知今日是何年，最近一次清晰的记忆,是他头疼至极时走来了两个小太监,他知道他们是安王的人,没能忍住心中的杀意,就每人来了一剑,再然后,就是一片空白。

"王公公,你看这奏章,可有什么异样之处?""顾谈云"的嗓音更低一些,慵懒地拖着长调,透出淡淡的阴郁感。

王公公一颤,急道:"奴才不敢!"

"孤让你看你便看。"他依旧拖着长调,语气里却透出一种威压。

王公公连忙双手接过顾谈云递出的奏章,仔细看着奏章,心里猜测着陛下想要他说什么,看了片刻,实在没看出什么东西,他小心翼翼问道:"陛下,您要奴才看什么?"

"你不觉得这奏章上的字迹不太对吗?""顾谈云"修长的手指点了点奏章上的字。

话音刚落,一个声音在他脑中不断提示道:"程序报错!检测出程序遭不明生物入侵!警报!警报!"

"顾谈云"厌烦地皱起眉,忽然感到一股强大的力量撞来,那股力量并非作用于他的身体,而是他的灵魂。他淡色的唇一勾,脑中那个不断提示的声音沉寂下去。在白光划过的一刹那,"顾谈云"看到了另一个灵魂,那个灵魂生得和他一模一样,好像就是他?

王公公正在研究奏章上的字迹哪里不对,忽见陛下吐了口血,他吓得忘记了心里的害怕,急声喊道:"陛下,您怎么了?"

"顾谈云"舔了舔淡色的唇,面上带了几分兴致,问:"孤今日是不是要去什么地方?"

第十九章

那个不断警报的声音,与"顾谈云"的灵魂相撞后,得到一个两败俱伤的结果。他脑袋里的那东西似乎坏了,把他认成了它的一部分。坏掉之后,它不断催促他,让他尽快去往选拔美人的璎珞苑。

这个声音如此着急地要他去璎珞苑,究竟是为何?

"您今日要去璎珞苑。"王公公说出的答案与"顾谈云"心中所想的答案一模一样。

听了王公公这个回答,"顾谈云"勾起唇角,脑中那道声音见"顾谈云"没有动静,催促得更加厉害了。

"那便走吧,去璎珞苑看看孤的美人们。""顾谈云"站起身,朝门外走去。他想知道,脑子里的那东西是想做什么。

王公公将手里的奏折放回案上,连忙跟上。

另一边的沈清漱已然装扮好,现在正与一块糕点面面相觑。

清秋和花容给她梳妆打扮好之后,这位许美人就过来了,自称就住在隔壁,定是有缘分，或许日后还要一起入宫，于是盛情邀请沈清潋品尝她带来的美食。

沈清潋不是傻子，在皇帝就要来的时候，许美人这么急迫地要她吃下糕点，这糕点里一定下了什么东西！

站在对面的许美人皱了皱眉，可怜兮兮道："姐姐可是不相信妹妹，觉得妹妹在这糕点里下毒了？"

沈清潋的剧情已经触发，剧情要她吃下这块含有致人昏迷成分的糕点。她抬眼看向对面举着糕点的美人，心想果然是长得越美下手越狠啊。

就在许美人以为自己的计谋被发现时，她笑着从美人端着的瓷盘里拿起一块糕点："妹妹生得这么好看，我怎么会怀疑妹妹呢？"

许美人脸上的笑意真诚了些，一个普通人夸她美，她只会想自己生得当然美，但是一个比她美的人夸她美……

沈清潋轻轻咬了一口糕点，细细品尝后咽了下去，对许美人道："谢谢妹妹的糕点，这糕点真是美味。"

许美人捂着嘴笑了笑，见沈清潋吃下糕点，已然放下戒心，开心地介绍道："这糕点名叫红玉糕，是我老家的特产，在别的地方可是吃不到的。"

"那还真是托了妹妹的福气。"沈清潋垂下眼，面上笑着，眼里却是一片冷然。

按照剧情，原角色吃下含有致人昏迷成分的糕点，在皇帝来璎珞苑时，没能出去迎接。而原角色的两个婢女，也就是清秋和花容，则被其他美人的婢女们拦住。这份糕点就是为了不让她和皇帝见面，因为她们觉得她的这张脸危险性太大，最好还是将敌人扼杀在摇篮里，让她见不到皇帝。

但燕帝早就看过画像，对原角色的这张脸印象深刻，只扫了一眼在场美人的头顶，就问原角色在哪里。

送糕点的许美人走了没多久，在清秋和花容的惊呼声中，沈清潋放心地晕了过去。这是她至今为止遇到的最容易通过的剧情，等再次醒来，估计她已经入宫了。

车辇一路浩浩荡荡地到了璎珞苑门前。

第十九章

璎珞苑的正门大开着，管事的领着奴仆们候在朱红大门前，见车辇到了眼前便齐刷刷跪下行礼。"顾谈云"的寒眸扫过，众人只觉温度骤降，脊背上冒出一层冷汗。

"顾谈云"微微蹙眉，淡声道："平身吧。"

一群人迎着燕帝迈入苑中，"顾谈云"一眼望去，苑内莺莺燕燕齐齐行礼，女子娇柔的嗓音和在一起，各种各样的首饰在暮色下熠熠生辉，反射的光芒仿佛要闪瞎人眼。空气中各种胭脂味混在一起，令走进院中的"顾谈云"眉头轻皱。

他抬了抬手，众人起身。

下面的女子们看似恭恭敬敬地低眉敛目，暗地里却都偷偷地看了一眼"顾谈云"。

院中有几百名女子，可真正能入宫的或许只有十几个，大多数人错过了这次机会，就再也看不到燕帝了。她们都想趁这个机会看一眼燕帝，日后落选回家，也能吹一吹牛。

"顾谈云"只瞧了一眼，便收回视线，拖着调子问道："哪个是司鸣玉？"

自进入璎珞苑后，那道声音不再催促他了，转而让他找一个真名叫沈清漱、假名为司鸣玉的美人。或许这个人，就是那道声音的目标。

美人堆里没有人出声，也没有人站起来。"顾谈云"眼眸微眯，神情变得飘忽不定。

管事的老嬷嬷一张一张脸看过去，看得老眼昏花，才看完了所有人。

"禀陛下，这里……"老嬷嬷顿了顿才继续道，"司美人没有前来迎接圣驾。"

"哦？""顾谈云"心里对这个沈清漱起了几分兴趣，轻笑一声道，"既然美人不来见孤，那便带孤去见美人。"

老嬷嬷恭敬行礼道："是。"

一行人还未走到沈清漱所住的院子，就远远地听到了争执声。侍卫们走到前面，保护燕帝的安全。

只见屋前围着十几个婢女，正抓着两个婢女，将二人往屋子里推，一边推一边嚣张道："你们主子这么容易中计，等入了宫，迟早会被人剥皮拆骨！我家主子不让你家主子去,这是积德行善!"

两名被抓的婢女努力挣扎,拦人的婢女生了几分气性,大声嚷嚷道:"你家主子是从凉州来的吧?陛下与安王殿下不和,这是天下皆知的事情,你家主子不可能获得宠爱,何必挡了我们家主子的路!"

跟着圣驾一起过来的几位美人,听了这句直白的话,面色变得惨白。陛下与安王不和,确实是天下皆知的事情,但谁敢在陛下面前妄自揣度圣上心思,还这样直接说出来,这不是找死吗?这到底是谁的婢女!

侍卫们听了"顾谈云"的命令,冲了上去,将那十几名婢女团团围住。婢女们哪里见过这种阵势,一见持着冷白兵器的侍卫们,就吓慌了。

"顾谈云"缓缓走上前,斜睨了那婢女一眼,散漫道:"孤宠爱谁,不宠爱谁,是由你决定的?"

那名婢女只抬眼瞧了一下,就瘫软在地,五爪金龙……这是只有皇帝能穿的服饰!

"都带下去审问。"

"是!"侍卫们恭敬行礼,反扣着那十几个婢女离开了这处院子。

脑中的声音对"顾谈云"发出指令:"接下来进入屋内,装作被沈清漱的容貌所惑,将沈清漱带入宫中。"

被沈清漱的容貌所惑?"顾谈云"淡色的唇勾出一抹讽刺的笑。他自然是喜欢美人的,估计京城没几个人不知道他喜欢美人,只是他对美人的要求很高,至今为止他还没遇见过符合他高要求的美人。

怎样的美人能把他迷住?

他踏入屋内,窗户紧闭着,导致屋内的光线不太好,昏昏沉沉的光笼罩在陈旧的家具上,"顾谈云"一扫而过,朝床上躺着的美人走去。

眸光落在美人的脸上,"顾谈云"一顿,脑中这东西似乎极为清楚他的喜好,这美人确实很让他喜欢,生了一副能够让他心动的好皮囊。

这个名唤沈清漱的美人是从凉州来的。如果没有脑中这东西,照他的性子,确实会把这个人放在身边好好看着。

他停在床边，杀意涌上心间，他伸出修长的手，轻飘飘地放在她裸露在外的莹白脖颈上，苍白的唇一勾，骨节分明的手缓缓收紧。

陷入昏迷的美人蹙起眉，微微张开唇。

系统开始持续警报，喊着程序中病毒了，要立刻杀毒。

"顾谈云"蹙起眉，松开手，不知怎的，他总觉得这张脸有些眼熟，看到这张脸不舒服地皱起眉头，他就觉得心里不痛快，总觉得这张脸应该是怯怯地弯着唇角，对他笑着的。

他沉下眼，紧紧盯着沈清潋。呼吸顺畅后，沈清潋的脸重新舒展开，唇角微微上扬，像是在做一个好梦。

"顾谈云"轻轻笑了一声，算了，留着吧。

"顾谈云"离开了这间屋子，对候在外边的王公公道："不用选拔了，把屋子里那位美人送入宫，其他的都遣回去。"

王公公呆了呆，迅速回过神道："是！奴才这就去办。"

等回到宫中，一切尘埃落定，"顾谈云"察觉到，系统放松了对那抹灵魂的压制，另一个意识就要苏醒了，"顾谈云"并没有去镇压，他能感觉到，那抹灵魂与他是同一个人。如果有轮回转世，或许他就是自己的前世或者下一世，至于同一个灵魂为何会见面？那只能从那个奇怪的系统身上找答案了。

随着顾谈云的苏醒，"顾谈云"的意识逐渐昏沉，既然都是他，那想来也不会太差，脑子里那奇怪的东西就交给"他"来处理吧。

顾谈云苏醒后，发现自己站在御书房的正中间，只是屋外已经变成了黑夜，漆黑的夜色想要晕染入屋内，却被明亮的灯火赶了出去。他眨了眨眼，眉目清润温和。

"陛下？"王公公疑惑地叫了一声。

"顾谈云"早已把脸上的妆容洗去，故而系统直接扣了二十积分，这积分每隔十分钟，会再扣一次。

顾谈云回过神，想起系统让他走剧情，去接沈清潋入宫。他抿了抿淡色的唇，看着王公公问道："那璎珞苑……"

"陛下放心，奴才已经将司美人安置好了。"王公公忽然会意道，"您是要召幸那位？那位还没醒……"

顾谈云一甩袖子打断他，冷下嗓音道："不用。"

他不知道的是，他的耳尖变成了红色。

心底的慌张退去之后，王公公后面那句话忽然浮现在他的脑海，她还没醒？他回身垂眸问道："她怎么了？"

"陛下放心，司美人没什么事，御医说了明日一早便会苏醒。"王公公笑着道，"若是陛下明夜想……"

"孤……"顾谈云未能说出拒绝的话，系统把他禁言了。

与沈清漱每逢触发剧情才能看到故事发展不同，顾谈云是一次性获得了他那一部分的所有剧情，所以他自然知道明夜会发生什么……

青年的喉结上下滚了滚。

第二十章

第二日醒来，沈清漱发现自己果然已经到了宫中。

昨日她完成了一个重要剧情，系统大方地给了她两百积分。沈清漱打开系统面板，看了一眼自己的积分，心里美滋滋的。她现在一共收集了7205的积分，只是到现在为止，她还没有走过与燕帝相关的剧情，不知道兑换今晚的自由需要多少积分。为了保险起见，她很想去给燕帝下蒙汗药，她可不想在剧情的胁迫下被迫失身。

原著中虽然没有写，但沈清漱清楚地记得清秋和花容是跟着原角色入了宫的。她扫了一眼屋内，立刻有一个粉衣宫女走上前，恭敬问道："司美人可有什么吩咐？"

沈清漱捧着宫内的新茶喝了一口："我在宫外的那两个婢女……"

粉衣宫女行了个礼，抱歉道："宫内有规定，美人是不能带其他人入宫的。待司美人侍寝之后，陛下会给您安排好服侍之人。"

可在原剧情中，燕帝看着晕过去的她，心中涌现怜悯，故而特准清秋和花容跟着她一起入宫。如果她们没能入宫，那她怎么知道宫里哪些人是安王安排的暗桩？她们不在，宫里便一个可利用之人都没有。

沈清漱捧着茶杯，轻轻抿了一口茶。这宫里的茶真是不错，比外面的茶好喝多了。她苦中作乐地想，虽然清秋和花容不在，导致在宫中办事变得棘手了许多，但能够脱离一点剧情，似乎也是好事。

沈清漱垂下眼，双颊染上绯红，她抬起眼，不太好意思地看了一眼粉衣宫女，对粉衣宫女招了招手。

粉衣宫女听话地走过来，疑惑道："司美人怎么了？"

她再次对粉衣宫女招了招手，示意粉衣宫女附耳过来。粉衣宫女神情疑惑地靠过来，沈清漱正要对她说什么，看了一眼屋里的其他太监宫女，却又羞涩地咬了咬唇，对其他人道："你们都先出去，在门外候着便可。"

那两名太监、三名宫女齐声道了一声"是"，恭敬行礼退出门去。

沈清漱垂头低眼，睫毛如蝶羽一样在轻轻颤动，轻声道："陛下今夜会召我侍寝吗？"

粉衣宫女闻言思量道："宫中还未有其他美人，只有司美人一人，且您生得这么好看，陛下今夜应当会召您侍寝的。"

"宫里侍寝需要准备些什么吗？"

粉衣宫女恍然大悟，按道理美人们应该是经过选拔，再经过嬷嬷的教导才会入宫。这位司美人直接跳过了那些步骤，自然对宫内的事一点也不懂。

"侍寝前，陛下身边的公公会提前过来通知，带美人去沐浴。沐浴完毕，需去往养心殿，您只需在养心殿等待陛下，陛下处理完公事就会来找您。"

沈清漱又仔细问了些细节，粉衣宫女——回答了。听完后，她顿时蔫了，打消了给燕帝下药这个不切实际的幻想，如今只能走一步看一步了。

粉衣宫女微微抬眼，瞧了一眼她清丽柔美的侧脸，安慰道："司美人不必忧心，陛下一定会喜欢您的。"

如果可以，沈清漱并不想要燕帝喜欢她，但如今已经入宫，燕帝若是不喜欢她，说不定就会要了她的命。如此想来，还是需要博得燕帝的宠爱，毕竟人死了就什么也没了，什么都没有活着重要。

到了午膳时间，宫女们从食盒里端出一盘盘色香味俱全的饭菜，沈清漱低迷的心情才又好了起来。

午膳很丰盛，一素一荤一汤，分别是美人簪花、西湖醉鱼和桂花豆腐羹。

事情已经到了这个地步，就算再烦恼也无用，沈清漱干脆丢掉所有烦心事，将心思全部放在美食上。

那碗美人簪花，黄花菜又香又脆，蘑菇鲜滑可口；那碗桂花豆腐羹，好吃不腻，吃了还想吃；而那酸酸甜甜的西湖醉鱼，鱼肉滑嫩得简直无法描述。

菜太好吃了，沈清漱没能管住自己的嘴，由于吃得太多，她偏离人设，被系统扣了二十积分。

吃饱喝足后，她彻底把先前的烦闷丢到一边，想着这宫里的待遇真不错，如果宫里不是有个爱杀人的燕帝，那就更好了。

吃完饭，沈清漱在花园里散了会儿步，回来后浅浅睡了一觉。时间一点点流逝，到了傍晚时分，如同剧情发展一样，来了一个报信的小太监。

脑子里的系统再次上线："新剧情已触发，宿主可查看。获取该段剧情自由需要5000积分，宿主当前积分7185，是否兑换？"

沈清漱弯了弯殷红的唇角，没想到她的积分竟然足够，她毫不犹豫道："兑换当前剧情自由。"

为了详细了解剧情发展，以应对接下来发生的事情，沈清漱将意识沉入深处，努力忽视自己的名字，将这段剧情从头到尾翻看了几遍，看得面红耳赤。

宫女们带着沈清漱沐浴更衣，沈清漱只能任由她们摆布。她觉得自己就像一道菜，她们现在就在处理她这道菜，将她洗干净，再加点香料，确定这道菜做得色香味俱全后，就把她送到养心殿，等待燕帝来品尝。

另一边的顾谈云正在处理今天的奏折，只是他今日已经走了好几次神，他不知道该如何应对接下来的剧情。

与之前被迫走剧情的经历不同，昨夜他完全没有那段被迫走过的剧情的记忆，系统似乎安排了另一个意识，代替他走了该走的剧情。顾谈云虽然不想走剧情，但他更不愿意让另一个意识用他的身体去亲近沈清漱。

如果放弃对身体的控制权，只会让剧情发展得更快。不管什么事情，总不可能是无解的，一定有什么办法可以解决当前的困境，只是他还没有想到。

他还在思索，系统却没有给他时间，提醒他该去养心殿了。

外面天色已黑，太监们小心地提着灯笼，在前面引路。御书房离养心殿不远，顾谈云的步子再慢，没一会儿也到了养心殿。他温玉般的眸子映着殿内灯火，眉心微皱。

其他人到了殿外就停住步子，顾谈云的脚步有几分犹豫，顿了顿才踏入殿中。

沈清漱正坐在养心殿的床边，只穿着一件薄纱，如果她的计划失败了……沈清漱想起书上的内容，脸上耳后升起一阵热意。她双手紧握，低垂着头坐在床边，露出象牙般白皙的修长脖颈及大片莹白的肌肤。

顾谈云刚从屏风后面走进来，看到的就是这么一副活色生香的场景。她着一身兰草薄纱衣，红脸如开莲，素肤若凝脂，怯生生地坐在床边。他的脚步一顿，蓦然偏开眼，不敢再看。

沈清漱听到动静，手指顿时绞在一起，燕帝来了！

系统在不断催促顾谈云，顾谈云苦笑一声，被催促着干这种事情，他大概是第一个。他提步向床边走去，视线却不敢看向床边女子一丝一毫。

沈清漱微微抬起脸，长长的睫毛微微颤动，在眼睑下投出一片阴影。

顾谈云站定在沈清漱前方不远处，微微侧着头，眼睛看向沈清漱的旁边，无论如何也不敢把视线挪到沈清漱身上。

顾谈云眉头微蹙，还未想到应对方法，系统的警示却暂且停了下来，殿内安静极了，这种安静转为一种无处不在的暧昧。

沈清漱盯着眼前这双明黄色的靴子，抿了抿殷红的唇，他怎么不动了，也不说话？他不动，她怎么实施计划？

"陛下。"女子娇软的嗓音打破了殿内的安静。

顾谈云的思绪顿时回归到殿内暧昧的气氛中，他浑身一震，下意识看向沈清漱，然而视线刚挪过去一点，就看到她的衣裳略微下滑，露出一点莹白的肩头。

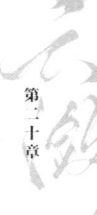

他眸光一颤,立刻挪回原来的位置,忽觉腰间一紧,他一惊,只见一只纤纤素手钩住了他腰间的玉带。

"陛下。"女子的嗓音又娇又软,他的心跳顿时如同脱缰的野马一般闹腾。

"你……"顾谈云刚说出一个字,就被沈清潋打断了。

她微微抬起眼,视线却只抬至他的胸口位置,又急忙敛了下去,拍了拍身旁,娇怯道:"陛下,您坐这里好不好?"

顾谈云抿了抿淡色的唇。

沈清潋垂下的眸子涌出疑惑,燕帝不是喜欢美人吗?她这么一个大美人坐在这里,他怎么跟木头桩子一样,站在那儿一动不动?

系统察觉到顾谈云不再继续走剧情,控制着顾谈云坐在了床边。

顾谈云坐在沈清潋旁边,手微握成拳,只觉得手心出了一层冷汗。这个女子怎么这般磨人?上次害他笑了那么久,这次又……

顾谈云还在想要怎么办,一个措手不及,就被身旁的女子扑倒了,女子身上的馨香弥漫在鼻尖,他惊道:"你……"

沈清潋娇声喊了声陛下,脸红得如同三月的桃花,而后蓦然压下,吻住了顾谈云苍白的唇。

第二十一章

他愣愣地看着她,清甜的馨香盈盈袅袅地飘过来,令他的意识更加迷乱。

顾谈云的眼里倒映着沈清漱的脸,他的身体仿佛一尊僵硬的石像。

沈清漱扫了一眼燕帝,他的身形清瘦,可当她真正抱住他时,却感觉单薄的衣裳下,阳刚分明的线条。

沈清漱觉得有些奇怪,她现在很冷静,她的所有行为都是充满目的性的,做出的这一点点牺牲,只是为了把迷药神不知鬼不觉地渡进他的嘴中。

按照原著剧情,燕帝极为喜爱她的容貌,那他应该是主动的一方,怎么他比她还紧张,僵硬得像石像,这让她怎么办?

沈清漱微微愣神,按照她的计划,她应该强吻他,吻得他喘不过气,然后他微微张口,她再乘机给他下药,但……她好像没那个技术。

顾谈云的系统似乎也很不满他现在的状态,在他的脑海中无情提醒道:"请宿主遵循剧情,端正思想。"

冰冷的机械声让顾谈云清醒了一些,他现在就像是被赶上炽热铁板的鸭子,外面围了一圈铁板，还有一个人在铁板外面守着，势要把他烤熟才罢休。

顾谈云屏住呼吸，轻轻推开她。

沈清漱还在纠结发愣，感受到顾谈云的推力，霎时忘了自己的目的，顺着他的力道坐起身。

才坐起身，她忽然想起自己的目的，急忙又想扑过去。青年避如蛇蝎般迅速离开了床。

冰凉的夜风侵袭而来，沈清漱一激灵打了个寒战。她终于发现燕帝身上的药香味很熟悉，她略有所感，撑坐起身，一双雾蒙蒙的眼抬起，看向态度骤然变化的燕帝。

两人视线对上，他逆光站着，金冠乌发，因刚才的动作，鬓边垂下几缕碎发，落在苍白俊美的脸上。白色玉带勒出他的腰身，可赞一句君子如玉，温润而泽，只是这张脸，分明是"沈听白"的脸！沈清漱看得瞪大了一双杏眼。

顾谈云也并不平静，抿着淡色的唇，手骨和青筋在苍白的肌肤下并露，透出一种狰狞的挣扎，但他听到少女在震惊之下骂了一句脏话，还是立刻将目光移了过去，这句话很不雅，但这不是让顾谈云看过去的原因，因为这句脏话分明不属于这个时代。

他对上少女震惊又茫然的黑亮杏眼，总觉得她的模样极其眼熟，令他觉得很亲切。他在脑海里回忆许久，终于翻出关于眼前这个少女的记忆——花灯会上的那个少女。只是不管怎么回忆，他都无法对她产生任何恶感，心里反而升起一抹莫名的喜意，于是将一切归咎于见到老乡的亲切感及剧情作用。

两人对视良久，默然无语。

顾谈云打破沉默的气氛，薄唇微动，冒出一句："奇变偶不变？"

少女无辜的杏眼瞪得更大，艰难地咽了咽口水，仿若幽魂般对答道："符号看象限？"

沈清漱原本只是在震惊"沈听白"居然是燕帝，也很疑惑他那样的性子怎么当得了皇帝，却没想到"沈听白"居然也不属于这里！她居然遇到老乡了？

沈清漱的心中震惊至极，站起身，上下扫视顾谈云，问："你也是？"

她用的疑问语气，心里却早已肯定，面前的燕帝肯定不是原著里的燕帝。原著里的燕帝，性格不可能是"沈听白"这样的，也不可能对她说"奇变偶不变"。

之前的暧昧气氛散去，顾谈云勉强恢复镇定，轻轻点头"嗯"了一声道："看来你跟我一样。"

沈清潋瞟了他一眼，除去耳尖的红，他神色平静淡然，在她看清他的脸的时候，他也看清了她的脸，只是似乎并不震惊。

如果他是燕帝，早已看过她的画像，那确实不会震惊，但问题是一年前她耍了他，按道理"沈听白"看到她的脸，应该会生气，况且她这张脸，怎么也不可能是大众脸，不会让人见了就忘，但他怎么这么平静？

"你是什么时候来这里的？"沈清潋微微歪着头，抬起眼看他，绸缎般的发散落在身侧。

顾谈云微微侧眼，端起放在床头的茶水，看起来极其淡定地抿了一口，轻声道："一年前。"

沈清潋的视线落在他手里端着的茶杯上。

顾谈云问："渴了？"说着就要拿起另外一个干净的茶杯给她倒水。

沈清潋连忙按住他的手："我一点也不渴，不用。"

先前为了保险，她在茶水里也下了药。

顾谈云奇怪地瞧了她一眼。

看来"沈听白"的记忆应该缺了一段，他似乎忘了她骗过他，给他留过一封信的事情，如此甚好！沈清潋弯了弯唇角，还好他忘了。

顾谈云轻笑一声，问："沈姑娘似乎很高兴？"

沈清潋握住他的手臂，他的手臂蓦然绷紧，她拍了拍他的手臂道："能在异世遇到老乡，当然高兴！"她抬起眼小心地瞧了他一眼，"以后就请老乡多多指教，以后互相帮助啦。"

顾谈云温和地笑着看她，没有说话。

"你……"对上顾谈云琥珀色的眸子，沈清潋有些心虚，顿了顿继续道，"您看着有些眼熟，我们是不是见过？"

顾谈云弯了弯唇角，对上她的眸子，似笑非笑道："花灯会上，沈姑娘这么快就忘了？"

沈清潋装作恍然大悟，忙点了点头："我想起来了，就是花灯会上，我们见过。"

"请宿主继续剧情，否则将强制执行，倒计时三十秒。"

系统的声音在脑中响起，顾谈云眼皮一掀。

沈清潋笑意一敛，雾沉沉的眼睛紧张地看着他："怎么了？"

该不会要找她算账吧？虽然顾谈云忘了一年前的事情，但他明显还记得花灯会上的事。

顾谈云蹙起眉头，低沉的嗓音打断了沈清潋的思考，他温声道："我有点事，我先晕了。"

沈清潋垂着眸，手指抚过衣袖，他怎么知道他就要晕了？难道他知道茶里有药？

顾谈云没有时间解释，走到床边，迅速躺下闭上眼。过了一会儿，他又睁开眼睛，抓过旁边的被子搭在肚子的位置，而后往外面挪了挪，给沈清潋留了一个睡觉的位置。

倒计时为零时，顾谈云的呼吸进入平稳状态，他直接弄晕了自己。

沈清潋站在床边目睹全过程，眼中闪过一丝疑惑的光芒，他这是沾床就睡，还是药效发作了？她想了一会儿，不管怎么想，现在也不是适合睡觉的时候，药效发作没这么快吧？

系统检测到当前情况，程序差点崩溃，冰冷的机械声毫无情绪道："检测到宿主消极抵抗剧情，即将强制唤醒，请宿主继续剧情。"

沈清潋走到床边，凑过去看顾谈云。青年眼皮一颤，睁开了眼。沈清潋吓了一跳，慌张往后一退，这一退险些摔倒。顾谈云手一捞，将沈清潋捞了回来。

沈清潋受到惊吓，惊慌未定，直愣愣地看着他。

"倒计时为零，将强制宿主进行……"

顾谈云说了句"抱歉"，抱住身体僵硬的少女。系统因为他们的身体接触，停下了机械音。

沈清漱微微睁大眼："你……"

顾谈云轻声道："抱歉，我被迫绑定了一个系统，若不抱你，系统会强制让我完成剧情任务。"

沈清漱脸上微诧，顾谈云竟然也有个系统？她兑换了剧情自由，可以不按剧情发展走，但顾谈云没有兑换，或许是不知道，或许是积分不够。

沈清漱靠着他的胸膛，问："你的积分还有多少？"

顾谈云顿时明白了，沈清漱跟他一样，也有个系统。他想到自己的积分，微微敛下眼，睫毛轻轻颤抖道："–6240。"

他这积分……几乎没救了。

两人的相拥拖延不了多久时间，系统又开始警报。

顾谈云蹙起眉，问："系统可能要控制我的身体了，你可有脱离系统控制的方法？"

沈清漱秀眉轻拧，轻轻叹了口气。

顾谈云知道自己给沈清漱添了麻烦，轻轻抿了抿淡色的唇，系统尖锐的警告声充盈在他耳中，他自暴自弃地想，干脆自绝经脉算了，说不定死了就能回去了。

沈清漱的声音在警报声中温柔却又清晰，她问他："不如我弄晕你试试？"

沈清漱有八分把握可以让顾谈云成功晕过去，因为她兑换了剧情自由。

顾谈云放开沈清漱，少女双眸清澈如水，倒映着略显狼狈的他。他的唇角扬起一丝苦涩的微笑："你试一试，若还是无法成功，你干脆杀了我算了。"

沈清漱脸色涨红，清丽的眼眸含上怒气："你嫌弃我？"

顾谈云闭上眼睛，勉强控制住自己的身体："不是嫌弃，只是我不能这么做。"他的一只手不受控制地朝沈清漱伸去，刚抓到少女的手臂，他的另一只手就赶紧制住了不受控制的手。

他睁开眼眸，呼吸急促了一些："我要控制不住身体了。"

沈清漱扫了几眼，在圆桌上看到一根试毒的银针，她立刻跑过去拿起银针。

顾谈云额上滴下冷汗，手却不受控制地抓向沈清漱，沈清漱顺势一扎，顾谈云修长的手按住太阳穴，一股强烈的眩晕感席卷而来，他的眸光渐渐溃散，往后倒去，跌在床上，发出砰的一声。

外面的太监听见声响，在门外喊了声"陛下"。

"陛下……您轻些。"沈清漱提高嗓音，矫揉造作地喊了一声。

确定外面的太监没有起疑心，沈清漱才将心思放在顾谈云身上。她看了一会儿明月清风般的青年，他虽然晕了过去，但是茶里的药还是会发作。这药名叫幻情药，吃了之后就会陷入春梦，而春梦的对象，就是他昏睡之前见到的最后一个人。第二日醒来，他不会察觉什么，只会以为他们当晚真的发生了什么。

沈清漱撑着下巴思索了一会儿，事已至此，不利用一番，似乎对不起她之前的辛苦。于是她走到镜子前，对着镜子开始给自己的脖子刮痧，再用食指和中指夹起一小块肉，莹白修长的脖子上，渐渐多出了一块块红痕。

大功告成后，她努力将顾谈云的靴子脱掉，将他的腿抬到床上，等为他挪好位置，沈清漱的额头上已经出了一层薄汗。她歇了一会儿，微微平复了一下呼吸，开始给顾谈云脱衣服，直到脱得只剩下一件单薄的里衣才停下手。紧接着，她捞起顾谈云的衣衫，东一件西一件地丢到床前的地上。

做完所有事情后，沈清漱躺上床，顾谈云就躺在旁边，轻轻蹙着眉，额上尽是冷汗。

沈清漱撑着头看他，在通明的灯火下，轻轻勾起殷红的唇。

第二十二章

沈清漱伸出一根手指，轻轻贴在他的唇上，炽热的鼻息滚烫地喷在她的指间，她指尖一蜷，收回手，轻轻戳了一下他滚烫的侧脸，不知道明天醒来他是一副什么表情。

顾谈云的神情痛苦又压抑，沈清漱又戳了戳他的侧脸，戳着戳着，一只滚烫的手掌忽然紧紧握住她的手指，她心中一惊，看向他的眼睛，看了一会儿却见他没有睁开眼才放下心，还以为"沈听白"要醒了。

她试着抽回手指，但顾谈云抓得太紧，她只好无奈地任由他抓着。

在顾谈云的梦里，他不受控制地吻住了她，她的一双眼好似妖精一般，勾人心魄。

汹涌澎湃的海涛一夜未平，再次睁眼，天已微露淡白。他温玉般温和平静的眼微微发愣，昨夜的记忆浮上脑海，他抿了抿淡色的唇，原就苍白的面色更加苍白了几分。

室内昏暗，烛火还亮着。他侧眼看向身旁，她莹莹的一张脸微微垂着，似乎是觉察到动静，眼眸半开，迷茫地不知看向何处。

顾谈云混乱的思维一清，昨日他到底还是被系统控制了身体，犯下了错事，既然如此，那他就该对犯下的错事负责。

沈清漱睁眼看着远处灯火跳动的灯笼，迟钝的意识清醒了几分，她想起昨夜的事情和后来的一番布置，发散的眸光逐渐汇聚，抬起头看向顾谈云。

顾谈云在沈清漱看过来的一瞬间，便仓促闭上眼，只是他的睫毛止不住地轻轻颤抖，在沈清漱的目光下，他眼皮底下的眼珠不安地滚动着。

沈清漱差点轻笑出声，急忙用手捂住嘴，眼睛滴溜溜一转，想到了一个好主意。

殿内忽然响起女子低低的啜泣声，那声音逐渐转变为痛苦的啼哭。顾谈云闻声立刻睁开了眼，微微凝眸，发现她正在哭泣，肩背颤抖着，身体仿佛摇摇欲坠，脸颊朱唇艳如海棠。她的发丝凌乱地散开在被子上，像一朵盛开的娇艳花朵。

他平静如清湖的眸子泛起点点涟漪，轻声道："你莫哭了。"

沈清漱抬起脸，杏眼微微睁大，朦胧潋滟中尽是水汽，瞧着再可怜不过。她凄凄惨惨地斜了他一眼道："陛下对我做出这种事，还不许我哭泣吗？"

他眼眸微垂，急切道："我不是这个意思。"说完抿了抿淡色的唇，郑重得像是立誓，"我会对你负责的，日后我会对你好。"

沈清漱哭声一顿。她并不想要他的负责，若是无法回去，她可不想一辈子被困在宫里，日后要和别的女人争抢一个男人。比起他的负责，她更想要一个大宅子，要一百个保护她安全的侍卫和一辈子也花不完的钱。

她抽噎着可怜道："昨夜陛下身上掉下了这个……"她在被窝里摸索了一会儿，不知从哪里摸出一张宣纸。

这是顾谈云昨日早已准备好的契约书，上面写着只要沈清漱在这五年里安分守己，五年之后他便放沈清漱离去，另外赠予黄金千两，良田千亩。

"你不需要对我负责……"

他眼皮一掀，略带几分探究地看着沈清漱的脸，端详片刻才说道："你想要这个。"

她的眉眼看起来更加可怜了，殷红的唇微张，像是要说什么。顾谈云肯定了自己的猜测，打断她道："在我面前，你不需要这样处心积虑。你想要什么，跟我说就是，我都给你。"

　　既然他的负责对她来说是一种束缚，那么他给她想要的东西来补偿她也无不可。

　　听了这句话，沈清漱一愣，抬起眼细细打量他。顾谈云光风霁月的脸上没有一丝阴霾，他真诚地看着她，仿佛在说肺腑之言。

　　似乎的确是他的肺腑之言。沈清漱可怜的神情一点点收敛，坐起身，被子落在她的腰间，红梅点缀在她莹白修长的脖颈上，顾谈云的视线落在她的脖颈上，瞳孔微微一缩，昨夜的记忆涌上，他微微侧过眼，耳尖染上一片红。

　　"陛下。"沈清漱轻轻叫了一声，顾谈云的眸子重新落回她的脸上，她指了指自己的脖颈道，"陛下对我做出这种事，只有契约上那点东西还不够。"

　　顾谈云没有因沈清漱的贪婪而露出什么情绪，只在看到她的脖颈时，眼眸一动，愧疚感涌上心头，他轻声温言："你想要什么？"

　　沈清漱抬起眼直视他："等到剧情结束，我要离开皇宫，自立门户。"

　　在这个世界，女子独立是前所未有的事情，是会被人追着骂的。

　　顾谈云神色未动，点头道："可以，你还有什么想要的吗？"

　　"还要一百个保护我的侍卫。"沈清漱想了想，毫不犹豫道。

　　"可以。"顾谈云一律答应，又问，"可还有什么想要的？"

　　沈清漱没想到他这么轻易就答应了，甚至追着问她还有什么想要的，她微微发愣，回过神来有些羞涩道："没、没了。"

　　"对了，我要白纸黑字的契约，还要盖上你的印章。"沈清漱补充道。

　　"好。"顾谈云一口答应，"日后你若还有什么想要的，可以再告诉我，我都给你。"他坐起身掀开被子，打算下床给她写契约，但一掀开，现出敞开的里衣，他的手一顿，立刻将被子盖了回去。

　　"陛下。"沈清漱召回他的注意力，冲他眨了眨眼，意味深长道，"昨夜陛下与我肌肤相贴，陛下还害羞什么？"说完她挑挑眉看向地上散落的衣裳。

顾谈云苍白的面色染上薄红，轻咳一声，乌眉抬起，没好气地瞥了她一眼道："你好好说话。"

沈清潋轻轻笑了一声，在顾谈云要生气之前，正色道："你先穿好衣服，等会儿咱们说正事。"

两人之间的距离因为这番玩闹而亲近了些，顾谈云强作镇定，捡起地上散落的衣服，一件一件穿回身上，穿好后，他才终于放松下来，看了一眼躺在床上撑头看他的沈清潋，眉头微蹙道："你怎么不穿衣服？"

"我哪来的衣服？"沈清潋掀起眼皮，笑着看他。

顾谈云一怔，匆匆走出门。

殿外太监宫女们正候着，听到内室有脚步声踏出，众人心中一凛，原本就恭敬的神色更加恭敬了几分。顾谈云扫了一眼，视线落在一个宫女捧着的衣衫上，他修长的手拿过衣衫，又急匆匆地走进殿内，从头至尾没说过一句话。

眼看着陛下的身影消失，几名宫女太监茫然地对视几眼，不知道他们现在是进去侍奉，还是在外面待着。

顾谈云将衣裳丢给沈清潋，沈清潋娇滴滴地看了他一眼，把他看得浑身一震，她轻轻笑了一声，朝他抛了个媚眼道："陛下要看着我换衣服吗？"

顾谈云春湖般平静的眸子里多了几分情绪，没好气地斜她一眼，不接她的话，直接走到了屏风后。

直到沈清潋穿好衣裳，自两人醒来后一直流转在殿内的暧昧气氛才终于散去几分。

沈清潋叫顾谈云出来，顾谈云从屏风后走出来，一眼就看到身穿蓝色宫衣，俏生生站着的沈清潋，他眼眸微动，脑子里忽然冒出一句"清风摇翠环，凉露滴苍玉"。

沈清潋原本大大方方地站在那儿，但顾谈云的视线落在她身上时，她情不自禁地微微侧开脸。察觉到自己的动作，沈清潋微微愣神，她躲什么？

她转过头，对上顾谈云春湖般的眸子，笑道："萍水相逢，有缘自会相见，无缘也就无须知道名字的陛下。"说完冲顾谈云眨眨眼，"我现在有资格知道您尊

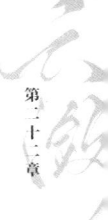

贵的大名了吗？"

这句话让顾谈云想到了花灯节那天晚上的事，他薄唇微抿，模仿沈清潋的语气道："让我笑了那么久的沈姑娘，自然有资格知道我的大名。"

沈清潋心虚地垂下眼，他怎么总提这件事，过不去了是不是？她皱了皱鼻子，低下头，嘴唇翕动。

顾谈云走近几步，低眉看她，好奇问道："你在干什么？"

"你没看出来吗？"她侧着头笑道，"我在骂你呀。"

顾谈云一时无语，对沈清潋的小孩心性，他不做评价，说道："我叫顾谈云。"

沈清潋跟着念了一遍，问："哪几个字？"

"回顾的顾，谈笑间樯橹灰飞烟灭的谈，行到水穷处，坐看云起时的云。"

沈清潋缓缓走到他身前，围着他转了一圈，最后停在他面前，在顾谈云疑惑的目光下，赞道："好名字。"

顾谈云抬起修长的手，毫不留情地弹了一下她的额头，她捂着额头痛呼一声，他无奈笑道："别闹了，你不是说要谈正事吗？"

沈清潋冷哼一声，想起顾谈云的积分，嫌弃地看了他一眼："先说说你的积分吧。"

第二十三章

　　说到积分，顾谈云向来淡然的脸上浮现出几分尴尬，缓缓道："我是在一年前获得这个系统的，在获得系统后，我得到了所有关于我这个角色的剧情。原角色在剧情中的人设一共有三个，一是性情阴晴不定，喜欢杀人；二是喜欢美人，宠爱沈清漱；三是和世家势力作对。"

　　他说出"宠爱沈清漱"五个字时，顿了顿，两人对视的目光同时挪开，暧昧尴尬的气氛再次在两人之间流转。

　　顾谈云清了清嗓子，意图将暧昧的气氛清除出去，继续道："原角色的第三个人设我尚能维持，但前两个人设我总是忘记，故而总是被扣积分。"

　　沈清漱调侃道："所以一直被扣到了-6240？"

　　顾谈云默然无语，过了片刻才轻声道："是我的错。"

　　沈清漱没有怪他的意思，她刚来到这个世界时也被扣了许多积分，只是她有着很长的时间去弥补被扣的积分，再说他的人设维持起来，比她的难多了。但是现在剧情已经开始，留给他们的时间不多了，如今他们是一条绳子上的蚂蚱，生死绑定在一起。这六千多的负积分该如何处理，她还得仔细想想。

沈清漱打开自己的系统面板，看了一眼上面显示的积分，说:"昨夜兑换剧情自由后，我还剩2195积分。"

顾谈云更加羞愧了，轻轻叹了口气道:"是我拖累了你。"

沈清漱安慰他道:"我的人设比你的简单很多，也是三个，一是爱哭，二是善良，三是喜欢顾荣安。这三个人设都很简单，故而我每日几乎都可以固定获得十五积分。"

听到顾荣安三个字，顾谈云的眸色微沉，抿了抿淡色的唇，没有说话。他又注意到沈清漱说的"兑换剧情"，眉头微蹙道:"积分可以兑换剧情？"

沈清漱愣了愣，抬起一双眼问:"你不知道积分可以兑换剧情自由吗？"

顾谈云摇了摇头，如果他知道积分可以兑换剧情，那他定然会克制一些，或许积分不会被扣到负数。

沈清漱感慨出声:"你的系统可真坑！"

她第一次触发剧情时，系统就询问她是否要用积分兑换剧情自由，原本她还嫌弃自己的系统，如今跟顾谈云的系统一对比，她觉得自己的系统还挺好的。

顾谈云的眉心拧了起来:"我曾试探问过系统积分可否跳过剧情，但是系统没有反应。"

沈清漱睁大杏眼，不可思议道:"你的系统该不会是坏了吧？"

眼看顾谈云面色变得沉重，她安慰道:"没关系，你的积分兑不了，我的可以。昨夜我之所以能自由行动，就是兑换了剧情自由。"这句话脱口而出后，她立刻想起先前的策划，急忙补充道，"没想到最后还是……"

顾谈云垂下眼，鸦羽轻轻颤动:"我……"

沈清漱怕他又说出什么要负责的话，拉着他的手臂打断道:"事情已经过去了，我们就不要再提了。"她拉着顾谈云坐下，两人中间隔着一张紫檀木桌子，"我先试试看能不能把积分转给你。"

沈清漱在心里呼叫系统，默念着把一积分转给顾谈云。系统不情不愿地上线道:"在附近检测到同类系统，宿主是否确认将一积分转给对方？"

沈清潋道："确认。"

"看来积分是可以互相转赠的。"顾谈云看了一眼自己的积分，轻声道。

"你以后要好好扮演这个角色。"

听了沈清潋这句话，顾谈云想起原角色阴晴不定爱杀人的性格，蹙起眉头。沈清潋笑着安慰他："放心，不会让你杀人，你只要听我的就是，保证可以让你获得积分！从今日起我教你演戏。"

顾谈云相信沈清潋，点了点头道："如此甚好。如果一天可以获得十五积分，一年后我的积分差不多可以清零，之后便可以积累积分，给你兑换剧情自由。"

两人算了一下，对未来总算清晰了许多。

这时，沈清潋的肚子叫了一声，顾谈云轻笑一声，站起身走到殿外，不一会儿宫女们端着早膳袅袅婷婷地走进来，各式各样的食物堆了一桌。

他拒绝了太监宫女们的侍奉，命他们都退出养心殿，随后端起碗给沈清潋盛了一碗甜粥。他盛粥的动作不快，慢条斯理，极为优雅，像是在弹钢琴。

沈清潋撑着下巴看着他的动作，忽然问："你来之前是做什么的？"

殿里此刻只有他们两人，顾谈云心里没有顾忌，原想说种田种菜，对上沈清潋清亮的眸子后，话音一转，换了一个说法："研究农作物。"

沈清潋弯了弯唇角："像也不像。"

顾谈云问她哪里像，哪里不像，又细心地将沈清潋的餐具布好，才开始给自己盛粥。

"执拗的性子像，其他都不太像。"沈清潋舀起一勺甜粥，眼眸却盯着顾谈云不动。

顾谈云冷湖般的眸子轻轻抬起，瞥她一眼，像是在问沈清潋看他做什么。

沈清潋道："有句话叫秀色可餐，看着你的脸吃东西，胃口要好一些。"

顾谈云抿了抿淡色的唇，春湖般的眸子敛下，在沈清潋的注视下，乌压压的睫毛轻轻颤抖着。

沈清潋的视线在他通红的耳尖一扫，殷红的唇轻轻弯起——还是跟一年前一模一样，一点也没变。

又聊了许久，两人同时发现了一件事——在互相坦白身份之后，他们在对方面前即使偏离角色人设，也不会被扣积分了。

这是好事。

两人吃着早膳，继续之前的讨论。

顾谈云道："如此说来，我们之间，只需要有一个人脱离剧情就可以了。"他记得，接下来的剧情，几乎都要他和沈清潋共同完成。

"只要没发生什么意外，确实是这样。"

然而两人又想起昨夜的意外……沈清潋垂下头，舀起一勺甜粥。顾谈云的视线从她莹白脖颈上的红梅一扫而过，落在殷红莹润的唇上，春湖般的眸子泛起点点涟漪，看着她的目光，是他自己也不知道的专注。

他的喉结滚了滚，轻声道："一直走剧情也不是办法，我们不能改变自己的剧情，那么可否通过改变一些路人的剧情，来间接改变我们的剧情？"

"可以。"沈清潋咽下甜粥，目光变得悠远，仿佛想起了什么人，叹了口气道，"我试过，成功改变了。"

顾谈云本想问她做了什么，但看到她的神情，却不想再问了。

这个话题就此揭过，殿内重新恢复寂静。

吃完早膳，沈清潋抬起眼道："你的剧情是不是还没有走完？"

顾谈云愣了愣，点头道："确实还未走完。"

按照剧情，他尤为喜欢沈清潋，第二日醒来便将她升为妃子，还让她日后就住在养心殿。

也正是因为这番安排，"司鸣玉"这个化名第一次闻名于朝野，所有人的目光都放在这个横空出世的美人身上。这是原角色成为祸国妖妃的开始。

先前讨论时，两人对了一下剧情，顾谈云得知沈清潋只知道一部分剧情，便略过书中的部分描写，将其他剧情一五一十地跟她说了一遍。

沈清潋了解两人的全部剧情后，猜测其实燕帝早就知道她是顾荣安安排的人，燕帝将她推出去，是在下一步棋，不仅仅能让顾荣安放下戒心，同时也是立起一道明显的靶子——燕帝在告诉所有人，他的弱点就是沈清潋。

只是现在的顾谈云不是原著中的燕帝,她和顾谈云之间,主动权在她的手中,她暂时不用担心顾谈云会做出什么对她不利的事情。

顾谈云握住她的手,郑重道:"你放心,不管发生什么,我都会护着你。若是谁要伤害你,那必然要先踏过我的尸骨。"

沈清漱抬头看着顾谈云,瞧出他眸里的认真,心一慌。原著中,女主角就是被顾荣安硬留在宫中,如果顾谈云喜欢她,也跟顾荣安一样,日后不让她走怎么办?那她悠闲自在的生活岂不是都泡汤了?

她垂下眼,用另一只手盖住他的手,淡淡提醒道:"陛下该不会入戏了吧?"

顾谈云眼眸一缩,垂下眼。昨夜,他还想着日后脱离了剧情,要给她自由,尤其发生了昨夜的事之后,他本打算对她负责,但是她拒绝了他,只想要自由。

被她直言拒绝后,他觉得心里空空荡荡的,很失落。

沈清漱看出顾谈云的落寞,心更慌了,拉着他的手,斗志昂扬道:"假如你觉得你喜欢我,那一定是因为剧情!在剧情的设定中,顾谈云会慢慢喜欢上沈清漱,你可千万不要被剧情影响!我们要联手对抗剧情,走出剧情设定的阴霾!"

她的自由生活,她的大庄子,她的良田千亩,她的一百个侍卫……她绝不会失去这些!

顾谈云抬起眼,淡色的眸子仿佛夜里清冷的湖面,道:"我明白了。"

第二十四章

顾谈云吃完早膳,在系统的催促下,缓缓地念着台词,大意就是司鸣玉温良敦厚、品貌出众,特封为妃,封号清。沈清漵日后就是清妃。

太监宫女们无不好奇,这位一步登天的美人到底有多美,直到沈清漵袅袅婷婷地走出来,他们才知道,什么叫倾国倾城的美人。这样的美人,确实可以一步登天。

沈清漵挽着顾谈云的手臂,半靠在他僵硬的怀里,轻声提醒道:"你放松一些,不要太紧张,扶住我的肩膀。现在我是你最宠爱的妃子,你要记住这一点。"

顾谈云轻轻"嗯"了一声,半耷的眸子看不出喜怒,手虚搭着她的肩,拥着她往前走。

沈清漵坏心思地掐了一下他的腰,顾谈云脚步一顿,淡色的唇抿了抿。跟在一旁的王仁似有所感,看了过来。

沈清漵轻飘飘地瞥了一眼王仁,娇声道:"王公公,本宫和陛下一起前去御书房。"

今日是顾谈云纳妃的第一日，故而不用上朝，但作为一个皇帝，他还有很多奏章要看。当然，他也可以选择不看奏章，但不理国事，只会让原著的结局更加快速地到来。

王仁笑着跟在后头，看得出陛下是真的喜欢这位清妃，陛下终于找到喜欢的美人了，不知道什么时候会有软软糯糯的小皇子、小公主呢？王仁回想起陛下幼时的模样，心软得一塌糊涂，等明年这时候，说不定就有小皇子出生了。

顾谈云牵着沈清漵一起坐上车辇，她半靠着他，俨然一副宠妃的架势，众人皆为清妃的得宠之盛而心惊。

"起驾！"

车辇缓缓向目的地走去，沈清漵靠在他怀中，微微昂起头看他，小声道："我想在养心殿加些东西可以吗？"

先前她把养心殿里里外外扫了个通透，养心殿很好看，床也很软，但是里面根本没有任何女子用的东西。

顾谈云垂下眸，视线落在女子的发顶，眸光微软："你想要什么，加便是。"

这句话豪气！沈清漵忽然觉得，顾谈云像是电视剧里的霸道总裁，如果他不是皇帝的话，说不定她就要爱上他了。

御书房距离养心殿并不远，这么短的距离平常是不需要坐车辇的，这么做完全是为了照顾初承圣恩的沈清漵。

沈清漵娇娇弱弱地靠着顾谈云，走到御书房内，她瞥了一眼堆积成山的奏章，感叹道："做皇帝可真辛苦，每天都要批这么多奏章。"她有些好奇道，"里面写的都是什么，怎么会有那么多事？"

顾谈云刚刚坐定，闻言抬起眼，拿了一个奏章递给沈清漵。

沈清漵犹豫了一下，接过奏章："你让我看，我就看了。"她打开奏章，看着看着眉头微微蹙起，顾谈云笑着又递给她一个奏章，她打开扫了一眼，眉头皱得更紧了。

接连看了好几个奏章，沈清漵道："这里面都是些什么东西，尽是些芝麻绿豆的小事。"她又翻开几个奏章问，"怎么连谁家的花养死了，谁家的小妾又哭了，

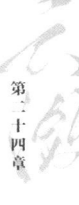

这种事也写进奏章里？这种奏章，是用来折磨人的吧？"

顾谈云无奈地笑了笑，轻声道："没有办法，那些事关民生的大事，与这些奏章混杂在一起，不能有丝毫遗漏。"

沈清漱对奏章不感兴趣，她原想抽几本闲书看看，但这里的书，最闲的就是游记，她看了一会儿，还是觉得奏章里的鸡毛蒜皮更加好看。

顾谈云放下奏章，轻揉了下额角，见她坐在一旁看得起兴，无奈地摇摇头。

沈清漱看完后，将奏章分成两堆，一堆是一些鸡毛蒜皮的小事，一堆是一些事关民生的重要事情，将奏章分门别类后，顾谈云处理的速度便快了些。

两人默契地一人批阅奏章，一人分门别类，殿内很安静，但一点也不尴尬，气氛平和安宁。

先前被赶到门外的王仁急匆匆走进来，看清屋内的场景，心中一惊。陛下是否太过宠爱清妃了？竟然让清妃看奏章？

王仁将沈清漱在顾谈云心中的分量再次拔高，心想日后可千万要小心伺候着这位。

在顾谈云抬起眼时，王仁将心中的惊诧压下，顾谈云问他何事，他弯着老腰恭敬禀告道："礼部尚书林大人在外面求见皇上。"

顾谈云面色一凝，冷湖般的眸子幽深不明，温和的面容覆盖上淡淡的寒霜。这样的他清淡如雪，却有着拒人于千里之外的冷。

他略微一想，就能猜到林尚书这一趟的目的。他放下笔，沉着眼看向门外，轻声吩咐道："让他进来。"

沈清漱瞥一眼顾谈云的神情，心中产生了几分好奇，能叫顾谈云厌烦的，是个怎样的人？

王仁引着一个中年人走进来，沈清漱坐在一边细细打量了一番，这位林大人面相生得端庄，下巴蓄着一撮黝黑的胡子，有几分隐士般的傲气飘逸，只是眉间有几道刻痕般的褶皱，一看就是经常蹙眉的人，瞧着有些不太好相处。

林大人进殿后，先恭敬地给顾谈云行礼。

原本世家是不把顾谈云这位皇帝放在眼中的，只是顾谈云登基这一年来，新官上任三把火，令世家势力对这位新皇生了许多忌惮。

顾谈云登基后，首先整顿了一番懒散的朝堂，还敲打了一番无法无天的世家。除了一些重要岗位的人，其他官员几乎一天一个样，升职的升职，降职的降职，还有一些莫名被查出贪污，隔日就被流放的，一时间，朝堂上心里有鬼的都人人自危，每日都觉得有一把刀高高地悬挂在头顶。

就在世家打算联合起来对付这位新皇时，这位新皇却停手了，恰好踩在世家能够容忍的边界线上。这位新皇所做的每件事，都让人挑不出毛病，令世家势力有气却发不出，只能硬生生地把这口气吞下去。他们算是明白了，这位新皇不是个善茬。

林尚书就是世家势力的代表人物。

他来这里的目的是为了国子监，国子监历来是选拔人才的地方，只是国子监的学子历来都是世家子弟，这位新皇却在国子监开设了入门考试，规定无论是世家还是平民，都可以参加入门考试，通过后就能入学国子监。这大大损害了世家的利益，但同样的，世家势力无法公然反对这条圣旨，难道要他们说怕自己考不过平民子弟吗？

虽然明面上不能反对，但暗地里可以下绊子。

林大人张嘴欲要哭诉，瞥了一眼坐在那儿看戏的沈清漱，却又拉不下一张老脸，于是小心地看了一眼顾谈云：“陛下，这位是……”

沈清漱明白这位林大人是想赶她出去，她小声询问顾谈云："是否需要臣妾回避？"

顾谈云握住她的手，转眼看向沈清漱。沈清漱垂着眼，瞧着乖乖巧巧的，只是垂下的眸子里满是八卦的兴奋。

顾谈云抿着的唇角微弯，看向林尚书时，眉眼重新沉下去，道："这是孤新封的清妃，无须回避，你要说什么直接说便是。"

林尚书的一张老脸黑了黑，道："陛下，是有关于朝廷的大事。"

沈清漱站起身，识趣道："那臣妾就先告退了。"

反正等这位林尚书走了，顾谈云肯定会告诉她发生了什么。

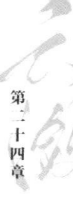

沈清潋离开御书房后，四处逛了逛。太阳升到正头顶时，她拿过宫女手中的扇子，自顾自地扇起风来。她走到一处亭子里，靠着木栏看着碧绿的湖面，只觉得燥热的心凉快了许多。

太监们去搬了一些冰块，丝丝缕缕的凉意在亭中散开，沈清潋吹着凉风，忽然觉得做一个宠妃还挺幸福的，她以前可用不到冰块，也吃不到这么多的山珍海味。

沈清潋百无聊赖地打着扇子，宫女们见她无聊，拿了一盒鱼食递给她，她便靠着木栏，有一搭没一搭地往湖水里扔着鱼食，看着水底的鱼儿游过来争抢鱼食，沈清潋得了几分趣意。

隐隐约约地，远处传来女童的嬉闹声，那声音越来越近，伴随着嬷嬷着急的呼声："六公主！您慢点，别摔着了！"

沈清潋侧身看去，只见一个生得冰雪可爱的小姑娘蹦蹦跳跳地跑过来，太监宫女们齐声喊着六公主，向她恭敬行礼。

沈清潋知道这位公主，先皇一共有十一位皇子、九位公主，其中顾谈云、七皇子和六公主都是先后所出，这个六公主是顾谈云一母同胞的妹妹。

六公主没有理会行礼的太监宫女，直直地扑过去抱住沈清潋的腰，沈清潋惊诧地垂下眼。

"嫂嫂，你生得真好看。"六公主的头在她的腰上蹭了蹭，弯着眼睛道，"想必嫂嫂的心灵一定也很美好！"

顾谈云他妹妹，这么不认生吗？

沈清潋弯了弯唇角，垂下眼，对六公主轻声道："人不可貌相，海水不可斗量。六公主您可千万不能凭借一个人的外貌，来判定一个人的好坏，不然会被坏人骗走也说不定。"

六公主天真的笑容微收，片刻又重新露出天真的笑容，拉了拉沈清潋的袖子，撒娇道："嫂嫂肯定是好人！嫂嫂，你可不可以把你的太监宫女都借我用用？"

沈清潋殷红的唇一勾，这小姑娘嘴可真甜，她只是一个妃子，这个小姑娘却叫她嫂嫂，若换了其他人，说不定真的会对这个小姑娘放下戒心。

沈清漵弯下腰，看着六公主温声道："当然可以，只是你要他们做什么？"

"我要摘花瓣，需要许多许多人。"六公主眨了眨大大的眼睛，"嫂嫂你人这么好，一定会答应我的吧？"

小姑娘看似把自己的心思隐藏得很好，但沈清漵不傻，一眼就看出这个笑容天真的小姑娘不简单。

"如果我不答应呢？"沈清漵淡淡反问道。

六公主天真的笑容逐渐消失，沈清漵轻笑一声，揉了揉小姑娘的头，将她整齐的发丝揉乱了几分，在她要发飙之前笑道："我跟你开玩笑的，这些人你都带走吧。"

小姑娘开开心心地带着太监宫女们离开，沈清漵殷红的唇微勾，顾谈云这个妹妹到底想做什么，待会儿就知道了。

沈清漵等着等着，等来了一个俊俏的公子哥。对方俊朗的容貌隐约有几分眼熟，嘴角挂着一抹散漫的笑，摇着一把扇子慢悠悠地走来，是一个模样极好的纨绔。

男人对着沈清漵勾唇一笑，朝她抛了个媚眼，却在看清她的脸时，蓦然僵住，媚眼抛了一半显出几分不伦不类的傻气。

沈清漵清晰地看到他眼中一闪而过的惊艳，眉眼间浮起不解——顾谈云他妹妹，在帮她找外遇对象？

第二十五章

男人手里的折扇唰地一收，重新恢复成慵懒纨绔的模样。

沈清潋的视线在他脸上一定，猜出这个人是谁了——顾谈云一母同胞的弟弟七皇子，同样也是刚刚那个耍坏丫头的亲哥哥。

他们把太监宫女引开，到底想做什么？沈清潋心中不解，总不至于是真的想给顾谈云戴绿帽吧？

她不想同他们玩什么把戏，转身抬腿就要离开亭子，身后突然响起一道轻佻的声音："美人，你要去哪里？"

沈清潋脚步不停，甚至加快了些。身后那道声音懒懒散散地道："娘娘应该不想跟一个外男在这里玩你追我赶的游戏吧？若是被人误会，可就不好了。"

沈清潋无奈停下转身。

七皇子如同一只花枝招展的孔雀，招摇着越走越近，最后站定在沈清潋身前不远处。

沈清潋捂着怀里的鱼食盒，想了一下如果是原角色在这里，会做出什么动作。

她露出惶恐之色，硬挤出两滴眼泪，往后退了一步道："你是谁？你要做什么？"

"美人莫怕。"

离得近了，顾寻洲可以清楚看到沈清潋眼里缀着的清泪，雾蒙蒙得如同三月烟雨，那泪珠盈盈挂在她的下睫毛处，要落不落，仿佛点缀着一颗珍珠。顾寻洲的声音下意识放轻了些："你就是皇兄新册封的清妃？"

沈清潋算了一下，从顾谈云下旨册立她为清妃到现在，也就两个多时辰，七皇子和六公主这么快就知道了？还找上门来，这宫里的消息传得这么快？

沈清潋蹙起眉，好奇地看着他："你怎么知道？"

"小王听说皇兄遣散了其他美人，只带了一人入宫，心生好奇便来看看是怎样的美人，能把皇兄迷成那样。"顾寻洲说着扇子一挑，放于沈清潋的下巴处，微微抬起她的脸。

沈清潋垂下眼睫，遮住眼眸里的无语。

顾寻洲唇角勾起道："没想到一入宫，就听说皇兄册立了美人为清妃。小王心里愈加好奇，没想到这么一看，娘娘还真是个绝顶美人。"

他自称"小王"，就是在挑明自己的身份。还留在京城的先皇皇子，除了被召入京的顾荣安，就只有七皇子了。

沈清潋并不担心七皇子会对她做什么，传闻七皇子极其喜欢哥哥顾谈云，只是不知道他现在闹出这一番事，究竟是为何。

沈清潋别开脸，淡声提醒道："请王爷自重。"

"自重？本王还从未自重过。"他嘴里这样说着，却听话地收回扇子，斜斜地往栏上一靠，一双风流的眼半眯着懒散道："听说娘娘是从凉州来的？"

沈清潋大致明白他的来意了，他担心她是顾荣安的人，会对顾谈云不利。

沈清潋点点头："本宫确实是从凉州来的。"

顾寻洲扇子一开，摇着手里的扇子，目光变得锐利了几分："娘娘既然是从凉州来的，那么可曾见过安王？"

沈清潋想了一会儿，道："应该是没有见过的。本宫尚在闺中之时，喜欢待在家里，甚少出门。"

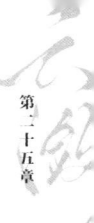

顾寻洲斜眼打量了沈清潋一番，沈清潋装作害怕，小心往旁边挪了挪。

顾寻洲摇着扇子直起身，逼近几步，一双俊眼咄咄逼人地紧盯着她："小王不信娘娘没有见过安王。"他的唇角勾起一抹散漫的笑意，不紧不慢道，"其实娘娘是安王派来的人，对不对。"

他用的是肯定的语气。

沈清潋装作不适，往后退了一步。如果是原著剧情，那么他确实没有猜错，原角色确实是为了顾荣安而入宫，目的就是拉顾谈云下马。只是她不是原角色，目的也与原角色的目的背道而驰。

她恼怒地抬起眼，眼里的泪珠要落不落，道："本宫不知道你在说什么。"她往后退了一步，身子因为被冤枉而细细颤抖，"再怎么说，本宫也是陛下的妃子，轮不到王爷欺负，还请王爷注意一些。"

顾寻洲眉头轻轻蹙起，莫非她真的不是顾荣安的人？见她的泪珠接连不断地坠落，他的脑海里却想起了顾荣安的母亲，那个女人也是这般会哭，只要一哭，父皇便会站在她那边。

他笑了笑，摇着扇子继续道："娘娘如何证明不认识安王？"

"疑邻盗斧这个典故，王爷应该知道。"沈清潋仿佛不堪受辱，侧过身看着远处的湖面，侧脸清冷倔强，轻声道，"王爷在心里已经确定本宫认识安王，那么不管本宫怎么解释，您都不会相信本宫不认识安王。"

顾寻洲低笑一声，站在沈清潋身旁，扇子抵着下巴，低声道："嫂嫂何必要抵赖？"

嫂嫂二字从男人口里说出来，低沉的语气中沾了几分暧昧。

这一声嫂嫂让沈清潋心中一惊，怎么顾谈云他弟是这个样子？他该不会真的想挖他哥的墙脚，给他哥戴绿帽子吧？

沈清潋侧眼看过去，对上男人轻佻的桃花眼。顾寻洲长得与顾谈云有几分相似，只是顾谈云的气质更加清正温和，透着一种淡淡的疏离，而顾寻洲几乎把"不守男德"四个字刻在了脸上，花枝招展得像只跳舞的花蝴蝶。

他们是完全相反的两种类型。

顾寻洲不知道沈清潋在想什么，在沈清潋看过来时，轻佻一笑。

沈清潋抿了抿殷红的唇，蹙起眉头道："嫂嫂二字不敢当。"

顾寻洲没有接她这句话，轻佻道："其实您认识安王也不代表什么。"说着他朝她抛了个媚眼，继续道，"小王其实有不臣之心已经很久了。"

这是可以直接说出口的吗？

沈清潋杏眼圆睁，震惊地看着他。此刻她忘记了伪装，露出了最真实的情绪。

"其实小王早就调查过，娘娘就是安王的人。"他冲沈清潋眨了眨桃花眼，"不如您背弃安王，为臣弟做事如何？臣弟最喜欢嫂嫂这样的美人，日后事成，一定会好好对待嫂嫂的。"说着他又冲沈清潋抛了个媚眼。

"王爷莫要再跟本宫开玩笑了。"沈清潋沉下一张美人脸，"王爷既然硬要称呼本宫为嫂嫂，就该明白本宫是陛下的妃子。"

沈清潋了解过原著，自然知道顾寻洲根本没有什么不臣之心，他说出这番话，不过是在诈她。

顾寻洲扬起桃花眼，轻佻笑道："正因为是嫂嫂，才更加刺激呀。"

沈清潋僵硬地转头看向他，顾寻洲不断对她眨着桃花眼。

沈清潋慢慢收回脸上的震惊，轻声道："若是陛下听到这番话……"

顾寻洲自信一笑："小王是皇兄的亲弟弟，娘娘不过是皇兄刚纳了一天的妃子，皇兄自然会信小王。"他抬手弹了弹扇面，又道，"娘娘不如考虑一下，弃了安王跟小王合作？"

第二十六章

怎么这兄弟俩的性子都这么执拗呢?沈清潋眼下的睫毛被晕湿,贴在莹白的皮肤上,顾盼流转的眸子澄净得像水晶。她收了惶恐的神情,只是眼眸雾蒙蒙的,还带着泪意,她用手指将眼角的泪痕一点点抹去,再抬起头,她的眸光平静如水。

顾寻洲因她的变化愣了愣,收起嘴角轻佻的笑,道:"怎么?不装了?"

"王爷已然认定本宫就是安王派来的人,本宫多说无益。"沈清潋的眼里没有一点方才的惶恐情绪。

顾寻洲将眼神压了压,风流轻佻的气质被这缕寒芒冲淡了些,显出几分认真来。他嘴角挑起,嗤笑一声道:"娘娘自凉州而来,娘娘的父亲乃凉州刺史。如果小王没有记错,娘娘是安王亲自护送入京的吧?娘娘说没有见过安王?本王不信。"

沈清潋近些日子经历了太多,把顾荣安送她入宫这件事忘得一干二净。意识到自己言语中的漏洞,她轻轻蹙起眉,虽然顾谈云现在跟她是一伙的,但顾寻洲是顾谈云的弟弟,在顾谈云登基后,顾寻洲也获得了一些实权,成了顾谈云的

139

得力助手。若是顾寻洲把她当成安王的人，处处针对她，想来会惹出很多麻烦。

"娘娘还打算怎么狡辩？"顾寻洲的视线落在沈清漱眉间的褶皱上，唇角勾勒出一丝尖锐的讽刺。

沈清漱诚恳地看着他道："既然王爷知道这些，也该知道本宫的父亲向来与安王不和，本宫怎么可能是安王的人？"她侧过身，看向平静碧绿的湖面，"本宫的确见过安王，但男女有别，本宫与安王只见过几次，是王爷多思了。"

顾寻洲冷哼一声，手握住红栏，斜斜地站着道："总之小王不信。"

顾谈云这个弟弟怎么这么熊？她想打他的头！沈清漱暗暗吸了一口气，心想莫生气，气坏身子就更亏了，不管怎么样，他也是一个王爷，她忍一次。

"王爷如何才能相信？"

顾寻洲拿扇子敲着木栏，发出有节奏的响声，道："在娘娘不能证明自己不是安王的人之前，娘娘嘴里的话，小王一个字都不信。"

沈清漱的眉眼染上一丝疲惫，她抬起眼紧紧盯着顾寻洲，顾寻洲敲栏的扇子一顿，对上她生气的眼，心生不祥的预感，脚步犹豫地往后退了一步。

蜿蜒的小道尽头，有几个宫人缓步而来。沈清漱红唇微微上扬，笑意转瞬即逝。不知道为什么，她忽然想起与顾谈云相识的那一夜，他背着她跳出安王府，她要他跳回去，他说什么也不肯，她说自己会医术，他却让她莫要讳疾忌医。

顾寻洲这张风流轻佻的脸，在沈清漱的眼里逐渐变了样，变成了顾谈云那张温柔疏离的脸。

想要捉弄人的想法再次升起，沈清漱垂下眸，长长的睫毛微微颤动，在眼睑下投出一片阴影。她轻声道："既然王爷怎么都不肯相信本宫，本宫只能以死明志了。"

顾寻洲散漫的神情在听到这句话时，化为不解。

沈清漱柔弱地轻咳一声，道："本宫自小体弱，患有心绞痛。"她微不可察地看了一眼顾寻洲的某个穴位，柔弱地倚靠着栏杆，纤细白皙的手悄悄摸了一根银针，轻声道，"既然王爷不相信本宫，本宫就只能从这里跳下去，自证清白。"

她指着湖面，细细说道："本宫自小身子就弱，一点风寒都有可能要了本宫

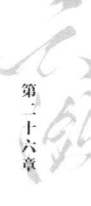

的命，等跳到这冰凉的湖水中，就算有御医来救本宫，想必也救不活了。"她戚戚然道，"如此可遂了王爷的意？"

顾寻洲满头雾水，怎么也想不清楚，他只是来探查这个清妃有没有问题，怎么就变成了逼她以死明志？

眼见沈清漱就要去翻栏杆，他内心陡然一惊，他只是怀疑这个清妃是顾荣安派来的人，但他没要她死呀！若是皇兄知道是他把她逼下了水，若是皇兄宠爱的妃子因他没了命……

顾寻洲一激动就想要拉沈清漱，手刚要放到她的肩上，忽而又想起这是皇兄的妃子，于是急忙缩回手，无处安放的手在空中动了几下，慌张道："你冷静一点！"

沈清漱瞥了一眼，见顾寻洲慌了，勾起唇角，趁着他心里慌张，没有注意，拿银针扎了一下他的麻穴。

强烈的麻痹感席卷而上，顾寻洲动作一顿，斜斜地靠着红栏，身子微微倾倒，眼看控制不住就要朝沈清漱倒过来。

闲王殿下似乎在调戏陛下的清妃？从蜿蜒小道上走来的宫人站在原地，不知道该回头装作什么都没看见，还是继续往前走。

沈清漱的眼底闪过一丝狡黠，抬起头时，明亮的眸子恢复成善良柔弱的模样，眼看着顾寻洲朝她倒过来，她惊叫一声，用力推了他一下。

按道理，顾寻洲应该往后倒，但不知道怎么回事，他却往栏外的方向栽去，表情茫然地扑通一声落入水中。沈清漱顿时惊呆了，她只是想要诬陷他轻薄自己，他怎么掉下去了？她急忙探过身子去看湖面。

顾寻洲在水中狼狈地扑通几下，总算想起他会游泳，奋力游出水面，剧烈咳嗽了几声。他的脚在水下摆动，双手抹了一下脸上的水珠。

沈清漱见他水性这么好，方才放下心。花蝴蝶变成落汤鸡，她的唇角微不可察地勾起，谁让他一直咄咄逼人，说她是安王派来的人，活该！

顾寻洲抹掉水珠，睁开眼就对上女子急切担忧的目光，只是他的第六感告诉他，她在幸灾乐祸，在笑他的狼狈。他狠狠咬着牙，一双迷离轻佻的桃花眼此刻充满了愤怒，方才他的身体突然一麻，说不定也是她搞的鬼！

果然是个毒妇！她一定是安王派来的奸细！他一定要替皇兄看好这个毒妇，莫要让她害了皇兄！

沈清潋惺惺作态地喊道："闲王殿下，您怎么掉水里去了？快上来，别染了风寒！"

几个宫人远远见到顾寻洲落水，推推搡搡地跑过来，边跑边喊"闲王殿下落水了"。沈清潋看着这副场景，觉得有些好笑。

那五个宫人只有一个会水，那个会水的宫人刚要跳下去，却见顾寻洲已经游过来自己上了岸。

因为刚才那番动静，许多宫人都往这边走过来。顾寻洲的衣裳尽湿，紧紧地贴在身上，湿漉漉得往下淌水。宫人们着急地簇拥着他，沈清潋站在亭子里远远看着。

顾寻洲让宫人们退开，随后一瞪眼，气冲冲地朝沈清潋走过来，一双桃花眼都气成了红色，他一走近便大声质问道："是不是你干的？"

沈清潋一怔，像是被他吓住了，眸光微颤，几滴晶莹的泪珠从眼角滑落，她畏葸地退后一步道："你在说什么？王爷方才朝本宫倒过来，本宫以为王爷要轻薄本宫，吓了一跳，才推了一下王爷，没想到……"沈清潋说着说着垂下头，瞧着甚是愧疚。

那几个宫人睁大了眼，闲王殿下居然想要调戏陛下的妃子，他们低着头，耳朵却都竖起来，不想错过有关这个事件的任何一个字。

顾寻洲将信将疑道："你真的不是故意的？"

沈清潋点了点头，无比诚恳道："苍天作证，本宫只是个弱女子，怎么会故意把王爷推下水？"她扫了一眼顾寻洲，花蝴蝶般的男人此刻狼狈不堪，头冠歪着，站着的地方流了一滩水，就像一只活脱脱的落汤鸡。沈清潋的眼抬了抬，极为贴心地提醒道："闲王殿下不去更衣吗？小心莫要着凉了。"

顾寻洲眯着一双桃花眼看她，没能从沈清潋的脸上看出一丝破绽。

说的也是，皇兄的这个宠妃只是一个普通的弱女子，怎么可能把他麻倒？

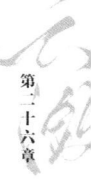

或许刚才是因为气血不通。顾寻洲的唇角重新挂上轻佻的笑，可惜再也无法像之前一样风流倜傥。他唰地一下打开扇子，沈清漵的视线落在挥动的扇面上，顾谈云这个弟弟落水了也不忘记护好扇子，还真是难得。

"方才臣弟失礼了，还请娘娘莫怪。"顾寻洲非常没有诚意地道了个歉，走之前留下一句，"臣弟日后会盯着娘娘，若是娘娘与安王有关系，要对皇兄不利，小王绝不会饶了娘娘。"

说完他迈着优雅散漫的步子离开了，所过之处留下一摊水迹。沈清漵得意地勾了勾唇角。

几个时辰后，闲王调戏陛下新纳的宠妃的消息就会传遍整座皇宫。

而此时，沈清漵瞥了一眼顾寻洲狼狈的背影，心情颇好地看了看天色，太阳正在头顶。她从长座上拾起团扇，已经到吃午膳的时间，该回去吃饭了。

沈清漵不记得御书房在哪个方向，她随意走着，遇到了几个宫女，宫女给她指明方向，再走了一会儿，遇到了顾谈云派来找她的小太监。

小太监气喘吁吁道："陛下说已经到午膳时间了，见娘娘还未回去，便让奴才带娘娘回去。"

第二十七章

那位林尚书已经离开，顾谈云还在批阅奏章。

王仁倒了一杯温茶，将茶放在顾谈云面前的桌案上，顾谈云没有抬头，还在看着奏章，手朝茶杯探去，端起茶水，轻轻抿了一口，而后继续批阅奏章。

沈清潋踏入门内时，看到的就是这么一副场景——中午的阳光将御书房照得通亮，他眉目低垂，眉间清润舒展，眼下画上的那几笔阴影如同被温水融化的冰，从他的脸上消去。有句话叫"认真的男人最帅"，以前沈清潋对这句话不以为意，现在看到顾谈云，她才感受到认真的男人的魅力。她的脚步下意识放轻了些，顾谈云这张脸无疑是极好看的，也不知道来这里之前他长什么模样。

顾谈云自小学武，耳聪目明，沈清潋走到房外时，他便听出了她的脚步声。他放下笔，眸光微软。沈清潋忽然有些心虚，作为共同对抗剧情的盟友，顾谈云在这里累死累活地批阅奏章，她却在外面潇洒闲逛。原著里只写了顾谈云是个暴君，但是他这个暴君当得也太累了。

她捏着团扇走过去，给他扇风，顾谈云伸出手无奈地压住团扇。

沈清漱捏着团扇，疑惑道："你不热吗？"

顾谈云高冷地吐出两个字："不热。"自沈清漱定好扮演计划后，他就时刻记得要维持暴君阴晴不定的神色，故而他此刻看人都是斜视的。

沈清漱勾了勾唇，打量一番，发现他额上竟真的没有丝毫汗意。她垂下眼好奇地摸了摸他压着团扇的手，发现在这大夏天里，他的手居然是温凉的。

"你的手摸着好舒服。"

见顾谈云手指微蜷，收回手，沈清漱眨了眨眼睛道："陛下该不会害羞了吧？"

顾谈云抬起手，在沈清漱额上轻轻一探，温声道："外头太阳烈，可有什么不舒服？"

听他这么问，她更加心虚了，小声道："没有不舒服。"

她在外面走走停停看风景，比他可舒服多了，她光是瞥一眼案上的奏章，就觉得脑袋疼。

"你身边的宫人呢？"顾谈云注意到沈清漱是孤身一人回来的，他的眉头轻轻蹙起，同时还要保持阴郁的表情，显得有些奇怪。

沈清漱在心里叹了口气，顾谈云这演技不行啊。她实话实说道："被你的妹妹六公主全叫走了，说是要借宫人去摘花瓣。"

顾谈云沉下眼，配合着他眼下画上去的颜色，倒真有几分阴沉感："宫里这么多宫人，怎么就要你身边的宫人？"

沈清漱撇了撇嘴，六公主这样做肯定是被闲王教唆的。不过她已经报完仇了，顾谈云平日里这么忙，还是不要给他找事情，于是道："小孩子贪玩吧。"

顾谈云转过身看向王仁，命王仁传膳，王仁应了一声，出了门。

等王仁出去后，顾谈云脸上的阴郁神情松懈下来，温和道："之前忘记告诉你了，七皇弟今日会入宫，本来在用膳之前就该到了，但是现在还没来，我们就不等他了。"

闲王爷当然还没到，他整个人掉进水里，成了一只狼狈的落汤鸡，现在估计忙着换衣服绞头发。沈清漱弯了弯红唇，一双眼睛雾蒙蒙地看着他，声音软绵绵地道："陛下是要带臣妾见您的家人吗？"

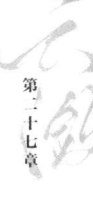

顾谈云微微怔住，仔细打量她的神情，在她的眼睛里没有羞涩，没有欢喜，只有平淡冷静的戏谑，他敛下眼，伸手轻弹了一下她的额。

沈清潋痛叫一声，其实顾谈云弹得不重，但他是个习武之人，沈清潋这副身子又娇气得很，当场落下了两行清泪。顾谈云吓了一跳，下意识捧起她的脸，发现她的额角微微发红，她睁着一双水雾朦胧的眼，可怜兮兮地望着他。

"抱歉。"顾谈云无措道。

沈清潋垂下眼，长长的睫毛如蝶羽一样轻轻颤动，过了一会儿，她抬起头，蒙着雾一样的泪水的眼对上顾谈云温和歉意的眸，她轻声道："陛下，您还要捧着我的脸多久？"

顾谈云这才发现自己的动作太冒犯了，急忙缩回手，他眼睫下垂，遮住琥珀色的眼眸，轻声道："抱歉。"

"你总是在跟我说抱歉。"沈清潋拍了拍他的手臂，"放心，我没放在心上，只要等剧情结束，你不要卸磨杀驴就好。"

"当然不会。"

得到保证后，沈清潋安心了许多，试探着问道："你觉得闲王是个怎样的人？"

事关他们盟友身份的坚固度，沈清潋打算试探一下顾谈云对顾寻洲的好感度。闲王爷显而易见对她不满，说不定还会在顾谈云耳边说她的坏话，有的话听着听着可能就当真了。

顾谈云看了她一眼，意味不明道："我这个皇弟成日往青楼跑，若是见了他，你莫要理他就是。"

沈清潋沉吟道："若是我不理他，他硬要招惹我怎么办？"

顾谈云沉下眼，道："若是他纠缠于你，你就告诉我。"

"你会揍他吗？"沈清潋笑着道，"他可是你的弟弟。"

顾谈云轻声道："当然会揍他。"

他温润冷清的眉目看向她，琥珀色的眼眸在通明的白日里熠熠生辉，里面仿佛含了无限柔情。沈清潋听话地点头，迎着他的柔和视线，忽然感觉气氛有些不对劲，他们不是剧情一结束就一拍两散的契约关系吗？

顾谈云道:"我们都不属于这里,又有共同对抗剧情这一重关系。"

沈清潋"嗯"了一声,原来顾谈云是这样想的,她放下心来。

过了一会儿,宫女们端着一盘盘佳肴翩然而至,每上一道菜,她们都会报一遍菜名,沈清潋从头听到尾,只记住了最后一盘菜的名字。这些菜名实在太有文化了,有文化到她根本记不住。她感叹了一句:"当宠妃可真舒服!"

顾谈云微不可察地弯起唇角:"不知道你喜欢什么口味?"

沈清潋夹了一块滑嫩的鱼肉,举着筷子道:"我最喜欢吃鱼,爱好辣口、甜口,喜欢重口味一点的,但是清淡的我也不排斥,除了蒜、生姜,没什么不喜欢吃的。"

顾谈云听得很认真,点了点头道:"我记住了。"

沈清潋问他:"你喜欢吃什么?"

顾谈云蹙起眉,以前他专注于研究,向来是有什么吃什么,应付了事。

沈清潋扒了一口饭,看到顾谈云眉头紧锁,好似在深思什么重要的事情,问道:"你怎么不说话?"

顾谈云沉吟道:"我没有特别喜欢吃的,向来是有什么吃什么。"

沈清潋停下筷子道:"你对吃的居然这么敷衍?你这样不行,会失去很多快乐的!"她扫了一眼桌上的菜,"你每样都吃一点,总能找到最喜欢的食物。"视线落在顾谈云云淡风轻的脸上,她又好奇地问他,"你之前有没有吃过辣条、薯片一类的东西?"

"没有,这些东西都不健康。"

"从来没吃过一口?"

"从来没吃过一口。"

"那你真的失去了很多快乐!"

两人在屋里说悄悄话时,王仁站在门外看着屋檐下那条阴影与阳光的分界线,叹了口气。自从陛下有了宠妃,他就总是被赶到门外,难道贴身太监和宠妃这两个身份是冲突的吗?

王仁深深地叹了口气,不过很快又高兴起来,想来明年就可以看到陛下的小皇子或小公主了。

第二十八章

沈清潋和顾谈云还未用完午膳,闲王就来了。

顾寻洲没想到沈清潋也在,行礼之后,不动声色地看了她一眼。沈清潋不动如山,安安静静地吃饭。她现在暂时不需要害怕顾寻洲,虽说他是个王爷,但是她现在是皇帝的宠妃,在身份上顾寻洲奈何不了她。

至于顾谈云,那就更不需要害怕了。不管顾谈云先前那番话是真的还是假的,现在她与顾谈云都是合作关系,顾谈云无法用积分兑换跳过剧情,他要脱离剧情必须靠她,哪怕他与顾寻洲兄弟情深,她现在也不需要害怕。

见沈清潋一点反应都没有,仿佛根本没见过自己,顾寻洲心中涌出恼怒。

顾谈云注意到他视线所落之处,眉头轻轻蹙起,嗓音清冷道:"既然来了就坐下吃饭。"

顾寻洲收回视线,喊了声"皇兄",走过去坐下来。坐定之后,他正大光明地扫了一眼沈清潋,转头看向顾谈云,嬉皮笑脸道:"这就是皇兄新纳的美人?可真是漂亮得跟朵花似的,难怪皇兄这么喜欢。"

他这话有些不尊重沈清漱。

沈清漱偏过头，清漱的眼眸委屈地看向顾谈云，顾谈云一眼读出沈清漱委屈眼神中的真正含义，她在说，你看你弟弟要欺负我，你还不维护我？

被沈清漱如此依赖，顾谈云的唇角微微勾起，却又很快压下，他睨了一眼顾寻洲，隐含警告道："既然来了宫里，就莫要胡说八道。"

皇兄竟然为了这个新纳的宠妃警告他！顾寻洲暗暗咬牙，皇兄果然被这个女子迷得不轻，这个清妃可是从凉州来的！凉州刺史跟安王不和又如何，山高皇帝远，谁知道这不和是真的还是假的？说不定他们早就在谋划着把清妃送入宫，而凉州刺史与安王的不和就是他们谋划的一部分。

不得不说，按照原著剧情，顾寻洲的想法都中了。

顾寻洲冷哼一声，将不满全部挂在脸上。

沈清漱这人受不得气，也从不忍气。她眼眸微红，委屈地看着顾谈云道："陛下，臣妾不想影响您和闲王爷的关系，既然闲王爷不待见臣妾，臣妾就离开吧。"

顾谈云自然知道沈清漱是在演戏，他看着她眼里蒙眬的泪光，顿时心情有些复杂。他再次读出了她眼神的真实含义，她在说，你看你弟弟这样给我脸色，我不高兴了，你要帮我找回场子！

他有些好笑，还有些不高兴，只是这不高兴的目标是顾寻洲——顾谈云没意识到，他的心已经完全偏了。

沈清漱起身欲走，顾谈云无奈地拉住她，剑眉蹙起来看向顾寻洲，漆黑浓密的睫毛下一双琥珀色的眼眸十分锐利，他说："你若不想吃饭，就直接从这里出去。"

顾寻洲心头一跳，知道顾谈云是真的动了气。

这个女人果然有几分手段！他压下心底的愤怒，嘴角重新浮上散漫的笑，嬉皮笑脸地对顾谈云道："臣弟知道错了，皇兄莫气。"他转眼看向沈清漱，站起身行了个礼，"还请娘娘宽恕小王。"

在顾谈云看不见的角度，他暗暗地瞪了沈清漱一眼。沈清漱红唇轻轻扬起，瞪就瞪吧，反正气的是他，她没吃亏。

沈清潋拉了拉顾谈云的衣袖，嗓音软绵绵地道："既然王爷知道错了，陛下就莫要生气了。"

顾谈云凝神注视着沈清潋，眉头舒展开来，眉目间含了几分笑意，沈清潋被他看得有些心虚，微微侧开眼。

顾寻洲看着眼前这副男俊女美的画面，只觉得他不该坐在这里，或许他真的应该离开……

就在顾寻洲坐立难安时，顾谈云侧眼看来，嗓音清凉道："日后不可再对清妃如此无礼。"

顾寻洲心想总有一天，他会揭开这个女人的真面目，让皇兄知道眼前这个漂亮女人不可信。他心里这样想着，面上却可怜巴巴地诚恳道："臣弟知错了，日后定然会对娘娘恭恭敬敬。"说到"娘娘"二字时，他加重了语气，暗暗挑衅地看了沈清潋一眼，沈清潋不甘示弱地看回去，这场硝烟就这样过去了——看似是过去了。

吃完午膳，顾寻洲对顾谈云道："皇兄，臣弟有要事禀告。"说完他看向沈清潋，嘴角挂着散漫轻佻的笑，轻声道，"娘娘可否回避一下？"

顾寻洲都这样说了，沈清潋没有理由拒绝，于是对顾谈云行礼道："那臣妾就告退了。"

顾谈云再次安排了一堆宫女给她，吩咐们要好好服侍沈清潋。

沈清潋先前已经在皇宫逛了许久，有些累了，不想再逛，于是就在旁边的殿堂里抽了本杂书，躺在罗汉椅上看。屋里放了许多冰，旁边的宫女给她扇着凉风，沈清潋看着看着，强烈的睡意涌上来，她的眼睛慢慢合上，睡了过去。

日头逐渐落下，顾谈云踏入屋中，琥珀色的眸子染上点点寒霜，他看向躺在罗汉椅上的沈清潋，她睡得很香甜，殷红的唇微微勾着，睡得杏腮微红，夕阳映在她莹白的面容上，显得格外岁月静好。

他眉梢处的冷漠一顿，眼眸里的冷霜退尽，只是在看向殿中的宫女们时，眉眼再次冷了下来。

宫女们吓了一跳，齐齐跪下来。

他抿着淡色的唇，对她们道："你们都出去。"

宫女们努力维持着礼仪，直到走出屋子才松了口气。

顾谈云无声地走到沈清潋身旁，几根乌黑的碎发落在女人漂亮莹白的面容上，在微风下一颤一颤的，他伸出苍白的手，冰凉的指尖捏起碎发，别到她的耳后。

沈清潋睡了很久，甚至睡得太饱已经睡得想吐了，只是她不是很想起来，就一直睡着。察觉到有什么人在摆弄自己的头发，她睁开了眼。

顾谈云的面容上像是覆盖了一层薄霜，显得格外清冷疏离，沈清潋一愣，睡眼蒙眬地看过来，声音是软绵绵的微哑，她轻声问他："你怎么了？"

顾谈云的胸口像是堵了一团棉花，他望着她，眉心皱在一起，风吹动着帘子，光影在他的眸子里忽亮忽灭。

他的嗓音里仿佛藏了碎冰："他调戏你，你为何不告诉我？"

第二十九章

是顾谈云自作主张地将顾寻洲留在了京城。

原著中，从来没有这个情节。先皇死后，顾寻洲本该离开京城，前往封地，但当时顾谈云钻了剧情的空子，将他留在京城，协助自己处理事务。

然而现在，他只想把顾寻洲赶回封地。

当顾谈云从王仁的嘴里听到顾寻洲调戏沈清潋的消息时，心里就冒出了一股无名邪火，一半是对顾寻洲，一半是对沈清潋。

他生气沈清潋遇到麻烦却不告诉他，周身的气压极低，温和的月光仿佛化成了坚硬的碎冰。他薄唇轻启："你为什么要瞒着我？"

沈清潋心中一紧，同时有些茫然，她不得其解，只好自我安慰他和她是盟友关系，当他发现她有事瞒着他，不安也是正常的。

她揉了揉朦胧的眼，坐起身解释道："我没有要瞒着你的意思，只是你太忙了。"见顾谈云的眉头依旧紧蹙，她继续道，"其实这是子虚乌有的事情，都是我设计的。顾寻洲一直说我是顾荣安派来的人，对我出言不逊，所以我就小小地教训了他一下。"

顾谈云袖中发紧的指尖缓缓松开，抿了抿淡色的唇道："那你现在告诉我真相，是不想教训他了？"

沈清漱笑了一下，道："怎么可能，我是那种忍气吞声的人吗？你之前不是疑惑顾寻洲为什么一直没到，因为他掉进水里了。"

顾谈云紧蹙的眉渐渐松开。

沈清漱以为他在生气她把顾寻洲推进水里，连忙举起右手，摆出一个发誓的手势道："我绝对不是故意推他入水的，都是意外，上天作证！"

顾谈云仿佛没有听到沈清漱的发誓，只执着地问："所以你一直在瞒着我？"

沈清漱愣了愣，顾谈云怎么突然变得这么无理取闹？她都处理好了，为什么还要告诉他？难道她就不能有自己的小秘密吗？

顾谈云一眼瞧出她眼底的情绪，抿了抿淡色的唇，轻声道："你是不是厌烦我了？"

怎么这话说得她像一个始乱终弃的大"渣男"？顾谈云平日里明明是一个温和淡定的人，现在却露出这种表情，说话的语气还这么委屈，他知道他现在在说什么吗？

沈清漱只好无奈地吹捧道："你看你长得这么好看，性格还这么温柔，又善解人意。你这么优秀，我怎么会厌烦你呢？我喜欢你还来不及。"

沈清漱这句敷衍的话，却在顾谈云心里响起一阵惊雷，他眸光一震，垂下眼打量沈清漱，沈清漱诚挚地看着他，却见他抿了抿淡色的唇，道："你在骗我。"

顾谈云十分确定她不喜欢他，如果她喜欢他，今天早上就不会那么迫切地与他划清界限。

想到这些，顾谈云骤然清醒过来，她跟他什么关系也没有，他有什么资格过来质问她？他眉目之间的冷意散开，微微发愣，想着自己为何要生气。

沈清漱张口欲要解释，顾谈云却一甩袖子走了，徒留沈清漱怔怔地坐在罗汉椅上，看着他疏远的背影，心想顾谈云是怎么了？女人每个月有几天脾气不好是正常的，可顾谈云是个男人，难道他也会这样吗？

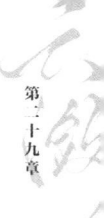

沈清潋不知道自己哪句话惹到了顾谈云，最后只能归咎于顾谈云来这里太久，沾染上了暴君阴晴不定的性子，被暴君同化了。

过了不久，她从宫女的嘴里打探到一些消息，听说顾谈云知道顾寻洲调戏她的事情之后，就生气了。他给顾寻洲安排了许多事务，至于有多少事那就不知道了，只听说顾寻洲脸色苍白，当场站立不住，反应过来后气冲冲地要说理，结果被赶出了宫。

顾谈云下了命令，日后没有召唤，顾寻洲不得随意入宫。

宫门前，顾寻洲怒气冲天地走了，把这笔账算在了沈清潋身上。定然是这个女人破坏了他与皇兄之间的兄弟情深，这个清妃一定是安王派来的人！

沈清潋不知道顾寻洲把这件事算在了她头上，只在宫女说完后，轻轻笑了一下。

这种好心情一直持续到吃晚膳，然后她的好心情就没了——到了晚膳时间，她想着顾谈云此刻也该消气了，就带着宫女们去了御书房，打算叫顾谈云一起吃饭，结果门口的小太监面露难色地拦住了她，说是陛下吩咐有许多奏章要处理，就不跟她一起吃饭了。

沈清潋皱了皱鼻子，顾谈云到底怎么了？她不就是没有告诉他顾寻洲跟她发生冲突的事情吗，他在生气什么？

御书房里气压极低，众人都知道陛下心情不好，不敢出一点差错。

"陛下，清妃来了。"王仁站在一边，战战兢兢地给顾谈云沏了杯茶，将茶杯放在案上，看了一眼门外，想到明年可爱的小皇子小公主可能会消失，他鼓起勇气道，"陛下不去看看吗？"

顾谈云埋头处理奏章，冷冷吐出两个字："不去。"

待到外面沈清潋的声音消失，顾谈云才放下手中的奏章，抬起眼看向门口，只觉得心中的郁闷不减反增，愈加烦躁了。

沈清潋是一个人吃的晚膳，顾谈云这么莫名其妙，她的心里不禁也生了几分气，气着气着，就多吃了一碗饭。吃完饭，沈清潋冷静下来，想着不能这么下去，他一直这样，他们还怎么一起对抗剧情？还是要以大局为重。

沈清潋努力想着他到底在生气什么，顾谈云失去了一年前的记忆，除了昨夜之外，他们之间并没有发生什么特别的事情。花灯节那夜，如果她和他的身份倒转，笑了半个时辰的是她，估计她会恨死他。

不管怎么想，顾谈云应该都不会对她有什么好感，那就只有两种可能，一是顾谈云男人的自尊，二是她欺负了他弟弟顾寻洲，这两种可能共同组成了顾谈云生气的理由。

在原著里，顾寻洲的戏份很少，可现在他却住在京城，所以沈清潋得出结论，顾寻洲是顾谈云钻了剧情的空子，特意留在京城的。顾谈云把顾寻洲留下来，定然是对顾寻洲有几分兄弟之情。而她虽然跟顾谈云有契约关系，但在他的意识里，他们昨夜是有肌肤之亲的，她现在也确实是他的妃子。在听说她被调戏后，他大男人心理作祟，生气也不是没有可能。再加上这个调戏她的人是他的亲弟弟，他定然会感觉到被背叛，所以才气冲冲地过来问她为什么不告诉他，这也是他惩罚顾寻洲的原因。

可在她说出真相之后，他还是生气……那定然是生气她把顾寻洲推入水中，觉得她太过分了。

沈清潋略一思索，觉得这个推论好像不太对，他先前执着的重点好像不在这里……

沈清潋又将这件事重新推理了一遍，终于得出了结论：顾谈云的系统不能用积分兑换剧情，所以他特别没有安全感，在听说她有事瞒着他时，他很害怕也很生气，害怕她以后会有很多事情瞒着他，生气她这个盟友不坦诚。

想明白之后，沈清潋松了口气，已经分析出他为什么生气了，那对症下药就很简单了。

第三十章

弯月如同一艘银色的小舟，漂泊在稀疏的枝丫间。沈清漱坐在窗边，撑着下巴看天上的云。

宫女拿着披风走过来道："娘娘，夜风寒凉……"

沈清漱接过披风，下意识道了声谢，宫女惶恐地连道不敢。

夜里的风确实有些凉，她将披风披在身上，看了眼外面的夜色，灯光晕开眼前的黑暗，但远处的夜色依旧漆黑得像墨，静得像一潭水。

她殷红的唇微抿，心想这么晚了，顾谈云怎么还没回来？奏章再多，也不至于批一天吧？

她站起身，视线在昏黄的殿内转了一圈，往床榻方向走去。殿内暗香浮动，是助眠的安神香。

她侧眼看向宫女："你去问问，陛下什么时候回来。"

宫女行礼告退："是。"

御书房内，灯火通明，青年的脸在暖光的晕染下却愈加清冷。

王公公恭敬地站在自己的位置，心里却想着陛下和清妃到底发生了什么矛盾，陛下怎么这么生气？平常这个时间，陛下早就回去休息了，今日批阅完奏折却还在这里看书，陛下再不休息，他这把老骨头就要撑不住了。

就在这时，外面守着的太监走进来，顾谈云问他："什么事？"

小太监禀告道："清妃娘娘派人来询问陛下何时回去。"

顾谈云翻书的手一顿，过了片刻才道："让她不必等我。"

王公公听到顾谈云的话，心里叹了口气。这清妃娘娘怎么回事？好不容易一步登天，得了陛下的宠爱，好端端的，怎么跟陛下闹矛盾了？惹得陛下这么生气，日后不知道还有没有这个造化。

想到这里，王公公越发心痛，他期待的小皇子小公主就要没了。

小太监走后，顾谈云的视线重新落回书上，只是良久都没有翻页。屋内气氛凝滞，唯有烛光摇曳。

顾谈云抬起眼，看向恭恭敬敬地站在一旁的王公公，王公公顿时觉得压力倍增。

烛火下，顾谈云的脸上难掩疲惫，眉眼却显得温柔。他让王公公先回去，王公公低着头，恭敬地离开了。

另一边，沈清潋听了宫女的禀报，黛眉微挑，顾谈云有必要这么生气吗？如果是因为她不坦诚的事情，那他们面对面说清楚不就行了？他一个人在那里闹什么矛盾？

顾谈云一直不回来，沈清潋也不打算等了，打了个哈欠，眼角沁出点点泪光。反正来日方长，总能化解这个矛盾。

她裹着被子就睡着了，陷入睡眠的最后一秒，她没心没肺地想，这龙床真舒服。至于她霸占了顾谈云的床，顾谈云睡在哪里，她才不管。

顾谈云回到养心殿时已是半夜，屋里亮着一盏昏黄的灯，沈清潋窝在被子里缩成一团，被子将她整个人蒙住，密不透风。他怕她闷着，将被子往下拉了拉，露出她清丽的面容。

她睡得正熟，发出细微的呼声，顾谈云眸光微软，唇角轻轻扬起。他今天想了很久，终于把所有事情想明白了，他喜欢沈清潋，不是受剧情的控制，他是发自内心地喜欢她。

　　他的心告诉他，沈清潋就是那个狠心抛下他，只给他留下一封信说"江湖不见"的狠心女子。

　　沈清潋拉着被子，头往下钻，像一只避光的小动物，将头又埋入被子中。顾谈云无奈地笑了笑，轻柔地将被子拉下去一点，将她的头露出来。

　　沈清潋的眼睛睁开一条缝，视野朦朦胧胧的，过了一会儿才清楚起来。她偏过头，看到了站在床边的顾谈云，烛光下的他仿佛镀了一层玉色佛光，看起来是那么温和无害，只是他的眼里压抑着一种复杂的情绪。

　　这种莫名其妙的眼神给沈清潋一种很熟悉的感觉……这好像是"沈听白"的眼神？沈清潋顿时清醒了，他该不会恢复记忆了吧？

　　她微微抬起头，轻声喊他："顾谈云？"

　　顾谈云"嗯"了一声，温和的眸子含着淡淡的歉意："抱歉，弄醒你了。"

　　他的神情温和平静，不像是恢复了记忆，可他不是还在生她的气吗？怎么突然又变回原来温和的模样了？

　　沈清潋撑着坐起身，乌黑的发丝顺着她的动作落在腰间。乌发红唇，肤色莹白，美不胜收。

　　顾谈云微微偏开眼，她拉了拉他的衣袖，顾谈云的视线重新落回她的脸上，沈清潋小心翼翼地问他："你不生气了？"

　　他的眼里浮出淡淡的笑意，轻声道："不生气了。抱歉，是不是吓到你了？"

　　沈清潋仔细打量顾谈云几眼，没在他脸上发现什么异样，这才确定他是真的不生气了。她摇摇头道："没关系，倒是没有吓到，就是吃饭的时候有点生气。"

　　顾谈云抿了抿苍白的唇，轻声道："抱歉。"

　　沈清潋轻轻地拍了一下他的手臂："都说了不要总跟我道歉，你怎么又开始道歉了？"她弯了弯唇道，"你放心，虽然生气，但我的胃口好得很，我今天还多吃了一碗饭。"说着她伸出一根手指。

她伸着手指，明眸皓齿的模样有些可爱，顾谈云哭笑不得。

沈清漱正了正神色，拍了拍床边道："你不要站着了，我一直仰着脑袋不舒服，你坐这里吧。"

顾谈云犹豫了一下，才在沈清漱指定的位置坐下，眼睫下垂，遮住琥珀色的眸子。

见顾谈云乖乖坐下，沈清漱清了一下嗓，郑重道："今天的事情对不起。"

顾谈云微怔，缓缓抬起眼，沈清漱拉住他的衣袖，扯了扯，问道："你怎么不说话？"她都已经跟他道歉了，他总要给她几分面子吧？

顾谈云勾了一下唇，不知道沈清漱口中的对不起是指什么，心中生出几分好奇，云淡风轻地问她："你错在哪里了？"

沈清漱试探地看他一眼，见他笑眼温和，心下稍定。她神情严肃地伸出右手，掰着手指数道："第一个错误，作为盟友，我不该瞒着你，以至于让你没有安全感。"他的嘴角轻动了动，却见沈清漱掰着手指，继续道，"第二个错误，我推顾寻洲下水太过分了，以后不可以再这样。"

"不。"顾谈云打断她，沈清漱"啊"了一声，疑惑地抬起眼，顾谈云嗓音温和道，"顾寻洲日后若是再欺负你，你尽管报复就是，若是吃亏了，就告诉我，我来替你报仇。"

"真的？"

"真的。"

她脸上的严肃缓缓松开，笑眼微弯道："那陛下是因为臣妾瞒着您跟闲王见面，所以生气了？"

听到她自称臣妾，又称呼他为陛下，顾谈云就知道她在开玩笑。

她还掰着两个指头，正要继续数她的错误，顾谈云抬手按住她的手，眼睫在苍白的皮肤上投下一片淡色阴影。面对沈清漱时，他满身的疏离仿佛都化作了恰到好处的温情。

他弯了弯唇角道："不管今天我是为了什么生气，都不重要了。"

第三十一章

　　他苍白的侧脸,被灯光晕染成温柔认真的颜色。沈清漵一愣,他说的这句话很正常,但是为什么他的表情像是在跟她表白——这个想法刚冒出来,就被她压了下去。

　　他紧紧盯着沈清漵,弯了弯嘴角,忽然道:"妹妹。"

　　沈清漵猛地抬头,惊疑不定地看着他:"你在说什么?"

　　顾谈云垂下眼,笑了一声道:"没什么。"

　　沈清漵不好问他刚刚是不是说了"妹妹"两个字,她打量了一会儿顾谈云,他眉眼温柔,并没有什么异常,或许真的是她听错了。

　　沈清漵冷哼一声,他不生气了,她还没消气呢。她的身子往顾谈云的方向转了转,哼了一声道:"既然你不生气了,我就要跟你算总账了。"

　　顾谈云诚恳道:"是我的错,你怎么惩罚我都行。"

　　见他如此老实积极,沈清漵倒不好意思惩罚他了,歪着头想了一会儿,眼神一亮。她抓住他放在身侧的手,他蓦然被她握住手,指尖一蜷。

"我不惩罚你。"她的手温热,他的手微凉,这种温差让接触的位置触感更加明显,他轻轻抿了抿淡色的唇。

沈清漱没有察觉到顾谈云的变化,将他的手举得高至头顶,另一只手将他的大拇指按下。她身上淡淡的甜香钻入他的鼻尖,昨夜的记忆骤然清晰,他肩颈处的肌肉紧张起来。

沈清漱嗓音清亮道:"我要你发一个誓。"

顾谈云诧异道:"什么?"

昏黄的烛光在她的眼眸里跳跃,熠熠生辉。

"你跟着我念一遍。"她收敛笑意,严肃道,"'我顾谈云发誓,日后不高兴不可以躲着沈清漱,有什么不满的地方就说出来,不可以让沈清漱去猜测顾谈云的心思'。"

顾谈云听完她说的话,眉间暖意荡开,温润端方地笑了笑。

"快念快念。"

在沈清漱的催促下,他唇角微勾,跟着她念了一遍誓言:"我顾谈云发誓,日后不高兴绝不会躲着沈清漱,有什么不满的地方就说出来,不会让沈清漱去猜测我的心思。"

等顾谈云发完誓,沈清漱才放下他的手,他的长袖滑下,遮住他苍白的手腕。他不舍她指尖的温度,留恋地摩挲着她先前握着的位置。

沈清漱举起手,同样做了一个标准的发誓手势,一字一句认真道:"我也发誓,在没有脱离剧情之前,我沈清漱有什么事情绝对不瞒着顾谈云。"

他沉吟片刻,眉头渐渐蹙起,只是眼里抑制不住地冒出了些笑意。他轻声问她:"为什么我的誓言没有期限,而你的誓言有期限?"

沈清漱脸上的笑容消失了,咬着牙再次发誓:"我沈清漱发誓,日后有什么事情绝对不会瞒着顾谈云。"

他的唇角轻轻勾起,伸出手在她的额上弹了一下。

这次,他掌握了力度,沈清漱只感觉到一点点疼痛,这一点疼痛甚至不能让她发达的泪腺流泪。但是沈清漱觉得自己的尊严被挑战了,她握拳威胁他,眸子里燃着生机勃勃的火焰："你不可以再弹我额头,万一把我弹笨了怎么办？"

"笨些也好。"顾谈云又抬起手,笑眼温和。

沈清潋连忙捂住额头,疾呼一声："不可以再敲了,再敲真就把我敲傻了！"

顾谈云扬起唇角,嗓音清淡温和,说的内容却能把沈清潋气个半死："你本就没有多聪明,敲一敲也没事。"

沈清潋呆了一会儿,露出悲伤之色："你变了,你再也不是以前温柔善良的顾谈云了。"她杏眼圆睁,咬紧牙关朝顾谈云扑去,"我要报仇,你让我弹几下你的额头！"

顾谈云笑着往后倒,用手挡住她的攻势,闹着闹着,他的耳尖变得通红,再这样下去,他今晚就不用睡了。

他无奈地举起双手,讨饶地把头凑过去,沈清潋在他的额上弹了三下才肯作罢。两人之间的气氛,因为这场打闹变得和谐起来。

沈清潋遵守誓言,把今天中午发生的事情一五一十地告诉了顾谈云,从六公主顾和乐引开她身边的宫女,到顾寻洲执着地说她是顾荣安派来的人,再到她扎了顾寻洲的麻穴,打算诬陷他调戏她,最后她特意强调,顾寻洲掉下水是个意外,她绝对没有害他性命的意思。

"日后若要报仇,不许用诬陷别人调戏你这个方法。"

见顾谈云没有因她设计诬陷顾寻洲而生气,沈清潋松了口气,听话地点头道："我知道了,以后不用这个方法。"

两人将矛盾全部说开后,沈清潋好奇的心思又占了上风。她还记着中午时,那个林大人的事情。一个中年男人觍着一张老脸在那儿哭诉,她实在是太好奇发生什么了。若是当时他们直接当面说发生了什么,她估计也没这么抓心挠肝,但这个林大人让她回避,她心中的好奇就达到了顶峰。

沈清潋澄明的眸子中满是八卦的兴奋,问他："今天那个林尚书是过来干什么的？"

顾谈云唇角微弯,想到那个难缠的林尚书,唇角又压了下去："你可知道国子监的事情？"

沈清漱摇了摇头。顾荣安曾把京城的人物关系一一分析给她听，还让她把这些人物关系背下来，为了能更好地完成卧底任务，她时常也能听到一些关于宫中的消息，但凉州距离京城遥远，更何况这种重大国事，她当然甚少听说。

顾谈云道："我们要脱离剧情的掌控，最重要的，就是避开灭国。"

沈清漱点了点头，这是他们早上讨论出来的结论，但是这跟林尚书有什么关系？

顾谈云看着沈清漱迷茫的表情，笑了笑，继续道："我在国子监开设了入门考试，不管是世家还是平民，都可以参加国子监的入门考试，通过考试才能入学国子监。"

沈清漱恍然大悟，她记得顾荣安分析过，林尚书是世家势力的领军人物，顾谈云做的这件事大大损害了世家的利益，他肯定会闹的。

自先皇登基没多久，科举制度就废除了，现任官员几乎都是从国子监出来的。世家虽然占据了大量资源，但顾谈云允许平民子弟入学后，国子监的学子还是世家占多数，不过这种事一旦撕开一个口子，日后将会有更多寒门学子进入国子监，何况世家之中，混吃混喝的草包肯定不少，这种做法也能提高朝臣的质量。

沈清漱理清里面的关系，知道这些世家明面上不好意思反对，但暗地里肯定会使绊子，所以这位林尚书才会来。她嗤之以鼻道："这位林尚书可真不要脸，这么大的人了，还学人一哭二闹三上吊。"

顾谈云听了，唇角微弯，眉间的郁气散去几分。

沈清漱凑过来好奇地问他："他给你下什么绊子了？"

第三十二章

顾谈云眼底深埋的冷意冒出来，温和的脸上覆上一层薄霜。沈清潋蹙眉打量了他好几眼，眼看他的神情逐渐严肃，她脊背一僵，玩闹的心思收了些，顿时腰背挺直，正襟危坐。

他平日里看着温和，但肃起脸，眉眼一压，就给人一种拒人于千里之外的寒冷凝霜感。

顾谈云见她忽然坐正，怔了一下，然后温然一笑，眼里薄霜破碎，只是眼底深处依旧凝重。

见他的神情变回平时温和的模样，沈清潋才松了口气。

顾谈云细细说道："此次入学的有个名叫晏春生的，才学策论皆很出众，得了入学考试的第一名。"

听顾谈云特地提起这个人，还赞扬了一番，沈清潋会意道："这人不是世家子弟？"

顾谈云点点头，道："我很看好他，本想用他当刀，从世家中间割出一道大口子，但……"

"这么看重？"沈清漱仔细回想了一下剧情，她当前已解锁的剧情中，没有出现过这个人，而顾荣安给她的资料里，更加不可能有这么一个平民子弟。

沈清漱问他："这个晏春生在书中可有名字？"

顾谈云摇头道："此人不曾出现在剧情中。"

晏春生这个名字和闲王顾寻洲一样，原本都是一笔带过的角色。顾寻洲这个王爷在原著中尚有一句介绍，晏春生则连介绍都没有。

虽然不了解这个晏春生的详细资料，但结合顾谈云先前所说的国子监背景，沈清漱不难猜出这背后的弯弯绕绕。世家们没有理由反对顾谈云的决定，但没有理由可以制造理由，只要让入学的普通学子犯事就可以了。给普通人寻个错误，这还不容易？这种事防不胜防，总会发生的。

沈清漱明白了，道："只怕是这个晏春生树大招风，招了那些世家的眼。"她好奇地问他，"他们设了什么陷阱？"

"这位林尚书有个儿子，是个风流草包，同样也在国子监。"

沈清漱知道林尚书这个儿子，名叫林净，名字里虽然有个净字，人却一点也不干净。林尚书在朝中也是个大人物，故而顾荣安给她看的资料里，关于林尚书的内容写得很详细。

林尚书娶了妻子后又纳了许多小妾，但几年过去，愣是没有一个孩子降生。好不容易妻子怀孕，给他生了个独子，他自然把这个独子宠到了天上。

溺爱犹如溺杀，林尚书把这个独子宠成了一个废物。林净这个人好赌好色，性子嚣张跋扈，整日为非作歹，至于诗书策论，那是一窍不通。林净能进国子监，完全是因为那会儿还没有入学考试。而林尚书作为礼部尚书，能把独子养成这样，也是有本事。

沈清漱犹记得看到林尚书的独子林净的资料时，她还感叹这个林净可真会投胎。如果他不是林尚书的儿子，估计早就被人揍死了。

与林净相比，顾寻洲这个闲王可要好太多了，简直可以称为"绝世好男人"，毕竟闲王只占了风流二字。

不过跟顾谈云一比，他们都是"垃圾"。

听到顾谈云说起林尚书的独子林净，沈清漱顿时道："林尚书的儿子和那个叫晏春生的发生了冲突，林尚书的儿子受伤了？"

顾谈云赞赏地看着她："林尚书的儿子确实跟晏春生发生了冲突。"

"发生了什么冲突？"

"冲冠一怒为红颜。"

顾谈云简短的几个字，让沈清漱的八卦之心顿时熊熊燃烧，她问："发生了什么？"

顾谈云叹了口气："跟林净的一个小妾有关，林净的那个小妾说晏春生非礼她，林净气冲冲地找上门，却被晏春生差点踹废了一条腿。"

沈清漱嘴角轻扬，问他："哪条腿？"

顾谈云一愣，反应过来她在说什么，眼里的郁色顿时溃不成军。他默然片刻，抬起修长的手，沈清漱早有准备，笑着躲开了他的攻击。

顾谈云长长的睫毛微微颤动，在眼睑下方投出一片阴影，他轻声道："莫要胡说。"

沈清漱抿了抿上扬的唇角，忍笑道："不说就不说，我们继续说那个晏春生的事。"她拉了拉顾谈云的衣袖，"你看好的人，我觉得应该不会做出非礼女人的事情。这个晏春生和林净的小妾是不是有什么不为人知的故事呀？比如浪子回头什么的？"

顾谈云默然无语，对上沈清漱兴奋的眸子，淡淡道："我不知道。"

沈清漱已经在脑海里排了一场狗血大戏，听了顾谈云的回答，惋惜道："那可真是可惜。"她想了想，问他，"晏春生怎么说？"

听到这个问题，顾谈云舒展的眉头重新蹙起，嗓音微冷道："晏春生已经入狱，但不管怎么问，他都不肯吐出一个字。在世家的联合攻伐下，我只能勉强保住他的性命。"

沈清漱疑惑道："他什么都不肯说？"

顾谈云点了点头，面色凝重道："世家们抓住这件事不放，说这些入学的普通学子都是一群粗鲁没有礼貌的人，绝不可以让他们入学国子监。只有晏春生说出实情，才能解决目前的困境。"

眼看顾谈云面色越来越凝重，沈清潋拍了拍他的手臂，安慰道："车到山前必有路，总会有解决办法的，睡觉前还是不要说这么压抑的事情了。"

顾谈云抿了抿淡色的唇，轻轻颔首，只是面色依旧有些沉重。

沈清潋意图将凝重的气氛驱离，盯着他苍白俊美的脸，神秘兮兮道："我忽然发现一件事。"

见她的目光灼灼地看着自己，他微微侧过脸，温声问道："什么？"

沈清潋调侃道："原著里暴君特别好色，结果现实是那个顾寻洲好色，林尚书那个儿子也好色，独独你不好色。"

顾谈云闻言抬起眼，注视着她，眸色渐深："那可不一定。"

沈清潋一点也不怕他，反问道："如果你好色，还能被扣那么多分？"

他眉眼温柔，笑看着沈清潋道："看了原角色的全部剧情之后，我倒觉得顾谈云不是不好色，而是只好沈清潋的美色。"

沈清潋没看过原著，只在舍友那里听过剧情介绍。她不喜欢看虐文，而这本小说写得太狗血，男女主角的感情线太虐，完美踩中她的"雷点"，所以即使文里有个反派女配角的名字跟她一模一样，她也没能升起好奇心。

此刻听顾谈云这么一说，沈清潋倒是觉得好奇，问他："你现在还能看到原著吗？"

顾谈云闭眼将意识沉入深处，过了片刻，他睁开眼睛道："现在只能看到原角色和原来的沈清潋的那部分剧情，其他内容看不到。"

沈清潋笑道："我忽然很想看暴君和妖妃的故事，要不你以后抄给我看？"

顾谈云欲言又止。

第三十三章

沈清潋当然知道原角色和暴君的那部分剧情有多……不可言说，但她就是想逗逗顾谈云，顾谈云平日里总是一副温和的高岭之花的模样，她想看他一向温和淡定的表情裂开，在他的脸上添上其他情绪。

顾谈云久久没有出声，他在思考该怎么回答她，才不会让气氛变得尴尬。

沈清潋心中想笑，脸上却是截然相反的情绪。她垂下眼，长长的睫毛如蝶羽一样轻轻颤动，她的神色逐渐暗淡下来，仿佛一株遭受暴风雨摧残而显得格外颓废的秋海棠。

见顾谈云脸上露出为难之色，她装作什么都不知道，轻轻抬起眼好奇地问他："怎么了，不行吗？"她装出楚楚可怜的模样，哀求地看着他，"我真的很想看。"

顾谈云的喉结滚了滚，他记得她说过，她只能看到已发生的剧情，所以她并不知道后面的剧情有多难以启齿。

他明明知道她的伤心都是装的，但是对上她祈求的眼神，他实在无法拒绝，只能意欲说服她："暴君和妖妃的剧情很……"

"很什么？"

对上沈清潋干净的杏眼，顾谈云无奈地摇了摇头，抿了抿淡色的唇道："没什么。"

"那你不可以抄给我看吗？"沈清潋无理取闹道，"作为共同对抗剧情的盟友，你这样做会打翻我们友谊的小船。"她扯了扯他的衣袖，哼了一声，"你说你可不可以抄给我看？"

顾谈云艰难地吐出两个字："可以。"

沈清潋想象了一下那个画面，没能压住嘴角的笑意。

在顾谈云突然变得锋利的目光下，她忍住嘴角的笑，拍了拍他的手臂，澄明的眸子冒出点点感动的泪光："你真好。"

顾谈云弹指敲了一下她的额头，淡淡地吐出两个字："莫装。"

夜色已深，外面的风从开着的窗钻入殿中，轻柔地拂动床幔，烛火在微风中欢快地跳跃，一闪一闪，闪得沈清潋有些眼花。

"不跟你玩了，我要睡觉了。"她推了推他，打了个哈欠，看了一眼床，再抬起眼看着顾谈云，"我们要怎么睡？"

听了沈清潋这句询问，顾谈云唇角微勾，生出几分想要逗她的意思。他探身过来，朝沈清潋的方向靠去，沈清潋差点喊出一句"你冷静一点，我们是有契约的"。

顾谈云垂下眼，浓密的睫毛在眼下投上一层淡色阴影，只见他抓住里面的那床被褥，将被子扯了出来，抱在怀里，然后掀起眼皮，看着她惊慌的模样，眉眼带笑道："你以为我要做什么？"

平日里他虽然也温和，但是那层温和被暴君妆压下去了，此时顾谈云是沐浴更衣之后才回来的，他的脸上已经卸去了那层阴郁的暴君妆，露出最真实的模样和神情。

沈清潋最喜欢的就是温温柔柔身上又带点疏离气质的男人，顾谈云简直完美契合她的喜好，但顾谈云怎么就是燕帝呢？搞得她太眼馋了却不敢想太多！

顾谈云见她眼里的神色千变万化，唇角微微上扬，放下被子，空出一只手来，

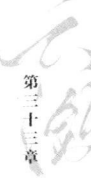

将沈清漱颊边的一缕乌发挽到耳后，眉眼温和道："你放心，答应你的事情我都会做到，我会遵守契约的。"

沈清漱有些不自在，眼神飘忽地看向其他地方。

顾谈云嘴里说的契约是今天早上两人谈定的，契约上白纸黑字写着剧情结束后，顾谈云会给沈清漱一纸和离书，还她自由。沈清漱可以自立门户，另外将获得大笔钱财和一百个武力高强的侍卫。沈清漱不放心，还特地让顾谈云又加了一句，写明这期间两人无须履行夫妻义务。

然而此刻，沈清漱却有些心虚，因为能够谈定那个契约，是因为顾谈云以为他对她做了什么，心中有愧。

顾谈云眉眼温柔道："只要你不愿意，我不会强迫你做任何事情。"

她尴尬地笑了两声："我没有以为你想做什么，只是以为我太过气人，你想揍我。"

顾谈云嘴角的笑意逐渐收起，弹指敲了敲沈清漱的额，力度比之前重了些："或许你说的是真的，我是真的想揍你。"

他今天晚上怎么一直敲她的额头？是可忍，孰不可忍！沈清漱抬起头，清澈的杏眼里仿佛有火焰在跳跃，她压低嗓音威吓道："你再敲我额头，我真的会生气的。"

她装出凶恶的样子，但有句话叫"美人不管怎么生气都是美的"，受制于漂亮的脸蛋，不管她怎么装凶，也不让人觉得害怕，反而有种幼猫又奶又凶的萌感。

顾谈云轻笑一声，抬起手揉了揉她的头，将她原就凌乱的发揉得更乱了。

沈清漱微微倾身抬起手，意欲敲他额头，谁知刚举起手还没碰到他的额头，他就抱着被子迅速离开了床。

顾谈云站在床边，笑眼温和道："晚安，好梦。"

说完转身就走。

沈清漱咬牙切齿地盯着他的背影："你知不知道，作为一个大美人，脸是极其重要的！你总是敲我额头，万一把我额头敲凹下去怎么办！"

听了这句话，他停下步伐，抿唇努力压抑笑意，抱着被子站在烛火旁，侧身回眸看她，烛光的暖色在他苍白的面容上晕开，给他镀上了一层暖光。

他看了一眼她白皙的额头，温声道："人的骨骼不会那么脆弱，你大可不用担心。"

沈清漱一怔，顾谈云现在真是越来越不可爱了，犹记得一年前初见他时，她只是随便逗逗他，他就站在那里红着耳根不知所措，她说什么，他就信什么，哪怕再离谱也会相信她，如今他已经学会欺负她了！

沈清漱不悦地抬起眼，视线落在他上扬的唇角，心里更气愤了。她冷哼一声，躺进被窝里翻身背对着他，只留给他一个冷漠的后脑勺。

顾谈云轻轻笑了一声，注视着她气呼呼的背影，眸光微软，只觉得她连生气都是可爱的。

第三十四章

　　他抱着被子去了软榻那边，软榻的位置不远，但与床之间隔着一个围屏，八扇屏风用挂钩连接，两面各画着不同的图案，一面是"百鸟朝凤"，一面是"龙吟九天"，刻画得生动自然，精细入微。

　　顾谈云走到屏风后时，沈清潋转过身子，青年清瘦的影子与屏风上的百鸟朝凤图完美融合在一起，她眨了眨眼睛，困意涌上来，打了个哈欠。

　　脑袋处于半迷糊状态的沈清潋窝在柔软的被子里，总觉得顾谈云今晚有些不对劲，他的不对劲感染了她，以至于她也不对劲了，她在床上翻了好几下，努力分析却怎么也想不到他是哪里不对劲，她隐约有种感觉，却怎么也抓不住，干脆不想了，侧头看着顾谈云平躺的影子。

　　顾谈云虽然身高腿长，但躺在软榻上刚刚好——养心殿本就是顾谈云居住的地方，故而软榻也是专为他定做的。

　　沈清潋放下心，闭上眼睛。两人都没有再说话，一室静谧，沈清潋很快就进入了梦乡，徒留顾谈云睁眼无眠。

他今日在御书房想了很久，非常确定自己喜欢她并不是受剧情控制，他不知道是什么时候喜欢的她，或许是第一次见面的时候，或许是他对上她清澈狡黠的眸子的时候，或许是她戴着野猪面具太过可爱，或许是在客栈时，她死皮赖脸地不承认是她下的药……还有可能是她吻上他的时候。

明明每次与她对上，吃亏的都是他，他却甘之若饴。他明白她有许多缺点，但那些缺点放在她身上，他却觉得很可爱，甚至就连那些缺点也是他喜欢她的一部分。

在想明白这些之后，顾谈云就不纠结了。他的性格就是如此，未曾想明白的时候，他也会纠结徘徊，一旦想清楚，他就会朝着自己的目标努力向前，毫不动摇。

而他现在的目标，是让沈清漱喜欢上他。

第二日卯时，还没到日出的时候，顾谈云已经起身，这时候天才蒙蒙亮，深远灰白的天空还散布着几颗星星。

作为皇帝就是这么苦，每天要上早朝，上完朝要批阅奏折，奏折多的时候可以批上一天。如果是研究作物，顾谈云能兴致勃勃地干一天，但面对写着鸡毛蒜皮小事的奏章和钩心斗角的朝堂，他实在是提不起什么兴趣。或许该找个方法，减少那些记录着大臣养的花有没有死的奏章的总量。

沈清漱说的每句话顾谈云都记在心里，他记得她先前说过，觉得他太忙了，不想拿其他事麻烦他打扰他。如果每天的奏章都这么多，那他连陪伴她的时间都没有。

顾谈云想着这些，眉头不自觉地蹙起来。服侍的宫人眼看陛下的面色愈加凝重，心里禁不住惴惴不安，生怕自己做错了什么，惹得陛下生气。

殿内微暗，仿佛罩了一层看不见的灰色薄纱，一个宫人欲要点燃烛光，顾谈云制止了。他看了一眼床上睡得正香的沈清漱，沈清漱的睡姿不太好，喜欢把腿压在被子外面，侧脸压着床，嘴唇微微嘟起。他眼中的凝重散去，唇角微弯。

沈清漱听到一些细微的声响，睁开眼，杏眼里遮着一层朦朦胧胧的雾气。

见沈清潋醒了，顾谈云朝床边走来，一双狭长的眼垂下，目光是一向的润泽温和。他看着她睡意蒙眬的脸，忽然不确定她醒了没，半晌，轻声问道："你醒了吗？"

沈清潋的眼已经合上，只是头依旧微微抬起，面朝顾谈云的方向。听了顾谈云的询问，她合上的眼又睁开，愣愣地看了一会儿顾谈云后，发出一声拖长的疑问音调。

顾谈云顿时明白她根本没有清醒，琥珀色的眸子中掺杂了笑意，温声道："没什么事，你继续睡。"

沈清潋"嗯"了一声，听话地闭上眼睛。

在顾谈云的示意下，宫人们放慢行动，防止发出声响吵醒床上的沈清潋。服侍的宫人都明白，这位清妃在陛下的心里所占的位置不容小觑，日后可要小心侍奉。

穿戴完毕，宫人们簇拥着顾谈云流水一般离去，临走前，顾谈云看了一眼沈清潋睡得正香的侧影，唇角微弯。如果一直有她陪着，这样的日子似乎也不错。

沈清潋听到些微声响，在睡梦中紧蹙着眉，翻了个身，用被子蒙住头，再次沉沉睡去。

太和殿上坐君王，白玉阶前列文武。伴随着太监一声高昂的提示，早朝正式开始了。

下面的大臣用余光扫了一眼上面的顾谈云，发现今日的陛下似乎有些过于疲惫。相比以前，陛下的脸色更加苍白了些，颇有些萎靡不振。

这种疲惫让他们不由得想入非非，陛下新纳的那个美人，听说接入宫的第三日就立刻封为清妃了。陛下这般劳累，莫非昨夜又宠幸了那位美人？

单看这些大臣正直严肃的脸，绝对没办法猜出他们在想什么不正经的东西。顾谈云自然也不知道底下的大臣在揣测什么，他居高临下地俯视众臣，剑眉下一双眼睛半合。

那软榻顾谈云睡得不习惯，许久都没睡着，好不容易睡着了，过了一会儿却到了准备上早朝的时间。仔细算来,他差不多只睡了一个时辰便来上朝了。

他半撑着头,指节在龙椅上轻敲着。王公公平时揣度圣意多了,很快就心领神会,上前一步,尖声尖气地喊道:"有事启奏,无事退朝。"

顾谈云知道今日的朝堂估计会有一场争端,绝不会就此直接退朝。他半合着眼,安定如山地坐在皇位上,颇有一种不管你有什么招,我都接着的气势。

大臣们面色各异,或低着头置若罔闻,或悄悄跟身边的同僚交换眼色,也有人如同顾谈云一般安定如山。

顾谈云坐在上方,眼眸微眯,过了一会儿,没有一个大臣站出来说话,他敲着龙椅的手停下。

王公公张了张嘴,刚说了一个退字,一个大臣站了出来:"臣有本启奏!"

话音刚落,内阁学士任路南走了出来。

顾谈云半合的眼睛开,冷意盖过温和的眸色。

任路南愤慨道:"臣认为,让那些普通学子继续在国子监读书实为不妥!"

第三十五章

沈清潋醒来时,天色已然全白,暖金色的晨光从开着的窗钻入殿中,在地上洒下灿烂的颜色。蓝衣宫女捧着刚摘回来的花,插入花瓶中,见沈清潋从床上坐起身,连忙上前服侍。

沈清潋扫了一眼殿内,朦朦胧胧地记起一些片段,她先前似乎是醒了,又睡着了?好像看到顾谈云站在床前,对她说了什么?

蓝衣宫女站在一旁道:"奴婢服侍娘娘洗漱。"

沈清潋回过神来,掀开单薄的被子,起身下床道:"陛下去上朝了吗?"

蓝衣宫女看了眼外面的天色,道:"陛下卯时就去上朝了,估摸着再过一会儿就会回来。"

"卯时?"沈清潋惊讶地重复了一遍。

蓝衣宫女回道:"是卯时。"

沈清潋顿时开始怜悯顾谈云,他这个皇帝真的做得太惨了,有一把刀时刻悬在头上不说,还要起早贪黑做牛做马。

虽然她的头上也悬着一把刀，但是比起顾谈云，她过的简直是神仙生活。她明白顾谈云对她很好，他们虽然同为盟友，但这并不意味着他要处处忍让她。沈清潋回忆这段时间以来自己对顾谈云做的事，稍微角色转换一下，如果她是顾谈云，一定会把自己记到记仇的小本本上，伺机报复。但是顾谈云没有，反而更加包容她，不管她提什么要求都会满足。

沈清潋虽然认为自己报复心极强，但知恩图报的心她也是有的，因此她打算研究一下顾谈云身上的毒，试试看能不能为他解开。

花灯节那日，她曾给他把过一次脉，虽然那毒很复杂，但是作为沈氏医学唯一的传承人，沈清潋对自己很有信心。如果连她都解不开顾谈云身上的毒，那可以说这个世上没几个人能解开了。

洗漱之后吃完早膳，沈清潋让宫女带路去太医院看看，没想到还未出门，倒是来了一个不速之客——六公主顾和乐。

顾和乐在外面嚣张地叫着："清妃，你给本公主出来！你凭什么不让我皇兄入宫！"

沈清潋在屋子里捂了捂耳朵，回忆了一下顾和乐的长相，这小孩看着冰雪可爱，怎么嗓门这么大？再说，是她不让顾寻洲进宫的吗？明明是顾谈云下的命令好不好？凭什么算在她头上？

"肯定是你离间了皇帝哥哥和闲王哥哥！你不敢出来吗？哼！敢做不敢当的懦夫！"

"本公主知道，你是那个坏蛋派来的卧底！闲王哥哥掉进水里肯定也是你故意做的！"

沈清潋瞥了一眼外面，露出伤心难过的神色，在宫人面前柔弱地垂下头，颈项弯出柔美的弧度，引人心生怜悯。

沈清潋还记得自己的人设及每日哭五次的任务。她现在是善良柔弱喜欢顾荣安的"沈清潋"，不对，她现在是善良柔弱的"沈清潋"，喜欢顾荣安这一点暂时放下，她不能在宫人面前大大咧咧地说自己好爱顾荣安——这话一出口，估计一个时辰都不用，宫里就八卦满天飞了。

第三十五章

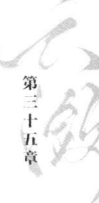

外面的六公主还在叫喊着:"你以为皇帝哥哥宠爱你,你就可以为所欲为吗?本公主可是皇帝哥哥的妹妹,你要是再不出来,本公主一定会重重地罚你!"

顾和乐的嗓音有些尖,一下子就把沈清潋跑远的思绪拉了回来,她抬起眼,站起身,眼角有眼泪慢慢淌下。

蓝衣宫女在身旁担忧地叫了她一声:"娘娘,您可千万别出去,六公主气狠了什么都做得出来。娘娘就当听不到,等陛下回来再说。"

蓝衣宫女亲眼瞧见过陛下对这位清妃有多好,陛下也曾下过命令,在他不在的时候,务必要护好清妃娘娘的安危。不管是谁,都要以清妃娘娘的安危为首任。

有了陛下的口谕,哪怕是六公主,他们也敢不留情面地阻拦。

沈清潋擦了擦眼角的泪痕,带着哭腔道:"本宫不出去,本宫就在门口看看。"

顾和乐正在门前撒泼,侍卫们挡在她的身前,分毫不让,将她堵在远处,顾和乐气得大骂狗奴才。

沈清潋听着这些声音,心想顾谈云养孩子的能力也不太行啊。她弱柳扶风地倚靠在门边,瞥了远处气冲冲跑来的嬷嬷一眼,随后一双蒙着雾气的眸子看向六公主顾和乐。

顾和乐看到她的脸,呆滞一瞬,反应过来后,更生气了。她差点也被这个清妃漂亮的脸蛋给迷惑了,闲王哥哥说了,越漂亮的人越会骗人,这个清妃长得这么好看,一定是个大骗子!

顾和乐站在原地嚣张道:"你给本公主过来!"

沈清潋嘴一撇,眼泪流得更快了。

顾和乐一愣,自己都还没做什么,只是远远地骂她,她哭什么?

她的小脑袋还没转过来,只见倚靠在门边的漂亮女人冲着她弯了弯嘴角。顾和乐一愣,咬牙瞪着沈清潋,这个清妃一定是在挑衅她!她张了张嘴,还未骂出口,一双苍老的手就捂住了她的嘴。

来人是顾和乐身边的嬷嬷,一头银丝整齐绾起,身形板正,面容和善,但沈清潋可以看出,这个嬷嬷不是什么简单角色。她收起眼泪,远远地冲这位面相和善的嬷嬷颔首问好。

那位嬷嬷捂着六公主的嘴，远远地冲沈清潋抱歉道："六公主心直口快，还望娘娘莫将她孩子气的话记在心上。"

沈清潋提起嗓音道："本宫不会计较这些小事。"

顾和乐挣扎了一会儿，没能挣扎开，那位老嬷嬷在她耳边说了句什么，她才安定下来，只是依旧很生气，隔着一排侍卫，恶狠狠地瞪了沈清潋一眼。

沈清潋装作害怕的模样，畏缩着往后退了一步。

顾和乐得意地仰起头，心想自己赢了！

老嬷嬷牵着顾和乐离开，顾和乐没有挣扎，只是将小小的脑袋转过来，恶狠狠地看了一眼沈清潋，嘴里吐出一句无声的话。

沈清潋看着她的嘴型，大致猜出她在说"你给本公主等着"。沈清潋面上害怕，心里却不以为意，等着就等着。不过，她虽然从来都不计较小事，但这位六公主……熊孩子也该教训教训了。

要问这皇宫中谁能教训顾和乐？非顾谈云莫属。

第三十六章

　　因为这场闹剧，沈清潋没能去成太医院，倒是从小太监的嘴里听到顾谈云早朝时大发雷霆的事。

　　或许是顾谈云早就下了命令，养心殿里伺候的宫人有什么消息都会告诉沈清潋，小到京城里各家各户的八卦，大到朝堂发生的趣事，没有丝毫隐瞒。

　　其中一个小太监知识储备量最高，沈清潋问这个小太监叫什么名字，小太监恭恭敬敬道："奴才名叫小福子。"

　　沈清潋仔细一问，才知道这个小福子有些来头，他的师父正是顾谈云身边的太监王仁。正因为小福子是王仁的徒弟，故而消息相比别人来得更加灵通。不管什么事情从小福子的嘴里说出来，都显得格外有趣，逗得沈清潋捂着嘴直笑。

　　小福子跟沈清潋说了顾谈云早朝发怒的事情，听说有个大臣要撞柱以死相逼，众大臣连忙上前阻拦。顾谈云坐在上面，淡定地看看那个大臣，末了来了一句："放开他，让他撞。"

　　陛下都开口了，别的大臣自然不敢再拦，那个要撞柱寻死的大臣傻眼了，剧情不该是这么发展的啊？

顾谈云坐在上面半撑着头，嗓音里仿佛掺杂了霜冰，轻声道："怎么不撞了？"眼看那个大臣咬咬牙又要朝柱子冲过去，他淡定道，"你放心，若是你撞柱未死，孤会让人抬起你再撞一次。"

那大臣惜命得很，当然不会真的撞柱，只能悻悻然退下。

小福子把这个场景描述得绘声绘色，沈清漱听到这里都快要笑死了，没想到顾谈云居然也有这一面。他跟一年前完全不一样了，倒是颇有几分她的风格。

不管宫里发生什么事情，都传得飞快，顾谈云在早朝上大发雷霆的事情已然传遍，宫人们听了这个消息，做事更认真了，生怕偷懒被发现，惹得陛下震怒。

外头的太监正在清扫落叶，眼角余光看到不远处明黄色的衣角，宫里除了燕帝，还有谁敢穿明黄色的衣裳？他急急忙忙地放下扫帚，跪下行礼。

顾谈云脚步不停，径直走进养心殿，一入殿，就听到女子清脆的笑声，他抬起眼皮，见她笑得花枝乱颤，他温和的目光落在她头上点缀的流苏上，流苏撞在一起，发出清脆的好听声响。她正握着一把剪子，倾身站在一个花瓶前，侧对着他的方向修剪鲜花的枝叶。

顾谈云第一次明白了人比花娇这个词的意思。

小太监站在她的身后，面容带笑地说着各种趣事，她的视线虽然落在绿色的枝叶上，耳朵却在仔细听小太监话语的内容，眉眼里俱是笑意。与以往清丽的装扮不同，她的头上缀满了流苏，在白日里流光溢彩，泛着光芒。

他眸光微暖，视线挪到女子身旁的小太监身上，神色冷了些。

小福子心里冒出一种强烈的危机感，一转头，看到平平淡淡看着自己的陛下，忙跪在地上。

顾谈云蹙眉看一眼趴跪在地上的小福子，心里有些不高兴，她从来没有在自己面前笑得这么开心。他抬了抬手，示意小福子起身。

能做王仁的徒弟，肯定有几把刷子，小福子察觉到陛下看着自己的视线颇为不满，吓得心怦怦直跳，他虽然心里害怕，但脸上仍恭敬道："陛下和娘娘真是心有灵犀，娘娘正念叨着陛下，陛下就来了。"

听了这句话，顾谈云心里的不满顿时消去。

在小福子跪下拜见顾谈云时，沈清潋就放下了手中的剪子，转过身朝顾谈云的方向看过来，眼里的笑意一顿——他脸色苍白，唇上血色渐无。

沈清潋担忧地看向顾谈云："你今日是怎么了？怎么脸色这么苍白？"

得了沈清潋的关心，顾谈云唇角轻挑，转头看向一旁的小福子，示意小福子出去。

小福子十分有眼色地告退了，王仁早已被顾谈云拦在外面，于是一对师徒就安安静静地在殿门外站着，大眼瞪小眼。

顾谈云朝沈清潋走过来，轻声道："昨夜睡得不太好，没什么大碍。"

他没说的是，自己体内的毒就要发作了。临近毒发之时，若是休息不好，面色就会异常苍白。

沈清潋听到他的回答，心里难得涌出一点愧疚。

顾谈云看出她的纠结，走到沈清潋身前站定，温声道："放心，你不是说在结局到来之前，我们都不会有事吗？"

"但你的脸色太差了。"沈清潋拉着顾谈云坐下，小心翼翼的姿态像是把顾谈云当成了一个易碎品。

顾谈云的唇角不受控制地弯起，沈清潋看着他高兴的神色，微微一愣，半晌笑道："你这个人怎么这么奇怪？别人若是生病了，担忧难受还来不及，你怎么生病了还这么高兴？"

顾谈云的目光微微一动，垂眸看向她，如同春日里和煦的日光，轻声道："生病了有人关心自然高兴。"

沈清潋一愣，忽然有种奇怪的感觉，顾谈云似乎是在撩她？她抬起眼，对上顾谈云的目光，他的目光一向温和，琥珀色的眸子专注地看着她，仿佛在看喜欢的女子。

她以前怎么没发现，顾谈云居然生了一双多情的眸子？沈清潋舒了口气，还好她不是个自恋的人，不会多想。

她抬起手，捂住顾谈云的眼睛，善意提醒道："你日后最好不要盯着一个女孩子看。"

"为什么？"顾谈云不解。

他的睫毛在她的掌心轻轻颤动，扫得她手心发痒，沈清漵收回手，凑近看他，道："因为你的眼睛比你那个弟弟顾寻洲还要招人。"她的视线落在他的睫毛上良久，感叹道，"你的睫毛真长。"

顾谈云抬起眼，琥珀色的眸子里流光溢彩，轻声道："我的眼睛自然比他的好看。"

沈清漵笑弯了眼，顾谈云怎么越来越可爱了？她忽然想起今日早朝发生的事情，笑着问他："听说你早朝的时候，非常生气。"她凑近道，"我怎么一点也看不出你生气了？"

顾谈云腾地耳朵涨红，从嗓子里挤出几个字："学你，装的。"

沈清漵扑哧一下笑出了声："你再也不是以前的顾谈云了。"

顾谈云浓密的睫毛一颤，压低声音笑道："有句话叫近墨者黑……"

沈清漵纠正道："是近朱者赤。"

看在他今天身体不好的份上，她就原谅他一次。

聊起早朝上发生的事情，沈清漵有个疑问，问他："如果那个大臣真的撞柱了怎么办？"

顾谈云摇了摇头，笃定道："他可能会撞柱，但前提是不会死。我了解这个人，他有一大特征，贪生怕死。"

他将朝廷中的利害关系一一分析给沈清漵听，沈清漵若有所悟地点点头，听见他继续道："这个任路南只不过是世家推出来的一枚棋子，他们在用这个人推测我的决心。"

沈清漵的眉心拧起来："我明白了，你不能退。一旦你退缩了，他们就会蜂拥而上，将你啃得分毫不剩。"

顾谈云的唇角原本绷得紧紧的，见沈清漵蹙起眉，他压着的唇角微微扬起，抬手敲了敲沈清漵的额头。沈清漵捂着额头，皱起脸不善地盯着他。

顾谈云失笑道："朝堂的事你就不要忧心了，有我顶着，你放心。"他自信道，

"兵来将挡，水来土掩，虽然我不喜欢，但不代表我不擅长。不管他们出什么招数，你放心，我都能应付。"

沈清漱将信将疑地放下捂着额头的手，疑惑地问："这么自信？"她没忘记顾谈云并不属于这里，从未接受过系统的帝王教育。

顾谈云抬起手，又弹了一下沈清漱的额头，沈清漱顿时离开座椅，退后一步，警惕地盯着他："你再弹我额头，我真的要翻脸了。"

他笑道："不弹了。"

听了顾谈云的保证，沈清漱才坐回原位，只是眼睛依旧警惕地盯着顾谈云。

顾谈云的视线落在她殷红的唇上，抬手给她倒了杯茶。

茶水温热，喝起来温度刚刚好，沈清漱端起茶杯抿了一口，刚好她有点渴了。

聊完朝堂的事情，沈清漱再次打量一番顾谈云的面色，看来顾谈云体内的毒还是不要再拖下去得好。她记得舍友说过，书中的暴君那么阴晴不定、喜怒无常，就是因为体内的毒发作起来太过要命。

"我们不聊这些了。"沈清漱收敛笑意，面色凝重了些，"聊聊你身上的毒。"

顾谈云一愣，听话地点头，他怕说出来惹她担心，但不久前他才发过誓，绝不欺骗她，于是他嗓音温润道："你要问什么？"

"你体内的毒多久发作一次？"

"一个月一次。"

沈清漱惊讶道："一个月？"她没想到毒发的次数这么频繁，"你中的是哪些毒？发作时感觉怎样？"

顾谈云一一说给她听，沈清漱略一沉吟，打量他一番，觉得只要给她一点时间，她应该可以治好他身上的毒。

她郑重道："其实我是个医术特别高明的大夫。"说完这句话，她挺直腰背，故作高深道，"这世上几乎没有我治不好的病，解不了的毒。"眼见顾谈云眉目间笑意温然，她抬手抓住他的手臂，"你的毒别人解不了，我或许可以。"她将手按在他的脉搏上，神色认真道，"等解了你身体里的毒，你就不会这么虚了。"

第三十七章

沈清澈眉如远山含黛，璀璨星光般的眸子里倒映着他的脸，闪着认真担忧的情绪，她的眼神仿佛在对他说，相信我，我一定会治好你的体虚！

他体虚？顾谈云哭笑不得，不自觉眉心微跳，琥珀色的眸子里闪过一抹明显的诧异。以前，他每天忙于种植各类作物，起早贪黑地为了实验数据努力。一个体虚的人绝对无法负担每日的辛勤耕种和数据研究，所以绝不会有人用体虚来形容顾谈云。

这是他第一次被人说体虚。其实，哪怕是书中的顾谈云，也并不体虚，他虽然身中数毒，每个月都会被毒发折磨得痛苦不堪，但他自小习武，身子比普通人要硬朗得多，脸色苍白也只是毒素作祟。

顾谈云忽然发现，沈清澈对他的认知似乎有点错误。不管是谁，都不想被自己喜欢的人形容为体虚，有几分骄傲的顾谈云更是如此。他垂眸深思，长长的睫毛在眼睑下投出一片阴影。他轻轻蹙起眉，或许他应该做些什么，纠正她对自己的印象。

顾谈云抬起眼，琥珀色的眸子认真注视着她，一字一顿地纠正道："你错了，我并不体虚。"

沈清漱还在给他把脉，闻言表示理解地点点头，她遇到过很多像顾谈云这样的病人，他们对自己的病情讳莫如深，或许这就是男人的尊严。

沈清漱的神情，一看就是在敷衍他，顾谈云转眸看向微风下晃荡的珠帘，叹了口气，过了一会儿，他转头缓缓看向她，抬起手，宽大的明黄色衣袖滑下，露出苍白紧实的手腕。

沈清漱很有先见之明地往后仰靠，试图离顾谈云远一点，并且警惕地捂住自己的额头，她斜睨着眼睛威胁道："你不可以恩将仇报，再敲我额头，我就不给你治病了。"

他的嘴角微动，倾身握住沈清漱捂着额头的手。

他肌肤的温度穿透掌心而来，如同一块温凉的美玉，沈清漱以为他要掰开自己的手再敲额头，手腕猛地绷紧。

顾谈云笑道："平日里看着胆大，怎么忽然胆子变得这么小？"

沈清漱的另一只手盖在顾谈云的手上，紧紧抓住他的手，慌张道："顾谈云，你冷静一点，你不体虚可以了吧？"

虽然他敲得并不痛，但沈清漱还是不想被他敲额头。

顾谈云本没有敲沈清漱额头的意思，听她这么一说，倒真想敲了。他强硬地握住她的手，嘴角笑意温和道："不行。"他必须要让她明白，他不体虚！

顾谈云站起身，将她从座椅上拉起来。沈清漱一愣，这是要干什么？他不是生气了，要找回场子敲她额头吗？拉她起来做什么？

沈清漱的脸上各种情绪快速闪过，看出她在想什么，顾谈云笑意温和道："我没有你这么小孩子气，放心，不敲你额头，你跟我来。"

她一头雾水地跟上他的步伐，突然间恍然大悟，莫非他是要向她证明他不体虚？

顾谈云腿长步子大，沈清漱亦步亦趋地跟着，笑了一声道："你是要用事实证明你不体虚吗？"

顾谈云听了她的疑问，微微侧眼，眼角余光瞥见她仓促的步伐，顿时放慢了脚步，温声温气道："不证明给你看，你会相信？"

沈清漱望着顾谈云，从他清瘦的背影里瞧出了几分可爱。还说没有她这么小孩子气，依她看来，她才不小孩子气，小孩子气的明明是他。

沈清漱嗓音拖长，无奈道："行行行，你证明给我看。"

顾谈云拉着她继续往前走，直到走到珠帘前，才停住脚步。他掀起珠帘，示意沈清漱先过去，等她走过去后，他才放下珠帘，珠帘噼里啪啦地撞在一起，发出清脆悦耳的声响。

沈清漱这才发现，顾谈云一直到现在都紧紧牵着她的手，她垂下眼眸，视线落在两人双手相握处。

顾谈云仿若不察，脸上的轻柔凝结在眼底，温声道："怎么了？"

他们现在是暴君和妖妃，本来就该这样才符合剧情设定。

沈清漱摇摇头："没什么。"不知道为什么，她主动做亲密动作时，反倒觉得没什么，一旦顾谈云主动，她却觉得不自在了。

她抿了抿殷红的唇，压低声音问他："你的积分涨了吗？"

"涨了。"

王公公正在门外的长廊守着，见陛下拉着清妃娘娘出来，立刻喜上眉梢。眼看陛下和娘娘姿势亲密，他面上是掩盖不住的喜悦，陛下和清妃娘娘和好了，小皇子小公主又有着落了！

他跟在两人身后，问道："陛下和娘娘可要唤步辇？"

顾谈云摇了摇头，侧身看向尽职尽责守着的侍卫们，侍卫们见陛下的目光落在身上，顿时心中一凛。

顾谈云松开沈清漱的手，给了她一个"你在这里看着"的眼神，信步朝离他最近的那个侍卫走去。

他迈过地上那条界限分明的阴影，金色的阳光透过绿叶缝隙落在他苍白的脸上，沿着鬓角墨发，折射成薄薄眼皮上的一点碎金。

沈清漱站在檐下，看着这样的顾谈云，一段记忆倏然涌现在她的脑海——

那是一年前，他带她离开安王府的第二日清晨，他站在院子里大言不惭地说："要娶我妹妹，自然要先过我这个大舅子这一关。"

那时候也是一缕阳光，落在他的鬓发上。沈清漱笑弯了眼，顾谈云失去那段记忆后，倒是换了一种傻法。

那个侍卫眼见陛下目标明确地朝自己走来，吓得心惊肉跳。他仔细回忆了这几天自己做了什么，从吃饭到如厕，从睡觉到起床，事无巨细地在脑海里过了一遍，却怎么也找不到陛下注意到自己的原因。

作为御前侍卫，基本的心理素养还是有的，有句话叫作"君要臣死，臣不得不死"，若是陛下要杀了他，那他死了便是。

侍卫视如死归地单膝跪下，恭敬地拜见顾谈云。顾谈云眼眸低垂，眼下画上的阴影压住眼底的温和，他平淡地说："起来。"

他的嗓音听不出喜怒，不像是要杀人。但侍卫一想起陛下的头疼病，心依旧忍不住慌了。陛下的性子阴晴不定，现在看着正常，下一刻给他一刀也不是不可能。

说实话，顾谈云平日里从来没杀过一个人，但剧情就是这么厉害，可以让所有人都觉得顾谈云是一个阴晴不定的人，是一个随时会杀人的可怕人物。

侍卫的面色转为苍白，冷汗自他的鬓角滑落。

顾谈云的视线滑落到侍卫腰间挂着的兵器上，他握住刀柄，寒冷的刀锋一寸一寸裸露。侍卫闭了闭眼睛，陛下果然要杀他。

作为同僚，其他侍卫全部垂下眼，不忍看这血染台阶的一幕。

王公公站在沈清漱的侧后方，心中一惊，条件反射地看了一眼沈清漱的神色，担忧地想，陛下若是在清妃娘娘面前杀了人，那清妃娘娘因此而害怕陛下怎么办？

但等他看过去，却愣住了——这位弱柳扶风般楚楚可怜的清妃娘娘，正兴奋地看着陛下，神色期待。

沈清漱察觉到王公公的视线，微微侧过脸，王公公连忙垂下眼，不敢再看，心里感叹这位清妃娘娘眼看陛下就要杀人，还如此期待……不是个简单人物啊！

沈清漱完全不知道王公公在想些什么，只是忽然觉得空中凝结的气氛有些奇怪，但她完全没把顾谈云当成危险人物，故而怎么想也没能想到原因。

顾谈云自然不是要杀了面前的侍卫，他抽出刀之后，将刀背向下，侧身看向其他侍卫，道："你们拔出刀，一起来攻击我。"

其他侍卫面面相觑，但陛下的命令他们不敢违抗，只好提着刀冲过来。

之前那个以为自己要死掉的侍卫松了口气，幸灾乐祸地站在原地，还好陛下抽的是他的刀，他不用跟陛下对战。

侍卫们知道顾谈云的实力，他们放水的话，陛下一定会生气，故而每个人都在认真和顾谈云对打。顾谈云以一己之力对战其他侍卫，却游刃有余，招式花哨，如同一只翩翩起舞力吸引配偶的公孔雀。

王公公是个心思敏捷的人，一下就瞧出了陛下的真实目的，他偷偷瞥了一眼眉眼带笑的沈清潋，心想原来陛下是在吸引这位清妃娘娘的注意呀。他欣慰地看着陛下"花枝招展"的姿势，看来陛下已经有了想要相携一生的人，真好啊。陛下一出生就被立为太子，可这对陛下来说，不尽然是好事。作为储君，陛下一出生就与先皇后分别，自幼没有尝过母爱，倒是遭人算计，被下了折磨人的毒药，好在如今，陛下终于也有家了。

王公公擦了擦湿润的眼角，沈清潋似乎感觉到什么，疑惑地看了一眼王公公，正好看到王公公在擦泪，她心想顾谈云身边的这位王公公似乎过于伤春悲秋了。

对战中的顾谈云远远望了沈清潋一眼，发现她没有看他，反而在看王公公，温和的面容顿时覆盖上一层薄霜。他快速地结束战斗，掺杂着碎冰的视线落在王公公身上。

王公公浑身一冷，抬眼对上顾谈云的眸子，差点想要躲到柱子后面去。他心中欲哭无泪，陛下打架打得那么好看，清妃娘娘不看陛下，看他这个老太监做什么？

陛下的醋意都要冲上天了，他心里暗暗地想，下次可绝不能再吸引清妃娘娘的注意。

第三十八章

顾谈云完全不知道王公公在想什么，他并没有吃醋，只是沈清潋宁愿看王公公也不看他，令他觉得很挫败，她似乎一点也不把他放在心上。

他轻轻咳嗽一声，沈清潋听到他的咳嗽声，转头看向他。侍卫们都被他干脆利落地打趴下了，他英英玉立，站在躺倒的侍卫中间，微风掀起他的衣袍。他朝唯一站立的那个侍卫走去，那个侍卫正是之前视死如归，以为顾谈云要杀自己的侍卫。

侍卫强忍着后退的欲望，岿然不动地站在原地。

顾谈云站定在侍卫身前，琥珀般的眸子瞥了一眼沈清潋，见她此刻专注地看着自己，心情颇好地弯了弯唇角，动作帅气地将长刀插入刀鞘。

沈清潋看着顾谈云云淡风轻的背影，澄明的眸子里是抑制不住的笑意。她走下台阶，顾谈云漂亮的眸子蒙着一层晦涩，一眨不眨地望着沈清潋。

因为刚才的一番对战，他的面色没有之前那般苍白了，面颊上隐约露出一点胭脂色。

她打量他一番，关切地问："没什么事情吧？"

地上爬起的侍卫们听到清妃娘娘这一番询问，差点吐出一口老血，以陛下的武力，他们哪里能伤到陛下，就算他们可以伤到陛下，但谁敢这么做？

顾谈云眉眼低垂，眸光温然，牵起她的手，将她的手握进掌心。他的手温温凉凉的，在大夏日里存在感极强，她条件反射地一使力。察觉到她的不自在，他松开她的手，长长的睫毛掩盖住眼底的失落。

沈清潋瞥了一眼周围的人，忽然记起她跟顾谈云的暴君宠妃设定，只微微一愣就回握住他缩回的手。

他的眉眼温然镇定，嘴角却情不自禁地翘起。她现在是他名义上的妻子，他还有很长很长的时间去打动她。

丝丝缕缕的凉意透过掌心的肌肤，沈清潋抬起眼，发现顾谈云苍白的脸上竟然没有丝毫汗意，顿时心生羡慕。虽然有个词叫"香汗淋漓"，但沈清潋一点也不觉得汗会是香的，只觉得汗湿的感觉很不舒服。

顾谈云的声音是一贯的温和疏朗："你可还觉得我体虚？"

她抬眼看了他一会儿，对他招了招手，示意他低下头，顾谈云附耳过来。

"一点也不虚，一定是个种子选手。"沈清潋对他比了个大拇指。

顾谈云轻笑出声，弹指敲了敲她的额头。

众目睽睽之下，沈清潋不能还手，毕竟她是个胆子小还爱哭的美人，她和顾谈云的积分已经很紧张了，不能再违反人设。

她暗地里狠狠瞪了顾谈云一眼，顾谈云轻笑出声，拉着她回到廊下，王公公则被他们直接忽视了。

侍卫们见陛下没了继续比试的心思，都松了一口气，同时也明白了陛下这一番比试是做给谁看的。他们不敢将目光挪到沈清潋身上，只敢在心里想，果然是英雄难过美人关，陛下也不例外。娇娇软软长得又极其漂亮的美人，谁会不喜欢呢？

王公公看着顾谈云和沈清潋相携离去的背影，心情很复杂，陛下有了清妃娘娘后，就很少让他近身侍奉了。

两人携手回了养心殿。沈清潋瞧了一眼顾谈云苍白的神色，还是不由得担心剧情还没结束，他就把自己劳累死了。犹记得今天清晨，宫女对她说顾谈云天还未亮就去上朝了，而那时沈清潋睡得正香。

昨晚那么晚才睡，早上又起得那么早，作为一个病人，顾谈云还如此糟蹋自己的身体。沈清潋撑着下巴坐在他的身旁，对他道："你上朝的时间也太早了，有没有办法延后一点？"

顾谈云正在批阅奏折，他让宫人们把奏折搬到了养心殿。

早朝时间历来如此，哪里是可以随意改变的？他眉目温软，笑吟吟道："放心，没什么事，只是昨夜心里有事，睡不着。"

心里有事睡不着？沈清潋敛眉细思，想起不久前哭哭啼啼找上门的林尚书和今天朝堂上大臣要撞柱，顾谈云装作大发雷霆的事，可是朝堂上的事她暂时还帮不上忙。

顾谈云垂眸看向身旁的她，笑道："再过些日子就可以不用上朝了。"

沈清潋"咦"了一声，顾谈云解释道："再过些日子，我们就去别苑避暑，到时候就不用上早朝了。"

沈清潋清澈的眸子倏然一亮："是离开京城吗？"

顾谈云慢条斯理地放下手里的奏章，说："是啊，看来你真的是闷坏了，这么高兴。"

沈清潋弯起眼睛，从来到这里，她就没离开过安王府，一直在那一亩三分地里，自然很期待去别的地方，看看不一样的景色。

她兴奋地询问顾谈云关于避暑的事情，两人一问一答，气氛和谐。过了一会儿，王公公端着一碗药走进来，浓郁的药味顿时充盈了养心殿。

顾谈云和沈清潋正一个批阅奏章，一个给奏章分门别类，明明之前没见过这个场景，王公公却很习以为常，甚至觉得陛下和娘娘就该这样相处。

他放下药碗，可怜巴巴地听从顾谈云的命令，走出养心殿。

沈清潋鼻翼轻轻翕动，待王公公退出殿内，才指着黑漆漆的药道："这是压制你体内毒素的药吧？"

顾谈云轻轻"嗯"了一声，慢条斯理地批阅完手中的奏章，才端起桌案上黑黝黝的药汁，苦涩药味扑鼻而来，他平整的眉皱在一起。

沈清漱看着他的神情，顿时感同身受，脸皱得比他还厉害。她最怕苦，开给别人的药方暂且不说，给自己配药时，她都会想办法减轻药的苦味，在不影响药性的情况下尽量让药更好喝一些。

她还记得师父曾鄙夷地看着她，说："连药的苦都受不了，还算什么大夫？"她对这句话不以为意，能让药变得好喝些，为什么要吃那个苦？

至于为什么给别人配药不减轻苦味，有句话叫"良药苦口"，若是不苦了，他们还得怀疑她的药是不是真的能治病。另外，减轻苦味其实需要多加很多药材，寻常百姓家，哪里有钱搞这些，都是能治病就可以。

沈清漱已经很久没喝过苦药了，此刻看着顾谈云喝药和他的表情，尘封于记忆深处的苦味再次涌上脑海。

顾谈云一放下药碗就对上一张皱成一团的脸，他嘴里的苦涩顿时退去，莞尔道："怎么你比我还要像喝药的人？"

沈清漱闻言眼里溢出点点泪珠，双手握住顾谈云的手。顾谈云一怔，眼眸低垂，视线落在她紧握着自己的手上，眼眸里藏着令人看不懂的情绪。

她的手比他的小很多，手腕纤细，肌肤白皙细嫩，如同最细腻的瓷器。他抬起眼，温润的视线落在她的眼角，却听沈清漱戚戚然道："顾同志，你受苦了！"

顾谈云刚抬起手，沈清漱就迅速往后退去，站在距离他两米多的位置，挑着秀眉笑道："我早有准备，你别想再敲我的额头。"

顾谈云拍了拍身侧的椅子，笑着无奈道："不敲你，你回来。"

沈清漱眯着眼睛怀疑地看着他："真的不敲我？"

顾谈云抿了抿淡色的唇："我什么时候骗过你？"

沈清漱警惕地观察了一番，顾谈云失笑，苍白的指敲了敲椅子，示意她坐回来，温声保证道："真的不敲你额头。"

沈清漱这才坐回原位，掰着指头算道："我没说错呀，你确实太惨了。每天早上要去上朝，除了早朝还要批阅那么多奏章，还得走剧情扮演原角色。"说着说着，她叹了口气，看着顾谈云的眼神更加怜悯了，"当皇帝真是太惨了。"

顾谈云的眼眸扫了一眼桌案上的奏章，勾了勾唇道："你没发现今天的奏章比之前少了许多吗？"

桌上虽然依旧堆着许多奏章，但相比之前，确实少了很多。之前是高高的一大摞，堆积成山，现在看着视觉效果没那么恐怖。沈清潋好奇地问："为什么会少这么多奏章？"

顾谈云抿了一口温茶润喉。沈清潋淡定地看着他，已经习惯了顾谈云这样故弄玄虚。

他弯了一下唇，道："我分了一半的奏章给顾寻洲，勒令他每日必须批阅完奏章。"

沈清潋也笑了，顾寻洲是个风流人物，最烦处理各种事物，不喜被约束，现在被强迫着处理那么多奏章，他一定很痛苦。

但她仍然有几分不放心："你这么信任顾寻洲？不怕他抢你的皇位？"

他牵住她的手，宽慰道："你放心，我看人很准。"

沈清潋点点头："只要你心中有数就行，我可不想看到日后好不容易逃出剧情的掌控，你的皇位却被别人给抢了。到时候你要是哭着喊着来找我，我可不会收留你。"

听了沈清潋的话，顾谈云眉开眼笑："再过几天，我颁布的新政策就要执行了，到时候就没有这么多奏折了。"

他没说出口的是，他到时候就可以陪着她了。

沈清潋欣慰道："那挺好的，不然我都担心迟早有一天你会累死。"她将最后一摞奏章分好，站起身道，"你在这里继续批奏章，我就不陪你了。"

"这里确实有些太闷了。"他看了一眼外面，殿外阳光明媚，太阳直晃晃地投下，想了想道，"马上要到吃午膳的时间了，不若吃了午膳再走？"

沈清潋应了一声，她看出顾谈云似乎不想自己离开，有句话叫"高处不胜寒"，作为一个皇帝，顾谈云或许太孤独了。

看在他这么可怜的分上，她就陪陪他吧。

第三十九章

  有用的奏章和没用的奏章分成两堆，午膳还要过一会儿才送来，为了给脸色苍白的顾谈云减轻负担，沈清潋将有用的奏章按照轻重缓急分门别类地归好，好让顾谈云先处理重要的，剩下的休息一会儿再批阅也不迟。

  顾谈云眸光微暖。

  沈清潋一一将折子分好之后，发现这些奏章里有一大堆都是在反驳顾谈云颁布的新政策——国子监的入门考试。还有一些是在说晏春生罪大恶极，应当卸下他国子监学子的身份，最好把他流放到边境改造。

  沈清潋看看着叹了口气，脸上布满愁云。

  顾谈云听到她的叹气声，因批阅奏章而紧绷的脸瞬间放松，露出一个轻浅的笑："这么想出去玩？"

  "啊？"沈清潋略一思索，恍然明白顾谈云会错意了，解释道，"确实很想出去玩，但是叹气不是为的这个，只是觉得当皇帝真的是太难了。"

  顾谈云失笑，轻声道："在其位，谋其政，这是一个帝王的责任。"

沈清潋给他比了一个加油的手势："我就喜欢像你这样有责任感的男人！"

顾谈云眉尖一动，琥珀色的眸子仿佛有春花盛开。

沈清潋未曾察觉，拍了拍顾谈云道："灭国剧情就靠你推翻了，我负责当你坚实的后盾！"

顾谈云弯起苍白的唇，笑着问她："有多坚实？"

沈清潋皱眉想了想，终于想到一个形容词："就跟剧情结束之后，你要给我的金子一样坚实。"

顾谈云淡色的唇微抿，眼睫落下，盖住眼里的深色。

沈清潋盯着他看了一会儿，脸上的笑意缓缓退去，忐忑道："你该不会是不想给我金子了吧？"

顾谈云抬起眼，眼里的深色已然不见，恢复成一贯的光风霁月。他放下手里的折子，道："放心，金子不会少你的。"

说完继续认真处理奏章。

沈清潋撑着下巴看他温和疏离的侧脸，觉得他看起来变冷了一些，似乎有点不太高兴。她仔细想了一番刚才的话，没能找到顾谈云生气的点，难道是因为她怀疑他不给她金子？

这也不是不可能。上次他生气，就是因为她隐瞒了顾寻洲欺负她的事情，这么一看，顾谈云似乎是个内心敏感人士？

沈清潋迅速将顾谈云划分为内心敏感人士，想着以后说话要顾及他敏感的心灵，不要再惹他生气了，总惹他生气，容易影响盟友感情。

想到闲王顾寻洲，沈清潋就想到了六公主顾和乐，顾和乐先前来养心殿大闹一番，或许她该跟顾谈云报备一下？

先前六公主来门前大闹，她确实起了让顾谈云教训熊孩子的心思，但是后来看到顾谈云苍白的脸色，她就不太好意思说了，再后来就把这件事忘了。

沈清潋盯着顾谈云清冷苍白的侧脸，如果不跟他说这件事，他又生气不理她怎么办？

沈清潋叹了口气，顾谈云还真难伺候。她目光发虚地看着他清俊的侧脸，

轻轻咳嗽了一声,见顾谈云掀起眼帘,清淡温和的目光落在她脸上,沈清澈清了清嗓子道:"今天发生了一件事情,我还没告诉你。"

顾谈云以为她今日遇到了什么剧情,放下笔,正襟危坐道:"什么事?你说。"

沈清澈心虚地笑了两声:"倒也不用这么正经,一件小事而已。"她忽然有点羞耻,仿佛跟别人打架打输了,来跟大人告状。

她再次清了清嗓子,意图将这种奇怪的想法赶出脑海,道:"你妹妹顾和乐今天来了养心殿……"

顾谈云的眉心蹙了蹙,脸上的清疏之色退去,关切问道:"可有受委屈?"

沈清澈心头那种奇怪的感觉更盛,笑着道:"你怎么像我的爸爸?"

顾谈云眼里的温柔一滞,慢条斯理地倒了杯茶,将茶放到沈清澈面前,缓慢开口道:"你或许该喝杯茶醒醒脑子。"

沈清澈笑了一声,轻声道:"你现在不像我爸了,我爸这时候估计会揍我,而不是给我倒一杯茶。"

顾谈云抬起手,笑道:"或许我也会。"

笑闹完,顾谈云对沈清澈以前的生活起了兴趣,两人一问一答,聊了一会儿后,沈清澈不满道:"一直是你在问我在答,我也要知道你以前的事情。"

顾谈云将批阅好的奏章放到一边,好整以暇道:"你问。"

沈清澈盯着他极其熟练的动作,想了想,问道:"你以前是不是也是个工作狂呀?"

顾谈云淡淡地"嗯"了一声。

沈清澈首先问了他研究的内容,直接把自己听蒙了,他说出来的每个字她都认识,但是组合在一起,就什么都不懂了,听得她一脸疑惑。

顾谈云却越说越兴奋,各种专业名词从沈清澈的左耳进去,右耳出来,滔滔不绝得都要把她说晕了。

见他的眸子里满是对研究的热爱,沈清澈忽然觉得顾谈云真的很惨,他是真的很喜欢以前的工作,可来了这里,他似乎再也没碰过热爱的东西了。还好那天晚上顾谈云说的是"奇变偶不变",这句话是数学课本上的东西,比较通俗,若是他脱口而出什么专业知识,她一定当场表演一个大惑不解给他看。

沈清漵听着听着打了个哈欠,眸子里闪着炽热星光的青年停止倾诉,对沈清漵轻声说了句抱歉。

沈清漵皱了皱鼻子,不满地看着他道:"都说了以后不可以说'抱歉'这两个字。"

她又问了一些其他事情,这一问,才发现顾谈云以前几乎是个苦行僧、老古董,每天除了做研究还是做研究,不追星,不玩微博,几乎没有一点娱乐生活,唯一喜欢的就是打太极。

沈清漵不太理解他的兴趣爱好,实在无法想象顾谈云这"白月光"一样气质的人,混入一群老爷爷中打太极究竟是什么样子。

另外,她发现自己想错了一件事——她本以为自己之所以会来这里,是因为舍友跟她聊过这本小说,恰巧小说里的女配角名字跟她一模一样,是某种磁场作用导致她来到这个世界。但顾谈云从来没有看过这本小说,也从来没人跟他提起过这本小说,那么为什么被选中的是他们?总不可能是因为她的名字跟原角色一模一样,而他的名字跟燕帝一模一样吧?地球上那么多人,名字不可能不重复,不会重复的只可能是身份证号。

沈清漵将焦点聚集在身份证号上,再次问了顾谈云的身份证号,并且在宣纸上写下两人的身份证号——即使在这种时候,她也没有忘记用"狗爬字体"。

顾谈云在旁边看着她落笔,发出一声轻笑。

沈清漵落下最后一笔,突然觉得有点尴尬,瞥了一眼奏章上的清隽字体,跟顾谈云写的字一比,她写出的字确实丑得有些清奇。

但这种尴尬感很快就没了,这又不是她真实的写字水平,要是她用真实水平写,肯定不比他的字差。她得意地抬头看向顾谈云:"怎么样,觉得我写的字太美了?"

顾谈云沉吟片刻,道:"或许……可能是吧。"

沈清漵选择不跟他计较。

两人的身份证号列在一起,沈清漵看着这两串数字垂眸细思。顾谈云处理奏章的间隙偶尔看一眼她，见她一脸认真地苦思冥想，笑着问她："你可看出什么了？"

沈清潋点头道："我看出了三个点。"她用右手比了个三。

顾谈云起了几分兴致，放下奏章，目光落在宣纸上，快速扫过沈清潋的身份证号，温声道："哪三点？"

沈清潋一脸认真道："一，咱们不是一个省的；二，你比我大两岁；三，你是个男的。"

顾谈云扯了扯嘴角，无奈道："难道不看我的身份证号，你就不知道我是个男的？"

沈清潋道："那还是知道的。"

顾谈云强忍着敲她额头的欲望，沈清潋看着他的神情，悄悄往后退了退。

这时候王公公走了进来，他是进来传膳的。沈清潋忙低下头，装成一副小可怜的模样。

她的变脸速度极其快，顾谈云情不自禁地勾了勾唇，眉目清意温然。

宫人将食物一盘盘端进来，顾谈云拉着沈清潋起身，离开之前他随手将那张写着两人身份证号的宣纸压在奏章下，防止被风吹跑了。

待吃完午膳，沈清潋对他道："你已经长大了，相信你可以独自待一会儿的。"在顾谈云要拿手指敲她时，她迅速跑了，留下一句，"你放心，再过一段时间，我一定会研制出你所中之毒的解药。我去太医院弄点药材和医书，马上回来。"

顾谈云看着沈清潋渐行渐远的背影，笑着摇了摇头，其实他并没有拘着她的意思。

沈清潋离开后，顾谈云将王公公宣入殿内。

被传召入殿的王公公几乎要热泪盈眶了，陛下已经好久没有让他在一旁伺候了。

就在他心潮澎湃之时，处理奏章的顾谈云忽然抬起头，偏头看向侧后方恭敬立着的王公公。

王公公察觉到顾谈云的视线，想了想道："陛下可要换茶水？"

顾谈云蹙起眉头盯着他,就在王公公心中慌张时,听见陛下缓缓吐出一句:"你说该如何让你喜欢的女子也喜欢上你?"

王公公愣了一会儿,道:"陛下……奴才是个公公……"

第四十章

几经曲折,沈清潋终于到了太医院附近。

宫女指着远处红砖绿瓦的建筑,说:"娘娘,那就是太医院了。"

牌匾之上"太医院"三个字端正肃穆,牌匾下人流来来往往,或是抱着药篓,或是捧着一堆书简,人们有条不紊地处理着各自的事情。

太医院的太医,除了给皇上和后宫妃嫔看病,也给太监宫女治病。除了治病救人,太医院其实还是个行政部门,要负责全国的医政相关事务。这个部门归礼部管,管事的就是那个礼部尚书林大人。

沈清潋好奇地观望了一会儿,她身后跟着十几个服侍的太监宫女,担心人太多影响太医院处理事务,索性就让他们在树荫下等着。

想了想,她用面纱遮住脸,原角色这张脸生得太过出色,为免引起关注,还是遮住得好。

沈清潋走进太医院时,依旧引起了一些关注,只因她的衣饰不太像宫女。众人没把沈清潋和燕帝新纳的宠妃联系到一起,作为清妃,若是病了,直接召见太医过去就是，哪里需要亲自来到太医院？

他们看了一眼，就挪开目光。太医院太忙碌了，没人有闲心去关注一个亲自求医的女子。

沈清漱乐得如此。

入了太医院，门后廊下坐着一个中年青衫男人，桌案上摆着一本厚厚的记事簿。见有人进来，他抬了抬眼，察觉来人陌生，就低头看向桌案上的记事簿，拖着长调公事公办道："来者何人？得了什么病？"

沈清漱觉得这人挺有趣，回答道："司鸣玉，没有得病。"

这个青衫男人名叫林铮，是林尚书家族中人，不过是个旁支，还是个不受待见的庶子，能来宫中入职完全是凭自己的努力。有林家族人这一层身份，宫里人也给他几分面子。

林铮本想来皇宫讨个清闲工作，没想到阴差阳错成了太医院门口的记事先生，每日忙得脚不着地，心中暴躁。

他一听这话，将毛笔拍到桌案上，皱眉道："没有得病你来什么太医院？"

沈清漱没有被他吓到，走近几步，来到桌案前，垂眸看了一眼记事簿。记事簿上记载了每日有哪些人前来太医院，待了多久，各项都有记录，条理清晰，跟中年男人脸上的暴躁不太匹配。

林铮是个高度近视，十米开外人畜不分，全凭模糊的身形认人。沈清漱走到桌案前，他才终于看清她的衣饰装扮，顿时心头一惊，这人看起来似乎不像宫女？但宫里的贵人应该不会亲自来太医院吧，身后还一个宫人都没有？林铮有些不确定地想。

他收敛脸上的烦躁，露出一张笑脸道："不知道司姑娘来太医院做什么？"

沈清漱想了想，道："我是清妃娘娘身边的宫女，特奉娘娘之命，来太医院取些药材和医书。"

林铮听到"清妃娘娘"四个字，国字脸上瞬间露出谄媚的笑容："原来是清妃娘娘身边的宫女，要取什么，尽管去拿。"他顿了顿又问，"看司姑娘穿得这般华丽，可是清妃娘娘的贴身宫女？"

沈清漱摇了摇头，道："娘娘喜欢华丽的东西，我只是一个普通宫女。"

林铮脸上的谄媚顿时没了，但想了想陛下对清妃的宠爱，他依旧笑盈盈的，落笔写下沈清漱来太医院的意图及到来的时间。

记录完毕，他叫来一位清闲的御医，带着沈清漱去拿需要的东西。待笑盈盈地送走沈清漱，他脸上的谄媚笑容顿时消失。

林铮有林家旁支这一层身份，除了皇帝、王公公及太医院的某些同僚，他在宫里谁也不怕。当然，现在多了一个清妃娘娘。他心里暗暗呸了一声，不过是清妃身边的一个小宫女，还敢自称"我"，真是胆大包天，他的官职可比她这个小宫女大多了。

沈清漱自然知道，作为一个小宫女，自称"我"很不合规矩，但她不想自称奴婢。

她只取了一些药，不够了日后再叫人来拿就是，今日的主要目标是书。太医院的藏书很多，一眼望不到尽头，还好这些书都是按照类别分开放的，她扫了一眼记录书籍的册子，目标明确地往某个角落走去。

挑了大半个时辰，沈清漱才心满意足地抱着十几本医书走了出来。

出来时遇到两个长须老者，一个慈眉善目，仙气飘飘，另一个的气质看起来就很锋利，像一把开刃的刀。

两人正面红耳赤地争论附子的剂量，争得气血上头，互相谩骂。那位慈眉善目的老者骂人的词汇量比另一位要多，惹得沈清漱多看了几眼。

两人察觉到什么，一齐转头看到沈清漱，顿时都闭上了嘴巴，慈眉善目的恢复了仙气飘飘，另一位刀锋般的老者则恢复了肃穆的神情。

气氛有些尴尬，但沈清漱一点也不尴尬，殷红的唇微勾。尊老爱幼是传统美德，她现在是退回去比较好，还是走出去装作没看到？

看出沈清漱的纠结，那位慈眉善目的老者笑着道："小姑娘喜欢医书？"

沈清漱不知道他们的身份，但再怎么样尊贵，肯定是比不过顾谈云的，故而她站在原地淡定地点了点头，问："两位老人家也是来看医书的吗？"

刀锋般的老者沉下眼，扫着沈清漱手里的书，冷声道："莫要好高骛远，这些书并不适合你看。"

沈清潋听话地点点头，手却抱着书，完全没有换书的意思。

刀锋般的老者眼睛都要翻上天了，转身就走。那位慈眉善目的老者没有对沈清潋拿的书发表什么看法，但显而易见，他也不相信沈清潋的医术会有多厉害。他随意问了沈清潋一些医学知识，本意是想让沈清潋的心思沉淀下来，沈清潋却——回答了他。

慈眉善目的老者眼里多了几分诧异，又问了一些问题，沈清潋慢条斯理地回答了。慈眉善目的老者眼里的诧异转为欣赏，虽然他问的问题都不难，但要能全部答出来还是有些难度的。

真是后生可畏啊。慈眉善目的老者没有为难沈清潋，又问了些问题便走了。

傍晚时分，慈眉善目的老者看了一眼自己的弟子，突发奇想地把问沈清潋的问题问了一遍，弟子虽然也都答出来了，但答得居然没有沈清潋好！

慈眉善目的老者眼睛亮了，那个小姑娘是个好苗子啊！他嫌弃地瞥了一眼榆木脑袋的徒弟，若是收那个小姑娘做徒弟，他何愁比不过那个老家伙？他要收那个小姑娘为徒！

沈清潋走出太医院时，林铮尽职地记下她离开的时间。

太阳已经没入建筑后面，射下几条微微温暖的光线，从树叶的缝隙里穿过。沈清潋带着宫人回了养心殿，途中小福子跟她说了最新的八卦，说六公主被顾谈云罚了。

听说顾谈云命一个嬷嬷，在所有宫人面前，打了顾和乐的屁股十下。虽然嬷嬷打得不重，但这对顾和乐来说是莫大的耻辱，顿时哭声震天。

沈清潋听着小福子详细有趣的描述，不由得轻笑出声。

养心殿里，顾谈云没有批阅奏章，而是捧着一本游记在翻看。听到沈清潋的脚步声，他抬起眼，琥珀色的眸子在夕阳的渲染下，温柔又专注。

沈清潋看了一眼他手里的书，微微诧异道："你今天居然没在批阅奏章？"

自入宫后，顾谈云给沈清潋的印象，是除了在上朝，就是在批阅奏章，这还是她第一次看到他做别的事情。

"有顾寻洲批阅一半的奏章，我日后都会清闲些。"顾谈云温声道。

沈清漱轻笑一声，走到顾谈云身旁。顾谈云看了一眼她殷红的唇，慢条斯理地给她倒了杯茶。

她接过茶，笑着道："我在路上听说你罚了六公主。"

顾谈云蹙一下眉，轻声道："做错事了自然要教训，否则日后长大了，岂不是成了混世魔王？"

沈清漱撑着桌案，弯腰凑过来调侃道："这么一看，日后你还是个严父？"

清甜的馨香扑鼻而来，她的乌发顺着姿势落在腰侧，勾勒出纤细的腰肢。顾谈云眸子里的暖意一颤，长长的睫毛盖住琥珀色的眼眸，他的脑海里浮现了一个场景——

沈清漱牵着一个孩子，孩子一半像她，一半像他，她温柔地看着他，对他道："这是我们的孩子。"

"顾谈云？"沈清漱的视线挪到顾谈云通红的耳尖，"你在想什么，耳朵怎么这么红？"

顾谈云抿了抿淡色的唇，抬起眼时已恢复了一贯的淡定，他对上她的眼睛，认真道："在想老婆。"

沈清漱一愣，直起身子安慰道："你这个年纪，想老婆也正常，等我们脱离剧情，你肯定会有老婆的！"

顾谈云端详她片刻，道："真的？"

沈清漱的视线落在顾谈云苍白俊美的脸上，调笑道："你这个姿色，还怕没老婆吗？"

顾谈云眸色深沉，但他只想要她……

沈清漱道："你帮了我这么多，我也帮你一次。"

她的话题跳得太快，顾谈云轻笑一声，道："帮我什么？"

"你现在不用处理那么多奏章，就有空闲时间了。"见顾谈云专注地看着自己，沈清漱继续道，"你不是想继续做研究，想种田种菜吗？"

顾谈云微微点头:"但做这些会违反人设,扣积分。"

"你放心,我一定让你做上你想做的事情!"沈清潋举起手摆出发誓的手势,"我以我的人品起誓!"

第四十一章

眼看顾谈云面露犹疑,沈清潋狡黠一笑,问他:"'沈清潋'在书里可会医术?"

顾谈云回忆了一番原著的内容,小说中,"沈清潋"从来没有施展过医术,她不会医术,也不会毒术。如果严格遵循剧情,在花灯那晚,她无意间给他下药,必定违反了人设,会被扣除积分。即使她后面使用银针给他解了毒,但这一点肯定违反了人设。

顾谈云本以为她因此被扣了积分,可她现在这样问……他垂眼看了她一眼,向来淡然的脸上多了几分诧异,轻声道:"莫非你使用医术的时候不会扣除积分?"

沈清潋微微昂起头,自豪道:"当然不会。"

顾谈云不傻,很快明白过来。

沈清潋继续道:"你曾说过系统要你维持三个人设,我也是,同样也要维持三个人设。"

顾谈云微微倾身,琥珀色的眸子盛满细碎的柔光:"除了这三个人设,其他的设定我们可以自行添加?"

沈清潋给他竖了个大拇指："孺子可教也，要是完全按照原角色的人设来做，我岂不是要憋屈死了？"她看着面前身姿清俊的男人，叹了口气，"你要是一直按照燕帝的人设行动，迟早有一天会发疯或成魔。"

顾谈云笑了笑："发疯成魔倒不会，只是有些无聊。"

"其实不被扣分很简单，只要找个理由。"沈清潋沉吟道，"只是要给你找个什么样的理由，还要仔细想想。"

顾谈云站起身，带笑的眸光落在沈清潋的脸上："找个理由不是很简单吗？"

顾谈云之前并不是没有试过给自己加设定，只是每次都失败了，但现在有了她，而他有一个人设正好与她相关，那么……

沈清潋没能理解他的意思，抬眼疑惑地看着他。

顾谈云抬起苍白的指，在沈清潋额上一弹："这个理由，近在眼前。"

两人讨论过后，确认顾谈云的方法可行。按照剧情，燕帝极其宠爱清妃，有句古诗叫"一骑红尘妃子笑，无人知是荔枝来"，沈清潋这个清妃仗着宠爱，想吃燕帝亲手种植的东西，应该不过分吧？

确定明日要做些什么之后，沈清潋歪头看着他，调侃道："我配合你演出，你拿什么东西报答我？"

顾谈云垂下眼，专注地看着她，浓密的睫毛投下一小片阴影，与眼下画上去的鸦色混在一起。他用说笑的语气道："以身相许如何？"

沈清潋想了想，遗憾地摇了摇头："那还是算了。"

"为什么？"顾谈云眼睫一颤，弯起的唇角绷成一条直线。

沈清潋明澈的眸子对上他温柔的浅色眼睛，顾谈云明白，自己现在没有立场生气。他略微偏开眼睛，心头涌出一阵强烈的无力感。

顾谈云是一个自信的人，不管什么，只要他想得到，就一定会付出所有努力。但沈清潋是个例外，她与他想得到的其他东西不同，她是一个有思想的人，而不是任他摆布的物品，所以他无法确定，即使付出了所有，她是否会看他一眼。

沈清潋的视线落在青年温润疏离的侧脸上，没明白他怎么了，他们不是在说笑吗？她想了想，解释道："不是你的原因，是我的原因。"

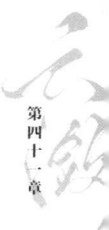

"你的原因？"顾谈云淡白的唇微抿，脑海里瞬间闪过原著剧情，"你已经有喜欢的人了？是顾荣安？"

他漂亮的脸暗淡下来，如果她真的如剧情安排一般喜欢上了顾荣安，那他也不知道该怎么办。按道理，他应该放手，但他舍不得放手。

沈清潋瞪大杏眼，微微愣住，他在说什么？她怎么会喜欢顾荣安？他怎么会觉得她喜欢顾荣安？沈清潋再次思考，究竟是自己哪里表现得不对，导致顾谈云以为她喜欢顾荣安。

她长久没有说话，顾谈云以为她默认了，眉眼暗淡了一瞬，却又立刻坚定下来，道："如果你喜欢的是顾荣安，我不同意。"

顾容安绝不是一个值得托付终身的对象。顾谈云仔细跟沈清潋说起书里的剧情，说起"沈清潋"喜欢顾荣安之后的悲惨结局。

"等等，等等！"沈清潋打断他的劝说，她实在想不到顾谈云的思维怎么会跳到这个地方，她提起嗓音，不可思议道，"我没有喜欢顾荣安，你怎么会以为我喜欢他？"

"剧情里是这么说的。"顾谈云淡色的眸子仿佛夜里清冷的湖面。

沈清潋抬起手，本想拍拍他的肩膀，但顾谈云太高了，她只好无奈地拍了拍他的手臂，道："你放心，比起顾荣安，我宁愿选择你。"这话一出口，沈清潋立刻发现了其中的歧义，连忙道，"我的意思是，顾荣安连你的一根头发都比不上，一定要喜欢一个人的话，我会选择你！"

"那你为什么不考虑我？"顾谈云轻轻蹙起眉，"我哪里不好吗？"

"你哪里都好。"沈清潋怕顾谈云再想些奇怪的东西，一五一十解释道，"但你是皇帝，皇帝是会有很多老婆的，我不能接受这个。"

"如果我只娶你一个呢？"

沈清潋看着顾谈云眼巴巴的样子，清了清嗓子道："那我就考虑一下。"

见顾谈云的面色软下来，沈清潋盯着他，警惕道："你该不会是喜欢我吧？"

顾谈云眸光淡淡，笑意温和道："你觉得呢？"

沈清潋仔细打量他一番，犹豫道："你应该不喜欢我吧？"

顾谈云没有回答，他冲沈清潋温和一笑，坐下身继续看游记，徒留沈清潋坐在旁边，惊疑不定地看着他温润的侧脸。

沈清潋坐在旁边，苦思冥想了很久也没能找到顾谈云喜欢她的理由。顾谈云一定是在吓她！或许他是怕她像剧情里一样，喜欢上顾荣安，然后就不想反抗剧情了。为了不让她被剧情迷惑，他才不否认喜欢她，想扰乱她的思绪。

沈清潋在心中这样安慰自己，只是他的话终究在她的心里留下了几丝痕迹。

时间不知不觉流逝，不一会儿就到了傍晚吃饭时间。

吃完饭，沈清潋走到窗边，看了一眼外面，漆黑的夜幕已然降临，碎银般的星光散布在弯月周围，清冷的光辉洒落在娇艳的花朵上。

沈清潋拉着顾谈云去御花园散步，顾谈云任由她拉着走，目光落在两人相握的手上，淡色的唇轻轻勾起。

御花园里响着各类昆虫的叫声，顾谈云手中昏黄的灯笼照亮了前方的路。

"有句话叫饭后走一走，活到九十九。"沈清潋仰头看着天空，"而且晚上还没有太阳。"

顾谈云顺着沈清潋的视线看向天空，却听她轻声道："不知道我们以前看到的月亮，跟这个世界的月亮是不是同一个。"

微凉的风掠过，带起一阵阵凉意，她忽然想起书中的剧情——顾谈云先前提到了顾荣安，这让沈清潋想到了一件令她疑惑的事。她偏头看向身旁仿佛格外被月光偏爱的男人，道："首先，我再跟你说一次，我绝对不喜欢顾荣安，甚至很讨厌他。"

顾谈云垂下头，轻飘飘地瞥了她一眼，似乎在说你怎么又提起这个人。

沈清潋停下脚步，昂起头看着顾谈云。顾谈云同时停下步子，手里的灯笼在空中一晃，灯光微闪。

沈清潋道："我一直有个疑问。"

顾谈云微垂着眼，视线落在她的发顶，眸光微软道："什么疑问？"

沈清潋皱起眉，不解道："在原著中，'沈清潋'是带着顾荣安安排的婢女一起入宫的，你是怎么脱离剧情，没让那两个婢女入宫的？"

沈清潋百思不得其解，她除了兑换剧情之外，从未成功脱离过剧情，一旦脱离就会被惩罚，因此只能从剧情里钻空子。按照原著剧情，那两个婢女是在"沈清潋"变坏之后，才被她寻了个错，调离了身边。而在此之前，她们一直陪在她身边，替她传递消息。

听了沈清潋的话，顾谈云的面色一凝，漆黑浓密的睫下一双琥珀色的眼眸变得十分锐利。

沈清潋疑惑道："你怎么了？"这次她应该没说错什么吧？

顾谈云清冽的嗓音沉重道："我也不知道发生了什么事情。"

"你也不知道？"沈清潋诧异道。

顾谈云细细回忆道："那天系统控制了我的身体，我失去了意识，等再次恢复意识，剧情已经过去了。"

沈清潋觉得有些奇怪，她也有被强行执行剧情的时候，但在强制执行的过程中，她的意识是清醒的。

她和顾谈云交流了一下各自被控制时的感觉，然而顾谈云唯有那一次强制执行剧情是没有意识的，因此讨论来讨论去，也没能讨论出什么结果。

顾谈云垂眸看着沈清潋紧蹙的眉，轻轻敲了敲她的额头："想不出就算了，总之结果是好的，我们改变了剧情。"

沈清潋已经被他敲习惯了，但还是说："你以后能不能不要再敲我了？"

顾谈云笑了笑。

沈清潋选择不跟他计较，忧虑道："虽然没了那两个婢女，但宫中肯定有顾荣安的耳目，估计再过不久就要找上门了。"

"你的夫君是皇帝，有我护着你，你怕什么？"

听了这句话，沈清潋脸上的忧虑消散："说的也是，大燕就数你最大，我怕什么？"

见她没有反驳自己说的"夫君"二字，顾谈云笑了笑，问她："等以后脱离了剧情，你想做什么？"

沈清潋想了想，认真道："如果可以回去，那最好，回不去，我就开个药堂，每天治病救人,还可以收一些弟子,教他们医术。"说着,她兴奋道,"能将师传的医术在异世发扬光大,也唯有我一人了吧?"

顾谈云淡白的唇微抿,她的未来里没有他,但她说过会考虑的,现在没有,不一定以后没有。

他笑着道:"确实唯有你一个。"

第四十二章

沈清漱走着走着就累了，扯着顾谈云的衣袖，一屁股坐在冷硬的石阶上。石阶硌人，她忍不住轻呼一声，眼里沁出点点泪光。

顾谈云被她一扯，身形岿然不动，直到听见她痛叫一声，才发出一声轻笑，撩了一下袍子坐在她的身旁。

沈清漱轻轻咳嗽一声，面色微红道："是原角色的身体太娇弱了。"

"累了？"他将灯笼放在脚边，温声问她。

昏黄的光晕开黑暗，暖光照亮他的侧脸。两人漆黑的影子落在地上，浓缩成漆黑的一团，仿佛一对亲密的夫妻。

沈清漱盯着顾谈云的影子，只觉得他的影子都比别人的要好看些。她手捏成拳，散漫地捶着酸疼的小腿："我累了，走不回去了。"她抬起头，看着顾谈云笑道，"不如我们就不回去了，在这里以天为被，以地为床？"

顾谈云琥珀色的眸子温和地看着她，笑道："你确定以你娇弱的身子，在这里以天为被，以地为床，明天不会生病？"

"顾谈云，你真没有浪漫细胞。"

顾谈云平整的眉轻轻蹙起，没有浪漫细胞？他略略思索了一会儿，坚持道："会生病的。"

沈清潋只是想逗逗顾谈云而已，没想到顾谈云这么认真。她一点也没打算在外面睡觉，蚊子那么多，虫子那么吵，夜半时分风还那么凉，她又不傻。

沈清潋叹了口气，朝顾谈云伸出两只手："那你背我回去，我实在走不动了。"

顾谈云无奈地笑了笑，眼里布满宠溺之色。他站起身，背对着沈清潋蹲下，沈清潋一手钩住他的脖子，另一只手提着昏黄的灯笼。

入宫后，沈清潋心里想要赶紧脱离剧情的压抑紧迫感散去了一些，这几天无忧无虑，整日吃吃喝喝，把她吃胖了些。但这点重量对顾谈云来说依旧很轻松，他稳稳地背着她往前走，清甜的馨香慢慢蔓延到他的鼻尖，她软软的身子贴着他的后背，顾谈云的心不受控制地跳动起来。

御花园除了虫鸣声，没有任何其他声响。虫鸣声传进沈清潋的耳中，渐渐成了催人入睡的催眠曲。她强忍着睡意，眼睛半合着没有焦距，下巴磕在青年有些硬的肩膀肌肉上，手上的灯笼却提得稳稳的——她还记得要给顾谈云照亮。

顾谈云背着她往前走，视线也渐渐模糊。他不是困了，他在模糊的视野里看到了一个画面，画面里他同样背着一个女子，在寂静的夜色里，背上的女子提着灯笼给他指引方向。只是与沈清潋此刻的安静不同，画面里的女子活泼又恶劣，与沈清潋平日里的恶劣性子完全一致。

顾谈云弯了弯唇角。

又过了好一会儿，沈清潋终究没能抵住睡意，闭上眼睛，灯笼一歪，落了下去。

顾谈云腿一钩，灯笼悄无声息地落在地上。他垂眼看了一下地上的灯笼，略微偏头，耳尖却不小心碰到了她的唇。他眼中暖意一颤，努力忽略耳尖传来的酥麻感觉。

虫鸣声中，多了一道睡意深沉的呼声，顾谈云淡色的唇微微翘起，不知道她有没有发现，她对他太没有戒心了。与她嘴里的拒绝不同，她其实非常信任他，依赖他。

想到这里,顾谈云眼中暖意涌动。

不知走了多久,两人终于回到养心殿。

顾谈云将沈清潋放下时,沈清潋醒了,她的脸上睡意犹存,睁开蒙眬的眼,在殿内扫了一圈,问:"这么快就到了啊?"

说完这句话,沈清潋这才想起来自己竟然睡着了。是她把顾谈云拉到御花园里闲逛,走不动了是顾谈云背她回来,结果她连灯笼都打不好,竟然睡着了!

她心虚地瞥了一眼顾谈云,小声道:"我手里的灯笼?"

顾谈云垂眸看着她,笑道:"掉地上了。"眼看沈清潋的表情越来越纠结,他安慰道,"放心,没有灯笼我也能看清路。原角色自幼习武,特意训练过夜视。"

沈清潋放下了心。

两人都还没沐浴,养心殿的侧殿就是浴池,令人尴尬的是,宫人们以为陛下和清妃是一起沐浴的,故而并没有给沈清潋另外安排沐浴的地方。

按照原著剧情,燕帝和宠妃正是如胶似漆的时候,如果直接提出分开沐浴,就会违反人设。

宫人们领着顾谈云和沈清潋往侧殿走,等进了侧殿,待宫人们将浴池处理好之后,顾谈云就命他们都退了出去。

自顾谈云成为燕帝,他沐浴时是要宫人们退出去的,宫人们已经习以为常。现在有了清妃娘娘,宫人们就更加不奇怪了,或许陛下想跟清妃娘娘洗鸳鸯浴。

等宫人都退出去后,沈清潋抬起清澈的眼,笑着问:"陛下是要跟臣妾一起沐浴吗?"

沈清潋知道顾谈云是一个正直、有分寸的人,故而才敢说出这句话。她本以为顾谈云会红着耳尖拒绝她,却没想到他冲着她温润一笑,道:"能与爱妃一同沐浴,自然是好的。"

沈清潋抬起眼讶异地盯着他。浴池里蒸汽升腾,大团的水蒸气模糊了她的视野,仿佛在顾谈云那张温润无害的脸上笼上了一层柔光,缥缈的雾气透进他的衣领,他这副样子,反而有种圣洁感。

沈清漱一点也不怕他，顾谈云抬手在她的额上无奈一弹，沈清漱清亮的眼睛里冒出火光，顾谈云提前抓住她的两只手，她动了动，没能挣开他的手。

将她的手捏在掌心，仿佛一团易碎的云，令人不敢用力。顾谈云温声道："你先去沐浴。"

沈清漱眼睛一转，扫了一眼浴池，轻轻咳了一声道："你在这里，我怎么洗？"

顾谈云看向绘着仙鹤的屏风，道："我去屏风后面。"说完松开她的手，朝屏风方向走去。

沈清漱叫住他，顾谈云顿住步子，回头看向沈清漱，水蒸气令他的眸光更加温柔。

沈清漱皱了皱鼻子，怀疑道："你该不会偷看吧？"

顾谈云气笑了："你觉得呢？"

水汽晕染下显得格外圣洁的男人，身上添了几分生气，琥珀色的眸子漂亮得惊人，怎么看都不像是贪图美色的登徒子。

沈清漱心虚道："我只是不放心，确认一下。"

等顾谈云去了屏风后，沈清漱才慢腾腾地朝浴池走去，缓缓褪下身上的衣物，再次不放心地朝屏风的方向看了一眼。

顾谈云提着一盏灯笼，坐在屏风后面。他的影子投射在屏风上，坐得端端正正，没有丝毫失礼的行为。沈清漱稍稍放下心，将贴身的衣物全部褪去，迈入水中，泡在温热的水里，舒适地叹了口气。

顾谈云坐得端正，但听觉极其灵敏，她的这一声叹气仿佛落在他的心上，他浑身一紧，立刻锁住了听觉。

沈清漱沐浴时，往屏风的方向看了好几眼，发现顾谈云似乎一直维持着一个坐姿，动也没动一下。其实他换个坐姿还是可以的，她没那么敏感严格。

洗去一身的疲惫，沈清漱就出水了，浴池边放着擦身的浴巾及睡觉穿的衣物。

衣物比较贴身，沈清漱穿上之后十分自然地绕到屏风后面，叫了一声顾谈云。顾谈云坐在那儿，没有丝毫动静，他微微垂着眼，视线落在苍白的指尖上，不知道在想些什么。

沈清潋走近一步，再次叫了一声，顾谈云却如同一尊入定的古佛。

他该不会是因为长久没有换姿势，身体僵硬了吧？沈清潋晃了晃脑袋，将这个不切实际的想法甩出脑海，走过去拍了拍顾谈云的肩膀，顾谈云封闭听觉的真气顿时散逸。因为长久不动弹，他的眸光显得有些呆，视线缓缓移动，落在沈清潋身上。

沈清潋的头发没有擦干，湿漉漉的黑发垂在肩头，水珠落到白色的衣料上，在灯光下几乎透出肌肤的颜色，白得晃眼。

顾谈云微微侧眼，没一会儿又面色如常地转回头，视线落在沈清潋的脸上，道："过来。"

沈清潋不知道他叫自己做什么，却听话地前进几步，停在顾谈云身前。顾谈云拿过她手里的浴巾，温柔地为她擦拭头发。

沈清潋眯着眼任由他动作，直到将散落的发擦拭得不再滴水，他才放下手里的浴巾。

沈清潋戳了戳他的手臂，说："你快去洗澡吧。"

顾谈云学着沈清潋先前的语气道："你该不会偷看吧？"

沈清潋差点以为自己听错了："我怎么会偷看你？我像是那种人吗？"

顾谈云挑眉审视地看了她一眼，沈清潋回以正直的目光。他收回视线，微笑道："许是我看错了你的性子。"

顾谈云泡进水里，才倏然想起她刚刚才从浴池出去。他闭了闭眼睛，在水雾的渲染下，喉结滚了滚。

沈清潋坐在屏风后面，她没有顾谈云那么老实，时不时就换一个姿势。听着不远处的水声，她偏了偏视线，但无情的屏风挡住了她，什么也看不到。

沈清潋发现顾谈云先前说对了，她确实很想偷看，但是作为一个正直的人，她一定不会偷看的！

过了一会儿，屏风后传来一个清脆的女声："我真的不可以偷偷地看你吗？"

第四十三章

顾谈云听到此话，缓缓侧眼看去，女子黑黝黝的影子投在屏风上，她只要再往外迈一步，就能走出遮挡视线的屏风。她黑黝黝的影子与嗓音里所带的情绪，都毫不掩饰地表现出她的蠢蠢欲动。

顾谈云眼睫垂下，遮住眼中的情绪，唇角似是翘起了一点微不可察的弧度。这世上想要偷看别人洗澡，还要问当事人是否同意的，也就只有沈清漱一个了。

沈清漱一点也不觉得自己想要偷看有什么不对，反正他们是夫妻，逗逗顾谈云也很好玩，再说她还是很有礼貌的，她在征求顾谈云的同意，她甚至自豪地想，她果然是个品性正直的好人！

"顾谈云。"良久没有听到顾谈云的声音，沈清漱轻轻叫了一声，在屏风后嘿嘿一笑道，"我数三下，你要是不说话，我就直接走出来了。"

她在倒计时的时候倒是没有耍无赖，是一个数一个数慢慢数的，倒计时完毕时，她甚至再次提醒："你不说话，那我就走出去啦。"

顾谈云表情平静，温声道："从一开始，我就没有奢求过你不偷看。"

沈清潋脚步一迈，正义凛然地走出屏风后，嗔道："你这是在怀疑我的高尚品格？"

顾谈云睁开眼，露出琥珀色的眸子，眸光淡淡的，仿佛在说"你有高尚的品格吗"。

沈清潋的视线落在浴池中，微微一愣，好一幅美男沐浴图——顾谈云恰好正对着她，蒸腾的水雾在他的胸膛上遮了一层薄纱，若隐若现，引人遐想。

顾谈云垂下眼，长长的睫毛微微颤动，在眼睑下投出一片阴影，泡在温热的水中，他苍白的脸上多了几分胭脂色。

"要不要我帮你搓澡？"沈清潋蓦然吐出一句惊人的话。

顾谈云神色一紧，琥珀色的眸子缩了缩。

沈清潋笑道："放心，我说着逗你玩的。"

顾谈云眼睛一扫她，道："你若是想帮我搓澡，也不是不可以。"

沈清潋思考片刻，肃着脸道："男女授受不亲，还是算了。"

顾谈云笑道："看来你很守规矩。"

这话一听就是在讽刺她，沈清潋选择装听不懂，一脸自豪道："那当然。"

顾谈云无奈地笑了笑，温和的眸子盛满柔情。

沈清潋蹲在浴池不远处，就像一个调戏良家妇女的浪荡公子，啧啧道："可惜没有瓜子，不然就可以一边看你洗澡，一边嗑瓜子了，那一定很幸福。"

顾谈云抬起眼，眼尾上挑，缓缓地弯起唇角："你过来。"

沈清潋对上顾谈云那双波光潋滟的眸子，心想真漂亮啊。

按道理，这时候肯定不能过去，但沈清潋此时已经被迷了心窍，她慢慢靠近水边的男人，站在池边不远处。

顾谈云眉眼含笑道："再过来一点，到这里来。"

沈清潋的视线落在他所指的位置，脑海里想象出一幅画面——她依着他的话，走到指定的位置，他伸手一拉，将她拉入水中，对她说："美人，我们一起共浴吧。"

想象中的场景明明那么油腻，但是只要主角换成顾谈云，沈清潋就忍不住想要流鼻血。她轻轻咳嗽一声，清了清嗓子道："既然你盛情邀请，那我就再过来一点吧。"

她嘴上说着一点，却迈了一大步，但她依旧很警惕，离浴池还有一步距离。

顾谈云的双手将乌发顺到耳后，将一张脸完全展露出来，他挑眉一笑，温润的气质中多了几分不羁的野性。

"这么害怕？"

沈清澈揉了揉红红的脸，他太犯规了，这会儿的顾谈云哪里是什么谪仙，明明是个狐狸精！

有水珠顺着他苍白的脸滴落，顾谈云舔了舔唇："你……"

沈清澈承受不住了，立刻打断他，点头道："我对我看到的很满意。因为按照小说情节，这时候你会邪魅地勾起唇角，问我对看到的满不满意。"

她的这句玩笑话，将暧昧的气氛赶得一丝不剩，顾谈云默然无语。

怕顾谈云再继续撩拨，沈清澈麻利地走回屏风后，努力平复着激荡的心情，不是因为看到了什么不该看的，她走出去只能看到水雾缭绕，根本看不清什么，只是因为顾谈云实在太犯规了，怎么可以这么犯规？可恶！明明最后是她反将一军，但不知道为什么，她总觉得自己输了。

顾谈云洗得比沈清澈稍快，沐浴完毕，穿戴整齐后，他慢条斯理地走到屏风后，抓住装作什么都没发生，欲要逃跑的沈清澈。

沈清澈知道自己躲不掉，干脆装可怜，眉尖轻轻蹙起，泪光在她眼中若隐若现，她双手合十道："我知道错了！以后再也不敢了！"

顾谈云抓住她的手，将她拖入怀中，咬牙道："先前那么嚣张，怎么现在这么可怜？"

沈清澈抬起头，闭上一双雾蒙蒙的眼，将脸往上抬了抬。

面前的女子扬起脸，仿佛在向他索吻，顾谈云的视线意味不明地落在沈清澈殷红的唇上，淡白的唇微抿。他自然知道沈清澈不是在向他索吻。

沈清澈压低声音，可怜兮兮地说道："你弹我额头吧，弹完咱俩这件事就算过去了。"

顾谈云并没有弹她,眼中笑意更深,半拥着沈清漱往侧殿门口走去,温声道:"今日就算了。"

沈清漱放下心,不再提心吊胆,她不知道的是,他还有一句未尽的话。

顾谈云温和的面容下,笑意深深——今日就算了,等日后再讨回来就是。

两人回到养心殿,暂时还不能睡觉,头发还未干透。微风从窗口钻进来,吹动两人的乌发,将他们的发丝缠绕在一起。

明亮的灯光下,沈清漱在翻看医书,顾谈云握着笔,紧蹙着眉头在写些什么。他自然不是在批阅奏章,今日的奏章早已批阅完毕,他在"写小说"……

沈清漱凝神看着手里的医书,偶尔瞥一眼顾谈云的进度,笑得像一只偷奸要滑的狐狸。

顾谈云写的,正是他之前答应要抄给沈清漱看的暴君和妖妃的故事。

沈清漱看医书时,见坐在一旁的青年无所事事,突然想起自己曾叫顾谈云抄燕帝和宠妃的故事给她看。因为顾谈云每天都很忙,这件事被她遗忘了一阵子。

看顾谈云一脸严肃的模样,估计是在想该怎么写,但过了一会儿,他越写越顺,下笔飞快,沈清漱心里生出几分疑惑,顾谈云怎么写得这么自然?

她放下手里的医书,拿起写满字的宣纸,从头至尾一张一张看过去,直到看到他正在落笔的这张。

暴君和妖妃的故事被顾谈云抄得极为死板,里面几乎没有一点感情,全是事实描述和分析,有的甚至列出了一二三点。燕帝和宠妃凄美的爱情故事,就这么变成了论证分析。原著肯定不是这个样子的,如果原著是这样,那根本不会有人看,看一眼都会叫人头疼。

唯有顾荣安利用沈清漱那一段,被顾谈云写得尤为感情充沛,把顾荣安写成了一个没用的废物小人。这一段肯定是顾谈云自己编的,顾荣安在原著里是男主角,而这一段完全是把他当成了罪大恶极的反派,不过倒也写出了顾荣安的真实性格。

"看不出来,陛下还有编小说的天赋?"沈清漱抽了抽嘴角,调侃道,"如果能多一点感情就更好了。"她抽出描写顾荣安无耻的那张宣纸,"顾荣安描写得倒是活灵活现，其他的都不太行。希望陛下莫要携带私人感情，好好默写小说就可以了。"

沈清澈清澈的眸子对上顾谈云温润的眼，他轻笑一声，道："原著就是如此。"

"我才不信。"沈清澈嫌弃地看了一眼宣纸，"如果原书就是这样，估计一分钱都卖不出去。"

"你答应我一个要求，我就把原著内容写给你看。"顾谈云道。

沈清澈眯着眼睛看他："你什么时候变得这么精明了？"

顾谈云款款笑道："自然是学你。"

沈清澈突然有一种搬起石头砸自己脚的感觉，她警惕道："你该不会提什么过分的要求吧？"

顾谈云抬起手，在她额上轻轻一弹，道："放心，虽然近墨者黑，但是我还没有黑得那么彻底。"

沈清澈冲他翻了个大大的白眼。

第四十四章

沈清潋对暴君和妖妃的故事，并没有好奇到非看不可的地步，只是这是顾谈云第一次向她提出要求，她想了想，还是点点头，答应了——她上次坑了他一张契约书，这次就当还他了。

沈清潋道："那我就许你一个要求。"

顾谈云眉开眼笑，惹得沈清潋顿时怀疑自己是不是进了他的圈套。他叹息一声道："你放心，如果我提的要求你不想答应，你可以拒绝我。"

沈清潋眉眼弯弯地笑起来，明亮的灯光映在她清亮的眸子里："如果这样的话，那提这个要求有什么用，要不要答应不还是看我愿不愿意？"

他垂下眼，脸上的轻柔凝结在眼底，轻声道："顾谈云永远不会让沈清潋做不想做的事情。"

沈清潋脸上的笑意一顿。

他抬起眼，淡淡地笑了笑，像是做了什么重大决定道："如果你想飞，那就飞吧。"

229

顾谈云穿着白色里衣，就像把月光穿在了身上，清清淡淡，有种疏离的感觉，但是当他笑起来，温柔就压过了疏离，整个人的气质变成了八分温柔、两分疏离。而当他和沈清澈独处时，那两分疏离就几乎化为虚无，全部转为温柔。

沈清澈形容不出他的眼神，只觉得这句话落在她的心上，惹得她的心脏酥酥麻麻的。她喉咙干涩道："什么飞不飞的，我又不是鸟。"沐浴在顾谈云温柔的眸光下，沈清澈觉得现在该做些什么，她将医书放下，拍了拍顾谈云的肩膀，神情凝重道："头发干了就去睡觉，今天脸色这么苍白，再熬夜可别把小命丢了。"

顾谈云放下手里的毛笔，眸光清亮道："倒也不至于，看来爱妃还是不相信孤不体虚。"

沈清澈笑着站起身，想将顾谈云拉起来，拉了一下没拉动，她笑着道："我们不体虚的陛下快起来！"

顾谈云无奈地站起身，沈清澈推着他走到软榻旁，将他压在软榻上，轻笑一声道："乖宝宝快睡吧。"

顾谈云危险地眯起眼睛，抬头看她。

沈清澈立刻改口道："我们威猛勇武的陛下，快快就寝吧。"

顾谈云淡淡笑起来，拗不过沈清澈的坚持，终究是躺到了床上。

沈清澈将其他灯全部灭掉，只余了桌案旁那一盏。顾谈云问道："你怎么还不睡？"

珠帘相隔的另一边传来女子轻柔的声音："我头发还没干透，再看会儿医书就睡。"她顿了顿，继续道，"我跟你不一样，我明天早上可以赖床，做牛做马的陛下还是先顾着自己，赶紧睡觉吧。"

不知道看了多久，沈清澈翻动医书的手蓦然顿住，视线停在某处，惊喜顿时盛满了眸子——终于找到了萤祸花。

太医院并没有这一味药材，她今天找药材的时候，问了一个小太医，小太医表示根本没有听说过萤祸花。

听了小太医的回答，她的心当时就凉了一半，担心换了一个世界，药材也与原来的有所不同，还好这个世界也有萤祸花。

第四十四章

沈清漱真正沉浸于医术研究时，向来是两耳不闻窗外事的，等她转眼看向窗外，才发现夜色已深，碎银般的星子洒满天空。

她小心地掀开珠帘，但动作再怎么轻柔，也有珠帘被拨动的声响。

闻声，顾谈云望月思索的眸子敛下。

沈清漱走向床铺的步伐顿住，想了想，转而走向顾谈云的方向。不知道顾谈云睡觉会不会流口水，想象了一下他流口水的模样，沈清漱差点笑出声，可惜这里没有摄像机，不能录下来。

她捂住嘴，踮着脚朝软榻的方向走去。顾谈云听到声响，闭着眼睛想，她这副偷偷摸摸的样子是要做什么？

沈清漱蹲在软榻旁，见顾谈云双手交叠放在腹上，睡得很端正。她弯眉蹙起，他的睡姿好像有点太过端正了，这让她明天怎么嘲笑他？

她的视线落在顾谈云苍白的脸上，虽然没有照明，但月光清然，模模糊糊地能看清他的脸部轮廓。

她扫了几眼，视线一定，落在顾谈云滚动的眼皮上："你怎么还不睡觉？"

顾谈云没有说话，依旧闭着眼睛，只是眼球的滚动安静下来。

沈清漱偷笑着俯下身，借着月光，能看到他高挺的鼻梁，长长的睫毛随着她的靠近轻轻颤抖。

清甜的香味愈来愈近，他的喉咙滚了滚。

"王子是在等待公主的吻吗？"

顾谈云沉默了一下，缓缓睁开眼。

看他睁开眼，沈清漱直起身子，坐在软榻旁，蹙起眉不满道："让你睡觉你不睡，你是我遇到的最不听话的病人！"

顾谈云无奈地笑了笑："沈大夫要怎么惩罚我这个最不听话的病人？"

说到"惩罚"二字时，他加重了语气。

沈清漱清了清嗓子，努力让自己变得正经起来，问道："你为什么睡不着？"

"我……"

顾谈云刚说了一个字，沈清漱就打断他，威胁道："不可以骗我。"

顾谈云迟疑片刻，抬手弹了一下沈清潋的额头，沈清潋捂住额头，眯着眼睛看他："我关心你，你还欺负我？"说着她俯下身，表情凶恶地掐住他的脖子，只是手上一点力气也没用，"快说，为什么睡不着？"

顾谈云一点也不怕她，甚至觉得她掐着他脖子的手真软，淡淡道："认床。"

"认床？"沈清潋松开顾谈云的脖子，顿时有些心虚，似乎是她霸占了顾谈云的床。她思量再三，决定两个人一起睡床，反正屋里有两床被子，可以一人盖一床。

很快，他们各躺在床的一边，中间隔着的距离足够再睡一个人。

喜欢的人近在咫尺，顾谈云僵硬着一动不动，鼻息之间都是身旁女子身上散发出来的清甜淡香，顿时连呼吸都变得珍贵起来。

沈清潋翻了个身，面朝着顾谈云的方向，顾谈云顿时连呼吸都停住了。

她无情道："如果陛下还是睡不着，臣妾可以给陛下来点助眠的药。"

顾谈云轻笑一声，不甘示弱道："爱妃不需要给孤下药，爱妃就是孤的药。"

顾谈云知道他在说些什么吗？沈清潋觉得自己绝不能被顾谈云镇住，她半撑着头，修长的脖颈裸露在被子外面，弯出一个柔美的弧度，轻声道："原来臣妾是陛下的药呀？臣妾以前曾看过一本书，书里的男主角有病在身，每天都会失眠，只有抱着特定的人才能睡着……"说着她清亮的眸子里充盈着恶趣味，"陛下要不要抱着臣妾睡觉？"

见顾谈云琥珀色的眸子一动，沈清潋得意扬扬地看着顾谈云，吐气如兰道："你在想什么？"

"你的睡姿不好，我怕抱着你更加睡不着。"

沈清潋瞪大眼睛，嗔怒道："顾谈云！你在说什么？"

顾谈云闭上眼睛，心如止水。

沈清潋不服气道："你没跟我一起睡过，凭什么说我睡姿不好？"

身边传来顾谈云平稳的呼吸声，沈清潋撑着头的手放下，顾谈云肯定不是个男人！她气呼呼地钻进被窝，没过一会儿睡意上涌，闭上了眼睛，睡着之前，她想自己一定要向顾谈云证明她的睡姿很好！

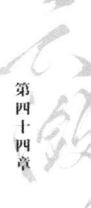

听到她平稳的呼吸声，顾谈云睁开眼睛，温和的目光落在她白皙的脸颊上，慢慢地弯起唇角。她有时候聪明，有时候却笨得太过可爱。

第二日，顾谈云依旧早早就去上朝了，沈清漱睡到太阳升高才醒，等顾谈云回来时，她刚用完早膳。

顾谈云带回来一个好消息，晏春生那件事差不多就要解决了。

"那挺好的。"沈清漱拿起一块糕点，咬了一口道，"你觉得我昨天的睡姿怎么样？"

她其实知道自己睡姿不好，但顾谈云昨天直接说她睡姿不好，让她觉得很没面子。今天一醒来，沈清漱就观察了一番自己的睡姿，发现早上的她睡姿特别好，她觉得这回一定可以找回一口气！

顾谈云的视线从奏章上挪开，看向一旁装作若无其事，实则耳朵都要竖起来的沈清漱，轻轻笑了笑。

沈清漱听到笑声，转头看向他，目光不善。

顾谈云昨夜替沈清漱盖了好几次被子，起床上朝时，他命令婢女时刻注意她的被子，莫要让她着凉。

说实话，她的睡姿实在不好，但她无疑很在乎这件事，于是顾谈云点了点头："昨天是我说错了，你的睡姿很好。"

沈清漱得意地哼了一声。

等顾谈云批阅完奏章，吃完午膳之后，两人按照昨天制定的种田计划，手挽着手向可以种田的方向走去。

沈清漱拒绝了步辇，扫了一眼顾谈云，凑到他耳边轻声道："年轻人要多运动，不要那么懒。"

顾谈云同样凑到沈清漱耳边，笑道："爱妃稍后可不要后悔。"

他的嗓音极其好听，让沈清漱耳根都要酥了，她扬声道："我才不会后悔。"

两人只带了王公公和小福子二人，带这两人是因为他们要演戏，就要有看戏人。

外头阳光正烈，王公公和小福子给两人撑着伞，顾谈云劈手夺过王公公手里的伞，遮在沈清漱头上。

王公公愣愣地看着陛下的背影，站在原地深深反思，莫非是自己哪里做得不好？

顾谈云侧眼看向另一边的小福子，因为要扮演原角色，他的嗓音是压着的，轻声道："去给你的师父撑伞。"

小福子一愣，说了一声是，连忙将伞撑在王公公头上。

王公公望着陛下清瘦的背影，顿时热泪盈眶。

第四十五章

沈清漱这才想起除了顾谈云和她,这里还有一老一小,还是不要太折腾了。她拉了拉顾谈云的衣袖道:"我们还是坐马车去吧,这样快些,省得浪费时间。"

顾谈云早就知道沈清漱是在跟他闹着玩,从宫里到宫外,从宫外到郊野的别庄,哪里是能凭一双腿走到的?他温和的眉目下压,装成一副阴晴不定的模样:"爱妃这么快就后悔了?"

沈清漱看着他脸上的表情,努力压抑着唇角的笑意,半靠在顾谈云的怀里,伸出指尖戳了戳他的胸膛,怯怯地撒娇道:"臣妾忽然觉得太阳太晒了,还是坐马车比较好。"

顾谈云没忍住弹了一下她的额头,沈清漱顿时气鼓了腮帮子。

四人一同坐上马车,沈清漱和顾谈云坐在上位,王公公和小福子各坐两边。马车里很宽敞,中间摆着一张檀木桌,上面是宫人端上来的美味糕点。

沈清漱上了马车之后,视线首先落在桌上的糕点盘、茶壶、茶杯上,心想万一马车一个急刹车,这些东西岂不是都遭殃了?

她好奇地抬了抬糕点盘，底盘纹丝不动。原来这放置糕点的盘子是特制的，固定在桌上，所以不用担心颠簸的马车会打翻糕点。茶壶和茶杯也是，外层用透明的玉围了一圈，颜色与茶壶茶杯的颜色几乎没有差别，不仔细看都看不出来。

皇帝用的东西果真是实用又好看。

马车柔软又舒适，小福子还小，正是好奇的时候，只是刻入骨髓的规矩让他恭敬地坐着，不敢拿眼睛四处乱扫。

外面虽然太阳高照，但马车里摆了许多冰块，丝丝缕缕的凉意从马车里沁出，舒服极了。沈清潋舒适地呼了口气，尽职尽责地靠在顾谈云的怀里，扮演着娇软宠妃。

顾谈云的怀抱很舒服，沈清潋总觉得他似乎有吸热的作用，靠在他的怀里都要凉快许多。

糕点甜甜的香味在马车里散开，沈清潋咽了咽口水，想了想，拿起一块糕点凑到顾谈云苍白的唇边，娇怯道："臣妾看这糕点美味得紧，陛下可要尝尝？"

沈清潋自然是在演戏，作为一个妃子，她肯定不敢忽视燕帝，直接拿起桌上的糕点开吃。

顾谈云努力沉着的眸中不小心冒出一点笑意，咬了一口，很有眼色道："爱妃说美味的糕点，那定然美味。"他葱白般的指尖拿起一块糕点，递到沈清潋唇边，"爱妃也尝尝。"

沈清潋心满意足地咬了一大口，眼含泪光道："陛下对臣妾可真好。"

顾谈云垂下眼，笑道："爱妃是孤的爱妃，孤不对你好，对谁好？"

沈清潋一颤，果然姜还是老的辣，她输了。

坐在两边的王公公和小福子忽然觉得自己有些多余，他们对视一眼，还好有对方在，大家一起"吃狗粮"就没那么噎了。

"这糕点真好吃，王公公，小福子，你们也尝尝。"沈清潋吃完手里的糕点，热情地推荐道。

小福子有些犹疑，平日里清妃娘娘不注重这些，让他们随意放肆，但这是在陛下面前……

王公公弯起眼睛，眼角褶皱重合，拿了一块糕点，瞥了一眼小徒弟道："娘娘让你吃，你就吃。"

"哎！"小福子笑着拿起一块糕点，吃着美味的糕点，小福子更加坚定"跟着清妃娘娘有肉吃"的决心！他以后一定好好侍奉娘娘，听娘娘的话！

沈清潋没想到，只是一块糕点就把小福子俘获了。

马车一路往宫外驶去，直到出了宫门，王公公才好奇地问道："陛下和娘娘这是要去宫外？"

顾谈云和沈清潋同时点了点头，两人的声音重合在一起："去宫外的别庄。"

异口同声说完这句话，两人偏头对视一笑。

王公公捂住心脏，小福子担忧道："师父，您怎么了？"说着就要来扶王公公，王公公连忙冲他摆了摆手："去去去！陛下和娘娘这么恩爱，奴才实在太开心了。"

沈清潋对顾谈云咬耳朵道："看来我们演得还不错。"

顾谈云先前吩咐车夫时，王公公和小福子都跟着沈清潋站在阴凉处，没能听到顾谈云说了些什么。他们不知道顾谈云去别庄做什么，但做奴才的，最重要的就是服从，他们只要听从命令就是。

途中出现了一个意外，马车在街巷中遇到了顾荣安，不知道怎么回事，顾荣安作为一个被扣押在京城、与燕帝有私仇的王爷，遇到皇上的马车，他不但不躲，还主动过来挡在前面问好。

沈清潋和顾谈云对视一眼，顾谈云牵住她的手拍了拍，轻声安抚道："没事。"

沈清潋心想她能有什么事？她现在可是清妃娘娘，作为陛下最宠爱的妃子，顾荣安能拿她怎么样？可惜还有剧情束缚，不然她现在就要报那三年的恶心之仇。

顾谈云听到外面男人的问好声，沉了沉眸子，苍白的手掀开车帘，金色的阳光涌入马车内，沈清潋眯了眯眼，顾谈云立刻用另一只大手盖住沈清潋的眼睛，看向外面的顾荣安，脸上覆着一层凉凉的寒霜，声音冷冽道："安王瞧着倒是闲得紧。"

顾荣安的视线在顾谈云怀中女子身上一掠而过，看着两人亲密的模样，一股窒息感涌上心头。他心爱的女子正躺在他仇人的怀里，他恨不得立刻杀了顾谈云，夺回沈清潋……但大业未成，一切还需忍耐。

他咬牙将心头的恨意苦涩咽下，一张阴沉俊秀的脸上露出一抹笑："多亏陛下的招待，臣弟才能享受这悠闲日子。"他顿了顿又扫了一眼顾谈云怀里的沈清潋，沈清潋依旧窝在顾谈云的怀里，听话的样子像一只可爱的小猫。

顾荣安沉了沉眼，他们为什么这么亲密？他在宫里安排的暗桩没有一个能有机会联系上沈清潋，他们说她的身边永远跟着一大群人。如果她愿意，总能想到办法独处，莫非沈清潋已经背叛了他？

顾荣安的眼神越来越凉，他想看看她的眼睛，看她的眼里是否充盈着对自己的爱意。

"陛下与清妃娘娘倒是恩爱。"

顾谈云平整的眉轻蹙，全身的气势骤然放开，强大的气场铺天盖地地压过来，他轻笑一声道："孤甚为喜欢清妃。"

马车里的王公公和小福子在这种气场下瑟瑟发抖。

沈清潋毫无所知地扒了一下顾谈云的手，她的眼睛已经适应了外面的光线，不需要他替她挡光了。

苍白的手慢慢下落，就要露出女子的眼睛了，顾荣安抬起眼，呼吸微窒，就在最后一瞬，车帘落下，他只来得及看到晃荡的车帘。

沈清潋想了想，不见顾荣安也好，这个人伤眼睛。

顾谈云看了一眼沈清潋无所谓的姿态，扬起唇角，周身气势回暖，王公公和小福子顿时松了一口气。

顾荣安命人将马车赶到一边，供燕帝的马车通过。他站在原地，眯着眼睛看着渐行渐远的马车。沈清潋不会背叛他，她离开凉州之前，眼里那满满的爱意不可能是假的。他回想着刚刚看到的那一幕，寒眸几乎化成了冰。

剩余的路程沈清潋依旧没心没肺，顾谈云垂着眼想着要尽快处理顾荣安，王公公和小福子坐在马车里不敢说话，防止引起顾谈云的注意。

车夫驾车很平稳，马车一路到达了目的地，日头渐落，几丝霞光飘荡在天边。

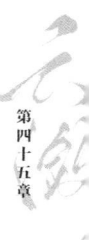

马车进了别庄后，车夫牵着马去喂饲料。别庄里的人见了顾谈云，纷纷跪下拜见，心里却不由得嘀咕陛下买下这处别庄后从未来过这里，怎么今日突然来了？他们努力思考自己今天做事是否勤快，是否有哪里打扫得不干净。

顾谈云没有为难别人的爱好，抬了抬手，命他们起身。他扫了一眼，让管家留下，其他人不用管他，只管干各自的事情。

沈清漱从顾谈云的身后走到身旁，先前被顾谈云挡住，其他人没能看到这位传说中极为受宠的清妃娘娘，直到她走出来，众人眼里才闪过惊艳。

顾谈云牵住沈清漱的手，眸含威压地扫视一圈，众人顿时不敢再看。

接触到顾谈云温凉的手心，沈清漱侧头看了他一眼，想起他们现在在演戏，就随他了。

在这种天气里，顾谈云的手温温凉凉的，握着很舒服，沈清漱没忍住摸了一把，顾谈云的脚步一顿。

管家是第二次面见圣颜，战战兢兢地走到顾谈云身前，道："陛下可有什么吩咐？"

顾谈云沉着嗓音道："带孤和爱妃在别庄里随意转转。"

管家努力想了一下别庄里有什么好逛的地方，没能想出来。

沈清漱明白，该轮到她演戏了。她猫似的凑到顾谈云怀里，软软道："陛下，臣妾想去看看还没有变成食物的食材长什么样子。"

除了顾谈云，其他人都是一脸疑惑，清妃娘娘竟从未见过食材？

沈清漱看出了其他人的震惊，撒娇继续道："臣妾在家的时候，几乎没有出过房门，所以从未见过食材的样子。"

原来是这样，定是清妃娘娘长得太好看，家里人也宠着，故而从未进过厨房，管家如此想着，恭恭敬敬地问道："娘娘是要去厨房看看？"

沈清漱沉吟了一会儿，道："看厨房不急这一时，要看在宫里也能看。"她拽了拽顾谈云的衣袖，娇声道，"臣妾想去看食材还没摘下来的时候的样子。"

第四十六章

田地离别庄有些距离，考虑到沈清潋是个弱女子，几人又坐上了马车。

"驾！"管家挥动马鞭，马车动起来。他的驾车技术比不上专业的马夫，马车刚启动就是一颠，沈清潋没坐稳，朝顾谈云的方向栽去。

顾谈云顺势一揽，将她护在怀中。

沈清潋的鼻子撞上青年的胸膛，眨了眨眼，眼泪一下子飙了出来。她捂住鼻子，抬起雾蒙蒙的眼，看似撒娇，实则重重地捶了一下青年，委屈道："你怎么这么硬啊？"

顾谈云一阵好笑，两只手捧起她的脸，她白皙的脸蛋在他苍白的掌下显得格外小巧。他握住沈清潋捂鼻子的那只手的手腕，轻声道："让孤看看。"

沈清潋移开手，鼻尖微微发红。顾谈云揉了揉她的鼻尖，琥珀色的眸子里满溢着柔情，温声道："没什么事。"

沈清潋翻了个白眼，撞一下鼻子能有什么事，就是原角色痛感神经太发达，猛然撞上去那一瞬间真的很疼。

顾谈云看她的表情如此丰富，放下了心，看来她确实没什么事。他笑眼温和，指尖滑到她的眼角，擦去簌簌落下的眼泪，调侃道："怎么这么爱哭？"

谁爱哭了？沈清漱觉得自己被污蔑了，明明是原角色的身体太过脆弱，她才不爱哭！她微微侧过脸，确保王公公和小福子看不到她的脸，然后恶狠狠地瞪了一下他。

沈清漱故作凶狠的模样实在太过可爱，顾谈云最喜欢的就是她这副生机勃勃的模样，没忍住抬手揉了揉她的头。女子梳得整齐的发，在他的揉弄下凌乱了些许。

沈清漱咬着牙，压住顾谈云作乱的手，娇声道："陛下把臣妾的头发都弄乱了，别人见了说不定会以为陛下在马车里对臣妾做了什么呢……"

王公公和小福子眼观鼻，鼻观口，口观心，装作什么也没看到，什么也没听到。

顾谈云装着阴晴不定的模样，轻笑道："爱妃这是想让孤做些什么吗？"

沈清漱痛彻心扉，为什么短短的时间，顾谈云的段位就变得这么高了？

王公公和小福子坐在一旁听着两人对话，都觉得自己是不是该出去，给陛下和娘娘留下独自相处的空间。

没一会儿就到了目的地，这里三面环山，空气清新，景色优美，抬眼望去，除了青山，就是连成一片的田地，一亩一亩的田规划周正，在随性的大自然之中，有种整齐的美感。

田地绿油油的，田埂间农夫收拾着工具，依稀三五结群地离开。

管家领着四人往田地的方向走，边走边提醒道："此处路滑，陛下和娘娘小心些。"

沈清漱像个没有骨头的人，靠在顾谈云的怀里。顾谈云的手搭在她的肩上，眼皮微微耷拉着，看不出是高兴还是不高兴。

沈清漱掐了掐顾谈云的手臂，顾谈云眼里伪装的高深莫测蓦然散去，转为轻轻浅浅的温柔，用眼神问她怎么了。

沈清漱小声道："我们该演戏了，你做一下心理准备。"

见顾谈云轻轻颔首，她直起身子，往前走了几步，来到田地边，极其矫揉造作地轻呼了一声:"陛下,它们生得可真好,瞧着就特别好吃。"

王公公、小福子和管家都愣了。这片地里一片绿油油的小麦,虽然长势喜人,但也没有看着就很好吃,况且这地里长的不是吃的,结出来的麦子才是可食用的。然而他们一想到清妃娘娘从未出过闺房,似乎不知道小麦也很正常。

沈清潋自然知道不能吃,她现在是在扮演一个天真无邪的无知少女。她瞥了一眼顾谈云,示意他赶紧过来接戏。

顾谈云看着沈清潋浮夸的演技,抿了抿淡色的唇,压下喉间的笑意,走到沈清潋身旁,将她搂入怀中,道:"爱妃若是想吃,孤就叫厨子给爱妃做这一道菜。"

沈清潋一愣,谁要吃这个了?麦苗刚长出直芽时尚能食用,现在都这么绿了,直接吃不会划嗓子吗?

显然,王公公、小福子和管家也是这么想的,他们思考着该如何告诉陛下和娘娘,这个是不能直接吃的,然而想了片刻,他们就放弃了,这是厨子该考虑的事情,要头疼也是厨子头疼,他们还是默默当个背景板吧。

沈清潋矫揉造作地拖着顾谈云的衣袖,娇声道:"陛下,您可以答应臣妾一个要求吗?"

王公公、小福子和管家在沈清潋一弯三绕的嗓音里,随风颤抖。清妃娘娘长得这么好看,怎么说起话来这么折磨人呢?

顾谈云轻笑一声,淡淡道:"爱妃是孤的心头肉,别说一个要求,一百个要求孤也答应你。"

沈清潋抬眼看着他线条分明的下巴,没想到顾谈云平日里温温柔柔,模样纯情,骗起女孩来这么拿手。她拖着长调道:"陛下对臣妾可真好。"她微微侧过身,指着地里绿油油的作物道,"臣妾不想吃这个,臣妾想吃陛下亲手种植的菜,好不好?"

王公公、小福子和管家震惊地对视一眼,清妃娘娘也太胆大了,居然叫陛下种菜给她吃?这是不要命了吗?

然而,令他们更加震惊的是,陛下不仅没有生气,反而笑着将清妃娘娘搂入怀中——陛下一定是怒极反笑!

顾谈云道："既然爱妃想吃，孤给你种就是。"

沈清潋装作得寸进尺道："那陛下现在就给臣妾种吧。"

顾谈云淡白的唇轻轻勾起，道："好。"

在顾谈云说"好"的一瞬间，系统启动了："检测到宿主违反人设，导致原著中其他角色产生怀疑……"

顾谈云脸上的笑意微敛，慢慢地蹙起眉。

沈清潋看出他的神情不对劲，猜测定是系统出来阻拦了，她眉眼下压，泣声道："陛下怎么忽然脸色就变了，莫非是陛下根本不想种菜给臣妾吃？"她的眼眶里闪动着细泪，"陛下果然不是真的喜欢臣妾。"

顾谈云叹息一声道："爱妃莫要胡思乱想，爱妃这么好看，孤怎么会不喜欢？"他安抚地轻拍她的肩背，"爱妃想吃孤种的菜，孤种就是。"

系统警报的声音蓦然停下，滋滋的电流声响了许久，终于道："检测到宿主行为符合人设之一，请宿主再接再厉。"

顾谈云紧蹙的眉渐渐松开，沈清潋小声问他："混过去了？"

顾谈云温眸带笑，点了点头。

王公公实在是没想到，平时清淡疏离的陛下，喜欢上一个人竟然会这么……王公公不知道该怎么形容，反正陛下就是恨不得把自己挂在娘娘腰上，片刻不见就唉声叹气，盯着殿门口望眼欲穿，现在甚至愿意为了清妃娘娘下田种菜，这就是爱情的力量吗？

王公公微微抬起苍老的眼，看向顾谈云和沈清潋的侧影，青年银冠束发，身形挺拔，修长如竹，少女娇俏清丽，柔情绰态。玫瑰色的天空隔着锯齿般的山峰，描出两人乌黑的剪影，他们靠在一起，影子密不可分。

陛下坚持要自己挖地，加上清妃娘娘一双清亮的眸子在一旁注视着，几人不敢劝，麻利地把锄头拿了过来。

眼看陛下握住锄头，几人不忍直视地偏过头，他们实在无法想象，高深莫测的陛下挖起地来是什么样子。

沈清潋和顾谈云再次对视一眼，他们来这里是有任务的，不仅是为了让顾

谈云种菜，演戏在哪里都可以演，没必要特地跑这么远到别庄来，来这儿是因为这里有宝贝！

顾谈云看过全书内容，知道燕帝在这里买了个别庄，因为这个别庄是一个末代君主曾居住的地方，传说他将传国玉玺藏在了别庄之中，但燕帝在买下别庄后，没有去翻找传说中的玉玺，而是再也没有来过，也不知道买下来干什么。

不过即使燕帝对玉玺有兴趣，真的把别庄翻一遍，也不可能找到玉玺，只因这个玉玺藏在……

顾谈云扫了一眼，脚步微转，面向西边那座山的方向。

玉玺就在西边那座山的山脚石碑旁边，书中顾荣安手下的人杀人埋尸时，意外在那里挖到了玉玺，不得不说，男主角的运气就是这么牛，随便挖个坑都能挖到玉玺。

顾谈云以前也想过来这里把玉玺取走，但剧情限制了他，今日能来这里，是沈清漱在宫里同他一起死磨硬耗的结果。

原著里，这个传国玉玺是顾荣安的，不过现在……

沈清漱看向那座山，轻轻地扬起唇角，顾谈云同样扬起唇角。

这个传国玉玺他们要了。

第四十七章

沈清漱和顾谈云敲定去西边那座山种菜，王公公和管家一脸茫然地跟上。在两人的一唱一和下，管家挖出了传国玉玺，正是原著里落到顾荣安手中的那块。

系统再次警报剧情偏离，刺耳的警报声在脑海里回荡，但沈清漱和顾谈云只是来这里种菜的，东西不是他们挖出来，他们甚至都没有让管家和王公公帮忙挖地，是王公公和管家主动要帮的。

一通扫描后，系统找不到他们违规的地方，警报声渐渐沉寂下去。

沈清漱和顾谈云淡定地看着管家手里捧着的传国玉玺，王公公接过玉玺，一双老眼打量了许久，蓦然惊喜道："陛下，这似乎是传说中的传国玉玺！"

他用干净的布匹包住传国玉玺，递到顾谈云面前，顾谈云伸手接过，沈清漱好奇地凑过去看。

王公公道："能够挖到传国玉玺，定是各路神佛在保佑陛下。"

王公公和管家同时跪下，齐声喊道："天佑吾皇，千秋万代！"

沈清漱没看出传国玉玺有什么特殊作用，顾谈云也不甚在意。这块传国玉玺对顾荣安有用，对他们却没什么用处，顾荣安借传国玉玺，以天命之说，令百姓认为前朝才是正统，他才是神佛承认的帝王，因此名正言顺地登上了帝位。而顾谈云已经是皇帝了，这个传国玉玺对他来说，只是锦上添花的东西。

然而令沈清潋和顾谈云高兴的是，剧情与原著相比再次改变了，顾荣安日后无法再借传国玉玺搞什么幺蛾子。

沈清潋摸了摸温凉的传国玉玺，殷红的唇角轻轻弯起，原著里属于顾荣安的传国玉玺，到手了！总算是报了一点三年的恶心之仇。

既然已经挖到了传国玉玺，顾谈云和沈清潋便不再执着于在这里种菜，带着王公公和管家志得意满地回了宫。

两人用膳时，却发生了一件大事——林尚书的儿子林净闹起来了！

晏春生的事情已然查清，他没有非礼林净的小妾。林净的小妾乃晏春生的妹妹，幼时意外遭人拐了，入了青楼。因生有几分姿色，被林净看中，入了林净的府邸，成了林净的小妾。

但入了林府，等于入了另一个火坑。林净有许多小妾，其他小妾都是正经人家出身，谁都看不起她，排挤她。更可怕的是，林净有爱打人的毛病。她怨恨晏春生幼时没有看好自己，这才诬陷晏春生非礼她。

晏春生坚持没有吐露真相，正是因为对妹妹的愧疚，他想将妹妹救出火坑，这也是他计划的一环，直到事情发酵到世人皆知，他才以自己受了林家的私刑为由，将妹妹带离了林府。

林府就这么吃了个哑巴亏，赔了夫人又折兵。

按理说这件事就这么解决了，但今日林尚书又入宫告状了，这次的事情，据说是林净思恋小妾，前去拜访晏春生这个小舅子。两人单独见面时，屋里忽然传来瓷器摔碎的声音，再出来，林净脸上就多了一个巴掌印。

林净气冲冲地去找他爹林尚书，林尚书立刻入宫拜见，跪在宫门口请求顾谈云严惩晏春生。

顾谈云前去处理这件事时，脸上并无忧色，轻声道："如果连这种栽赃嫁祸的把戏，晏春生都无法自行脱身，傻傻地陷进去……"他顿了顿，眼神高深莫测，

"那他就不适合这满是刀光剑影的朝堂。"

沈清漵并不担忧,她相信顾谈云可以处理好这件事。

刚用完膳,六公主那边又传来消息,说六公主绝食了。

顾谈云还没回来,沈清漵咽下嘴里的甜食,拍了拍手上的碎渣,迤迤然去了六公主住的地方。

既然此事因她而起,那她还是去解决一下,省得顾谈云处理完朝中的事,回来还要烦心。

殿内喧嚣声一片,几个宫女嬷嬷捧着各式各样的食物,在一旁着急地劝着。

宫女捏着一块糕点,蹲在六公主顾和乐身旁,劝道:"公主殿下,您就吃一小口吧。"

其他人也着急劝道:"不吃东西会伤身子的,公主殿下,您就吃一小口吧。"

顾和乐抿嘴将头扭向另一边,生动形象地表现了什么叫不配合。

沈清漵一路畅通无阻地走入殿中,殿内的人围着六公主急得团团转,没有发现站在门口的沈清漵,直到沈清漵走近,她们才发现清妃娘娘居然到了,连忙行礼拜见,心里却不由得嘀咕,清妃娘娘来这里做什么?六公主气的正是清妃娘娘,清妃娘娘这一来不是火上浇油吗?

顾和乐转头看到沈清漵,哼了一声扭回头,理都不理她。

沈清漵不甚在意,一个别扭的小孩罢了,她袅袅娜娜地走到顾和乐躺着的软榻边。顾和乐人小,躺在宽大的软榻上,留出大片的位置,沈清漵偏偏一屁股坐下去,硬要挨着她。

顾和乐瞪着圆圆的大眼睛,扭过头不可置信地看着沈清漵。

沈清漵弯起殷红的唇,冲她露出一个和善的笑容,顾和乐心中生出不祥的预感,悄悄往里面挪了挪,仿佛一只刺猬,道:"你挨着我做什么?"

沈清漵往后缩了缩,装作吓了一跳,眼眶微红道:"你怎么这么凶?"

顾和乐的视线落在沈清漵的眼上,咬着的牙松开,抿了抿唇,哼一声转回了头。一定是在装哭!她心里不屑地想,这么柔弱的女孩子有哪里值得喜欢?

她没忍住,悄悄回头瞥了一眼沈清漵,除了那张漂亮的脸蛋……她原本只想偷偷看一眼，没想到直接被沈清漱抓包了，对上沈清漱的眸子，她的语气低了下来："看什么看？"

沈清漱悄悄弯了弯唇角，在原著里，顾和乐也是这般讨厌原角色。原角色变坏之后，为了不让顾荣安怀疑，依旧维持着柔弱可欺的善良人设。顾荣安的侧妃以为她还是原来那么善良可欺，三番五次陷害于她，给她下绊子，但每次她都还没出手，事情就被顾谈云或者顾和乐解决了。

没错，帮助原角色解决事端的，还有六公主顾和乐——这就是沈清漱觉得顾和乐是个熊孩子，但其实并不讨厌她的原因。

沈清漱偏头看向一边守着的婢女，示意道："你们先出去，把吃的都放在桌子上。"

六公主的婢女、嬷嬷面面相觑，不知道该不该听清妃娘娘的话，她们还是站着，她们是六公主的人，一切应以六公主为先。

顾和乐背着身，得意扬扬道："她们是我的婢女，怎么会听你的话？"

跟随沈清漱进来的小福子道："陛下说了，以后后宫归娘娘管。只要是宫里的，不管什么身份，都要听从娘娘的命令。"

宫人们都知道小福子是王公公的徒弟，听了这句话，纷纷退了出去。

顾和乐猛地坐起身，怒道："你们都不许走！"

宫人们顿了顿，还是退了出去。天大地大，皇帝最大。

见顾和乐生气地躺下背过身，沈清漱瞥了一眼宫人离去的背影，垂下眼看着怒气冲冲的小姑娘，轻声道："六公主稍后应该不会拿宫人们出气吧？"

顾和乐认为自己的人品受到了污蔑，气呼呼地扭过头道："冤有头，债有主，我拿她们出气做什么？我要找麻烦也是找你！"

沈清漱放下心，拿起一块糕点。顾和乐别过头，她才不会吃东西！特别还是沈清漱手里的东西！她要绝食抗议，让皇兄惩罚这个恶毒的女人！

然而她等了很久，也没有等到沈清漱的劝食，她疑惑地偏过头，却发现沈清漱咬了一口糕点，吃得正香！

沈清漱咽下嘴里的糕点，捏起一块递给顾和乐，顾和乐哼了一声，不理她。

第四十七章

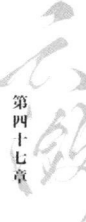

沈清漱立刻收回糕点，弯着眼睛咬了一口，边吃边道："六公主这里的糕点可真好吃，酥松适口，香味纯正……"

顾和乐吞了一下口水，她今日一整天都没吃东西，正饿得紧。

沈清漱丝毫没有欺负小孩子的惭愧感，故意吃得津津有味。

顾和乐转过脸，怒道："你吃东西怎么这么粗鲁！"

"实在是糕点太好吃了。"沈清漱举起糕点问道，"六公主真的不吃吗？"

顾和乐别过脸："不吃！"

"那我就不客气了，六公主放心，我会帮你全部解决……"

话还未说完，顾和乐瞬间就把她手里的糕点夺了过去，塞进自己嘴里，含糊道："谁说本公主不吃了？你不许动，这些都是我的！"

沈清漱听了这话，可怜巴巴地看着顾和乐："六公主怎么可以这样对待我？"

顾和乐瞧了一眼她可怜的样子，心里解气了许多，她一口都不会给沈清漱留的！

顾和乐吃完糕点后，看了一眼坐在旁边的沈清漱，不知为何突然觉得有些尴尬。

沈清漱酝酿了一下感情，眼眶有些通红道："六公主为何这般厌恶我，可是我做错了什么？"

美人这么近地对着自己哭，顾和乐有些承受不住，但她很快想起了自己的屈辱，道："你害得七皇兄不能入宫，还害得我……害得我……"她吞吞吐吐道，"害得我在宫人面前被打屁股。"

沈清漱轻声道："可我也是无辜的，闲王不能入宫，是因为他非礼我，你被……是因为你在养心殿门口大闹，惹得陛下生气了。"

沈清漱果断地把锅都甩了出去。

顾和乐蹙起眉想了想，好像确实是这样，但她很快反应过来："七皇兄说你是坏蛋派来的人！"她肯定道，"七皇兄肯定是被你陷害的，我也是被你陷害的。"

沈清漱轻轻叹了口气，这口气叹进了顾和乐的心里。她微微侧过头，用眼角余光打量沈清漱。

"没想到六公主是这样想的。"沈清潋的眼角滑下一滴晶莹的泪,她慢慢抬起眼,对上顾和乐因为震惊而盯着她的眸子,凄惨道,"我保证我不是坏蛋派来的,六公主如何才能信任我?"

顾和乐微微发愣,明明被罚的是她,绝食的也是她,为什么她还没哭,这个清妃却哭了?

第四十八章

平日里都是她哭了,别人哄着她,这是第一次有人在她面前哭,还哭得那么好看。顾和乐到底是个孩子,也不熟悉沈清漱,不了解清漱的性格,以为沈清漱是真的伤心地哭了。

顾和乐内心凌乱,七皇兄说清妃娘娘可能是安王派来的卧底,却没有说她一定是卧底……

顾和乐蹙起眉头,装作不经意地扫了一眼沈清漱,心想七皇兄平日里总去喝酒找美人,这个清妃娘娘长得这么好看,他该不会吃了熊心豹子胆,真的对清妃娘娘起了色心吧?

沈清漱看出她的心神正在摇摆,或许再过一会儿,她就会想清楚,闲王不可能起什么色心,因为闲王极其尊敬害怕顾谈云这个兄长。

但沈清漱不会给她想清楚的机会,只要在这个时候添点柴加点火,就可以将六公主拉到她的阵营。

沈清漱徐徐道:"你不相信我没关系,我仔细分析给你听。"

顾和乐听到沈清漱的话，蹙起的细眉松开，不情不愿地偏头看向沈清漱："本公主倒要听听你要怎么狡辩。"

沈清漱摆出一副清者自清的表情，道："我问公主几个问题，公主只需回答是或不是。"

顾和乐抬了抬下巴道："本公主心情好，你尽管问。"

沈清漱压下唇角按捺不住的笑意，她这副样子是心情好的话，那估计没几个人是心情不好的。

顾和乐隐约察觉到什么，视线落在沈清漱的脸上，沈清漱立刻装作泪眼汪汪的样子。

顾和乐移开视线，不自在地看向花瓶里新插的花，心想一个大人冲她这个小孩哭什么，真是不要脸。

如果沈清漱知道她在想什么，一定会说，只要能达到目的，要脸干什么？

沈清漱直入正题："你那天来讨要我身边的宫女，是闲王让你这么做的，是不是？"

顾和乐嘟了嘟嘴，不情愿道："是。"

"闲王说要跟我单独相处，是不是？"

顾和乐看向她，纠正道："是刺探你。"

沈清漱温柔道："公主殿下只需要回答是或者不是。"

顾和乐气鼓鼓道："是。"

"闲王调戏我，许多宫人都亲眼看到了，是不是？"

顾和乐抿了抿唇，气势弱了下来，小声道："是。"

沈清漱抬起眼，眸中雾气渐散："接下来我再问公主一个问题，公主可以说一说真实想法。"

顾和乐心里生出几丝兴趣，问："什么问题？"

"公主觉得，有了陛下之后，我可会看上闲王？"

顾和乐终于正眼看着沈清漱，她在为沈清漱的大胆而震惊，有哪个女人敢像沈清漱这样，居然大大咧咧地讨论皇帝哥哥和闲王哥哥哪个好！但是沈清漱一

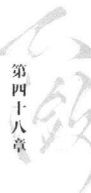

副柔柔弱弱的模样，完全没有意识到自己刚才说的话有什么不妥。

顾和乐瞪圆眼睛道："你大胆！"

沈清漖诚挚地看着她，轻声道："我很喜欢公主殿下。"她垂下眼，浓密的睫毛一颤一颤的，"所以我希望公主殿下不要误会我。"

顾和乐的手指轻蜷，道："本公主的哥哥们自然都好，你看上谁都不稀奇。"

她是在回答沈清漖先前的问题。

沈清漖浅浅笑了一下，温声道："陛下和闲王自然都好，但陛下是大燕的王，公主殿下觉得我会退而求其次看上闲王吗？"

顾和乐嘲讽道："看来你还挺势利眼的。"

"人往高处走，水往低处流。"沈清漖像是剖开了自己的心，在跟顾和乐说心里话，"公主殿下仔细想一想，如果闲王调戏我这件事是我设计的，那陛下听到这些传言，对我有什么好处？"

眼看自己的诚恳令顾和乐心里的防备卸下了一些，沈清漖循循善诱道："闲王是陛下的弟弟，是陛下的亲人，而我只是陛下的宠妃，天下的美人多得是，我怎么敢制造出这种流言蜚语？"

顾和乐心中一震，她说得对，如果让皇帝哥哥听到这种流言，皇帝哥哥说不定就不宠爱她了。

"对一个深宫女子来说，最重要的就是陛下的宠爱。"沈清漖叹息了一声，"唯有落红官不禁，尽教飞舞出宫墙。"说着她苍凉地一笑，"六公主现在还觉得是我诬陷的闲王吗？"

顾和乐抿了抿唇，心情酸楚复杂，听起来她真的好惨，确实，她不可能制造出这种流言，如果皇帝哥哥听到了，说不定就再也不宠爱她了，没了皇帝哥哥的宠爱，她在宫中一定会过得很惨。如此想来，闲王哥哥真的调戏了清妃娘娘？

顾和乐心里愧疚，但又拉不下脸面，只哼了一声扭过脸道："等娘娘证明了自己，本公主再考虑是否相信娘娘。"

"你要我如何证明？"沈清漖眼神清亮，真诚道，"只要六公主能够相信我，我一定照做。"

说出这句话，是因为沈清潋对顾和乐挺有好感，虽然顾和乐性格顽皮，又有点任性，但除了这些，她还是很喜欢顾和乐的。另外一个原因则是，顾寻洲欺负她，她制造了流言蜚语还回去，确实两两相抵了，但是中途出了一个意外，顾寻洲落水了，落水不是她故意为之，却是因她而起，这么一想，她好像应该还回去一些，才能两两相抵。至于一定照做？当然是假的，要不要按照顾和乐说的做，完全看沈清潋自己想不想。如果顾和乐说的事情她不想做，她有的是办法和手段让顾和乐换一个要求。

　　顾和乐完全不知道沈清潋心里的弯弯绕绕，想到自己在大庭广众之下被打屁股，决定给沈清潋出一个难题！等她发现无法做到时，就会向本公主低头，然后本公主再施舍一点信任，她一定会对本公主感恩戴德。

　　小姑娘眼珠滴溜溜地转，一看就是在想什么坏主意，沈清潋怎么看怎么觉得顾和乐这满腹算盘的样子，不像是顾谈云的妹妹。

　　想到这个，沈清潋一怔，顾和乐确实不是顾谈云的妹妹，而是"顾谈云"的妹妹。顾谈云不喜欢这里，她也不喜欢这里，希望剧情结束后，她和顾谈云都能回到原来的世界，把这里还给书中的角色。

　　"喂！你听到没有？"顾和乐盯着不说话的沈清潋，气急败坏道。

　　沈清潋："公主殿下可否再说一次？"

　　顾和乐吼道："我说让你教训教训那个林净，让他以后不许做坏事！那个林净可讨厌了，害得皇帝哥哥前几天那么生气。"

　　沈清潋半捂住耳朵，温柔道："公主殿下该改一下怒吼的习惯了。"

　　顾和乐昂起脑袋，琥珀色的眸子神采奕奕，骄傲得像一只小天鹅："我是大燕嫡出的公主，想怎么吼就怎么吼，谁也管不着。"

　　沈清潋一下没控制住，憋在眼眶里的眼泪滑了下来，她淡定地擦掉眼泪，心想这个六公主怎么看怎么可爱，对她的口味！她笑着道："公主殿下说得没错，大燕嫡出的公主想怎样就怎样，不需要去看别人的脸色。"

　　顾和乐侧过脸，耳根微红，瞥了一眼沈清潋微红的眼，小声嘀咕了一句："作为皇帝哥哥的宠妃，你能不能强势一点？真是给我丢脸。"

说完这句话，顾和乐抿了抿唇，心头有些后悔，想着沈清漪该不会又要哭吧？虽然她哭得挺好看的。

她悄悄瞥了一眼沈清漪，看沈清漪没落泪才松了口气。

沈清漪站起身，裙裾垂落于地，看着软榻上傲娇的小姑娘，轻声道："你先前提出的证明方法，我答应了。"

"啊？"顾和乐茫然道，"林净是林尚书的儿子。"

沈清漪点了点头，顾和乐再次提醒道："林尚书是礼部尚书，很厉害的！"

"有陛下厉害吗？"

顾和乐摇了摇头："皇帝哥哥当然厉害多了，林尚书给皇帝哥哥提鞋都不配。"

沈清漪轻轻一笑，缱绻温柔："我是陛下的宠妃，我怕什么？"

顾和乐坐在软榻上，望着沈清漪，微微失神。清妃娘娘长得真好看，她喜欢清妃。

沈清漪哄好顾和乐，端起桌上的茶水一饮而尽，顾和乐这次没有说什么，纠结地看着沈清漪的背影，万一因为自己提出的要求，她闯出什么祸事惹皇帝哥哥生气了怎么办？如果皇帝哥哥不喜欢她了，她会不会很惨？

顾和乐张了张嘴，却说不出话来，堂堂大燕嫡公主，还从未低过头。

沈清漪喝了润口茶，放松道："谢谢公主的款待，我就不多待了。"

顾和乐抿着唇，看着沈清漪渐行渐远的背影，心想多待一会儿都不肯！哼！就让她撞一回南墙！

沈清漪带着宫人离去时，遇到了顾和乐身边的老嬷嬷，她亲切地朝老嬷嬷问好。老嬷嬷是先皇后的奶娘，对沈清漪轻轻颔首，回以一个慈祥的笑容，等背对沈清漪时，她脸上慈祥的笑容顿时卸下，堪称京剧变脸。

老嬷嬷端着手里的面食，脚步如风地往殿内走，直到看到完好无损的顾和乐才放下心。她端着面食温声哄道："这是老奴亲手做的长春面，公主以前最爱吃的。"

顾和乐推了推面碗，瞥了一眼案几上的空盘子，羞涩道："我已经吃饱了。"

老嬷嬷这才看到空盘子，忆起先前离去的清妃娘娘，眉间浮起不解，莫非清妃娘娘是来劝公主进食的？

顾和乐拉了拉老嬷嬷的衣袖，纠结了一番，轻声道："如果有一个小孩很凶很凶地对你，你会喜欢她吗？"

第四十九章

沈清漵踏着月色归来时，顾谈云早已处理好了晏春生的事情，一身清贵地立在花坛边的榆树下面。

宫人们提着昏黄的灯笼，暖色的光击退了黝黑的夜色。他手握长剑，动作之间犹如游龙破风，剑芒冷厉，带起一阵看不见的劲风。

沈清漵秀眉微挑，脚步轻快地走向他，待到距离不远处，她笑着道："陛下这么快就处理好了？"

顾谈云淡色的唇轻轻抿了抿，剑尖一动，一朵鲜嫩的花朵立在剑尖，递到沈清漵的眼前。沈清漵微微讶异，抬起眼看向顾谈云道："送给我的？"

顾谈云弯起唇角，轻轻点了点头。

"你什么时候这么会哄女孩子开心了？"沈清漵拿起剑尖上的鲜花，轻轻闻了闻，花香并不浓郁，清清淡淡的，就像顾谈云这个人一般。

顾谈云慢条斯理地收起剑，为了方便练武，他换了一件干练的青色衣裳，疏冷的月光洒遍周身，挺拔修长的身材一览无余。

他侧眼看过来，眼中满是温柔，走到沈清漱身前，温声道："辛苦你了。"

顾谈云归来时，宫人上前告诉他六公主绝食的消息，还说沈清漱已经赶去了六公主的住处。得知这个消息，顾谈云有些诧异，他了解她的性子，她今夜去这一趟，完全是因为他。

其实沈清漱去这一趟，一半是觉得顾谈云太辛苦了，力所能及的事情她帮帮也无妨，另一半则是不想跟六公主交恶。

沈清漱本想把花戴到顾谈云的鬓角，看出他眸子里隐含的关心，她放弃了这个有些恶趣味的想法，低声道："你觉得我会对付不了一个小孩？"

少女的眸子清亮，眉眼飞扬，就像一朵娇艳的玫瑰花，美丽却带着刺。每每看到她的笑容，顾谈云便觉得来到这个世界值得。他拉起她的手，将她手心里的鲜花拿出来。

沈清漱眯着眼睛不善地盯着他，心想他该不会送了花又后悔了吧？虽然她也没有很想要这朵花的意思。

顾谈云看出她的想法，哭笑不得地将她颊边的一缕乌发别到耳后，随后将那朵娇艳的红花簪在鬓边。他苍白修长的指碰到她白皙的耳，一阵痒意自她的耳后袭上。

他低声轻笑道："爱妃确实厉害。"

沈清漱笼罩在顾谈云温柔的视线中，觉得浑身不对劲，她抬起清亮的眸子，这么一看，发现了一件稀奇的事情，惊讶道："陛下流汗了。"

顾谈云轻轻咳了一声，他记得顾寻洲讨姑娘开心时，会送花给姑娘家戴，但实践到沈清漱身上时，一向淡定的顾谈云却忍不住紧张不已。

他低声道："我又不是神人，流汗有什么奇怪的？"

沈清漱笑了，如果要她在这个世上选一个神人，她一定选顾谈云。顾谈云来到这里，成为注定亡国的暴君，面对死亡的威胁，面对权力美色的诱惑，他丝毫不动心。每个月因剧毒发作，头疼得痛不欲生，他却能守住本心，不曾为了这些、为了任务而改变一丝一毫。

他被扣的积分是他不愿走原著暴虐皇帝剧情最好的证明。

说实话，当看到顾谈云的积分是负数时，沈清漱松了一口气。想一想原著里的设定，暴君燕帝无疑是一个极其危险的人，她都怀疑他有精神问题。

正是因为顾谈云的负积分，沈清漱才会相信顾谈云。如果顾谈云的积分很高，那就太可怕了，她会毫不犹豫地把顾谈云列为敌人。

显然，顾谈云是个值得沈清漱钦佩的人。这么想着，她又觉得顾谈云真的很可怜，若是让她当皇帝，整天起早贪黑地处理国事、批阅奏章，她一定会疯掉。

沈清漱还记得，顾谈云今日还有积分任务没有完成。她掏出手帕，示意顾谈云低下头，他眸子里漾开一丝笑意，顺从地微微弯下身子。两人在宫人面前表现了一副恩恩爱爱的模样，也不知是在演戏，还是在假戏真做。

你侬我侬一番后，沈清漱低声问顾谈云："积分涨了吗？"

沈清漱的脑子里除了积分还是积分，顾谈云见怪不怪地点头。

宫人们立在不远处，两人说话不方便，一直低着声音也不舒服，便携手走进殿内。殿内桌案上常常备着沈清漱爱吃的糕点，此时没有外人，她直接坐下，拿起一块糕点吃了起来。

顾谈云顺手倒了杯茶，防止沈清漱噎着，随后取下挂在腰间的剑。

沈清漱调笑道："若是让宫人们见到堂堂燕帝居然给我这么一个小女子斟茶倒水，他们肯定会以为自己昏了头，出现了幻觉。"

"丈夫给妻子倒水，有什么奇怪的？"

沈清漱的心脏漏跳一拍，艰难地咽下茶，抬眼看向顾谈云。顾谈云将腰间挂着的剑取下，放到兵器架上，动作娴熟自然，仿佛刚才说出口的，是一句再寻常不过的话。

在外人面前，顾谈云的清冷疏离远大于温和，只有面对沈清漱时，他才会卸下防备。

沈清漱咬了一口糕点，在这个世界，她和他都需要扮演原角色，她不能直接将他平常的表现定为他的性格。就算他真的对她有些不同，也没什么奇怪的，毕竟他们来自同一个地方，他们同病相怜，他对她特殊一点也正常。他那句话的意思，应该是他们现在的身份是暴君和妖妃，按照剧情，燕帝是极其宠爱她的，给她倒一杯水不奇怪。

沈清潋极力给顾谈云刚才冒出的那句话找各种理由。

"沈清潋。"顾谈云叫她的名字,声音很轻,"你在想什么?"

沈清潋一惊,发现顾谈云不知道什么时候坐在了桌子另一侧,此刻正温和地垂目看着她。她连忙遏制住飞到天外的思绪,对上青年温和的琥珀色眼眸,绷着一张漂亮的脸,道:"没想什么……"

她忽然觉得气氛有些怪怪的,或者是她的心里有些怪怪的。

沈清潋移开视线,欲盖弥彰地抬起手,指向兵器架上的剑:"我能学这个吗?"

顾谈云的目光落在少女微红的耳尖,眼眸微暗,笑了笑道:"当然可以。"

沈清潋本来只是随便问问,转移话题,这会儿倒真的起了些兴趣。她想起初次相遇的那个夜晚,顾谈云喇的一声就带着她飞了起来,两三米的墙轻轻松松就越过去了,就像她小时候看的武侠小说里的大侠一样厉害。

现在的她,需要一百个侍卫保护才敢出去闯荡,如果她学会功夫,加上她的毒术,岂不是一个人走遍天下都不怕?到时候自由自在,无拘无束,想去哪里就去哪里。

沈清潋压抑住激动的心情,问他:"学多久能打得过你?"

顾谈云沉默了,垂下眼认真思考,过了一会儿才道:"我昏睡过去,你就能打得过我。"

沈清潋一脸不爽地皱起眉:"你看不起我!我可是使毒的高手,得罪我超可怕的!"她装出凶恶的样子,"你怕不怕?"

顾谈云笑着捏住她的鼻子道:"怕。"

听出顾谈云语气里的敷衍,沈清潋心里愈加不爽,但再不爽,她也做不了什么,总不能给他下毒吧?他们可是同盟,她不会做这种低劣的事情。

顾谈云笑着安慰道:"若是练个十年二十年,或许有可能。"

"十年二十年我们说不定已经回去了,没有速成的办法吗?"由于顾谈云捏住了她的鼻子,沈清潋的声音瓮声瓮气的,她抬手拍掉他捏着自己鼻子的手。

顾谈云仔细想了想,煞有介事地点头道:"有的。"

沈清潋眼眸一亮："真的？"

"真的，梦里什么都有。"

"顾谈云！"沈清潋气得声音高了些，扑过去掐住他的脖子，"你太过分了！"

顾谈云捂住她的嘴，抬眼看向殿外，门扉上宫人的影子隐隐约约显现。沈清潋松开一只手，懊恼地拍了下额头，小声道："都怪你。"

她的另一只手软软地搭在顾谈云的脖子上，肌肤相触的位置令顾谈云喉头发痒。

沈清潋恐吓道："小心我谋杀亲夫。"

顾谈云眼睫轻垂，手指从她手心的间隙穿过，握着她的手轻笑一声。沈清潋的手像是着火了一般，迅速缩了回去。

顾谈云的表情十分正经，用着研究什么重要科研技术的表情道："牡丹花下死，做鬼也风流，能让爱妃亲手杀我，是为夫的荣幸。"

谁说这句话都正常，唯独顾谈云……也太不符合他的性格了。

"你你你……"沈清潋实在不知道该说什么，但不说话又显得弱势，像是被他吓住了。

明亮的灯火下，顾谈云苍白的面容温润俊美，沈清潋眼眸一转，一只手撑着桌案，笑嘻嘻地用另一只手钩起顾谈云的下巴，调侃道："陛下这张脸才真是绝色，甚是让臣妾心动。依臣妾看，陛下更加适合做牡丹。"

敢用绝色、牡丹来形容皇帝，沈清潋是独一个，两人却都没有觉得这个形容有什么冒犯，顾谈云甚至觉得这是个好的形容词，如果他的绝色真的能让沈清潋心动，那么当一回"绝色牡丹"也无妨。

沈清潋心头莫名涌出一种不祥的预感，总觉得自己再闹下去，他就要说出什么了不得的话了，立刻松开他的下巴，端正地坐回原位。

第五十章

沈清漵清了清嗓子，忽然问他："你那边的事情都处理好了？我还以为你得半夜才回来。"

顾谈云看出沈清漵急于脱离不清不楚的气氛，淡白的唇轻抿，眸子里漾开一丝笑意，至少她不是无动于衷。

"晏春生很聪明，倒是不需要我多费心。"顾谈云说了一下今晚发生的事情，晏春生和林净之间充满戏剧性的反转冲突，听得沈清漵津津有味，直到顾谈云讲起朝廷各方势力，她才开始捂头。

顾谈云每每讲完一段，沈清漵就把先前那一段听懂的忘记了，到最后只感觉到一种深深的头痛感。

顾谈云呷了口茶润喉，问她："你可知道礼部尚书为何会让步？"

沈清漵一愣，仿佛回到了数学课，教授在上面讲课，她瞪大着眼在下面听着。教授以为她听懂了，高兴地叫她回答问题，于是她站起身跟教授大眼瞪小眼。

沈清漵撑着头，眉头蹙得紧紧："不知道，不想知道。"

她苦大仇深的表情逗笑了顾谈云，沈清漱瞪眼看他，佯装生气道："不许嘲笑我。"

顾谈云手握成拳，挡在唇前，清了清嗓子，带着笑道："你这么头痛这些，以前是怎么把京城的势力背得那么清楚的？"

"现在不是有你吗？我不听了，反正结果是好的。"沈清漱理所当然道，"你会这些，我就不学了。"

搞懂了又如何，她还要研究顾谈云身上的毒，哪里有时间搞这些？大臣又不会听她这个没有实权的宠妃的话。除非顾谈云不在，但有她在，谁能害得了顾谈云？

沈清漱对政事很头痛，以前那么努力是因为没有顾谈云，只能靠自己，为了活下去当然要牢记细节，但现在有了顾谈云，她又何必勉强自己去听？

沈清漱没想到的是，没过几天，顾谈云就给了她实权，他居然把调令兵权的虎符其中一半给了她。沈清漱把玩着手里的虎符，实在看不出这个小小的东西居然能调令兵权。

当然，这都是后话，现在的顾谈云唇角不受控制地扬起，点头道："说得也是，那就不学了。"

沈清漱叹了口气："你每个月头痛一次，这些东西功不可没吧？我光是在脑子里想一遍，都觉得痛苦，以前学的时候也觉得甚是痛苦。"

"倒还好，把它当成一项技能来学习，就不会痛苦了，况且以后还能偶尔种种地。"

沈清漱忍住笑，心想他可真爱种田。顾谈云凤眼瞥过来，她立刻转为正经表情，冲他竖起大拇指，用抑扬顿挫的语调道："陛下可真棒！"

顾谈云眼角微挑。

"我也很棒！我负责给你治病，你负责国家大事。"她拍了拍顾谈云的手腕，"咱俩配合起来天下无敌，剧情都得滚一边去。"

顾谈云的唇角翘得更加明显，他喜欢她说"咱俩"，但他唇角的笑容没能维持多久，就听沈清漱道："听你的说法，晏春生确实是个厉害人物。"

顾谈云讲的细枝末节的势力关系令沈清漱听得头痛，但今晚这出闹剧的始末，沈清漱还是听懂了——林尚书哭着来求顾谈云给他的儿子林净做主，最后却灰溜溜地吃了个哑巴亏。晏春生最终证明了一切都是林净在自导自演，是林净在针对普通学子，借林净事件在林尚书脸上啪啪打了几巴掌。可以说，今晚这一出戏演完，晏春生彻底站在了世家的对立面，然而只要他科举中第，前途必将不可限量，即使没能中第，依他的聪明也定能寻到别的出路，而且他都这样做了，顾谈云也不可能不保他。

礼部尚书答应晏春生的要求时，差点咬碎了银牙。国子监的图书之前只出借给世家子弟，理由是普通学子寒酸，担心他们弄脏书籍，但现在普通学子也可以借阅典藏书籍了。自此之后，普通学子不仅可以入学国子监，还拥有了公共图书馆。

顾谈云自己夸赞晏春生时，没有什么感觉，现在听沈清漱在他的面前夸赞另一个人，心里有些吃醋，他端起茶杯的手一顿，却没抬头，只问："你觉得他很厉害？"

沈清漱敏感地觉察到了顾谈云的心思，她将他的不悦归为男人的好胜心作祟，连忙拍马屁道："你最厉害，晏春生不及陛下的一根汗毛。"

按照沈清漱的预想，顾谈云应该会笑，但他听到这话时，却蹙起眉头按了按太阳穴。

"头疼？"沈清漱凑过去担忧地问他。她之前已经初步确定了药方，后来又觉得那药方太烈了，担心顾谈云撑不住，所以暂时没有给顾谈云吃药。她准备再改一改药方，让药性温和一些，此刻却有些后悔自己的磨叽，她掏出一颗黑色的药丸，递到顾谈云唇边："把这个吃了。"

顾谈云低垂着头，一只手臂挡住面容，沈清漱看不清他脸上的神色，只看到顾谈云的身体微微颤抖，淡色的唇抿得紧紧的，苍白的手背上显出一根根浮起的青筋。

沈清漱想到顾谈云的身体状况，想到他身体里的毒素，心里愈加担忧。她不敢给顾谈云随便用药，这颗黑色的药丸是顾谈云以往食用的药，虽然不能解开他身体里的毒素，却可以让他好受些。沈清漱后来改了几味药，药丸止痛的效果比以前好了许多。

"放心，不苦，甜的。"沈清漱哄着他吃药，黑色的药丸衬得他的唇愈加苍白。

顾谈云安慰她："不用担心，还没到毒发的时间，应该就是普通头痛。"

他微微启唇，却将药和她的手指一起咬住了。沈清漱晃了晃手指，他的头跟着晃了晃。他轻轻叼着她的手指，是不会让人疼痛，但不用力就无法挣脱的力度。如果不是情况不允许，沈清漱估计得被他逗笑。

就在沈清漱纠结的时候，顾谈云松开她的手指，吞下了药丸，声音微哑道："嗯，甜的。"

他这是痛到极致，暴露本性了吗？这种时候还不忘撩逗她？

他身后的烛光晕黄了一地，过了片刻，顾谈云挪开撑着额头的手，露出苍白俊美的面容。暖黄的灯火下，他琥珀色的眸子变得极黑，像是罩了一层外面的夜色，深深浅浅，看不出他的情绪。

他抬了抬眼，周身的清润温和瞬间被不知何处而来的邪气压住，仿佛变成了原著里的暴虐燕帝。

凑近观察他的状态的沈清漱被吓了一跳，"顾谈云"阴郁的眸子抬起，定定地盯着沈清漱。

沈清漱舒了口气，努力弯起唇角，轻声问他："好些了吗？"

她不知道，她现在就像一只遇到狼的兔子，全身上下写满了警惕。

眼看沈清漱害怕，青年眼里的温和挣扎着又要涌现出来，却立刻被阴郁压住，阴郁、温和两种气质在他的眼中交替，最后彻底转为病态的阴郁。

沈清漱头皮发麻，全身绷紧，悄悄地往后挪动，欲要退回自己的座位。

"顾谈云"大手一伸，拉住往后退的沈清漱，眼睫一抬，露出漆黑阴郁的眼，眸子在看到沈清漱的脸时一颤。

沈清漱被他看得一个激灵，差点起了鸡皮疙瘩。顾谈云怎么忽然用这种眼神看她？就像看到了久别重逢的爱人？一看就是有病，叫人瘆得慌。

"顾谈云"看了沈清漱很久，看得沈清漱都要怀疑他脑子痛坏了，精神出问

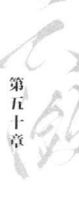

题了。

"你……还好吗？"沈清漱心惊胆战地问他。

"顾谈云"一直上下打量着她，听了她的问话，眼里的柔情逐渐收回，不悦地蹙起眉，另一只手抬起，指尖落在沈清漱的眼角。

他伸手朝自己而来时，沈清漱差点以为他要掐死自己，眼角一凉时，又以为他要挖了她的眼睛。她不知道怎么形容此刻的感觉，就像是被一条毒蛇纠缠住了，毒蛇下一刻就会张大嘴将她一口吞掉。但与此同时，她又极为信任顾谈云，相信顾谈云不会伤害她。

"顾谈云"葱白般的指尖搓了搓沈清漱的眼角，将她的眼角搓得发红。沈清漱皱眉按住他乱动的手。

"顾谈云"十分不高兴道："你怎么不哭？"

"我哭什么？"沈清漱脑子里全是不解，顾谈云果然是脑袋痛，痛傻了吧？

沈清漱勉强竖起三根手指，忧心忡忡道："这是几？"

"顾谈云"挑眉嗤笑一声："你好大的胆子，居然敢怀疑孤是傻子？"

相比平常，他此刻的声调略低些，慵懒中透出危险，但沈清漱没从他身上感觉到杀意，以为顾谈云在跟她开玩笑，她睁大杏眼，震惊道："你刚才的头痛该不会是装的吧？"

"顾谈云"维持着三分不屑的表情。

他的力道不重，但时间久了，沈清漱觉得手被捏得有点痛，挣扎了一下，"顾谈云"没理她。

"你松开我的手。"

"顾谈云"嘴角下拉道："不松，除非你哭给我看。"

他果然傻了吧！沈清漱用力往后扯自己的手，"顾谈云"恶劣地勾起唇，松开沈清漱的手，骤然被松开，沈清漱一个收不住，摔在了椅子上。

摔在椅子上的沈清漱瞪大眼看向顾谈云："你家暴！"

因为疼痛，她的眼中泛出晶莹的泪光。

"顾谈云"半靠着椅背，姿态慵懒，与平时端正的神态完全不一样，道："现

在像了。"

沈清潋疑惑地蹙起眉,"顾谈云"舔了舔淡色的唇,拖着长声调叫了一声沈清潋的名字。

第五十一章

沈清漱的第六感告诉她，面前的这个人极其危险，但……顾谈云怎么会危险？她掐了掐自己的手，扯出一抹笑，轻声道："怎么忽然这样叫我的名字？"

"孤把所有事都想起来了。"

沈清漱瞳孔一缩，他说他把所有事情都想起来了，他想起她以前骗了他？这对他们的联盟是极其不利的，她飞速认错："我错了，以后绝不会再犯！"

"顾谈云"想起了所有记忆，并且旁观了顾谈云的记忆，自然知道沈清漱误会了什么，她以为他说的是那件事。"顾谈云"眼里的阴霾散去一些，笑道："孤说的不是你抛弃他的那件事，而是孤以前的记忆全部回想起来了。"

沈清漱"啊"了一声，心想难道他还失去了什么记忆，问道："你不是一直都记得吗？"

"顾谈云"的声音不急不缓："你以为孤是你认识的顾谈云？"

沈清漱的脑子飞速运转，现在的情况明显是一个莫名其妙、很像原著燕帝的人占领了顾谈云的身体，将顾谈云的意识压了下去。

每次触发剧情时，她的系统都会提示是否兑换剧情，但顾谈云的系统好像有点傻，或是有点坏，从来没告诉他可以兑换剧情。他刚才并没有反抗剧情的动作，也没有跟她说触发了什么剧情，莫非是顾谈云的系统在搞什么幺蛾子？它隐瞒了剧情，让顾谈云不经意间触发剧情，然后系统控制了他的身体？控制之后走完剧情会还回来吗？现在最重要的是，如何把顾谈云找回来。

沈清漱的神情逐渐凝重，她得把顾谈云找回来。

"顾谈云"坐在一边，欣赏着沈清漱脸上变换的神色，慵懒地半撑着头，感受到沈清漱身上尖锐的敌意，他的脸上看不出情绪。他的指节叩了几下雕花小方几，有节奏的"咚咚"声在室内响起，他忽然道："在想怎么把鸠占鹊巢的那家伙找回来？"

沈清漱抿了抿殷红的唇，道："你又不是顾谈云，不也是鸠占鹊巢的家伙？五十步笑百步罢了。"

灯火摇曳，变幻的光影落在"顾谈云"苍白的面容上，衬得他的表情有些晦暗阴沉。

"孤不是顾谈云？"他嗤笑一声，语气中飘出一股莫名的冷意，"他就是个鸠占鹊巢的，还真把他当成孤了？"他深沉地盯着沈清漱的脸，淡淡道，"若非你是她的转世，你现在不可能活着坐在孤的对面。"

"转世？"沈清漱满脸困惑，这不像剧情控制下会出现的对话，原著中哪来的转世剧情？这是系统出故障了吧？这人嘴里说的"她"，是原角色？原来的沈清漱？

"顾谈云"用鼻子哼出几个字："你在想'系统'？"

他的话让沈清漱吓了一跳，他怎么会知道系统的存在？按照系统设定的程序，他不该知道这些。

沈清漱暂时将奇怪的转世剧情抛在脑后，强装镇定打探道："如果你是顾谈云，系统为何要拉他到这个世界扮演顾谈云？鸠占鹊巢的人明明是你。"

"顾谈云"的眼稍稍一压，浑厚的上位者气息猛然扩张。沈清漱本欲端起茶杯，余光瞥见他的神情，心脏怦怦直跳，一个不注意衣袖就扫到了茶杯，青花瓷杯在

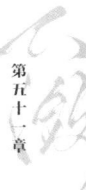

雕花小方几上晃了晃。

整理好心情，沈清漱抬起头，一双如水的眸子坚定地对上"顾谈云"幽深的眼睛，任凭他的眼神如砍人的刀，也没有避让一分一毫。

"啪！"青花瓷杯没有支撑住，从小方几上滚落，骤然掉在地上，瓷器破碎的声响打破了一室的沉寂，杯里的水还未喝完，爆炸似的从中心炸溅开来，流淌在地上，几颗葡萄从木雕果盘里掉出来，在方几上滚了滚，最终停在边缘。

王公公在外头听到声响，犹豫地走到外间："陛下？"

沈清漱这才想起"顾谈云"是燕帝，而她现在只是嫔妃，他若要拿捏住她，只需下一道命令就可。现在想来，能保她命的竟然只有剧情对角色的控制，剧情绝不会让他对她下手，毕竟按照设定，她是他最爱的妃子……也不知道剧情现在还靠不靠谱。

这是沈清漱第一次希望剧情能够出来阻止"顾谈云"。

"顾谈云"唇角含笑，欣赏了一番沈清漱担忧警惕的模样，恍然间仿佛看到了那个人，这让他糟糕的心情好了许多。

"茶杯摔碎了而已，出去。""顾谈云"淡淡吩咐道，"孤未唤你们，莫要进来。"

王公公听命告退，合上门，苍老的脸上浮现一抹慈祥的笑，陛下和娘娘可真恩爱啊！陛下这样吩咐，说不定是打算和清妃娘娘孕育小皇子小公主。他笑出褶皱的眼抬起，看向洒着清辉的圆月，又开始做梦了。

屋内的气氛与王公公想象的完全相反，弥漫着看不见的硝烟。

"顾谈云"扫了一眼沈清漱手的位置，笑了一声，声音带着一种说不出的磁性魅惑："你想对孤下毒？"

沈清漱知道"顾谈云"的武力值，她根本没有期望能成功，但刚才那种情况，无可奈何之下只能拼一把。

被识破计谋，沈清漱也不慌张，自然地挪开手，优雅地理了理衣裳上的褶皱："陛下哪只眼睛看到我想下毒了？理理衣裳而已。"

"牙尖嘴利。"

"你说自己是顾谈云，如何证明？"沈清漱柔和了语气，嗓音轻柔道，"臣妾此刻是在担忧陛下，若是我随随便便就信了其他人是陛下，岂不草率？"

"顾谈云"看着笑容浅浅的沈清漱，幽深的眸子闪过些许诡异："你让孤证明自己？"

沈清漱立刻道："陛下是无法证明自己是顾谈云了？"

"不要对孤用激将法，孤不吃这套。你若是对孤哭一哭，孤或许会给你几分面子。"

为什么这个"顾谈云"这么执着于让她哭？他是有什么毛病吗？沈清漱在心中默默琢磨了一番，方才开口道："你刚才说我是她的转世，这个'她'指的是原来的沈清漱吧。系统挑中我和顾谈云，是因为我们是原著里'顾谈云'和'沈清漱'的转世。"

"顾谈云"赞扬道："你很聪明。"

"照这个说法……你更不应该霸占他的身体，若是连自己的转世都伤害，可太不像话了。而且，你在的话，系统怎么会无视你，选择他来完成剧情？让本尊完成不是更好吗？"

"系统？"顾谈云嗤笑一声，"不过是想要夺取气运的垃圾玩意儿，哪里能控制得了孤？"

沈清漱心中一凉，这人竟一点也不怕系统，而且听他的语气，他可能跟系统不是一路的，他该不会真的是原著里的燕帝吧？

沈清漱回忆起原著对燕帝的描写，蜷了蜷手指，心内的畏惧刚刚升起，突然想起了顾谈云。如果燕帝回来了，那顾谈云怎么办？万一他回不去原来的世界，一直被燕帝的意识压在体内……沈清漱心中仿佛涌现了无穷的勇气，她不想知道他到底是不是原著里的燕帝，只想知道如何找回顾谈云，那个温和的顾谈云，不是现在这个危险的顾谈云。

沈清漱试探着问："你要夺回自己的意识？"

"顾谈云"恶劣地笑道："你猜。"

"他呢？他会怎么样？"

"顾谈云"停下叩击的手，抬眼看过来，背着光的眸子漆黑一片，问："你很

关心他，你喜欢他？"

沈清潋被这个问题问得一愣。

"你若说你喜欢他，孤就把对意识的掌控权让给他。"

沈清潋想了想，温声温气道："我喜欢他。"

"顾谈云"不满道："说得太快了，一点也不诚挚。"

沈清潋饱含感情地重复道："我喜欢他。"

"顾谈云"大笑，外面的宫人听见殿内的笑声，忍不住跟着弯了弯唇角，有了清妃娘娘之后，陛下的心情明显变好了。

沈清潋面无表情地盯着"顾谈云"，问："我已经说了，你可以让他回来了吗？"

"顾谈云"停下笑，冷哼一声道："真是无情。"看着这张脸这么关心另一个人，哪怕那个人是他的转世，他也觉得很不爽，不屑道，"他哪里有孤好，你说句喜欢，他都要激动得晕过去了，真是没用！"

沈清潋听着"顾谈云"的话，心里很不爽，若不是她要哄着他把顾谈云弄回来……

"你看起来很不服气？"

"没有。"

"顾谈云"还想多待一会儿，逗一逗心上人的转世，但被强压着的顾谈云明显不乐意，他嗤笑一声，怎么醋劲这么大？他不过跟她说几句话都不行，明明以前是他的夫人。

见他按了按额头，沈清潋轻声道："怎么了？"

"顾谈云"对上沈清潋清亮的眼，扭曲地笑了一下："在关心他的安危？"

沈清潋没说话。

"顾谈云"并不想长久地面对沈清潋的敌意，道："放心，我们并不是敌人。"他深深地看了沈清潋一眼，"孤走了。"

沈清潋还没来得及说什么，就见他的眼一闭，再睁开时，危险的人变回了以前一贯温和的模样。沈清潋不敢大意，问："你的银行卡密码是多少？"

"781365。"

沈清潋凑过去观察，将他的手拉过来给他把脉，问："你现在感觉怎么样？"

顾谈云蹙起温润的眉，指了指脑袋，说："他还在这里。"看着沈清潋担忧的模样，他轻声道，"抱歉，害你陷入危险了。"

第五十二章

"有剧情的保护,他对我做不了什么。"沈清漱这句话是在安慰顾谈云,同样也是在安慰自己。

"顾谈云"实在是太危险了,他称系统为垃圾玩意儿,但他口中的垃圾玩意儿,她却与之对抗了数年,依旧被它压得死死的。如果"顾谈云"说的一切都是真的,那么他甚至比威胁了她数年的系统还要危险。

沈清漱盯着顾谈云的脑袋,一脸凝重。

"顾谈云"听到沈清漱说的话,在意识中不屑道:"孤想做什么,它拦得住吗?"

顾谈云的脸上喜怒难辨,浓密的睫毛垂下,在眼睑下投出一片阴影,他在意识里冲"顾谈云"道:"你若敢做什么,我定会让你后悔。"

他语调温和,却像是开刃的宝剑,将锋利的一面对着意图欺负他守护之人的敌人。

"顾谈云"一点也不怕,语气有些不悦:"你是第二个敢威胁我的人。"

第一个人是沈清漱。然而这两个人,一个是他的转世,一个是她的转世……

"顾谈云"叹了口气，略带自嘲地说："你们夫妻就是来克我的吧？"

听到"夫妻"二字，顾谈云淡色的唇轻抿。这是第一个说他和沈清潋是夫妻的人，是他和沈清潋，而不是剧情里的燕帝和清妃。

沈清潋观察着顾谈云的神态，问："他现在是清醒的？"

顾谈云抬起眼，所有情绪在抬眼的一刹那尽数收起，微微颔首。

沈清潋道："你莫要轻易信他的胡言乱语。"在她的认知里，顾谈云是厉害，但太好骗了。

"顾谈云"才不相信作为自己的转世，顾谈云会是什么单纯的人物："果然是情人眼里出西施。"

顾谈云轻轻咳了咳，试图压住脑海里那个调侃的声音。

"他刚刚说了什么？"

顾谈云一本正经道："说了一些很污秽的话。"

"顾谈云"暴怒道："孤哪里说过什么很污秽的话？你莫要抹黑孤在她面前的形象！"

无论"顾谈云"想做什么，只要他对沈清潋有任何想法，他就是顾谈云的敌人。顾谈云冷声道："她跟你没有任何关系，在她的面前，你不需要形象。"

"顾谈云"气急败坏，决定给他一个教训，要让他明白自己可不是什么好欺负的人！

顾谈云闷哼一声，原就苍白的脸愈加惨白，淡白的唇轻轻颤抖，显然经历着极大的痛苦。"顾谈云"几次想要冲出桎梏，却屡遭阻拦。顾谈云额上全是冷汗，轻轻笑了笑，仿佛很轻松一般道："燕帝也不过如此。"

"没想到你这么快就掌握了压制我的方法。""顾谈云"的嗓音里多了几分欣赏，随即转为狠厉，"但孤才是主人，你以为你能拦得住孤？"

顾谈云倒在茶几上，紧闭着眼，额上沁出冷汗，牙关紧咬。为了沈清潋，他绝不能让"顾谈云"掌控一切。

一丝红艳的血从他的唇角溢出，原就紧张的沈清潋吓了一跳，哆哆嗦嗦地抱起顾谈云的头，压在自己的手臂上，另一只手紧紧握住顾谈云冰冷的手，试图

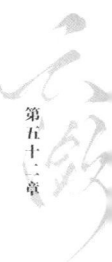

给他一点力量。

"燕帝。"沈清漱叫的是另一个人,她称呼"顾谈云"为燕帝,虽然那个人也叫顾谈云,但在她心里,只有面前这个顾谈云才是顾谈云。

"你说我是沈清漱的转世……"沈清漱面色冷然如冰,顿了顿继续道,"你的目的是让她回来?"

在沈清漱说出这句话时,顾谈云周身的气压倏然降低,他的心里全是对"顾谈云"的杀意。他无法忍受,一个会威胁沈清漱生命的人活在这个世界上。

沈清漱无声地握紧顾谈云的手,安慰着他。

听到沈清漱的声音,愤怒的"顾谈云"安静下来,顾谈云的身体也不再颤抖,意识中,他趁其不备,朝"顾谈云"冲去,"顾谈云"急忙闪开,窝到角落,看起来可怜兮兮的,嘀咕道:"孤可不想杀自己。"

沈清漱不知道他们的冲突,以为自己已经安慰好了顾谈云,于是继续跟"顾谈云"交涉:"其实我们的目的并不冲突,没必要斗起来。如果你硬要霸占身体,那么你不但会面对系统这个敌人,还会多两个敌人。"沈清漱清澈的眼睛闪了闪,继续道,"如果你愿意等一等,帮我和他一起对抗剧情,等我和他离开这里,回到另一个世界,到时候就只剩你和'沈清漱',我和他绝不会跟你抢,这个选择让你没有任何后顾之忧。"

关于走完剧情就能回去,是沈清漱瞎编的,她也不知道能不能回去,但现在最主要的是安抚好"顾谈云",至于能不能回去,她和顾谈云可以慢慢想办法。

"顾谈云"没有相信沈清漱这番言论,嗤笑一声道:"小骗子,即使转世了却一点没变,还是这么喜欢骗人。"

听着"顾谈云"亲昵的语气,顾谈云的脸色顿时变得难看无比,提醒道:"她已经转世,跟你没有关系了。"

"顾谈云"明白他的弱点,语气散漫道:"难说。"

沈清漱听不到"顾谈云"的声音,见顾谈云面色难看,以为"顾谈云"拒绝了自己的提议,于是道:"如果你不听我的建议,那么你什么也得不到。"

这个赤裸裸的威胁让"顾谈云"稍好的心情立刻变差,与他相反的是,顾谈云脸上的乌云全部散去，恢复了一贯的温润如玉。

"顾谈云"憋着一口气道："我答应你们，暂时跟你们合作。"

沈清潋戳了戳顾谈云，问："他有没有说什么？"

顾谈云微微启唇，却听"顾谈云"威胁道："你再乱说话，破坏孤在她心中的形象，孤就让你追不到老婆！"

一向温和有礼的顾谈云罕见地讽刺道："你以为你在她心中有什么形象吗？"

"顾谈云"气急，但拿顾谈云没办法，他若是动了顾谈云，她一定会更加讨厌他，说不定还会推动和顾谈云的感情，但他现在不想他们推动感情，于是他没再说话。

这场对抗，以顾谈云胜利为最终结局。顾谈云的心情颇好，轻声道："他答应跟我们合作了。"

沈清潋松了口气，刚才威胁"顾谈云"时，她看起来很有气势，其实心里是没底的。"顾谈云"连剧情和系统都不怕，难保有什么强大的后手。即使他现在答应跟他们合作，他们也绝不能掉以轻心，"顾谈云"这个人太过危险。

"你告诉她，让她不要害怕，孤不会害她。孤的妻子还在，孤要她的命做什么？孤不会害她，暂时也不能告诉你们真相，一旦说出口，系统就会注意到孤。"

顾谈云没有放过这个嘲笑他的机会："你不是说剧情和系统都是垃圾玩意儿，你要做什么它们都拦不住吗？"

"如果系统不会伤害她，孤自然不怕它。""顾谈云"顿了顿，继续道，"多说无益，反正你记住，孤绝不会害她。"

顾谈云虽然不想帮忙传话，但是这些话可以让沈清潋放松一些，故而他一字未变地传达了。沈清潋听了这些话，面色未变，声音极其诚恳道："嗯，我相信燕帝说的话。"

才怪。对"顾谈云"的话，沈清潋只信一半，毕竟在原著里，"顾谈云"是一个冷心冷情、善于伪装之人。

将心比心，如果她处于"顾谈云"的位置……他不过是想让她放松警惕，趁她不备，攻她后方，她绝不会上当。

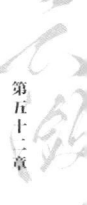

顾谈云双手握住沈清漱的手，道："放心，有我。"

沈清漱一愣，抬起眼看他，他琥珀色的眸子里映出暖色的光，暖光里包围的，是她的身影。

"我会永远保护你。"他说得认真，仿佛在许下一个永恒的诺言。

炽热坚定的视线令沈清漱微微侧眼，她手指微松，随即又握紧顾谈云的手，乖巧道："好。"

"顾谈云"看不到外面发生了什么，听到顾谈云和沈清漱的对话，他不爽地"喊"了一声，道："如果是孤在外面，孤能做得更好。"

顾谈云在脑海中慢悠悠道："燕帝的话这么多吗？"

"你们看不到孤，话不多一点，你们岂不是当孤不存在？""顾谈云"顿了顿，笑了一声，"若非你是孤的转世，孤一定给你好看！"

对于他的威胁，顾谈云只轻轻勾起唇角，不以为意。"顾谈云"现在能不作妖地待在意识中，就说明他妥协了。

顾谈云沉默的时间有点长，沈清漱眼中不由得多了几分打量，问："他又说什么了？"

顾谈云正要回答沈清漱的疑问，却听"顾谈云"口气冷淡地打断他道："孤可以帮你们屏蔽三次剧情，你们可以任意做什么。"

第五十三章

这句话在顾谈云和沈清漱的心中掀起巨浪，当触发某个剧情时，他们就会身不由己，剧情会控制他们的行动，但……若是剧情乱了呢？如果无法触发对应剧情，他们是不是就不会被控制？

这是顾谈云和沈清漱以前讨论过的，唯有改变剧情才能脱离剧情，虽然改变剧情并不容易，但他们相信自己，以他们的能力，终有一天可以摆脱剧情。这需要很久，在这期间，他们要扮演自己的人设，获取积分。然而现在，"顾谈云"屏蔽剧情的能力，可以直接缩减这个进程，让他们快速到达终点。

他的能力很强大，很有用，沈清漱的脑袋快速运转思考，"顾谈云"这个人可以暂且放到一边，以后再对付，现在他们最大的威胁就是剧情。

三人"友好"交流一番后，暂时达成共识，先解决剧情。剧情中最重要的是两个人，一个是男主角，一个是女主角，"顾谈云"说剧情的重点在男主角身上。

沈清漱神采奕奕道："这还不简单？我们直接杀了顾荣安就好了。"

她想这么干很久了，可惜剧情不允许，但现在有了"顾谈云"屏蔽剧情的能力，还怕什么？直接解决顾荣安，就一劳永逸了。"

"不行，顾荣安是剧情的中心点，直接对他下手没办法屏蔽。"

顾谈云打趣道："我还以为燕帝无所不能，没想到你做不到吗？"

"顾谈云"的话好像卡在喉咙里，咳了几声道："这个不行。"

顾谈云："哦，这样啊。"

"顾谈云"咬牙切齿道："如果你的态度好一点，也许孤会帮你追老婆。"

"不劳燕帝操心，我的老婆我自己会追。"

"顾谈云"不屑地哼了一声："那孤就等着看了。"

沈清漱撑着头，饶有兴致地盯着顾谈云的脸。顾谈云立刻坐得端正些，过滤掉脑子里的声音，笑道："他说他不行。"

"这样啊。"沈清漱遗憾地放弃了这个方案，"那我们只能迂回着来了。"她在脑子里仔细理了一遍剧情，解释道，"《缘君如雪》这本书，主要写的是男主角和女主角之间的虐恋情深，男主角不断积累实力，最终打败暴君登基为皇的故事。"

"顾谈云"在脑子里抗议道："谁是暴君？"

顾谈云不理他，沈清漱听不到他的声音，"顾谈云"觉得自己这辈子没受过的气，都在他们这里受了，以前谁敢无视他？

沈清漱继续说着自己的分析："让剧情偏离，有两个方向，一是离间男女主角的感情，让女主角江叶厌恶顾荣安，这样感情方面的剧情就走不下去了。二是让顾荣安不再满足登基的条件。"

"顾谈云"没看过原著，问顾谈云："孤问你，《缘君如雪》这本书里，写了些什么？"

顾谈云没有理会他，专注地看着沈清漱，声音不急不缓道："我记得江叶和顾荣安已经见面了，她现在应该是顾荣安的侍卫。"

沈清漱点了点头。

在原著中，沈清漱入宫的那天，顾荣安独自出门买醉，遇到了女扮男装的女主角江叶，一来二去她就成了顾荣安的侍卫。

顾谈云同样也想起了顾荣安和江叶初见的缘由，脸上温柔退去，寒霜袭上。

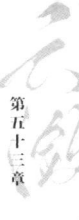

沈清潋记得现在这个时间，江叶还没喜欢上顾荣安，只要让江叶看清顾荣安的真面目，她就一定会对顾荣安避之不及。

"江叶就在顾荣安的府中，我们得找个缘由接近她。"

接近江叶的最佳人选就是沈清潋，但接近江叶，就意味着会见到顾荣安。

沈清潋抬起头看了顾谈云一眼，他低垂着头，看不清神色，长长的睫毛在眼睑下投出一片阴影。

沈清潋的视线落在他浓密的睫毛上，道："不用担心。"

顾谈云"嗯"了一声，看起来像是没了讨论的兴致，于是沈清潋换了个讨论的方向："让顾荣安不满足登基的条件这一点，我没什么思绪。"

顾谈云淡淡道："顾荣安是前朝太子之子。"

沈清潋拍了拍额头，恍然大悟道："我这个笨脑袋，差点忘了这回事。"

顾荣安并非先帝的亲儿子，而是前朝太子之子，只要他们能够证明这一点，剧情就完全偏离了原来的轨道。

眼下，天灾祸乱还未发生，在顾谈云辛劳的治理下，大燕的百姓、大臣对他这个皇帝并没有什么异议。在大臣眼里，顾谈云是一个脾气不太好但极其勤奋贤明的皇帝，只要现在揭露顾荣安的身份，顾荣安就会失去所有支持，剧情就无法再继续下去。

揭露这件事情并不难，顾荣安名义上的母亲——玉妃，确实是一个聪明的女人，她借礼佛离开皇宫，又安排流寇在路上偷袭护送她的侍卫，将先皇的人全部支开。接生婆和宫女都是她提前安排好的人。做这么多事情，俱是为了狸猫换太子，她把自己刚生下的女儿，换成了前朝太子的儿子。她的女儿成了普通农家的闺女，前朝太子之子则成了大燕的皇子。

回宫之前，玉妃杀掉了接生婆和知情的宫女。在顾荣安得知自己不是先皇的儿子时，做的第一件事就是派人去杀玉妃的女儿。可怜的玉妃对此完全不知情，而顾荣安不知道的是，玉妃的女儿逃过了追杀，她还活着。

在原著中，燕帝也曾寻过玉妃的女儿，但顾荣安有主角光环，他自然没有寻到，以为玉妃的女儿被顾荣安杀了。直到大结局，顾荣安前朝太子之子的身份彻底暴露,但那时候的顾荣安娶了权贵之女,与各大世家有着千丝万缕的关系,已经没有人在意顾荣安的身份了。

"可惜书里只说玉妃的女儿没死,却没说她在哪里。"沈清潋叹了口气,看了一眼顾谈云,"燕帝去找了没找到,我们说不定也找不到。"

顾谈云皱眉沉思,修长漂亮的手轻叩桌案,开口道:"其实我有一个想法。"

"什么想法?"沈清潋好奇道。

"《缘君如雪》这本书最大的特点是什么?"

沈清潋咬牙道:"渣男。"

顾谈云听了沈清潋的回答,轻笑出声。沈清潋学着顾谈云曾经的动作,伸手在他的额上一弹,顾谈云无奈地抓住她的手。

"你笑什么?"沈清潋挣扎着要去敲顾谈云的脑袋,"就许你弹我,不许我弹你吗?"

"你们不要太过分,孤虽然看不见,但是听得很清楚!""顾谈云"憋屈地喊道。

顾谈云的手指了指自己的脑袋,说:"他说他听着呢。"

"他听任他听,又不关他的事情,我们不要管他。"

"顾谈云"气到想吐血,这个沈清潋一点也不可爱。

闹了一番后,顾谈云双手盖住沈清潋的手,防止她捣乱,清了清嗓子,意图让气氛变得严肃些,他说:"这本书最大的特点是狗血。"

沈清潋的眼睛微微睁大,但脑子里像是蒙了一层雾,那个答案明明就在眼前,她却没有办法看到。

顾谈云继续提醒道:"你还记得你以前说的狗血文的特点吗?"

沈清潋发出了震撼灵魂的声音:"玉妃的女儿就是女主角江叶!"

顾谈云在沈清潋的额上轻轻一弹:"孺子可教也。"

"你不许我弹你,我也不许你弹我!"沈清潋说完又惊叹一声,双眼放光道,"我先前怎么没想到呢?这个可能性高达百分之九十呀!"她激动地看着他,"你简直太棒了!"

沈清潋热烈直白的视线仿佛直直看进了顾谈云的眼里,他心跳加快却故作镇定道："还好。"

"你怎么这么扭捏？这样怎么追到老婆？"

"顾谈云"总说他追不到老婆，这让顾谈云心里有些在意，他想了想，问："如果是你，你会怎么做？"

"当然是亲她。"

顾谈云的视线落在沈清漵殷红的唇上，沈清漵心中一惊，小声问："怎么了？"

顾谈云的视线艰难地从女子漂亮的唇上挪开，嗓子微哑道："我们的破局点，就在江叶身上。"

"顾谈云"嘲讽道："真是没用。"

顾谈云没理他。

听到正事，沈清漵立刻忘记了刚才那种奇奇怪怪的感觉，她给自己比了个加油的手势，道："那么，接下来就得看我出手了。"

想到沈清漵要与顾荣安见面，顾谈云的眸光微暗，对"顾谈云"道："你可真是没用。"

"顾谈云"知道他说的是自己没办法屏蔽剧情，让他们直接杀了顾荣安。他讥笑一声道："她以为你是个温润的君子，可真是识人不清。"

"友好"地讨论完毕，两人躺在床上睡觉。"顾谈云"心中不服，完全没有一点睡意，不断在顾谈云耳边诉说着自己和"沈清漵"美好的爱情故事。

顾谈云淡白的唇抿得紧紧的，眼里露出厌烦，不悦地警告道："她们不是同一个人。"

"顾谈云"不为所动，继续诉说着自己的美好爱情故事，顾谈云闭着眼睛，渐渐地，他的眉头皱得能夹死一只苍蝇。

多了"顾谈云"之后，沈清漵的生活并没有发生什么变化，但顾谈云皱眉的次数越来越多，沈清漵看着他，从刚开始的紧张，到现在有点想笑。

锦绣花园中，两人依偎而行，沈清漵抬手按在顾谈云紧皱的眉头上，笑道："你们可真好玩。"

第五十四章

顾谈云挑眉，拉下沈清潋作乱的手，语气里充满无奈，温声道："别闹。"

沈清潋用气音道："我哪里闹了，我这是在给你按摩，帮你放松眉毛，不然……"她笑了笑，"你要是变成了眉心皱纹深刻的老头子怎么办？"

自从来了花园，顾谈云的眉头就皱得能夹死一只苍蝇。

听了沈清潋的话，顾谈云轻轻笑了一声，眼中初雪消融，柔软温和："若孤成了满脸皱纹的老头子，爱妃就不喜欢孤了？"

"臣妾对陛下的爱坚如磐石，况且陛下就算成了老头子，也一定是个帅气的老头子。"

顾谈云脸上笑意款款，嘴上却道："巧言令色。"

"顾谈云"道："她说的是陛下，孤才是陛下。"

顾谈云脸上的笑意渐收，冷声回击道："她看到的是我，跟你没有关系。"

顾谈云对现在的生活很苦恼，这个家伙能听到外面的声音，明明沈清潋是在跟他说话，这家伙偏偏要自作多情地回答。不光如此，这家伙明显对沈清潋意图不轨,常常讽刺他不会追老婆,还试图说服他放他出来勾搭沈清漱。这就像你和你的老婆在过二人世界,却有一个看不见的小偷溜进你的房子,还大摇大摆地躺到床上。

眼看顾谈云脸上的表情变幻莫测,沈清漱见怪不怪,猜想他必然是又跟"顾谈云"吵起来了。她表面不动声色,心里却快要笑死了,也不知那个燕帝对顾谈云说了什么,以至于顾谈云那么讨厌他。

她问过顾谈云这个问题,但他把话题引开了,明显完全不想提"顾谈云"这个人。但顾谈云的警惕令沈清漱很放心,至少他不会被"顾谈云"欺骗。

天朗气清,清晨的太阳很舒服,两人手挽着手漫步于御花园。这天气很适合散步,沈清漱心中惰性渐生,隐约感到疲惫,如果不用管其他事情就好了,但在这个世界,就不可能随心所欲。

她握住顾谈云的手,微凉的感觉从手心传递过来,沈清漱心想,来到这个世界,似乎也没那么糟糕。

顾谈云微微一愣,顺从地任她握着自己的手。

沈清漱叹了口气,她清楚地记得他们的目的——他们相伴来到御花园,是为了迷惑顾荣安,引蛇出洞。

入宫之前,顾荣安告诉她,他在宫中安排了对接的暗桩。他曾说过,需要做什么事情,他会让宫里的暗桩去寻她,若她有什么重要消息,可以去御花园——当然,他说得没这么直接,而是先深情款款地表达了一番他的爱意和不舍,将她失去家人及迫不得已入宫的原因全部推到了顾谈云身上,还说他现在所做的一切都是为美好的未来努力,等他登基为皇,就会立她为后。

她当时特别想一口唾沫吐到顾荣安那张虚伪的脸上,好不容易才忍住。为了多获得一些关于暗桩的消息,防止日后有需要,沈清漱问他:"若是那人不在御花园怎么办?"

顾荣安说不会。

可是没有人能永远待在御花园,沈清漱猜测,顾荣安的暗桩不止一个人,他们是轮班制。她以前不想见暗桩,身边总是带着宫人,让暗桩没有现身的机会,现在，她扫了一眼不远处眼观鼻、鼻观口、口观心的宫人们，实在找不到那个隐藏在御花园中的暗桩，苦恼地叹了口气。

"你再叹气就要变成老太太了。"

沈清漵正在想事情，蓦然听到顾谈云的声音，蒙了一瞬，才意识到他在笑自己。她这次没有生气，反而看不出是认真还是调笑道："变成老太太不是挺好的？正好白头偕老。"

顾谈云的眼神有一瞬的空茫："你……"

"该开始了。"沈清漵打断他，灵动地眨了眨眼。

顾谈云从宽大的袖子里摸出道具，点了点头。沈清漵严肃地看着顾谈云，招了招手示意他低头，凑到他耳边道："拿出你最好的演技来。"

顾谈云唇角的笑意如同柔软的云，清淡温柔。

为了防止顾谈云出岔子，他们在私底下演练了好几遍，但沈清漵不知道的是，顾谈云不是不会演戏，只是不擅长在她面前演戏。他的演技取决于他想不想。

顾谈云很快进入状态，苍白的手抬起，捂在唇上，先是咳了几声，随即咳得越来越厉害，他无力地半靠着沈清漵，御花园里回荡着他撕心裂肺的咳嗽声。

沈清漵惊恐地喊道："陛下！您怎么吐血了？"

他紧紧捂着唇，红得发黑的血从指间流淌下来，染红了葱白的指尖，鲜明的颜色滴在洁白透明的石子上。

这血自然不是真的，是沈清漵提前准备好的道具，不光颜色，就连气味也跟真正的血没什么差别。考虑到顾谈云中毒了，咳出来的血应该是毒血，沈清漵还特地加深了颜色。

沈清漵在心里为自己的技术拍案叫绝，面上却惶恐地扶着半歪的顾谈云，慌乱地用手帕擦拭，那血越擦越多，像是弄倒的红墨水，浸湿了洁白的手帕，在上面绽放出一朵朵血红色的花。

她半含着泪，欲落不落地充盈在眼眶，道："陛下！"

这凄惨的音调让青年的咳嗽声停了几秒，两人视线对上，凤眼温和，杏眼清澈，他们向对方的演技各自表示了诚挚的敬意。

他看似全然无力，倒在沈清潋身上，实际上却暗暗用力支撑着自己的身体，保证不会压着沈清潋。

在远处守着的王公公几步冲过来，扶起靠着沈清潋的顾谈云，顾谈云略有遗憾地离开沈清潋温软的怀抱。

侍卫们匆忙离去，去寻御医。宫人们合力将顾谈云扶到车辇上，上了车辇，顾谈云看似撑不住，闭目晕了过去，沈清潋、王公公和一众宫人守在一旁。

他的面色惨白至极，像是已经放光了血，苍白的脸在阳光下白得透明，竟隐约透出一种神性。

沈清潋的目光在他的脸上扫过，这回她真的吓到了，他是不是演得太真了？该不会真的出事了吧？她颤抖地伸出手，沾了一点顾谈云唇角的血，放在鼻子下闻了闻——闻起来怎么这么像真的血？

王公公惊悚地看着沈清潋的动作，吓了一跳，心想清妃娘娘该不会是疯了吧？陛下、娘娘一个病、一个疯，这可怎么办啊！

王公公捂着脸小声哭了起来。

沈清潋的心思全然放在顾谈云的身上，她紧紧盯着顾谈云，见他闭着眼睛，眼珠在眼皮下快速滚动着，看起来很痛苦。

沈清潋愈加心惊胆战，一只手试探地按在他的脉搏上，另一只手轻轻戳了戳他，像是在对待易碎的玻璃制品。

青年的指尖在隐蔽的地方，钩了钩她的手心，温凉的温度惹得掌心痒痒的。沈清潋的杏眼猛地瞪大，只一秒，又恢复了先前担忧惶恐的神情——还好是假的，吓死她了。

侍卫背着两个御医很快赶了回来。明明跑的是侍卫，侍卫气息不乱，两个长须老者倒是上气不接下气。

这两个长须老者沈清潋记得，前段时间，她去太医院找医书时，遇见过他们，一个老者慈眉善目，仙气飘飘，一个老者看起来气质很锋利，像一把开刃的刀。

情况紧急，沈清潋、王公公走开，给两位老者让开位置。两位老者没有发现眼熟的沈清潋，一左一右地站在车辇旁给顾谈云把脉。

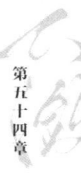

顾谈云不是真的毒发，自然把不出什么，两人的眉头紧紧蹙着。

王公公在一旁急得不得了，看两位御医一脸凝重，腿都吓得站不住，身体的力量全压在车辇上。

"陛下怎么样了？"他没忍住问了一句。

那个慈眉善目的老者说话了："陛下毒发了。"

另一位气质锋利的老者疑惑地看向慈眉善目的老者，慈眉善目的老者一脸悲切地看回去，两人眼神交流一番，气质锋利的老者蓦然会意，点头用行动赞同了慈眉善目的老者的话。

王公公彻底腿软了。

沈清漵在一边看着，为了效果真实，她和顾谈云没告诉王公公装病的计划，此时却有些不忍，安慰道："陛下一定会没事的。"

"对对对，陛下可是真龙天子，一定会没事的！一定会没事的！"王公公嘴里一直念着"会没事的"。

两位老者这才发现沈清漵，总觉得她的身形很熟悉，好像在哪里见过清妃娘娘。沈清漵冲他们点头示意，电光石火之间，他们想起来了！没想到那日的小宫女竟是清妃娘娘，还好清妃娘娘心胸宽阔，没有跟他们两个老头子计较。

除了沈清漵和两位太医，没有人知道顾谈云现在是在装病，众人火急火燎地将顾谈云送回养心殿，祈祷的祈祷，煎药的煎药。

沈清漵坐在床边，紧握着顾谈云的手，做足了关切的模样，王公公则是站在床前抹眼泪。

她叹了口气，为了计划，确实是对不住王公公这个老人家了。

第五十五章

顾谈云毒发吐血的消息迅速传了出去，朝野议论纷纷，最高兴的，无疑是顾荣安及某些前朝余孽。最初听见这个消息时，顾荣安是不信的，直到宫中探子传来消息，陛下真的不行了，他才一扫颓败之气，容光焕发，嘴角的笑意都快抑制不住。只可惜陛下还活着，他只能小心隐藏着内心的喜悦，装出一副虚伪的担忧模样。自幼，顾谈云就像一座大山，压在顾荣安的头上。父皇喜欢他，朝廷大臣拥护他，母妃竟也对他赞不绝口。不过是个中毒的病秧子，顾谈云能做到的，他也能做到，凭什么顾谈云就能压在他的头上？顾荣安每每想到这些，便嫉妒到面目狰狞。他既是父皇的孩子，又是前朝太子之子，帝王之位本来就该是他的。

顾荣安让探子将顾谈云的惨状描绘得详细一点，听罢，他悠然品了一口茶，内心却感到十分可惜，没能亲眼看到顾谈云吐血的模样。

有人敲了三下门，屋外一个雄雌莫辨的声音喊道："王爷,民女可以进来吗？"

听到门外的声音，顾荣安的心情又好了几分。

没听到回应，屋外的声音又喊道："王爷,您歇息了吗？"

顾荣安依旧没出声，倒了杯香醇的茶，细细地品着。

外面的人等了一会儿，没听到屋里人的回答，正要离开，顾荣安却淡然出声："进来。"

门推开了，外头的日光照进屋内，将昏暗驱除出去。顾荣安眯了眯眼，略有不适，太明亮了。

背光大步跨入门来的，正是书中的女主角——江叶。她身姿利落，眉目间满溢着生气勃勃的江湖气，走起路来风风火火，与京城的大家闺秀完全不同。

江叶上挑的眼看到顾荣安，笑得眯了起来："民女就知道王爷肯定没睡。"她一掀衣摆，动作潇洒地坐在顾荣安的对面，态度随意率性。

顾荣安眯了眯眼，道："本王给你请的教习嬷嬷，看起来却是一点用也没有。"

"江湖人士，不拘小节。"江叶低头去摘腰间的钱袋子，"民女又不是王爷府中的女眷，那些规矩，民女学不来，也不愿学。"

江叶自小行走江湖，为了生活，她乞过钱，做过小二，杀过人，有一套看脸色的心得。她敢这样说话，自然是能够确定，顾荣安不会因为这些而惩罚她。

顾荣安确实不会生气，反而笑了起来。他以往见过的女子，往往柔弱不能自理，磕磕碰碰都要哭个半天。像江叶这样直爽又聪明的女人，他是第一次遇见，心里起了些逗弄的心思，自然多了些纵容——把一只老虎驯服成一只猫，才有趣不是吗？

江叶将解下来的钱袋子推过去，道："还王爷一部分酒钱。"

要问江叶为什么会住进王府做侍卫，还要怪她贪嘴。她最爱的就是美酒，都怪那天的夕阳太美，风太舒服，那个酒实在是太香了，勾得她肚子里的酒虫都出来了。作为一个无酒不欢的人，她能忍吗？她当即就冲进客栈里，豪气地冲小二说："来一壶最好的美酒！"

那个酒闻起来香，喝起来也香，但是它贵啊！都说京城价贵，里面的人个个有钱，但没人告诉她，京城的酒那么贵，贵到把她卖了都付不起酒钱。她以为店家坑她，恰巧又喝醉了，便借着那几分醉意，在店里闹了一场，酒醒后才发现自己闯了大祸。

以她的身手，直接跑路完全没问题，但店家没坑她，她还把人家店给砸了，都是老百姓，她要是跑了，岂不是丧良心？所以她打算努力赚钱还给店家，店家不让她走，她理解，但她实在无法一下子变出钱。

这样想着，江叶再次对顾荣安道了一声谢："那日多亏了王爷，否则民女还真不知道该怎么解决。"

顾荣安扫了一眼江叶英气的脸，视线一滑，落在她扣得严实的领口。

江叶义正词严道："民女不卖身。"

"就你那几两肉，一点女人的样子都没有，本王怎么会眼瞎相中你？"顾荣安不屑地瞧了江叶一眼，高高在上，仿佛在看一只可以任意摆布的蝼蚁。

江叶心里有些不舒服，但想到顾荣安的身份，又有些了然，或许身份贵重的官人都是这样，况且顾荣安相比其他人，要好上许多，其他官人才不会替她付酒钱。她示意顾荣安打开钱袋："王爷您看看，民女好不容易赚到的钱，还没焐热乎呢，就到了王爷的手里。"

钱袋子沉甸甸的，打开一看，里面装满了碎银。

"放肆！"他将钱袋收起来，嘴上却斥道，"你入了本王的府邸，做了本王的侍卫，竟还出去赚别家的钱。"

江叶没忍住说道："民女早就说了，不想当侍卫。就王府给的月俸，民女要还清欠债，估计得用一辈子。"

顾荣安看着她道："在王府待一辈子不好吗？"

这句话让江叶打了个哆嗦，顾荣安一看她的模样，脸立刻黑了："在本王府中好吃好喝地待着，你还有什么不满意？"

江叶想了想，认真道："王府什么都好，但不适合民女。民女自由自在惯了，做不了王府里的金雀。"

"是本王不好吗？"顾荣安眸光温柔地问。

江叶尴尬地"呃"了一声，顾荣安的话让她有些摸不着头脑。

顾荣安明白，像江叶这样的女人，不能用强的，得温水煮青蛙，一点一点拔掉她的牙，用甘甜的蜜饯做引诱，让她心甘情愿地走入笼子，慢慢地沉沦在黑暗中。这就是乐趣。他忧郁道:"你和她一样,都不爱本王。"

江叶一听到这个"她",八卦之心骤起,双眼顿时放光。她谨记着自己一介草民的身份,试探着问道:"她是谁?"

顾荣安倒了杯茶,一口饮下,比起喝茶更像是在借酒消愁。

"幼时,本王救了她,带她入府。"

江叶"嗯"了一声,做足了倾听的架势。

"本王与她两情相悦,后来陛下召集天下美人,她被甄选入宫。"

江叶问道:"甄选不是自愿推选吗?"

顾荣安倒茶的手一顿:"这件事没那么简单,陛下不待见我,命本王亲自护送美人入京,若是本王送去的美人不能合他的心意……"他的唇角流露出一丝苦涩,"她硬要入宫,谁知道一入宫便被金银势力迷了眼,本王的处境在她入宫之后却是更加艰难了。"

对顾荣安的话,在没亲眼看到事实之前,江叶只信三分。她顺着顾荣安的话道:"那女子实在可恶。"

顾荣安一派深情款款道:"她是本王喜爱的女子,你莫要这样说她。"他叹了口气,"陛下如今病重,也不知她怎么样了。"

"王爷真是一个长情的人。"

御书房,顾寻洲努力睁大一双困倦的桃花眼,奋笔疾书地批阅奏章。原本他只需要批阅一半的奏章,在顾谈云生病后,奏章就全归他了。

养心殿却是另外一番光景,顾谈云躺在软榻上,慢悠悠摇着扇子,软榻旁的方木茶几上,摆放着各种水果、甜食。他看向另一边讨论着什么的三人,剥了颗葡萄送到沈清潋嘴边。沈清潋咬住葡萄,囫囵吞枣似的嚼了几口就吞下。她正在讨论解开顾谈云体内的毒的办法,虽然她很早就定下了解毒的药方,但她对几味药材的剂量颇有疑虑,担心药性太猛,坏了顾谈云的身子。

在两位老御医给顾谈云把脉时,沈清潋灵光一闪,她不应该一个人闭门造车,这些老御医医术定然比她好,见识也比她广阔,因此她将药方拿了出来。

两位御医在看到药方之前，心中有些不以为意，一个养在深闺的女子哪怕有些医学天赋，又能有多厉害？他们研究了这么多年，都对陛下的毒毫无办法，只能压制，无法清除，一个年纪轻轻的女子能解开这毒，他们是万万不信的。

直到他们看完药方，两位御医忍不住为沈清漱的大胆拍案叫绝。

与两位御医交流之后，沈清漱原本有些困惑和不确定的点也迎刃而解。她这才发现，以往的自己太过自负，若非这两位老御医的帮助，她不可能这么快就确定好那几味药材的剂量。果然人不可过于自傲，自傲则自封。

两位老御医同样对沈清漱的医术赞不绝口，心里却还是暗自可惜沈清漱是个女子——倒不是他们认为女子配不上这样的医术，而是世人对女子多有偏见。流言蜚语能杀人，女子若要行医问诊，要比男子难上千倍万倍。

在三人的讨论下，第一个药方终于新鲜出炉，是药浴，在顾谈云毒发时使用，现在用不着。

两位御医离去时，沈清漱尤为依依不舍，回过神来才发现顾谈云的怨气都要突破天际了。沈清漱强忍住笑，第一次见顾谈云那张光风霁月的脸上布满怨气，道："被我忽视了这么久，不高兴了？"

顾谈云躺在软榻上，微微仰起头，露出线条流畅的侧脸。沈清漱站在一旁挑了挑眉，杏眸扫过他颤抖的睫毛，高挺的鼻子，淡白的唇。

顾谈云按了按额角，道："脑袋痛。"

沈清漱抬起两只手，问："要我帮你按摩吗？"

顾谈云垂下眼，看起来有些可怜，嘴里却斩钉截铁道："要。"

沈清漱坐到软榻边，抬手轻柔地给顾谈云按摩头部，夸道："这个角度挺好看的。"

顾谈云勾唇淡笑。

两人睡了一觉，第二日天朗气清，是个行动的好日子。他们早就确定好了计划，如何见到江叶，又该如何设计让江叶厌恶顾荣安。

沈清漱和顾谈云依照计划行事，换了一身低调的行头出门。

粉雕玉琢的小姑娘眼尖，瞧见了沈清潋清丽的背影，衣裳太素了，但确实是沈清潋的背影。旁边那个穿着侍卫服，戴着面具的男人，似乎也有些眼熟。她在亭子下用力喊了一声"嫂嫂"，边喊边急匆匆地朝沈清潋跑过去。

沈清潋听到喊声，站了一会儿，犹豫要不要赶紧跑路。

只一会儿，六公主顾和乐已经扑过来抱住了她的腰。小姑娘吸了一口沈清潋身上的香味，语气里充满了怨气："这么久了，你为什么不来找我玩？"

顾谈云的手一动，想起自己现在的身份，强忍住了。

顾和乐缩了缩脖子，似有所感地回头去看顾谈云，为什么她有一种这人想要提着她的后领，带她离开的错觉？

沈清潋怕顾和乐认出顾谈云，喊出顾谈云的身份，急忙道："六公主不是不喜欢我吗？"她伸手捏住顾和乐的脸蛋，没有用力，反而显得很亲昵。

顾和乐松开沈清潋的腰，扬起脑袋道："嫂嫂先前不是说会去教训林净吗？我当然是来检查嫂嫂的进度了。"顾和乐是想继续矜持的，但等了这么多天，她等不住了。小姑娘脸皮薄，拉不下面子，好不容易才找到了这个借口。

沈清潋一愣，近些日子事多，她倒是把这件事情忘了。

小姑娘的眸子晶莹剔透，无忧无虑，可见她被保护得很好，几天过去了，顾谈云毒发的流言从未传入她的耳中。

顾和乐扫了一眼沈清潋的衣着，眼珠机灵地转了转，问："嫂嫂是要偷偷出宫，去教训林净吗？"

沈清潋回头看向侧后方的顾谈云，做了一个口型：怎么办？

"嫂嫂你放心，我不会告诉皇兄的。"小姑娘眨了眨大眼睛，"我也想出去玩，七皇兄最近不知道在忙些什么，都不带我出宫玩，嫂嫂你带我出去吧。"她拽了拽沈清潋的衣袖，"我想看嫂嫂教训林净，好不好吗？"

小姑娘扯着沈清潋的袖子扭来扭去，身后的顾谈云眼眸微眯。沈清潋奈何不了撒娇耍无赖的顾和乐，只好牵着她一起出宫。

他们出宫的第一步，就是要吸引顾荣安的注意。倒不如就选林净，正好兑现同六公主的诺言。

第五十六章

顾和乐一路上说个不停，小姑娘清脆稚嫩的声音让这一路欢快了许多——欢快是属于顾和乐的，与顾谈云无关。

沈清漱牵着顾和乐，两人聊得热火朝天，完全忘记了顾谈云的存在。因着伪装，他默默跟在两人身后，没能跟沈清漱说上一句话，甚至连一个眼神也没能得到。

"顾谈云"对此讽刺个不停，惹得他周身的温润气息渐渐散去。他一身黑色便装，面具也是黑色的。他寒冷的气场几乎要突破面具，就连身边的空气仿佛都是冷的。

沈清漱一身素色衣裳，头上戴着帷帽，看不清面容。小姑娘粉雕玉琢，活泼可爱。路边的行人看到他们三人的组合，都禁不住分了一点视线看过去。

三人之中，顾和乐对街巷最为熟悉，因为顾寻洲经常带她到宫外玩。她拉着沈清漱跑到一个卖手工制品的摊子前，摊上摆着各种小玩意儿，有草编的，也有纸叠的，还有用木头雕的，个个精致漂亮，栩栩如生。

沈清漱的眼眸一亮，没想到这里还有这些精巧的玩意儿卖。

"这边这些都是五文钱一个，个个都漂亮得紧，夫人、小姐可以多挑挑。"小贩热情地推销道。

顾和乐到底是个小孩子，哪怕经常出宫，依旧是看什么都稀奇。她看了一个又一个，最后都不想放弃，一共挑了十几个。挑完后，她讨美人欢心似的捧到沈清漱眼前，说："嫂嫂有没有喜欢的？我买给嫂嫂！"

"顾谈云"挤对道："和乐比你厉害多了。"

顾谈云不服气道："彼此彼此。"

"顾谈云"又道："她说我浪漫，我们每年都会坐在屋顶看烟花。"

顾谈云回道："她夸我做饭好吃，就想嫁给我这样的男人。"

两人争论许久，都没能分出上下，倒是各自吃了一口憋屈的醋，想起各自口中的沈清漱严格意义上来说并不是同一个人，才各自释怀，不再斗嘴。

顾和乐还捧着一堆小玩意儿，等待着沈清漱的挑选："不可以敷衍，要挑一个喜欢的。"

沈清漱蹲下身，仔细看了一遍，挑了一只草编的蝴蝶。她提起小蝴蝶，蝴蝶的翅膀编得很薄，在风中颤巍巍的，仿佛下一刻就要飞起来。她不由得想起顾谈云垂下眼时，长长的睫毛也正如这般。

沈清漱手一顿，眉心渐渐蹙起，她看的明明是蝴蝶，怎么想到顾谈云了？

"这个要贵些，十五文钱一个。"小贩的声音这次有点抖。

沈清漱看过去，不由得失笑，顾谈云一身黑，不知是衣服、面具的原因，还是腰间挂着长刀的原因，他看起来不像个买东西的，倒像是杀手。与杀手不同的是，他的气质要温和一点点，"有疏离感"更适合描述他。

他捏着一条红绳，红绳下面吊着一只可爱的木雕小猪，举着猪蹄张牙舞爪的。沈清漱忽然想起一句话——这个杀手不太冷。想到这里，她笑了出来。

顾谈云听到沈清漱的笑声，侧眼看过去，跟着弯了弯唇角："这个，还有那些。"他看了一眼顾和乐手里的小玩意儿，"我们都要了。"

见他拿出钱袋，小贩这下不怕了，接过钱笑得合不拢嘴，一下子卖出这么多，

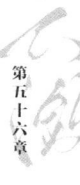

今日可以提早收工了，这可真是贵客啊！

顾和乐看看自己手里的小玩意儿，再看看沈清潋手里的小蝴蝶，总觉得哪里不太对，还未想清楚哪里不对，就看到沈清潋走到黑衣面具男人的身旁，两人的背影看起来极为登对。

顾谈云平日里穿的都是宽松的衣服，这件便衣是紧身的，顾和乐没能认出这个戴黑面具的男人是她的哥哥。一看这情形，她心里顿时警铃大作，小小的身子像泥鳅一样，迅速滑到沈清潋和顾谈云的中间，撞开他们，将两人隔离在两边。

嫂嫂是她皇兄的，谁也不可以跟皇兄抢。

顾谈云的身体岿然不动，沈清潋被撞得往右挪了一步，低头一看，发现是顾和乐。

顾和乐歪着头，佯装可爱地眨眨眼，向沈清潋伸出小手，道："嫂嫂要牵着我，哥哥说外面有很多坏人，就想骗我这样伶俐可爱的女孩子。"她骄傲地仰起头，"嫂嫂可要保护好我。"

顾谈云在另一边，低头看着顾和乐的后颈，危险地眯了眯眼。

沈清潋笑着牵住顾和乐举起的小手，顾和乐开心地弯起眼睛，想起了另一边奇奇怪怪的黑衣男人，偏过头冲顾谈云做了个鬼脸。

沈清潋继续看向摊子上的东西，终于找到了一只小老虎，脸圆圆的，如果不是头上刻着一个王字，或许会被误认为猫。倒是跟顾谈云有些像，明明是只老虎，在她面前却永远像只收着爪子的小猫。

"嫂嫂喜欢这个？"顾和乐把脑袋凑过去，看了一会儿道，"挺可爱的。"

沈清潋掏出自己的荷包，正要付钱，就见顾和乐伸手抓住她的荷包，沈清潋疑惑地低下头。

顾和乐终于知道先前那种不对劲的感觉是什么了，她送给嫂嫂的东西，却是那个侍卫付的钱，那还能算是她送的吗？她又瞪了顾谈云一眼，顾谈云的眼神凉飕飕的。

顾和乐豪气地掏出一颗圆润的珠子，道："嫂嫂喜欢什么，我买！"

沈清潋从她手里拿回自己的荷包，瞥了一眼顾谈云，微笑道："这个我得自己买。"

"为什么？"

"这是买给某个人的礼物。"

顾和乐立刻警惕道："送给谁的？"她都没有，谁敢跟她抢嫂嫂的东西？

沈清澈蹲下身，在顾和乐耳边轻声道："送给陛下的。"

顾和乐暗淡的眸子一下子就亮起来了，小手一挥："那就让给皇兄吧。"

顾谈云捏着手里的木雕小猪，面具下的唇角忍不住翘起，疏离感散去。

顾和乐暗自瞥了顾谈云一眼，警惕感重新升起，趁着沈清澈没注意，她对顾谈云做了一个口型。顾谈云看懂了，她说的是：癞蛤蟆想吃天鹅肉。

顾谈云今日虽然换了装，但气质犹在，他与癞蛤蟆根本扯不上什么关系，但在顾和乐眼里，除了皇兄，谁凑到沈清澈面前都是癞蛤蟆。

"顾谈云"哈哈大笑，顾谈云的气息愈加冰冷。顾和乐不知怎么，忽然有点害怕，默默地落后一步，用余光观察旁边的黑衣男人，总感觉有点熟悉。

她自以为隐晦的打量，自然瞒不过沈清澈和顾谈云。小姑娘古灵精怪的样子令沈清澈觉得好笑，顾谈云觉得头疼。

这一路，沈清澈和顾谈云没有说过一句话，看起来没有任何关系，顾和乐却在他们身上察觉了一种默契，没有人能插入他们中间。

这个人是侍卫？皇兄应该不会安排一个情敌保护嫂嫂。顾和乐不太确定，再仔细看黑衣人的身量、体形，不太像一个侍卫。

三人经过一条暗巷时，顾和乐忽然转头看着顾谈云，问："你是太监吗？"

沈清澈听到这个问题，笑得快直不起腰来。顾谈云笑看着沈清澈，问："你觉得呢？"

沈清澈的笑声顿住，想起在宫中初遇的那个晚上，心里颇有些不自在。

顾和乐听到顾谈云的声音，瞪大眼睛，愣愣地抬起头，盯着顾谈云的下巴，那里也做了伪装，不似以往苍白的颜色，而是古铜色，但声音确实是皇兄的。

完了，顾和乐脑子混乱了，试探道："皇兄，你能当刚刚什么都没发生吗？"

顾谈云笑道："刚刚不是还挺嚣张的吗？怎么这么快就漏气了？"

"我以为有外人想勾搭嫂嫂嘛。"

顾谈云捏了捏顾和乐的脸颊："回去再算账。"

顾和乐安静了，乖乖地跟着两人，再也不敢作妖。

沈清漱看着他们，忍不住又捂着肚子笑了，顾谈云笑了一声，忍不住抬手在她额上敲了一下，揶揄道："回去再跟你算账。"

"算什么账？"

顾谈云淡笑不语。

两人这一趟是去找林净的，林净是个纨绔子弟，平日里不是流连于青楼，就是在酒楼当冤大头。来得早不如来得巧，他们远远看到正在酒楼欺负人的林净。

江叶冷冷地看着对面的纨绔，她现在的身份是王府侍卫，若不是怕招惹事端，给安王添麻烦，她一定当场把这个纨绔的狗腿打断！

林净还在叫嚣："你敢打我吗？我可是当朝礼部尚书之子！你要是敢动我一根汗毛，我爹定会让你吃不了兜着走。"

江叶松开的拳头又捏紧了，强忍住气道："这玉佩不是民女碰碎的。"

"不是你碰碎的？"林净绕着她打量一圈，"难不成是我在撒谎吗？"他看向旁边的围观群众，"大家评评理，是本公子在撒谎吗？"

所有人都看到了，今日这件事，就是这位姑娘运气不好，林净在厢房不知道跟谁吵了一架，怒气冲冲地跑出来，撞到了这位姑娘。林净心里有气，跟一个姑娘撞上，对方没动一下，他一个男人摔了，顿时觉得没面子，于是脑子一转，想到了一个发泄怒气的主意——他将腰间的玉佩扔在地上，说是这个撞他的姑娘碰碎的。

大家都知道真相，但林净可是礼部尚书的儿子，林尚书的家族势力可不是好惹的，因此所有人都表示，林少爷没有撒谎。

江叶没说话，过了一会儿才道："您如何才肯了结这件事？"

林净用扇子敲着下巴，绕着江叶走了一圈，江叶微微蹙起眉，林净嬉皮笑脸道："你长得倒颇有姿色，不如来本少爷的后院？"

第五十七章

沈清漱没有回头，仗着自己戴着帷帽，平缓了一下呼吸，小声说："你们这儿的男人都这么油腻吗？"

她自然是在跟顾谈云说话。

顾和乐在一边撇了撇嘴，附和道："好油。"

沈清漱只是随意问问，顾谈云却垂眸仔细想了一下，说："或许是写文的作者喜欢这样的。"

这句话顾和乐没有听懂，林净怎么跟写文的扯在一起了？她担心这是成年人之间普遍都懂的东西，若是问了，会显露自己的无知，但不说话又显得很没存在感，于是跟着道："肯定是这样的！"

沈清漱笑了，松开拉着顾和乐的手，捏了捏她的脸颊道："这么一想，还真的是。"

仔细一想，真是有点奇怪，凡是书里有名字的角色，戏份越多，与顾谈云越亲近，就越是油腻。顾荣安是男主角，名义上是顾谈云的弟弟，数他最油腻；

林净是书里的反面角色，也是油腻得不行；顾寻洲虽然戏份不多，但同样间歇性地让人感到油腻。他们就像是同一个人创造出来的，除了各自的性格不同，都有一种强烈的油腻感。

三人窃窃私语时，另一边的事态还在发展。

眼看江叶抿唇强忍，一副忍气吞声的模样，林净酒劲上头，越发胆大妄为，伸手朝江叶漂亮英气的脸蛋摸去，江叶皱眉躲开，林净的手再次追过去。他竟在公共场合调戏良家妇女。

沈清澈气愤道："呸，这个林净可真是目无王法。"

帷帽下，少女清亮的眸子微眯，多了一种一往直前，遇神杀神遇鬼杀鬼的气势。她抬起腿，停在半空中，又收回腿，动作间多了些犹疑。她再次抬起腿，又停在半空中……怎么往前不行，退后倒是可以？

还好江叶轻功不错，林净每次伸手，江叶仿佛都能预料到他手部的运动轨迹，没让林净碰到自己一根汗毛。

林净自小被捧着长大，除了晏春生，还没人能让他吃瘪。晏春生至少是个男人，斗输了也不太要紧，但江叶区区一个女人，竟敢如此嚣张？林净次次失手，自觉颜面尽失，他堂堂大丈夫，竟让一个女人欺负成这样！他最在乎的就是脸面，这会儿都没脸了，还管什么美人？

"你们这群废物，还不赶快把她抓起来！"

听到林净的命令，五个家仆顿时朝江叶围攻过去。这五个家仆里，有三个武功不错，然而任凭他们武功再好，依旧摸不到江叶的一根头发。江叶仿佛一条滑不溜手的泥鳅，在众人之间游走。

林净在一旁看着，忍不住大骂道："废物！连个女人都抓不住，要你们有什么用。"

那几个家仆眼神一厉，下手更加狠辣，俨然一副不顾江叶性命的模样。江叶集中注意力应对，闪躲得十分吃力。

眼见江叶逐渐落了下风，林净忍不住拊掌而笑："打得好，弄死她！"

得了林净的夸奖，家仆们下手愈加狠辣，江叶气得狠狠咬牙。任凭谁走路走得好好的，遇到林净这种人都会生气。明明是他撞的她，她还没说话，这人就噼里啪啦一顿怒骂，那玉佩明明是他从腰间解下，砸在地上的，偏偏要冤枉是她撞碎的。

哪怕是在凶险的江湖，江叶都没遇见过这种奇葩。若非有人点明她的身份，说她是安王府里出来的人，她一定把这个公子哥揍一顿。他最好祈祷自己以后不要落单，不然她一定会偷偷把他揍一顿！

眼见林净的家仆下手毫不顾及她的性命，江叶心里的气更加憋不住了，一脚将一个家仆踢飞在地。

沈清漱看着眼前这场混战，她的脚不断抬起、放下，尝试了很多次，硬是没能往前移动一步——不是她不想走，而是有一股力量在阻止她往前走，就连想要说话，也无法张开嘴。

无法行动，无法说话，这种感觉她很熟悉，是剧情在阻止她。可是林净又不是什么重要人物，为什么剧情要阻止她？现在发生的事情跟主要剧情有关吗？

沈清漱百思不得其解，视线落在那泥鳅一般的英气女子身上，这个人……

顾谈云此时也觉察出不对劲，往前迈了一步，离沈清漱更近了些。沈清漱悄悄靠近顾谈云，回过头，见他的目光清澈柔和，躁动的心才平静下来。

顾谈云就像她的指南针，当迷茫慌乱时，他总能可靠地给她指出方向。

她隐晦地指了指自己的嘴巴，再指了指自己的腿，然后摆了摆手。

顾谈云看着她，渐渐蹙起眉："你现在说不出话，也没办法往前走？"

沈清漱点了点头，一副求救的模样。

六公主捏着拳头怒目看向林净，听了这句话抬起头来，大大的眼睛里是满满的疑惑，皇兄和皇嫂在玩什么游戏吗？什么说不出话，也无法往前走？

当她的小脑袋正在努力思考发生了什么时，就看到皇嫂牵住皇兄的手，指尖在皇兄的掌心划了划。顾和乐的眼睛一下子就亮了，皇兄和皇嫂是在调情吗？

顾谈云半垂下眼，手心的触感一路酥麻到心底。风将他们的衣袖搅和在一起，沈清漱表达完自己的意思，就立即松开了顾谈云的手。

面具下，顾谈云不舍地扫了一眼少女细腻的手。

酒楼里有一部分人注意到了沈清漱一行，一个头戴帷帽身姿轻灵的女郎，一个一身漆黑戴着面具的青年，还有一个粉雕玉琢的女娃娃。在嘈杂混乱的场面中，他们的安静尤为引人注意。

沈清漱敏锐地觉察到一股黏腻的视线，那道视线就像阴沟里见不得光的老鼠，躲在阴暗的角落默默地观察着。她将所有人都扫了一遍，也没能找到那个目光的主人，就要收回视线时，她的余光在楼梯口的扶梯上扫到了一只手——手的主人往楼梯上方走了一步，彻底消失在沈清漱的视野中。

顾谈云早就发现了那人，唇角微挑道："是顾荣安。"

顾荣安的手上常年戴着一枚翡翠绿玉扳指，那是先皇赏给他的，是唯一他有而顾谈云没有的东西。顾荣安特别宝贝那枚玉扳指，一直戴在手上，从未摘下。

而楼梯扶手上的那只手就戴着那枚玉扳指。

顾荣安一直站在楼上，注视着楼下发生的一切。他看着林净对江叶动手动脚，心里甚是气愤。在他的心里，早就将江叶当成了自己的东西，不过这可是个好机会，再等一等，就轮到他英雄救美了。

顾荣安的耐心很好，直到他看到一个熟悉的身影，这个世上他唯一不能拥有的女人——沈清漱。他清楚地记得那种只能眼睁睁看着她靠入仇人怀抱的无力感。如果说顾谈云是他最恨的人，那么沈清漱就是他第二恨的人，她竟敢背叛他！

顾荣安无数次幻想顾谈云失去皇位的那一天，他一定要让顾谈云眼睁睁看着沈清漱跪在地上，祈求他的爱怜，再赐顾谈云一死。

"稍等。""顾谈云"说了这句话后，便没了声音。

沈清漱的目光挪到江叶的身上，剧情阻止她出手，绝不可能仅仅是因为林净，他没有这么重要，看来这个女子的身份不简单。

过了几秒，顾谈云薄唇微启："他说好了。"

沈清漱瞬间收回飘远的心思，试探着发出一个音节："啊……我可以说话了！厉害！"

"顾谈云"懒洋洋的声调里多了几分得意："她夸我厉害。"

顾谈云道："那又如何？"

多次对峙中，顾谈云已经掌握了胜利的方法，那就是不管"顾谈云"说什么，他只需把自己当成正主就可以了。无论出现多少个"顾谈云"，沈清潋最为信任、关心的一定是自己，这是顾谈云的自信。

"顾谈云"不屑地"呵"了一声，顿了顿，道："保护好她吧。"

"不用你这个外人来提醒，我的妻子我自然会保护好。"

在顾谈云和"顾谈云"舌战时，沈清潋蹲下身，轻声在顾和乐的耳边说了什么，惹得顾和乐双眼放光，兴致勃勃地捏紧了小拳头。

"嫂嫂放心，交给我没问题。"顾和乐拍了拍自己的胸膛。

沈清潋笑着点头，站起身柳眉一挑，袅袅娜娜地朝林净的方向走去，身形娇弱的她瞧着没一点杀伤力。顾谈云跟在她的身后，全身冷冽，气势毫不掩饰，人群不知不觉地往旁边挪动，给沈清潋让出一条路来。

顾和乐站在原地没动，她有自己的任务。

林净完全不知道，有人移动到了自己的背后。他满脸涨红地看着一次次躲过危机的江叶，恨不得当场杀了这个女人。他的全部注意力都放在江叶身上，没能发现身后的危机即将来临，或许他看到了沈清潋，但以为只是一个戴着帷帽的弱质女郎罢了。

家仆们忙着抓江叶，没往这边分一个眼神。在京城，除了皇帝、王爷及六公主，谁敢招惹林净？谁敢招惹林尚书的独子？敢招惹这个小霸王是不要命了吗？因此他们对林净的安全是极其放心的。

沈清潋手背在身后，比了个手势，示意顾谈云做好接住她的准备，顾谈云失笑。她挪步到林净身后，帷帽下的嘴角露出恶意的笑容。

江叶和家仆混战的范围逐渐扩大，为免波及自身，林净往后退了一步。沈清潋立刻脚一歪，往林净的方向摔去，她的两只手往前伸，用力将林净往前推，然后顺势倒在地上。

即将摔在地上时，顾谈云的手撑住她，分散了一部分下落的力量，沈清潋最后轻飘飘地摔倒在地上。顾谈云护住她后，便收回了手，这一套动作如同行云流水，两人默契得仿佛已经演练了上千遍。

另一边的林净没人护着，摔得就有点惨了。沈清潋是从背后推他的，他一个踉跄，脸朝下往地上摔去，高挺的鼻子最先跟冰冷的地面接触，疼得他蜷缩在地上，呜哇乱叫，完全失去了作为一个大家公子的形象。

沈清潋听到林净的惨叫声，用袖子遮住脸，露出恶劣的笑容。顾谈云的眼神中满是纵容和无奈，面具下淡白的唇微微勾起——有一个调皮的妻子，生活中总是充满着各种惊喜和刺激。

混战的家仆和江叶听到林净的惨叫声，全部看过来，只见林净的鼻子红肿，两道蜿蜒的血液自他的鼻子流下。

江叶见了林净的惨状，没忍住"扑哧"一声笑了出来。林家家仆急忙过去围着林净，林净用手抹了一下鼻子，鲜艳的血染红了指尖，他双目一翻就要晕过去。

一个家仆吓得使劲摇晃他："少爷，您撑住啊！"

这一声凄厉的叫喊把白眼翻到一半的林净吓得回过神来，他捂着鼻子，龇牙咧嘴地一巴掌扇在那个家仆脸上，吼道："蠢货，你叫魂呢！"

家仆们见林净活蹦乱跳的，才放下了心。少爷的命就是他们的命，少爷若是没了，回去之后林尚书必定饶不了他们。

沈清潋咳了一声，将众人的注意力吸引过来。

林净疼昏了头，听到沈清潋的咳嗽声，才想起这个把他害成这样的罪魁祸首。他将围在身旁的家仆们推开，站起身，横眉竖目道："你是什么人？竟然敢故意撞本公子！"说话扯到了伤处，他又是一阵龇牙咧嘴，"敢招惹我，你知道我是谁吗？"他看了一眼站在一边的江叶，再看一眼地上柔弱的沈清潋，"呸"了一口，"果然是唯女子与小人难养也！"

他不折磨死这两个女人，就不姓林！

沈清潋发出柔弱的声音："我没有撞你，明明是你退了一步撞到我了。"

林净听了这句柔柔弱弱的话，气得差点吐出一口老血，这女郎颠倒黑白的本事倒是不错。他诬陷别人可以，别人敢诬陷他？他定会让她明白，什么叫求生不得，求死不能！

见他的双目盛满阴毒的怒火，沈清潋吓得往后一缩，头上的帷帽一歪，落

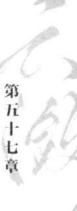

在地上，露出一直隐藏的真容。

出水芙蓉，秀若桃李。整个酒楼瞬间安静，众人放轻了呼吸，生怕把美得不似凡人的女郎吓跑。

沈清澈再次感觉到了那股视线，顾荣安站在楼梯上，俊秀的面容上多了几分阴狠，他阴森森的目光落在沈清澈漂亮的侧脸上。

"蠢货。"顾荣安的耳边响起一个声音，那个声音听起来很诡异，像是石头在粗糙的树皮上划过。

"臭虫出现了。""顾谈云"忽然说了句没头没脑的话。

时间仿佛静止，女郎身旁的黑衣男人苍白的手抬起，拾起落在一边的帷帽，恰好挡住了顾荣安的视线，仿佛按下开关一般，整个酒楼重新活了过来。

林净捂着鼻子，怔然回神，一动不动地看着沈清澈的脸："没想到竟是个大美人！"

长得这么好看，他就暂时原谅她的无理吧。林净笑了两声，龇牙咧嘴地指着沈清澈道："你们把她带回去，小心不要伤到她。"

顾谈云的眸色微冷，林净感到脖子微凉，收起手里的扇子，这么热的天，怎会有凉飕飕的冷风？他随便指了两个家仆，那两个家仆平日跟着林净，坏事做了一箩筐，他们看了沈清澈的美貌，心中生了些龌龊想法，准备在带她回去时顺手揩油。

那两个家仆还没靠近沈清澈，便被人一脚踢飞，一个是顾谈云踢的，还有一个是江叶踢的。

顾谈云那一脚踢得巧妙，那个家仆往林净的方向飞去，"哎哟"一声，家仆带着林净一起和冰冷的地面来了个亲密接触。

林净之前摔的是鼻子，现在摔的是后脑勺，他的耳朵嗡嗡直响。

是时候吐血了——沈清澈抓住时机，咬破早已准备好的道具，鲜红的血从她的唇角流下来，素色的衣裳上只一会儿就开出一朵朵血红色的花。

沈清澈今日特地换了一件素色衣裳，就是为了让颜色更明显一点。

顾和乐在一边压抑着自己的兴奋，嫂嫂交代过，吐血就是行动的信号。她倏地一下从门口冲到沈清潋身旁，晶莹的眼泪珍珠似的一粒粒掉落："嫂嫂，你怎么吐血了？"她偏过头恶狠狠地瞪着林净，"哪个不长眼的，竟敢动本公主的嫂嫂！"

这句话喊得众人又是一惊。在皇城中，估计没人会胆大包天地假冒公主，这小姑娘应是公主无疑，那公主的嫂嫂……当今陛下只有一个妃子，传言极为美貌，深得陛下宠爱。

沈清潋挪开捂着唇的手，细腻白皙的下巴上一片鲜红。

林净刚缓过疼痛，正要继续放狠话，就听到这么一句爆炸性的指责，顿时吓得面色惨白。无论他做了什么，他爹都能保他，但这位可是陛下的女人，他刚刚似乎调戏了陛下的女人！这位娘娘还吐血了！

沈清潋给了顾和乐一个赞扬的眼神，没想到小丫头演技还不错。

若非还在演戏，顾和乐的头估计会昂得高高的，嫂嫂比皇兄有意思多了！

林净强行让自己冷静下来，这位娘娘吐血跟他无关，只要能够取得娘娘的原谅，他应该还是有救的。

他扇了身边的家仆一巴掌，吼道："没看到清妃娘娘吐血了吗？还不快去请大夫！"

家仆恍若梦醒，急匆匆跑了出去。

林净扯出一个讨好的笑，道："娘娘放心，在下一定会找到伤害娘娘的贼人，替娘娘报仇！"只要把这个锅抛出去，就不关他的事了。

沈清潋捂着胸口，弱不禁风地咳了几声，指向林净道："就是你撞的我，是你把本宫给撞伤了。"

"娘娘可不要血口喷人啊！"林净不可置信地瞪大眼，他可是林尚书的儿子！跟林家作对，有什么好处？

"本宫走得好好的，就是你要谋害本宫。"沈清潋的脸上多了几分不悦，"本宫身子不好，磕着碰着，都会对本宫造成极大的伤害。你们请来的人，不知道是想救我还是想害我，本宫可不敢让你的人治！"她看向顾谈云道，"小李子，背本宫离开这里！"

看戏的人原本以为帷帽女子和黑面具男子是一对夫妻，再后来沈清漱的身份揭露，他们以为黑面具男人是侍卫，没想到居然是太监！真是太可惜……

青年身形挺拔，带着几分冷淡疏离，听到"小李子"三个字，黑色面具下，青年淡色的唇轻轻勾起。

沈清漱对上他的眸子，轻轻咳了两声，移开了视线。

"回去再算账。"顾谈云小声道，垂下眼，听话地转过身，蹲在沈清漱的身前。

沈清漱搂住他的脖子，然而林净知道，绝不能让清妃娘娘就这样离开。

"娘娘，您都吐血了，再行动不更容易伤了身子吗？"林净小心翼翼建议道，"不若还是等等，大夫很快就来了。"

沈清漱掏出手帕，将唇角的血一点一点擦干净，道："本宫歇了一下，觉得身体还撑得住。"

黑面具下，青年的眼眸里盛满宠溺的笑意。

林净快走几步，挡在顾谈云面前，顾谈云垂下眼，没有情绪的眼神落在林净的脸上。他的眼神无波无澜，林净却感觉到一种恐惧，怀疑黑衣男人打算踹飞自己。

林净双腿发软地挪开步子，走到一边，不敢挡在他们前面。眼见顾谈云背着沈清漱就要离开，他不甘心，还要说些什么，却见顾和乐跑过来指着他，厉声道："本公主命令你不许再说话！"

林净不甘地闭上嘴。

沈清漱擦干净唇角的血，欲要将手帕收入袖口，谁知却没拿稳，手帕随风飘起，将要落在地上时，一只手接住了它。

江叶拿着手帕，指尖粘上了一点血，她将鲜红的颜色抹开在手背上，看着手背上刺目的颜色，了然一笑。这不是真的血，难怪人都吐血了，他们还有心情一来一往说那么多话。

忽然感觉到有人扯了扯自己的衣角，江叶低头一看，顾和乐冲她眨了眨眼，道："本公主追不上嫂嫂他们，你可以帮本公主去看看嫂嫂吗？"

江叶笑了笑："能为小公主服务，民女荣幸之至。"

她抬腿追上沈清漱和顾谈云，有了六公主的吩咐，林净自然不敢拦她。

顾和乐坐在酒楼里，看着他们的背影渐行渐远，又看看一旁不断解释的林净，叹了口气。皇兄、皇嫂过二人世界也就罢了，为什么嫂嫂特地点明要江叶跟上去，却让她在这里待着？还要她给江叶递梯子。

顾和乐又叹了口气，为什么痛苦总是她来承受？于是她将怨气全部发泄在了林净身上，放狠话道："你等着吧，皇兄知道了必定不会饶你！"

林净瘫软在地上，内心绝望。

沈清漱趴在顾谈云的背上，偏头看着身侧的江叶，剧情不让自己出声，定然是行动了就会改变什么，这个女子的身份一定不简单。看她眉眼英气，武功不错，沈清漱清亮的眸子看着江叶，灵光一闪，或许她就是……

她打量的眼神并不隐晦，江叶知道她在看自己。

"你叫什么名字？"

"江叶，江面上飘零的落叶。"

江叶的回答验证了沈清漱的猜测，她努力压抑住心头激动的情绪，没想到今日竟会有这个意外之喜，能够提前结识原著中的女主角江叶，看来打乱剧情指日可待。

听到这个名字，"顾谈云"意味不明地笑了一声，笑声里有种幸灾乐祸的感觉。顾谈云则安安静静地背着沈清漱，专注着脚下的路，只在"顾谈云"发笑时，疑惑了一瞬，怀疑他又要使坏。

沈清漱压下激动的情绪，她要一点一点将话题引到想要的方向，想了想，她对江叶说："你是安王的人？"

江叶忍不住偏过头，定定地看着沈清漱。安王前些日子说起过清妃娘娘，在安王的嘴中，清妃娘娘是个爱慕虚荣、背信弃义的小人，但真正见了清妃娘娘，她却忍不住心生好感，总觉得清妃不是安王口中那样不堪的人。

她们应该是朋友——江叶不明白自己为什么会这样想，她是皇宫里金尊玉贵的清妃娘娘，而自己是江湖里一片无足轻重的叶子，再怎么想，她们成为朋友

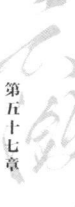

也是天方夜谭。

江叶看了一眼黑衣黑面具的男人，这个人同样十分奇怪，他隐约的警惕，表现了他对背上女子的占有欲和保护欲，而他背上的女子亦十分信任他。

一个是太监，一个是娘娘，江叶垂下眼，细细思量着。

沈清潋掀开帷帽，没了遮挡，她能清晰地看到江叶的表情，她问："你在想什么？"

江叶怔然回神，回答了沈清潋先前的问题："民女只是暂住安王府偿还债务，不算是安王的人。"迎着沈清潋清亮的没有一丝阴霾的眼睛，她笑了笑，郑重道，"民女不会是娘娘的敌人。"

江叶这番话说得很巧妙，在安王的嘴中，他和这位清妃娘娘曾经两情相悦，无论清妃娘娘现在对安王有情，或是只想拉安王下马，江叶都在表明，她不会与清妃作对，她只是一个偿还完债务就会离开的无关人物。

沈清潋知道一部分原文，其中包括男女主角的初见，江叶为何会进入安王府，除了顾荣安和江叶，最了解的就是沈清潋了。她佯装懵懂，好奇道："债务？"

江叶不好意思地摸了摸鼻子，说："说来简单，民女好酒，酒醉后不小心闹了些事。"

沈清潋捂着嘴笑了："看来是喝酒误事，那以后还喝酒吗？"

江叶没有先前那般谨慎，笑着道："酒是民女的命根子，没了美酒，这个世界还有什么意思？"

沈清潋并不是一个难相处的人，两人天南地北地聊了一番。江叶发现，清妃娘娘跟想象中很不一样，她以为清妃娘娘锦衣玉食地长大，不懂民生疾苦，但恰恰相反，清妃娘娘懂得很多，甚至懂一些求生技巧。

"娘娘怎么会知道这么多？"

沈清潋笑了笑，思绪似乎飘到了以前，道："曾孤身一人闯荡过。"

顾谈云脚步微顿，淡色的唇微抿，"孤身一人"四个字深深刺痛了他的心，他忍不住去想，那些年她到底经历了多少艰苦的事情。

沈清潋敏感地觉察到了他的情绪，手紧了紧，像是在安抚他。

江叶很惊讶:"娘娘真厉害。"她看向沈清潋的目光,敬佩中带了些心疼。

"你才是真的厉害。"沈清潋笑了笑,自嘲道,"我走着走着就走到了牙婆的钱袋里。"

顾谈云的身体蓦然僵直,眼里的情绪剧烈涌动,他从未问过她以前的事。

江叶沉默片刻,不想再提起沈清潋的伤心事,将话题引向另一个方向。在她看不见的地方,沈清潋的指尖揉着顾谈云的耳垂。

沈清潋在告诉顾谈云,她没事。

"顾谈云"嘲讽道:"你可真没用,让她受苦那么久。"

顾谈云没有反驳,只坚定地背着沈清潋往前走,道:"以后我都会陪着她。"

曾经,顾谈云很害怕,害怕这个世界就是一场梦,梦醒后,他就再也见不到她了。他害怕无法陪在她的身边,怕她动心,怕她痛苦,怕她思恋。他无法控制自己的表现,他想要追求她,却不敢真正追求她,不敢表露自己的爱意。

顾谈云眼中各种情绪闪过,他想告诉她,他爱她。最后他下了决心,他要告诉她,他爱她,不管未来如何,哪怕拼得魂飞魄散,他也要去她的身边,陪伴她、爱护她。

沈清潋完全不知道顾谈云已然决定表白,她只知道有些话,江叶不放心在顾谈云面前讲,于是虚弱地咳了几声,道:"本宫想吃西街的芙蓉糕,你去给本宫买一份。"

顾谈云还陷在沈清潋说的"孤身一人"里,不想与她分离。

"顾谈云"看热闹不嫌事大道:"她嫌弃你碍了她俩的二人世界,你还不快快离开?"

沈清潋暗中捏了捏顾谈云的肩膀,他小心地放下沈清潋,沈清潋爬到江叶的背上,刚刚环着顾谈云的手环住了江叶的脖子。顾谈云幽怨地看了一眼沈清潋,而"顾谈云"则放肆地笑了起来,笑得顾谈云面色发黑。

"咱俩可真是难兄难弟。"

顾谈云问:"你在说什么?"

"顾谈云"意味深长道:"你以后就明白了。"

顾谈云转身离开，隐藏在暗处，他要保护沈清澈的安全，将沈清澈完全交给江叶，他是不放心的。

没了顾谈云，江叶放松了很多，问沈清澈："刚才那位是……"

"宫中有人总是欺负他，我救了他，他发誓要效忠于我，我看他忠心，就把他调到身边来了。"沈清澈回想起以前看过的电视剧，随意挑了一个情节当原因。

江叶了然道："娘娘看起来很喜欢救人。"

"我只救合眼缘的人。"

两人走到岔路口，江叶记得左边有一家医馆，沈清澈却指向另一边，说："走这边。"

江叶没有问原因，直接往沈清澈指的方向走去。

"你不问我为什么走这边吗？"

"娘娘自然有娘娘的原因，民女依照娘娘说的做就是。"

沈清澈轻笑道："你很聪明。"

"娘娘谬赞。"

在江叶完全放松时，沈清澈忽然凑过去，语气轻柔温和地问："你喜欢安王？"

江叶下意识回道："没有。"

话说出口，她才意识到沈清澈问了什么，心神一震，停在原地。

"哦，这样啊。"沈清澈点了点头，拍了拍江叶的肩膀，"继续走呀，我吐血了，等着大夫救命。"

江叶吸了口气，道："娘娘真是厉害。"

"哪里厉害？"

"哪里都厉害。"

"比如呢？"

"比如吐了那么多血，还能说这么多话。"

沈清澈一点也不脸红，点了点头，赞同道："听起来是挺厉害的。"

江叶没忍住笑了。

沈清澈确定江叶还没对顾荣安产生什么心思，心头一直压着的巨石才落了下去，她叹了口气，为了计划，她必须欺骗江叶。

"自入宫以来，我无时无刻不在挂念王爷的安危。"

江叶心中一凛，没有说话。

沈清漱装作犹豫道："王爷最近怎么样？"

江叶想了想，道："民女不太了解。"

"你放心，我不会找你麻烦。"沈清漱垂下眼，声音里藏着淡烟似的悲伤，"我只是有点担心他。"

江叶抿了抿唇，她想捂住自己的耳朵，装作什么也没听到，皇族的秘密她一个也不想知道，为什么一个个都要抓着她说秘密呢？知道的秘密越多，死得就越快。她所知道的一切，让她距离死亡越来越近。

江叶在心里忧伤地叹了口气。

沈清漱继续道："我是故意装受伤的，去了那里我就能见到他了。"

两人都明白，这个他指的是顾荣安。沈清漱知道，以顾荣安的性格，一定会在江叶面前说自己不好，如何背叛他一类的话。而她在江叶面前表现得对他旧情难忘，江叶就会开始怀疑，怀疑一旦开始，就会注意到更多平常注意不到的地方。

依着沈清漱的指引，两人到了一家药堂，药堂显得有些落魄，牌匾上落着灰，里面只有两个人，一个妇人，一个斯文中年男人，看起来像是一对夫妻。

妇人面前摆着一杯茶，撑着下巴，百无聊赖地打着哈欠。那个斯文中年男人面前应该是一本账本，账本很厚，他拿着算盘，噼里啪啦的声音在空荡的药堂中回荡。

太冷清了，冷清得让江叶担忧这里是一个庸医开的药堂，治死过很多人，所以人都不来了。

见江叶犹豫要不要换一家，沈清漱拍了拍她的肩，气若游丝道："就是这里。"

江叶懂了，这个药堂应该跟清妃娘娘有关，这家药堂可以帮助清妃娘娘捏造病情。她听从沈清漱的吩咐，抬脚走进药堂。

那对夫妻看见沈清漱后，反应有些奇怪，他们停住手里的动作，抬头看着江叶将沈清漱背进来，却动也不动地坐在原地，丝毫没有起身给人看病的意思。

江叶扫了他们一眼，笑着道："这个药堂是没人吗？"

那个妇人这才匆忙走过来，沈清漵冲她眨了眨眼睛。妇人心中不解，王爷不是说沈姑娘已经叛变，怎么沈姑娘忽然来了这里？清妃娘娘虽然不知道他们效忠于安王，但清妃娘娘知道安王对他们有救命之恩。

妇人的视线落在沈清漵唇角惨烈的血迹上，若说是来治病的，她就不怕他们把她治死？毕竟她叛变了，那就是敌人，他们对待敌人可不会善良。

"你们还不快点救本宫？"做戏做全套，沈清漵怒喝一声，剧烈咳嗽起来。

妇人压下心中的百般思绪，引着江叶及背上的沈清漵往里屋走。院子里一个男童在扫落叶，妇人冲他使了个眼色，等沈清漵和江叶踏入屋内，男童放下扫把，快速跑了出去。

妇人搀扶着沈清漵坐下，假惺惺地给她把脉。沈清漵不是真的受伤，也并未服用什么扰乱脉象的药物，脉搏自然是正常的。

"娘娘哪里痛？"

沈清漵添油加醋地描绘了一番刚刚发生的事情，说她遭人撞了一下，那人把她撞吐血了。她隐瞒了林净这个名字，只说是个嚣张的纨绔子弟。

妇人目光一闪，道："娘娘受了内伤，瘀血内滞，需要先针灸治疗，再用药物调理。"

江叶明白，她们是要支开她，说些秘密事情，她也想要离开，生怕再待一会儿，又会被迫听一个大秘密。

沈清漵眼疾手快地抓住她的衣袖，潋滟双眸敛下，道："你无须离开。"见妇人眸色微冷，沈清漵解释道，"她是安王府出来的人，王爷很信任她。"

江叶吓了一跳，娘娘在说些什么？安王什么时候很信任她了？

沈清漵紧握江叶的手，轻声道："那个纨绔没有眼色，对江姑娘动手动脚，江姑娘武艺高强，却能强忍住不对那个纨绔子弟出手……"她笑了笑道，"这件事很多人都知道，我骗你没什么好处不是吗？"

江叶缄默不语，认下了沈清漵的说法。

三人在屋里说了些注意事项，妇人开了个调理的药方，日渐西斜，沈清漵抬眼看向窗外，几缕轻烟似的红霞飘在天边一角。

她秀眉轻蹙，顾荣安是怎么回事？按照她对顾荣安的了解，有单独跟她见面的机会，他必定会过来试探，怎么如今这么镇定？既然顾荣安不会来，她的等待便没有意义。

"可否借笔墨纸砚一用？"

"小人怎担得起娘娘的借字？"

几人迅速把沈清潋需要的东西布置好，沈清潋略一思量，表忠心的话流水般出现在纸面上。

"这是我给王爷的信，麻烦帮我交给王爷。"她郑重道，"这个很重要。"

"帮忙二字言重了。"妇人拿捏不清沈清潋的意思。

"既然如此，我就不久留了。"沈清潋一改柔弱得一阵风就能吹跑的形象，稳稳地走到江叶身后道，"背我回去吧。"

妇人慌忙站起身："娘娘的伤……"

"不知怎的，坐了一会儿便觉得好了。"

江叶苦着一张脸，背起沈清潋。

沈清潋心想，有了江叶，顾荣安见或不见，都不重要了。

第五十八章

两人离开药堂后,顾谈云神不知鬼不觉地走到她们身后。

沈清漪心有所感,回头一看,果真是顾谈云。她指了指江叶,张嘴做了个"回宫"的口型。

顾谈云静静地看着她,沈清漪问他:"糕点呢?"

江叶吓了一跳,这才发现面具男人站在她们身后,她心中不由得感叹,宫里可真是卧虎藏龙啊。

"那家糕点店今日关门了。"

"关门了就罢了。"沈清漪拍了拍江叶的肩膀,示意江叶放下她。

顾谈云看着沈清漪的动作,冰冷的面具下,淡白的唇微微勾起。

江叶立刻放下沈清漪,她恨不得离沈清漪越远越好,等沈清漪从她的背上下去后,她就像是甩掉了一个包袱,一直吊着的心稍稍放了下来,她终于可以跑路了!

顾谈云背对着沈清漪蹲下身,沈清漪双手搂住他的脖子,他们挨得极近,女子身上的香味飘入顾谈云的鼻尖，他仿佛托着一朵易散的云，稳稳地站起身。

夕阳变得格外温柔，先前那种奇怪的感觉，再次从江叶心中涌出，这两个人怎么……

沈清漱抬手摘下帷帽，眯着眼去迎接傍晚轻柔的风。她清丽漂亮的容貌展现在江叶的眼前，江叶顿时明白了，清妃娘娘长得这么好看，多几个爱慕者似乎不是什么奇怪的事情。

江叶无意探究皇家那错综复杂的关系，她该离开了。她看了一眼黑衣青年，再看向沈清漱，道："娘娘的宫人既然……"

沈清漱毫不犹豫地打断她道："你跟我们一起回宫。"

江叶就这么入了宫，成了沈清漱的贴身宫女。

回宫后，养心殿的床榻上，顾谈云手撑在沈清漱的耳旁，一向温和的他，此刻看起来有点危险。

"小李子？"

"是六公主，她说你是太监。"沈清漱极其不要脸地把所有错误推到了六公主身上，一点也不脸红。

顾谈云冷血无情道："她已经去抄书了。"

沈清漱不想抄书，一昂头，死猪不怕开水烫般道："有本事你就来啊。"

她才不信顾谈云会对她做什么，都这么久了，顾谈云从未越界。

耳畔传来炽热的呼吸声，他的头埋在她的肩膀上，唇距离她的耳垂不到一根手指的距离。

沈清漱觉得有些痒，微微偏了偏头，用一只手推了推顾谈云的头。

"怕不怕？"

沈清漱面红耳赤道："不怕。"

顾谈云的眼里闪过笑意，他的眼睛干干净净的，笑道："看起来不像。"

"我本来就不怕。"

为了证明自己一点也不怕，她故意把头往顾谈云的方向靠。

顾谈云的唇撞上一片温热，沈清漱僵硬了一瞬，转眼却发现顾谈云的耳朵红了，她两只手揪住顾谈云红红的耳朵，像是发现了什么好玩的事情。

"你耳朵红了哎。"

"你们注意一点。"

顾谈云无视"顾谈云"的声音，抬手在她的额上一弹，故作镇定地坐起身，道："饶你一次，下不为例。"

沈清漵不以为意地吐了吐舌头。

心虚的林净撞上捉拿他的官兵，他大喊着"本公子的爹可是林尚书"，为首的官兵嗤笑道："是陛下要捉拿你，就是林尚书本人在这儿，也得跟我们走一趟。"

林净进了大牢。

另一边，顾荣安发现江叶一直没回去，只以为她去了客栈歇息，想着如此不听话，看来得教训教训才行，他琢磨着如何一点一点瓦解江叶的自我，让她完全听从命令。

他想了一个晚上，直到第二天，宫里把江叶欠的银两送了过来，他才知道江叶入宫了，顿时气得差点咬碎一口牙。顾谈云是什么意思？他已经把沈清漵让给他了，他为什么这么贪心，还要来抢江叶？

"你现在相信了吧。"那个石头划树皮般的声音再次出现。

昨日，他收到手下人传来沈清漵的消息，本打算去看看，给沈清漵一个解释的机会，一个表明忠心的机会，毕竟她曾经那么爱他，为了他愿意牺牲自己，进入顾谈云的后宫。正是这个声音告诉他，沈清漵从头至尾都在骗他，她不过是在虚与委蛇。

顾荣安实在不懂，他当初救她出了那个污秽的地方，她为何这般厌恶他？顾谈云的魅力就这么大吗？顾荣安的眼里划过阴狠残忍的情绪，终有一天，他会让她哭着求他。

"本王如何才能夺回主角光环？"

那个声音很久没有出声——林净和江叶的那场争端，在原文中是没有的，为了加快剧情发展，他透支力量，新加入了一段江叶遭调戏，顾荣安英雄救美的情节，没想到竟弄巧成拙，顾谈云出手打乱了他的安排。再放任下去，顾谈云离开他的幻境是迟早的事情。

那个声音阴恻恻道："杀了顾谈云。"

沈清潋和顾谈云隐约猜出，顾荣安背后有一个高人，那个人对他们的事情极为清楚，也明白沈清潋一直在演戏。

"顾谈云"提醒道："那家伙要动手了。"他没有解释那个家伙是谁。

或许他口中的那家伙，就是导致他们来到这里的罪魁祸首，那人对他们的了解，对他们来说是致命的，如今敌在暗，我在明，他们要加快步伐了。

江叶，原著中的女主角，她很重要。无论是在原著中，还是与顾荣安的博弈中，江叶都十分重要。

沈清潋处心积虑想要跟一个人成为朋友时，几乎没有人能阻挡她的攻势。

顾谈云遥遥望着沈清潋和江叶的背影，春湖般平静的眸子多了几分不明的情绪。

"顾谈云"笑道："嫉妒了？"

顾谈云不言。

沈清潋即将踏出房门时，回头笑着朝床上装病的顾谈云招了招手，他的眉目柔和下来，淡白的唇微微勾起。

外头阳光正烈，沈清潋拉着江叶去了湖边，顾谈云平日喜欢站在那里扔鱼食。在顾谈云对外称病后，沈清潋接管了这一兴趣。

江叶见过顾谈云一面，不知怎的，隐约觉得在哪里见过他。

"娘娘和陛下的感情真好。"

"陛下确实对我很好，可……"沈清潋佯装纠结道，"我不能背叛他。"

两人心知肚明，那个他指的是谁。

经过这几天的相处，江叶隐约已将沈清潋划入自己人的范围，闻言劝道："知心人难求，娘娘不如看一看身边人。"

沈清潋偏头看向她，轻浅一笑。

326

江叶吓了一跳，慌忙摆手后退了一步："我说的知心人是陛下，娘娘看我做什么？"

"陛下？陛下并不喜欢我。"沈清潋叹了口气，柳眉间染上点点清愁，"他不过是装给那个人看罢了。"

江叶停住脚步，偏头看向沈清潋漂亮的侧脸："或许娘娘应该对自己多一点信心，娘娘看不到陛下眼里满满的爱意吗？"

"爱？"

顾谈云那双温和的眸子浮现在脑海，里面盛放着各种情绪，有无奈，有宠溺……还有隐忍的爱。沈清潋瞳孔一震，顾谈云爱她？不可能！她将这个可能性迅速排出脑海，他知道她的真面目，怎么会爱她？

"娘娘看起来有点落寞。"

落寞？怎么会？不能再想下去了，沈清潋将不该有的情绪全部从脑子里清除出去。

"我有一件很纠结的事情，不知道该如何做才好。"沈清潋摘下一朵花，粉红色的花瓣一片片落在地上，"陛下发现了一个秘密。"

江叶对秘密这两个字都要应激了，总觉得听到这两个字就没什么好处。

见她不接话，沈清潋便自顾自继续说下去："安王其实不是皇室血脉。"

这个秘密江叶还未能消化，接二连三的爆炸性消息就从沈清潋的嘴里吐了出来，玉妃狸猫换太子，将真正的皇女交给一户农家，顾荣安得知后灭口，杀了那户人家。

江叶红了眼睛，蓦然抓住沈清潋的手："娘娘说的那户农家是在哪里？"

沈清潋垂下眼，这个真相对江叶来说太残忍了。

"娘娘……"

沈清潋抿了抿殷红的唇，所有挣扎在抬眼的一瞬间全部化为关切和茫然："你怎么了？"

眼泪从江叶的眼角不断滑落，她的眼里满是恨意，咬牙切齿道："我一直在找我的仇人，没想到那个人……曾经那么近。"

沈清漱原本是想一点一点慢慢告诉江叶真相的，但时间不等人，顾荣安还在后面虎视眈眈，为了活命，她只能选择提前把真相告诉江叶。

江叶提着刀就打算去安王府拼个你死我活，但她这样的行为，无异于送死。

沈清漱拦住遭受刺激而发狂的江叶："你冷静一点。"

"冷静？"江叶赤红着眼，笑了一声，"你叫我如何冷静！"她抽出刀，刀尖直指沈清漱。

面对着锋利的刀尖，沈清漱站在原地，眼睛都没眨一下。她确定江叶不会伤害自己，江叶不是一个滥杀无辜的人。

几个暗卫躲在隐蔽处，仔细看着江叶的动作，只要她一有伤害沈清漱的举动，暗器就会穿过江叶的胸口。

周围的宫人看到江叶拿刀指着沈清漱，慌忙围了过来，沈清漱对宫人摆了摆手："你们不要靠近，她不会伤害我。"

"娘娘有时候不要太过自信。"江叶往前走了一步，刀尖离沈清漱更近了。

沈清漱无畏地伸出手去捏她的刀尖，葱白般的指尖即将触碰到锋利的刀刃，江叶蓦然收回刀，眼神冰冷道："娘娘喜欢安王，便要拦着我不让我报仇吗？娘娘说把我当朋友，都是假的吗？"

沈清漱抿了抿殷红的唇，江叶的感情比她的干净赤诚许多，她对江叶的好里掺杂了许多杂质。对江叶是，对顾谈云也是，她从头到尾就是个骗子，以前骗顾谈云，骗来了顾谈云对她的愧疚怜惜，如今骗江叶，骗来了江叶的真诚相待。

沈清漱讽刺一笑，她原来是这么一个虚伪的、善于利用他人的人，她突然觉得好累。

"娘娘在笑我说的'朋友'二字吗？"

"不是。"沈清漱挥手对宫人道，"你们都退下。"

宫人们犹豫了。

"退下！"

宫人们担忧地看了沈清漱一眼，只能听从吩咐退下。很快，花园里只剩下沈清漱和江叶，以及暗处的三个暗卫。

第五十八章

江叶身上锐利的刺缓缓收起，警惕又疑惑道："娘娘想做什么？"

"其实，从头至尾，我一直在骗你。"

在江叶怔愣的眼神里，沈清漱将所有的一切缓缓道来："我费尽心机挑了一户好人家，那家的小姑娘很喜欢我。牙婆见那小姑娘稀罕我，心生贪婪，推翻了原来的价格，小姑娘钱不够，说要回去拿钱，让我等她，她第二天就会拿钱来赎我。谁知那小姑娘刚走没多久，顾荣安就把我买了回去……"沈清漱回忆起那三年，眉眼间尽是厌恶，"他长了一张人模人样的脸，心却是黑极了。他不断制造误会，让他的侧妃厌恶我，吩咐下人欺负我，然后再如救世主一般出现，企图让我对他感恩戴德。他循循善诱，在我的心里种下一颗种子，一颗没有他我就会死去的种子。"沈清漱走到江叶身前，拉住她那只没有握刀的手，"我跟你一样，我的家人也是因他而死。"

江叶紧握着刀柄的手缓缓放松，只是眼里还有几丝怀疑，她没有忘记，沈清漱曾对她说爱慕安王，她搞不清楚沈清漱哪句话是真的，哪句话是假的。

沈清漱继续道："我的家人是自愿为他而死，这个我不会怪他，但他不该把他们的死归在陛下身上。"她对上江叶的眼睛，诚挚道，"所以恰恰相反，我不仅不爱慕他，反而十分厌恶他。"

江叶的眼神在剧烈挣扎，直到她对上沈清漱坚定清亮的眸子，一个人的言语会骗人，但眼睛里的情绪很难骗人。

"那你为何要阻止我？"

除了系统和剧情的部分，沈清漱将所有事情都告诉了江叶，包括她和顾谈云的计划。

江叶将刀收入刀鞘，问："狩猎？"

沈清漱点头道："就在一个半月之后，很快了。"

江叶抿唇不言。

"你直接去找顾荣安报仇，无异于以卵击石，就算他真的死了，你也活不了。"提起顾荣安，沈清漱的眼里露出鄙夷的情绪，"为了一个垃圾丢掉自己宝贵的性命，不值得。"

"不值得"这三个字,劝住了想要同归于尽的江叶,确实不值得。

晚上,沈清潋没回养心殿,"病重"的顾谈云孤独地躺在床上。

"看,你老婆果然被人抢了,不是吗?"

顾谈云从他的语气里听出什么,高冷地问:"你老婆被抢过?"

"顾谈云"没再说话了。

天边的弯月散着盈盈的光,自沈清潋搬入养心殿,这还是二人第一次分屋而睡。沈清潋和江叶坐在棋盘前,在下五子棋。江叶从没听过这种下法,提起了几分兴趣。

黑棋白棋都是玉制的,落在棋盘上发出的声响悦耳动听,在寂静的夜里,这零碎的声音显得很清晰。

江叶纷乱的心渐渐平静下来,问沈清潋:"陛下同意娘娘过来吗?"

沈清潋紧盯着棋盘上的棋子,思索着应该下在哪里,闻言下意识道:"你是他同父异母的妹妹,他当然是同意的。"

江叶笑了笑:"我倒觉得他把我当敌人。"

"嗯?"

沈清潋不解江叶为什么会这样想,抬起头看向江叶,却听江叶淡淡吐出两个字:"情敌。"

沈清潋手一僵,瞳孔下意识收缩。

"娘娘也能感觉到,不是吗?"

沈清潋笑了笑,黑棋落下,声音里带了些悲伤:"等他知道所有事情,他就不会了。"

江叶不知道沈清潋瞒了顾谈云什么,但她认为顾谈云不可能会不喜欢沈清潋。作为一个旁观者,男人眼里入骨的爱意,她看得很清楚,她不懂,为何他们明明互相喜欢,却都不敢踏出那一步,将所有事情挑明。

"你不跟他说,怎么知道他不会?"江叶笑了笑,"正如你我,你告诉了我所有的一切,我们依旧是朋友,不是吗?"

沈清潋目光动容,轻声道:"谢谢你。"

但是跟顾谈云坦白，她尚要仔细想一想，她害怕他的眼里露出厌恶的神色，为什么会害怕？她也不知道。

　　两人下了一夜的五子棋，江叶越下越精神，沈清漪却像是被榨干了精神，哈欠连天。宫人进来传膳，沈清漪撑着下巴打了个哈欠，等待着早膳摆好。

　　吃完早膳，江叶笑了笑，视线落在沈清漪的眼下，眼里多了些暖意："回去吧。"

　　沈清漪抬起头："你……"

　　江叶摇了摇头："先前是我冲动了，你放心，他那条命不值得我拿命去换。"

　　"你想明白了就好。"

　　"娘娘不用担心我，我不会做傻事。"

　　"一晚上没睡，你应该也累了。等你休息好，我再带你出去玩。"沈清漪想了想道，"宫里虽然不自由，但景色可美了。"

　　江叶眨了眨眼，暗示道："娘娘不去陪着陛下吗？"

　　沈清漪显然没有明白她的意思，道："他又不是小孩子。"

　　江叶调笑道："陛下现在估计在骂我，总是霸占着娘娘。"

　　提到顾谈云，沈清漪眼里带了暖意，扑哧笑出声道："他哪有那么小气？"

　　"娘娘还是快些回去吧。"江叶能够看懂那个男人眼里克制的占有欲，那人现在估计真的在骂她也说不定。

　　沈清漪以为她累了，要歇息了，站起身道："那你好好休息。"

　　江叶点点头。

　　宫人们围过来，搀扶着沈清漪，沈清漪心里颇有些无语，她不过是熬了个夜，他们怎么跟对待病人似的？

　　即将迈出门时，江叶叫住沈清漪，沈清漪回头看向她，江叶轻声道："谢谢你。"

　　沈清漪挑眉一笑："我们是朋友，不是吗？"

　　养心殿。

　　顾谈云面色苍白地躺在床上，太医正在给他把脉，他频频望向门口，只是一直未能瞧见那个期待的身影。他那副垂头丧气的样子，令他脸上的病气显得更加真实。

太医松开手,道:"清妃娘娘可真是厉害,陛下身体里的毒竟隐约散去了些。"

顾谈云微微扬起唇角,她自然很厉害。

太医发现,夸清妃娘娘的时候,陛下会很高兴、很自豪,看来陛下果真是坠入情网了。

在殿内时,太医尚是一副放松愉快的模样,一打开门,他的表情就变了,紧皱着眉头,深深叹了口气。宫人们的心情也跟着变得沉重,看来陛下的病情又加重了。

踏入养心殿,沈清潋闻到了一股熟悉的花香,她扫了一圈,视线最终落在窗台边的白色花骨朵上,它含蓄地吐着花苞,如一名羞涩漂亮的少女。看起来像是月季,但沈清潋确定,那不是,如此漂亮的花,它的香味与一味药材混在一起,却会伤害人的内脏。

沈清潋清楚地记得,顾谈云的药方中就有那味药材,再加上这花的香气,会一点一点腐蚀他体内的器官,直到死前,他都会痛苦异常。

没想到这么快,顾荣安就打算动手了。现在确实是个好时间,顾谈云对外宣称病发吐血,毒发时痛苦难忍,他们根本无法区分那份痛苦到底是不是毒发造成的。

沈清潋看向身后跟随着的贴身宫女,指着窗台上的花道:"那花太漂亮了,去查查是谁放在那里的。"

"是。"

宫女听从吩咐正要退下,又被沈清潋叫住了:"等等,把那盆花搬出去晒晒,晚上再搬回来。"

"是。"宫女不会问原因,只听吩咐做事。

沈清潋并不打算撤走那花,这是顾荣安的试探,反正她有的是办法让那花的香气失去作用。

珠帘落下,发出清脆的撞击声,顾谈云捧着一卷书,眉目清雅,气质温和,他靠在屏风边,听到声音,没有抬头,问:"怎么这么快就回来了?"

沈清漱踱步走到他旁边，坐在他的对面，道："她累了我就回来了。"

顾谈云长长的睫毛一颤，细薄的唇勾起："所以她不累，你就不会回来？"

沈清漱将他的不悦看在眼里，莫名有种心虚的感觉。隔着茶水升腾的雾气，青年挺直的鼻梁下，一张淡色的唇形状鲜明，苍白的手腕修长匀称，手指骨节分明。

见沈清漱长久没说话，他淡白的唇微抿，抬眼看来，春湖般的眸子里多了几分不明的情绪，仿佛有人在水面上投入一颗小石子，波光粼粼地荡漾开。

她忽然忍不住想问他"你是不是喜欢我"，张了张嘴，却没吐出一个字。她敛下眼，再抬起来时，眸子里恢复了一贯的清亮。

沈清漱笑着问他："一个人待着很无聊？"

顾谈云抿了一下淡色的唇，轻声道："罢了，累了就快去睡觉吧。"

沈清漱打了个哈欠，站起身道："你一说，我就发现自己好困啊，那我就去睡觉啦。"

顾谈云垂眼看书，闻言轻轻颔首。

沈清漱看着顾谈云一本正经的模样，心里不知怎么有些不舒服。她手撑着茶几，探身朝顾谈云凑过去，笑着道："所以我们'一个人待着很无聊'的陛下，可否再等我一会儿呢？"

顾谈云唇角轻轻扬起，伸出一根手指，点在沈清漱的额间，将她的脑袋往后推："爱妃让孤等一会儿，孤怎么会不等？"

沈清漱笑嘻嘻地握住他的手，顾谈云指尖在她的额上一弹，沈清漱瞪大眼睛捂住额头。

他轻声道："莫要再闹了，累了就去睡觉。"

他的目光温和宠溺，仿佛要把眼前人溺死在那一湾春水里，沈清漱不自在地别开眼。

"好吧。"她直起身子，留下一句"陛下可真无情"，迤迤然走到床边，躺在床上，目光直愣愣地盯着顾谈云挺拔的背影，心想他的眼神变得怪怪的。

没过多久，顾谈云就听到了少女陷入梦乡的平稳呼吸声，他微微侧身，视线落在床榻方向，或许是觉得热，沈清漱只用被角搭着肚子，被子剩余的部分被她揉成抱枕的形状，用双手紧紧抱着，侧脸压在被子上，殷红的嘴唇微微嘟起，与平常相比，多了几分可爱。

顾谈云眼角微扬，脸上的轻柔凝结在眼底，爱意不再隐忍，完全坦露出来。

"顾谈云"叹了口气："算了，我们以前的冲突一笔勾销。"

顾谈云没有理会，他对"顾谈云"嘴里的一笔勾销可不感兴趣。

"再跟你斗下去，孤下辈子的幸福就要没了。"

顾谈云眼皮一跳："你什么意思？"

"她的下辈子，只能跟我的下辈子在一起。""顾谈云"的语调不似往常般慵懒随意，每个字都包含了无尽的痴缠。

"不需要你。"顾谈云不悦道，"我和她相互了解，不需要你指指点点。"

"顾谈云"嗤笑一声："孤给你一个后悔的机会，若是什么时候后悔了，随时可以求孤。"

沈清潋这一觉，一直睡到了下午，她揉了揉眼睛，模糊的场景逐渐清晰起来。阳光温柔了些，斜斜地溜进屋子里，点点碎金拥挤着爬上青年明黄色的衣角，听到声响，青年微微侧脸看过来，眼眸如同一湾幽静的春水，看到她后，青年弯唇露出一抹温和又浅淡的笑。

沈清潋一怔，只觉得好似有一阵细雨落在心上。

"你看了一上午的书吗？"

顾谈云领首放下书，起身走过来，轻声问她："饿了吗？"

沈清潋仔细感觉了一下，摇摇头："好像不饿。"

"好像？"

"就是不饿，但是能吃。"

顾谈云宣王公公进来，让王公公传膳。

顾谈云对外称病，御膳房给他准备的膳食都是清淡的，沈清潋吃了几口，叹了口气。

作为一个宠妃，皇帝都病得快死了，沈清潋自然不能吃香的喝辣的。准确来说，顾谈云"病重"之后，皇宫上下都改成清淡素食了。

顾谈云瞧了她一眼，眉眼带笑道："怎么了？"

沈清漵摇了摇头："没什么，单纯觉得郁闷。"

洗漱完毕，沈清漵坐在床边，想到什么又叹了口气。

"你今天已经叹了二十三口气了。"顾谈云在沈清漵身边站住脚，关心道，"你怎么了？"

"想吃的。"在顾谈云疑惑的眼神里，沈清漵解释道，"吃得太清淡了，想吃点辣的。"

"睡前不能吃辣的，对肠胃不好。"

沈清漵撇撇嘴："你好无趣啊。"想到接下来，还要吃一个多月的素食，她就觉得人生绝望，"还有一个多月，这日子怎么过啊？"

顾谈云保持着平和，眼底爬上一层笑意，拉起沈清漵。沈清漵一个没站住，跌进他的怀里，抬起眼问他："干什么？"

"带你出去吃东西。"

说罢，他带着沈清漵跳出窗，抱着她在屋顶上跳跃，沈清漵紧紧闭着眼睛，耳边只听到呼呼的风声。

"不要怕，我在。"他的声音很平静，沈清漵却从这声音里感觉到了温柔，一点一点睁开眼。

片刻后，沈清漵兴奋地指向亭子："跳那上面去可以吗？"

顾谈云无奈地跳上亭子，庭阁楼宇笼罩在夜色之下，水面波光粼粼，倒映着天上的月光和星星，沈清漵的眸子里盛着那湾湖水。

忽然，她拍了拍顾谈云："有人来了，快躲起来。"

是巡逻的侍卫。顾谈云轻轻一笑，几个跃步离开了那里。过了一会儿，顾谈云停了下来，沈清漵抬头一看，是御膳房，霎时明白了顾谈云的意图。

"现在这个时间，御膳房没有吃的，连厨子都没有。"

"你眼前的不正是厨子吗？"

沈清漵上下打量着顾谈云，顾谈云垂眼看她，许久，她蹙起眉，摇了摇头："你会做菜？"

顾谈云唇角轻轻弯起，十分自信道："当然会。"

沈清澈忽然想起顾谈云以前做的那碗面，时间太久，味道她已经不记得了，不禁想或许味道还挺好的？

沈清澈坐在一旁看着他，顾谈云不管做什么都不紧不慢的，他挽起袖子，手指白净而纤长，将絮状的面揉在一起，手压在粗糙的面团上，微微用力，把面团往前推，推完后，再用四根手指把推出去的面团往回拉，再不断重复着这个动作。

沈清澈撑着下巴欣赏着，他无论什么时候都很好看，她的视线不由自主地落在他的手指上，不知道那双手抓着被单的时候，是什么样子。

沈清澈晃了晃脑袋，她在想什么奇怪的东西？

很快，一碗辣子面出现在沈清澈面前。沈清澈的眼睛亮晶晶的，闻了一下，竖起大拇指道："感觉很不错。"

"尝尝，看我的厨艺有没有进步。"

沈清澈拿起筷子，夹起面条，不忘道："我以前又没吃过你做的东西，怎么会知道你有没有进步呢？"

听了这话，顾谈云倒也不戳穿她，她总是这样，什么事情都埋在心里。他颔首道："你说得也对。日后我经常给你做吃的，你就知道我有没有进步了。"

沈清澈夹起面条的手顿住，随即若无其事地张开嘴，咬了一口面条，垂下眼，眼睛渐渐泛红。

"好吃吗？"

"好吃。"眼泪一滴一滴地从她的眼眶里掉落出来，像断不了的线。

顾谈云微凉的指尖落在她的眼角，指腹一点一点擦掉即将滴落的泪珠，声音温和而无奈："好吃的话，你哭什么？"

"辣哭了。"沈清澈慌忙擦干净泪痕，努力抑制住眼泪，"泪点太低了。"

顾谈云蹙起眉，他只放了一点辣椒用来给沈清澈解馋，还是太辣了吗？

眼见顾谈云要收回面碗，沈清澈急忙按住他的手，瞪着顾谈云，警惕道："你要干什么？"

她的眼睛红红的，瞪人实在是没什么杀伤力，反而像是一只可爱的小动物。

"太辣了就不要吃了。"

"不，我就要吃。"眼见顾谈云拉着面碗不放手，沈清漱拍在他的手上，"快放手，快放手，不许抢我的面条。"

她护食的模样实在可爱，顾谈云失笑道："不抢你的。"说完他竖起一根手指，"只可以放纵这一次，以后晚上不能吃辣的。"

沈清漱一把拍掉他的手指，动作凶狠，嘴里却道："知道了，我的顾管家。"

顾谈云喜欢她说的"我的"，这让他觉得他是她的，而她是他的。至于后面的"管家"二字，夫妻二人总得有一个人管家，她若不想管，让他管也可以。

吃着吃着，沈清漱没了眼泪，看着已经见底的面汤，心里不由得升起羞愧："都怪你，做得太好吃了。"

顾谈云伸出手，捏住她的脸颊："怪我？"

微弱的烛光下，青年的眼神清澈如温泉，目光一动不动地凝在少女脸上。他眸子里的情绪，沈清漱看不分明，但那种情绪让她既想触摸，又想逃离。她渐渐蹙起眉头，那种模糊的感觉再度顶上心头，他真的喜欢她吗？如果是真的，他喜欢她什么？

沈清漱眼里的神色畏惧却又很期待，像是看到了什么想要却又不敢奢求的东西。

顾谈云松开捏着她脸颊的手，情不自禁地在她头上摸了摸，安抚道："有什么事情不要闷在心里，也许说出来，你会发现事情没有你想得那么糟糕。"

沈清漱垂下眼，如果他知道一切，或许会厌恶她。

再抬起眼时，她的神色已经恢复正常，站起身，兴致勃勃道："你给我做了一碗面条，我也要给你做面条。"

顾谈云看出她伪装下的忐忑不安，站起身抱了抱她。两人漆黑的影子映在墙面上，紧紧环抱在一起。

沈清漱吸了吸鼻子，闷声道："怎么了？想要抱抱？"

顾谈云轻轻"嗯"了一声。

与他掌心的温度不同，他的怀抱很温暖，沈清漱心里的不安逐渐消逝。

"好吧,就给你抱一会儿。"她捏了捏顾谈云腰上的肉,察觉到他身体一僵,沈清潋笑道,"你肯定是想占我便宜。"

"嗯。"顾谈云按住沈清潋作乱的手,"谁让爱妃长得这么好看?"

第五十九章

这是一个非常普通的早晨,淡淡的雾气混着金色的阳光包裹着皇宫,养心殿的门从里面拉开,金色的阳光洒入殿内,脸上皱纹横生的太医沉重地叹了口气。瞥见这一幕的宫人便明白了,陛下的病情越来越严重了。

一个小太监低声对另一个小太监道:"你说十几天后的狩猎活动,还能……"

那个小太监白了他一眼:"陛下病重,你说呢?"

众人都默许十几天后的狩猎将会取消。

自顾谈云病后,顾寻洲几乎歇在宫中,从早到晚地批阅奏章,有一些奏章比较重要,他无法决定,便会将那些奏章归在一起,待批阅完其他奏章,再带着那些奏章去看望病重的兄长。

他翻开奏章,微微思索后毛笔落下,桌案上的奏章一点一点减少,待再打开一个奏章时,他顿住了——这是林尚书请求退休的奏章,他希望皇兄能够看在他一把老骨头的份上,赦免林净的死罪,让林净跟他一起回老家丽州。

没想到这个老头子竟能为了儿子做到这个地步,他疲惫的桃花眼放出喜悦的光，一想到皇兄的病，喜悦退去，转为担忧，叹了口气，拿着奏章踏上去往养心殿的路。

小太监在门口轻轻敲了敲门，从门里出来的是王公公。

王公公的眼角笑出褶皱来："您今儿怎么来得这么早？"

顾寻洲扬了扬手里的奏章："有重要的事情，需要问一下陛下。"

王公公瞧了一眼殿内，抬眼看向顾寻洲，笑得更慈祥了："您来得不巧，陛下刚刚歇下。"

顾寻洲拿着奏章的手顿住，蹙起眉："皇兄的情况如何？"

皇兄告诉他，对外称病是计谋，太医已经研制出解毒的药方，药性烈，所以皇兄看起来会比较虚弱，只要多多休息，身体就会慢慢好起来，但顾寻洲总有些担忧，他记得昨日来见皇兄时，皇嫂坐在一边用手帕擦拭着眼泪，皇兄脸色惨白地躺在床上，见他来了，才艰难地从床上坐起来，对他露出一个温和的笑。

皇兄看起来如同风中残烛，生命一点点燃尽……顾寻洲"呸"了一声，宫中御医这么厉害，一定可以治好皇兄！

王公公被这一声"呸"吓了一跳，以为顾寻洲发现了真相，知道陛下在骗他。

顾寻洲看向王公公，道："你回去守着皇兄吧，待皇兄醒来，差人过来叫我一声。"

王公公点了点头，安慰道："您放心吧，陛下会好起来的。"

顾寻洲抬腿欲离去，忽然站定，注视着王公公，王公公露出一个战战兢兢的笑容："您还有什么事吗？"

顾寻洲目光一闪："没有。"

见他抬腿离开，王公公看着他的背影，松了口气，陛下带着娘娘出去玩，却叫他守着这空屋子，可真是要了他的老命哦。

顾寻洲离开后，总觉得哪里不对劲，却想不出头绪。整日被扣在御书房批奏章，他只觉得身子都僵硬了，决定到处走走，放松一下。

走着走着，发现了两个小太监，那两个小太监正在钓鱼，估计是御膳房的太监。他们并排坐着，偶尔头挨着头窃窃私语，顾寻洲的眉头渐渐蹙起，这两个

第五十九章

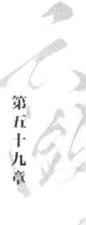

小太监怎么怪怪的？看起来有点眼熟。

顾寻洲没有过去，两个太监罢了，他静静地看了一会儿便离开了。他不知道的是，差一点他就能脱离天天批阅奏章的生活了。

沈清潋抬起头，露出帽檐下小小的脸蛋，看一眼顾寻洲的背影，幸灾乐祸道："我们这么做真的好吗？"

"没办法，是他想教训弟弟。"顾谈云指了指自己的脑袋。

"你敢说你不想吗？""顾谈云"冷冷道。

时间一天天过去，距离狩猎活动只剩下两天时，陛下的病好了。顾荣安暗暗咬牙，没想到他布了那么多的局，顾谈云居然一点事都没有，身体居然还好了起来，真是见鬼了！

顾荣安手一挥，茶壶、茶杯落在地上，锋利的碎瓷片摔了满地。门外扫院子的下人吓了一跳，紧紧抓着手里的扫帚，不知道该不该离开。

在他犹豫时，顾荣安抬起眼，往常伪装成清正的眸子里盛满阴毒，阴恻恻地看着洒扫下人，下人腿一软，跪在了地上。

顾荣安踱步走到下人身旁，眸子恢复成虚伪的温和，笑着道："本王不小心打碎了茶壶，你怕什么？"

下人战战兢兢道："奴才……奴才生性胆小。"

凝视着下人慌张离去的背影，顾荣安眯了眯眼。

"你真是个废物。"那个诡异的声音再次说话了。

顾荣安冷笑道："彼此彼此。"

那个声音开始骂他，在那个声音愤怒的辱骂下，顾荣安手握成拳，片刻后想到什么，眉眼平静下来。

"你说本王是你想象出来的，是你的化身，那你骂本王不就等于骂自己吗？"

那个声音不说话了。

顾荣安讽刺道："都说人的想象会美化自己，你说本王是废物，本王倒觉得你更废物。"

"你是我创造出来的，不要试图挑衅我。"

"你不过是一个没有身体的怪物，能拿本王如何？"顾荣安不以为意，"若非你能对付顾谈云，本王第一个就灭了你。"

那个声音沉默不言，似乎是在强忍怒气，最后他还是提醒道："他们明明知道狩猎时会发生什么，却还是按照既定的命运走……"

顾荣安不喜欢别人对他指手画脚，冷冷打断道："这个不需要你来提醒。"

两日的时间很紧张，顾荣安安排的刺客好不容易才混进去，但那些人其实都是顾谈云故意放进去的。

顾谈云和沈清漱选择在狩猎这天解决顾荣安，是有原因的——在这一天，有一个很重要的剧情。

"顾谈云"好奇地问，这天有什么剧情，顾谈云道："你自己经历过的事情，你不知道吗？"

"顾谈云"道："你还真说对了，孤都不知道。"

顾谈云眉眼轻挑，将这段剧情娓娓道来，在这场狩猎比赛中，陛下遇到了一头熊，那头熊咬残了他的一条腿。

"顾谈云"听完这个故事，轻蔑地嗤笑一声："孤从来都不是失败者，区区一头熊，怎么可能伤到孤？"

顾谈云稍一细想，心中的那个猜测慢慢清晰起来。

"孤知道你猜到了。""顾谈云"懒懒地暗示道，"不要说出来，否则天会塌的。"

狩猎还未开始，大臣们依次落座，畅快饮酒，言笑晏晏。顾荣安看向顾谈云怀里的沈清漱，她以前最爱素装，这是他第一次见到盛装打扮的沈清漱。

他的目光贪婪地流连在她的脸上，当初让她进宫，还真是便宜了顾谈云。

沈清漱柔若无骨地窝在顾谈云怀里，漂亮灵活的眸子看向下面的人。无数视线"不经意"地扫过沈清漱的脸，那些眼神并不带恶意，只是纯粹的欣赏。他们心中不由得暗暗赞叹，传闻中的清妃娘娘果真是倾国倾城。

沈清漱也是这么认为的，一个人不管长得再好看，看上几年也会腻，但这张脸她看了许久，再加上今天这一打扮，她当下便直愣愣地盯着铜镜中的自己，

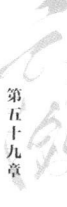

差一点就爱上自己了。

她臭美照镜子时,看到了站在一旁眼眸温柔的顾谈云。

"穿这么华丽真的好吗？"沈清潋做作地摸了摸漂亮的脸蛋,"万一有谁看了我的美貌,意图不轨怎么办？"

顾谈云淡淡一笑:"我在你身边,谁敢对你不轨？"

想到这里,沈清潋抬起头,看向顾谈云精致的下巴,温和疏离的青年目光微冷地看向顾荣安,隐含警告。

顾荣安的脸色变了变,别开眼,看向远处,衣袖底下手握成拳,隐隐发白。

顾谈云收回视线,察觉到怀里的动静,微微垂眼。

沈清潋轻声问他:"怎么了？"

顾谈云轻声道:"无事,看到了一只苍蝇。"

"这里居然有苍蝇吗？"

顾谈云唇角微弯,点了点头:"苍蝇的体积还不小。"

沈清潋看了一眼顾谈云淡色的唇,想到什么,正要偏头看向右边,顾谈云的大手遮住她的脸,阻止了她的动作。

顾谈云面色不动,垂下的眼里闪过无奈:"都说了那边有苍蝇,还看什么？"

"好吧,不看不看。"沈清潋解释道,"我又没想做什么,就是好奇想看看。"

顾谈云听着沈清潋的话,低笑道:"好奇什么？"还没等沈清潋开口,他挑眉道,"难道我不够好看,你还有心思看别人？"

"不是说顾荣安的脑袋里有个坏蛋吗？好奇想看看。"沈清潋顺口夸他,"你当然好看了,世界第一好看。"

"顾谈云"懒懒道:"这副皮囊是我的,所以她夸的是我。"

顾谈云眸色微凉。

沈清潋捏了一下顾谈云的腰,眯了眯眼,嗔怪道:"夸你好看,你怎么还不高兴了？"

"脑袋里那家伙令人讨厌。"

高台之上,皇帝和清妃娘娘的互动并不隐蔽,传闻中极致的宠爱出现在眼前,大臣们还是无法想象,朝堂中阴着脸的陛下,跟现在高台上露出温和宠溺目光的人,会是同一个。

这个世界实在是……太不可思议了!

第六十章

狩猎活动正式开始,顾荣安牵着马往顾谈云和沈清漱的方向走来。

护卫拦住他,顾荣安站在不远处,看似恭顺道:"陛下大病初愈,还是小心顾着身子为好。"

顾谈云仿佛没有听到他的声音,推了一把抓着缰绳试了几次都没成功爬上马背的沈清漱,有了顾谈云的推力,沈清漱稳稳当当地坐在了马背上。

马抬起蹄子走动两步,一走动就颠簸起来,沈清漱的身子左右摇晃,顾谈云迅速扶住沈清漱,轻声安抚道:"没事,我在。"

沈清漱心里发怵,一只手紧紧抓着缰绳,一只手按着马脖子,生怕从马上摔下来。

顾谈云抬手拍了拍马头,瞧见她紧张的姿态,轻笑一声,纵身上马,护着沈清漱扬鞭而去,从头至尾没分给顾荣安半个眼神。

顾荣安阴恻恻地看向顾谈云的背影,冷冷一笑。

知道沈清漱害怕,顾谈云拉着缰绳,控制着马的速度,给她讲解着骑马的常识:"屁股不要紧贴在马鞍上,要顺着马蹄的一起一落。"

耳畔是顾谈云温和的嗓音,在清脆的马蹄声中,沈清潋的紧张感慢慢消失,绷直的背柔软下来,她按照顾谈云的话来做,发现果然舒服了些。

坐在马上看风景,别有一番滋味。沈清潋习惯了马的速度,不再害怕,心里不由得多了些好奇,如果快一点会是什么感觉?

马在森林间奔跑,树在快速后退,它四蹄翻腾,长鬃飞扬。护驾的侍卫跟在顾谈云和沈清潋后面,他们的马哪里追赶得上顾谈云的马,被落下老远,只能"陛下、陛下"地叫着。

风在耳边呼呼地吹,最后马跑到了一片草原上,大概是累了,速度渐渐慢下来。

沈清潋和顾谈云并排坐在山坡上,遥望着满目的绿意,轻柔的风拂过面颊,带着清新的青草味。她闭着眼,张开手,贪婪地呼吸着自由的味道。

顾谈云脸部的线条柔和了几分,轻声道:"憋坏了?"

"是啊。"沈清潋轻吐一口气,"第一次不用被强迫走剧情。"她偏头看向身旁的顾谈云,"这种感觉真好。"说完,她看向远方,"你猜,那头熊开始了吗?"

按照原著,狩猎中出现了一头暴躁的熊,那头熊追着顾谈云不放,最后咬残了他的腿。熊会追着顾谈云不放,是因为顾荣安安排的人在他所穿的衣物上撒了一种香料。

原著中,顾谈云下令彻查,却什么也没有查到,而现在,那个香料被撒到了顾荣安的身上。

顾谈云笑道:"他说快了,我们等着吧。"

等顾荣安安排的熊出现,就是顾荣安下线的时间,只要顾荣安残了一条腿,这个世界的剧情就完全不可能继续下去——残疾之人是不能登基的,除非他把所有符合继承皇位的人杀了。

顾谈云学着沈清潋的动作,躺在草地上,几簇青葱的草尖戳到他苍白的耳根,他微微蹙起眉。

沈清潋偏着头看他,眼波流转地调笑道:"豌豆公主。"

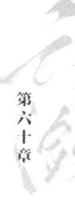

顾谈云看她一眼，向来淡然的脸上浮现出几分无奈："公主？"

沈清漵想了想，换了个词："王子？"

他的声音很轻，但很清晰："我是王子，那你就是公主。"

沈清漵嘴角的笑意越来越深："我是公主的话……这么一算，咱俩岂不就是兄妹？"

顾谈云无奈一笑。这个月来，他无数次想对沈清漵说，他喜欢她，但每一次的表白都"出师未捷身先死"，全部被沈清漵打断了，也不知道她是不是故意的。

顾谈云这次不想轻易放弃。他牵住她的手，他的手微凉，她的手是暖的，温度不同的两只手握在一起，触感显得更加清晰。

"王子和公主会在一起。"他的嗓音如同一条流动的春河，温玉般的眸子注视着沈清漵。

沈清漵仿佛被他的眼神烫到了，好似有一阵细雨落在她心上，那雨水有点甜，又有点涩。

他温和又浅淡地笑了笑，将两人相握的手举到眼前，声音传入她的耳中："他们成婚后，就变成了国王和王后。"

沈清漵补充道："后来王后得到了魔镜，她问魔镜谁是世界上最美丽的女人，魔镜说是白雪公主。"

顾谈云无言，双目低垂，遮住眼底失落的光彩。她心中有些不忍，不想看到顾谈云黯淡的神情。

他曾经一步步坚定地朝她走来，他一次次表现得那么明显，沈清漵自然不可能看不出来，她轻声道："等所有事情结束，我告诉你一个秘密。"她扯了扯嘴角，"如果到时候你还确定……我或许会抛弃大宅子和一百个侍卫。"

顾谈云黯淡的眸子重获光泽，用眼神表达了他的坚定。

天忽然阴沉下来，一朵朵乌云凭空冒出来，相互拥挤着遮住了碧蓝的天空，风呼啸地吹着。

很快，乌云就遮住了最后一片光亮，顾谈云心中暗淡的情绪尽数消失，他拉着沈清漵直起身："他们应该就要来了。"

沈清潋拍了拍身上的草屑，潇洒道："终于快要结束了。"

这里是他们选择的顾荣安的埋骨地。由于剧情限制，他们无法伤到顾荣安，但他们有"顾谈云"和江叶。江叶跟他们不一样，她是这个世界的人，所以可以伤到顾荣安。而"顾谈云"可以帮他们屏蔽剧情，让剧情无法顾及顾荣安。

沈清潋即将松开手，去往诱饵处，顾谈云握紧她的手，沈清潋茫然回头，听见他温声道："不要放松警惕。"

"不是有你吗？"

顾谈云笑道："对，有我。"

不远处，江叶正在追杀顾荣安，突变的天气让她有些惊讶，但她现在只想杀了顾荣安。

一个黑衣人背着顾荣安奋力往前跑着，顾荣安的状态看起来很不好，血迹顺着鞋尖汇聚，宛如一条小溪，在地上留下蜿蜒的痕迹。

黑熊在后面紧追不舍，暴躁地盯着顾荣安的方向。

江叶的轻功极好，她打不过黑衣人，但黑熊人也跑不过她。她不断纠缠着，只要黑衣人偏离方向，她就扔过去一枚暗器，或者过去拦一拦，打不过就再跑开。

黑衣人不知不觉地被引向了顾谈云和沈清潋的方向，黑熊也在后面追着。他们跑出树林，跑到了一大片草地上，看到了顾谈云和沈清潋。

顾谈云躺在女子的腿上，眼睛紧闭，浓密的睫毛痛苦地颤抖着，一丝鲜艳的颜色从他的唇角溢出。沈清潋神情慌张，不断呼喊着"陛下"。

顾荣安看见他们，眸中闪过一抹寒厉。

"往那边去，杀了他们！"顾荣安声音嘶哑地笑着，难听至极。

沈清潋抬眸望过来，乌云蔽日下她的眼神看不清晰，她一动不动地看过来，像是吓傻了，顾荣安心里愈加兴奋，就算杀不了顾谈云，杀了沈清潋也不错，如果杀了她，顾谈云一定会痛哭流涕吧。

黑衣人手中的刀在滴血，那是黑熊的血，他听从顾荣安的命令，握紧刀往沈清潋和顾谈云的方向跑去。

距离越来越近，顾荣安兴奋地弯起唇角，却见神色仓皇的女子平静下来，

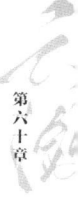

对他露出一个幸灾乐祸的笑容。

顾荣安心下觉得不对劲，一定有诈，还没来得及提醒背着他的黑衣人，眼前的景象就快速滑动，伪装的草地向下塌陷，扑通两声下饺子似的，顾荣安和黑衣人摔进了坑里。

黑熊跑得太快，在坑前摇摇摆摆欲坠不坠，一块大石头从后方砸到黑熊背上，黑熊彻底失去平衡，摔进坑里。

那块石头正是匆匆追来的江叶扔的。

伴随着几声惨叫，天地变成漆黑的一片，脚下的土地一点点消失，沈清潋感觉自己仿佛踩在一片虚无之上。顾谈云紧紧抓住沈清潋的手，仿佛怕她消失一般，用力抓着她，直到沈清潋喊了一句手疼，他才放松了些。

一根带子缠到她的手腕上，沈清潋警惕地摸了摸，带子收紧，将沈清潋和顾谈云的手牢牢绑在一起。

沈清潋松了口气，哭笑不得道："你绑得也太紧了吧？"

顾谈云轻声道："这样比较安全。"

沈清潋敏感地皱了皱眉，看向身旁顾谈云的方向，他的声音怎么好像变了一点？

前方什么东西响了一下，打断了沈清潋的思绪，眼前的画面突然暗下来，她好似陷入了黑色的梦境，远处亮起白色的荧光，在黑暗中十分耀眼。一幕幕画面从脑海中闪过，最后定格在顾荣安登基的那一幕。

这是原著剧情？

顾荣安登基的那一幕忽然破开，画面倒退，回到最初，而后再次跳转，展示了另外一个故事——这是一个青梅竹马的故事，故事的主人公正是顾谈云和沈清潋，或者说，是原著里的顾谈云和沈清潋。

在这个故事里，沈清潋的父亲遭人污蔑贪污，被判斩首，其他人则被流放。顾谈云悄悄将沈清潋与其他人藏了起来。登基为帝后，他还了沈清潋父亲清白，两人一帝一后，情意绵绵。

顾谈云虽然性情暴躁，但有沈清潋在，他再也不会无缘无故杀人。在这个故事里，没有顾荣安，也没有亡国，顾谈云励精图治，百姓安居乐业，画面最终定格在他们的吻中。

沈清漵看着画面中那两张熟悉的脸，心中有些不自在，有一种看自己跟顾谈云亲吻的感觉。她想起初入宫的那个晚上，他们的第一个吻。

"孤和她的故事，你们喜欢吗？"

一个声音忽然出现，吓了沈清漵一跳，她下意识看过去，看到了顾谈云的脸。不过那并不是顾谈云，沈清漵在看到他的眼睛的一瞬间，就知道他不是，顾谈云的眼神要比他的温和，这人的眼神看起来懒懒散散，却总让人觉得有杀意。结合他刚刚说的话，沈清漵不难猜出他的身份。

"顾谈云"问的是"你们喜欢吗"，实际上他只看着沈清漵，沈清漵却没回答他的问题，只问道："这里是哪里？"

"孤的梦境。""顾谈云"的眼里浮出一点悲伤，"你看起来并不想跟孤说话。"

沈清漵不太习惯看着这个不一样的顾谈云，轻咳一声道："还好。"

"顾谈云"叹了口气："如果是她，她一定会说，她最想跟孤说话。"

顾谈云在一旁冷声道："她不是她。"

"顾谈云"摊了摊手："算了，你们都不欢迎孤，孤走了。"他转身走了几步，停下来道："故事的结局已然改写，你们还有半个时辰，有什么想说的就赶紧说了吧。"说完，他看向沈清漵，挑眉一笑，有些阴郁的脸上多了几分清朗，"这辈子的你也很漂亮。"

看着"顾谈云"的背影彻底消失在黑暗中，沈清漵没能理解他的意思，他怎么知道她这辈子长什么模样？

"不舍得他？"顾谈云的嗓音有些凉。

"没有，就是好奇他怎么消失。"

微弱的光驱散周遭的黑暗，足够她看清顾谈云的模样，沈清漵眼眸微微睁大，顾谈云的脸怎么变了？与之前相比，他的五官柔和清冷了些，眼睛很干净，好像什么都不在意，微微垂下眼时，有种生人勿进的疏离感。

沈清漵一点也不怕顾谈云，抬起手放在他的脸上，在他期待的眼神中，捏

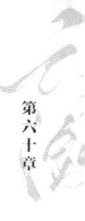

了捏他的脸。顾谈云那双幽深的眸子微微一闪，无奈地抓住她的手。

他知道她在想什么，笑着道："脸是真的。"

"有点不习惯。"沈清潋啧啧两声，"有点刺激。"

顾谈云的眼眸里倒映着沈清潋的身影，他笑了笑，声音带着一种说不出的磁性："你还记得先前说的话吗？"

沈清潋微微一愣，收起笑容，垂下眼嘟囔道："记得。"

顾谈云很平静地看着她，鼓励道："你现在可以把那件事告诉我吗？"

沈清潋抿唇不语。

顾谈云没有催她，只是静静地看着她，眼眸如一湾幽静的春水。

沈清潋抬头看向顾谈云，声音情不自禁地低下来，鼓起勇气说出了秘密："我就是那个戏耍了你，然后跑路的女人。"

她紧紧盯着他的眼眸，想知道他听到这句话会是什么表情，惊讶？愤怒？厌恶？

她的手心布满了一层汗，指尖下意识地掐入掌心，手心的疼痛让她的睫毛一颤。

一双微凉的手抓住她的手，那人的手指摸向她的掌心。

顾谈云叹了口气："伤害自己做什么？"

她顺着他的动作，手指摊开，他的眼神依旧如初，温和柔软。

沈清潋有些不懂，问："你不生气吗？"

"我早就知道这件事了。"

沈清潋听到这句话，瞳孔微缩，顾谈云往沈清潋面前走了一步，安抚地摸了摸她的头："曾经生过气，后来想明白了一些事情就不生气了。"

在寂静的黑暗中，沈清潋有一瞬间的失语，她看向这个逼近自己的人，他眼里的情意不是假的。

对上沈清潋不安的眼神，顾谈云的心仿佛被重重地拧了一下，他将她拥入怀中，温声道："所以，你那天说的话还作数吗？"

沈清潋靠在他的怀里，听到了他的心跳声。与他清冷平静的外表相反，他的心脏跳得很快很用力,剧烈的心跳声像是在压抑着什么。

她抬手回抱住他,他的怀抱很温暖,温暖到她的呼吸也开始发烫。她昂起头,看向昏暗灯光下他苍白的下巴,心里终于不再彷徨,笑道:"你长得这么好看,当然作数了。"

顾谈云听到了做梦都想听到的话,淡白的唇微微上扬道:"只是因为我长得好看?"

"其实还有一点喜欢。"

"只有一点吗?"

"那就再多一点。"

他抱了她许久,忽然道:"我们什么时候结婚?"

沈清溦心中的各种情绪一下被这句话清空,扑哧一声笑了出来:"这么快?"

"不快,我等这一天已经等了很久很久。"

因为顾谈云的话,沈清溦心中泛起许多情愫,她殷红的唇角微微弯起,轻声道:"那我们之后民政局见。"

顾谈云只回了一个字,很短也很坚定,他说:"好。"

他问:"还记得我的电话吗?"

她说:"记得。"

他问:"还记得我的住址吗?"

她说:"记得。"

他问:"身份证号码呢?"

她道:"记得记得,都记得。"

番外一

叮叮叮——

闹钟响了。四人间的寝室不知道谁哀号了一声,有人挣扎着翻了个身,最终还是埋在被窝中,迷迷糊糊地问了一句:"今天早上是啥课啊?"

"那个农业理论课……"

"怎么又是这个课啊?"

三人陆陆续续起床,沈清漱已经洗漱完毕,正在换衣服。颓败的气氛中,只有她看起来十分精神。

卷发女生正刷着牙,从沈清漱身后走过,沈清漱坐在书桌前,正在翻看书籍,清晨的天还有些昏暗,橘黄色的光打在书本上。

"这么努力?"卷发女生停住脚步,凑过去看了一眼,当看到书上的字时,她深深叹了一口气,"真是搞不懂,你怎么这么喜欢这节课?无聊又无趣,一大堆我看不懂的东西。"

沈清漱的视线从那本书上挪开,笑着看向卷发女生:"其实还挺有趣的。"

卷发女生做了一个呕吐的动作:"我不行了,这本书太折磨人了,我不能看到它的任何一个字!"

沈清潋叹了口气:"所以我当初才劝你们,不要跟着我选这门课。"

另一个刷着牙的女生说:"那怎么行?当初说好的四个人一起!"

沈清潋笑弯了眼:"你们小心挂科啊。"

"不要提挂科这两个字!"

几人打打闹闹地换好衣服,卷发女生又凑过来好奇道:"以前也没见你对这门课感兴趣,怎么这学期开学忽然就喜欢上了?"

"因为一个人。"她想去了解顾谈云。

"谁啊?"

"我老公。"

另外三人不以为意地点了点头,以为沈清潋在开玩笑,谁不知道A大的校花是单身,每天都有男生捧着花去找她告白,但她从未答应过任何人的表白,她们宁愿相信沈清潋是真的喜欢农业理论课。

女孩子梳洗打扮总是要花费许多时间,收拾完毕时,只剩下半个小时。四人紧赶慢赶,终于在上课铃响之前抵达了教室,她们扫了一眼,挑了后排的几个座位坐下。

这节课的老师是一个老教授,上课之前先收作业是那位老教授的习惯。几人从背包里掏出书本和作业本,摆放在桌面上,百无聊赖地等待着教授的出现。

奇怪的是,以往早早就会抵达教室的老教授,今天还没来,时间已经过去了四五分钟,学生们都在猜测教授是不是出了什么事情。就在大家窃窃私语时,教室门口走进来一个人,学生们以为是老教授来了,全部看过去。

紫色裙子的舍友抓住沈清潋的手,低低地"啊"了一声:"有帅哥!"

沈清潋抬抬眼,对上一双熟悉的温和眼眸。

紫裙舍友又"啊"了一声:"他好像往这边看过来了!先前还冷冷的,怎么一下子就变温柔了?"

沈清潋的眼里浮现出笑意。

穿着灰色风衣的清冷大帅哥走上讲台，不急不缓道："抱歉，教授家里有些事情要处理，今天这节课……"

顾谈云不仅人长得好看，声音好听，讲课也十分有趣，枯燥的内容从他的嘴里讲出来变得妙趣横生，以往打瞌睡的那些学生，这会儿都精神了。

沈清澈捅了捅卷发女生，问："你不困了吗？"

卷发女生道："有帅哥还困什么？"

顾谈云讲着讲着，总是不由自主地往沈清澈的方向看过去，几个舍友再怎么粗神经，也发现了不对。

卷发女生捅了捅沈清澈，问："他好像总是在看你哎？"

沈清澈垂下眼看书，唇角微微弯起。

下课时，顾谈云深深地看了沈清澈一眼。

沈清澈将书收进包里，看向舍友们："我去看下我老公，你们先去吃饭，不用等我。"

没等舍友们回答，她快步追了出去。

几个舍友愣愣地看着她的背影，半晌后，茫然地对视一眼："她刚刚的用词是'老公'？"

"男朋友吧？可能是爱称。"

"不对，我们学校的校花，我们宿舍的宝贝，什么时候有男朋友了？"

卷发女生想了想，道："她之前好像跟我们说过。"

几人想了想，发现沈清澈确实说过很多次，只是她们把她口中的"老公"当成了玩笑话。

一人提议道："要不我们跟上去看看？"

另外两人点头道："走，去看看！可不能被骗了！"

沈清澈脸上挂着疏离的笑容，看向面前拦着她的男生，男生手里抱着热烈的玫瑰，他将玫瑰花小心翼翼地递到她的眼前。

"学姐，我喜欢你。"

沈清潋嘴唇微启，正要说话，一道清润的嗓音温柔地叫了一声"清清"，她偏头看过去，看到了清冷疏离的青年，浮在表面的笑容变得真实起来。她看向他，完全忘记了面前向她表白的男生。

　　众目睽睽之下，在各种瞠目结舌、不可置信的目光中，穿着灰色风衣的青年牵起漂亮女孩的手，两人一起站在表白男生的对面。

　　那个男生看了看沈清潋，再看了看顾谈云，两个人的颜值都很高，他小心问道："您是学姐的哥哥？"

　　顾谈云和沈清潋十指紧扣，看向对面的男生，看起来什么都不在乎的眼眸第一次有了攻击性。他抬起两人紧握的手，极有气势道："我是她的合法丈夫。"

　　男生的表情有一瞬间的空白，看向沈清潋。

　　沈清潋抬头看向顾谈云，三个舍友在这个时候恰好挤进人群，在舍友们目瞪口呆的表情里，沈清潋笑着点了点头："我是他的合法妻子。"

　　男生的表情一下子就暗淡下来，失魂落魄地走出人群。

　　A大的论坛有人发了个帖子，名字是"一帅哥找上门，自称是校花沈清潋的合法丈夫"，这个帖子一瞬间就爆火了。一张照片传了上来，清俊男人和漂亮女人十指相握，笑看着彼此。

　　在看到照片的一瞬间，无数人一见钟情，又快速失恋，最后他们都成了顾谈云和沈清潋的粉丝。

　　沈清潋和顾谈云漫步在树林中，秋季的树叶微微泛黄，微风拂过，带落片片树叶，落在两人的头上、肩上。

　　"你说等我们老了，会是什么样子？"

　　顾谈云牵着她一步步向前，闻言轻笑道："到时候就是老头子牵着老太太。"

　　很多年后，一个老头牵着一个老太太再次来到这里，他们漫步在树林中，彼此依偎，互相搀扶着慢慢往前走。

　　老太太问老头："你说我们下辈子还能遇到吗？"

　　老头坚定地回答："会的，我们会永远在一起。"

番外二

沈清潋一直记得与顾谈云的初见,只因顾谈云太过讨厌。她记得那是个冬日,纷纷扬扬的雪花在日光中灿灿生光,她穿上漂亮的新衣服,跟着爹娘去了皇宫。

她从别人嘴里听说过皇宫,听说皇宫里住着最尊贵的人,那个人拥有无数珍宝,无数美人,一句话就能决定无数人的生死。她好奇皇宫里的一切,进入皇宫后,她四处张望,皇宫确实如传言中一般漂亮,但很沉寂,每个人都规规矩矩、安安静静的,包括她的姨母。

姨母是去年入宫的,娘说,入宫之后,在人前不能唤"姨母",要唤"娴嫔娘娘"。在她的记忆中,姨母最是闲不住,总爱逗弄她,她觉得"娴"这个字与姨母实在不搭。可入了宫,她却发现姨母变了模样,仿佛"娴"字安在姨母的头上,就吸去了她的精气神。当房内只剩下她和娘时,姨母才恢复了一点以前的生气。

她觉得憋闷,用完膳食后,用散食的借口跑出了姨母的长荣宫。冰天雪地,了无一人,看起来却比人来人往的长荣宫还要暖一些。她走着走着被梅花迷了眼,跟着梅林一路向前,回过神来才发现已经离长荣宫很远了。

在梅花林里，她遇到了顾谈云。

那时，她听到花坛后面有人抽噎一声，周围无人，她想起恐怖话本里的情节，有些害怕地问："是谁躲在花坛后？"

她听到拨开枝叶的声响，应该是花坛后面的人拨开枝叶在偷偷看她。

沈清漱小心地绕过去，还没看到花坛后面的人，一个雪球迎面砸来，冰冷的雪扑在脸上，四处散开。沈清漱捂住鼻子，登时红了眼睛。

沈清漱是个十分娇气的姑娘，平日里在家备受宠爱，家里人都哄着她，外加她对痛觉比较敏感，一点小小的磕碰都会让她哭上好一会儿，更何况是莫名其妙被人用雪球砸。

她呜的一声哭出来，在泪光中，她看到始作俑者从花坛后面走出来，他看起来比她大一点，大概六七岁的模样。少年黑衣墨发，琥珀色的眼眸，明明是温柔的颜色，眼底却充满不善。

他慢悠悠地走到她身前不远处，看了她一眼，道："本宫又没有用力，你哭什么？"

沈清漱撇了撇嘴，眼泪不受控制地一滴滴落下："你用雪球扔我，我为什么不能哭？"

少年哼了一声，道："因为你哭得让人很烦。"

沈清漱从地上抓起一把雪，用力朝他扔去，还没砸中少年，雪球就四散落下，少年嗤笑一声："连扔个雪球都扔不中，真没用。"

沈清漱仿佛刨坑的疯兔子，红着眼睛抓起一把把雪扔向少年，眼泪同时源源不断地落下。

少年身形迅速，躲过一次次的攻击，没过多久，扔雪球的沈清漱已是气喘吁吁，而少年还是一副游刃有余的模样。沈清漱眼睛越来越红，一屁股坐在地上，用手捂住了脸。

"喂，你不扔啦？"

沈清漱的手指微微分开，透过指缝看向少年，少年逆光站着，神情被光晕染上几分温柔。沈清漱抿了抿唇，合上指缝，吸了吸鼻子，道："你欺负我扔不中你，我不扔了。"

少年轻声道："你再试一次，这次本宫让你扔中。"

沈清漱半信半疑地放下手，擦掉眼泪，望向少年："你真的不躲吗？"

"君子一言，驷马难追。"少年展开手正对着她，"本宫不躲，你扔吧。"

沈清漱捏了一个小雪球，试探性地扔向他。少年没有躲开，雪球砸在他的脸上，他闭上眼睛，眉头微蹙，而后掀起眼皮看了一眼沈清漱，沈清漱往后缩了缩，小声道："你让我扔的。"

少年伸手放在她的眼前，道："本宫知道是本宫让你扔的，不过你是第一个真的敢用雪球砸本宫的人。"

沈清漱疑惑地看了一眼少年的手，听他笑道："你不起来吗？喜欢蹲着？"

沈清漱"哦"了一声，牵住他的手，顺着他的力道站起身。少年问她："你叫什么名字？"

沈清漱砸中他之后，就不生气了，她的眼睛还红肿着，却笑了起来："我叫沈清漱。"

少年想了一会儿，声音冷了几分："原来姓沈啊。"

沈清漱感觉到少年的变化，轻声问："姓沈有什么不同吗？"

少年笑了笑："没有什么不同。"

沈清漱"哦"了一声，问："你叫什么名字？"见少年掀起眼皮看过来，她不知为何有些害怕，眼泪又忍不住分泌出来，"礼尚往来，我跟你说了我的名字，你也该告诉我你叫什么。"

少年垂下眼，长长的睫毛温顺地垂着："顾谈云。"

沈清漱跟着念了一遍："顾谈云……"

话音刚落，一团冰冷的雪球贴住她的后脖颈，沈清漱愣愣抬头，看到少年唇角恶劣的笑，她惊叫一声，去拍脖子上的雪。

等拍干净脖子上的雪，顾谈云已经走远了，似乎察觉到她愤怒的目光，他回过头，看向她，嘴里无声地吐出两个字。

沈清漱跟着做出那个嘴型，发现那两个字是"笨蛋"，她鼻子一酸，眼泪立刻掉了下来。

沈清漱就这么记住了顾谈云，一个躲起来偷偷哭却笑话别人哭，性格十分恶劣的人。

之后她回了长荣宫，天色渐暗，娘带着她离开长荣宫时，姨母握紧她的手，声音微哑道："答应姨母，日后绝不能入宫。"

沈清漱不知道姨母为何说这句话，但她知道姨母是为她好，于是点了点小脑袋。

姨母摸了摸她的脸颊，叹了口气道："跟着你娘走吧，日后不要入宫了。"

十三岁那年，是沈清漱最痛苦的一年，她爹被查出贪污，陛下下旨将沈家抄家入狱。沈清漱不信爹会贪污，如果他真的贪污了，那贪污的银钱在哪里？如果爹真的贪污了，娘平日里又怎会一个铜板都要跟他斤斤计较？

她问爹，他没有贪污对不对，爹只是抱着娘亲，然后摸了摸她和清泽的头，说他对不起娘亲，对不起她和清泽。

三日后，陛下下旨，判爹娘午时斩首示众，而她和她的胞弟沈清泽则被贬为奴隶。这是她第一次明白，"一句话能决定别人生死"是什么意思。

执刑当日，她的眼泪止不住地流下，可她知道自己必须坚强起来，以后就只剩下她和清泽了。

沈清漱一点一点擦干眼泪，肩膀忽然被轻轻拍了拍，她垂眼看向怀中的胞弟，沈清泽轻声道："姐姐不要哭，我还在，我会保护姐姐的。"

沈清漱心中涌上酸涩，用尽全身力量憋住眼泪，她能感觉到他的身子也在颤抖，她抱紧他，说："清泽不怕，姐姐在。"

第二日，她和清泽被押送上路，不知过了多久，他们抵达了一个矿场。

矿场上，除了奴隶，只有看守的官兵，在这里没有人把奴隶当人，他们几乎没有睡眠时间，食物只有水一般的清粥，官兵手里的鞭子随时会落下，每天都有人尖叫，有人发疯，有人死去……

沈清漱知道她必须逃出去，只有逃出去，她和清泽才有一线生机，否则他们的结局只会是乱葬岗。

沈清漵和沈清泽制定了逃跑计划，只是命运残酷，途中她跟清泽失散了，后来她体力不支，晕倒在地，再次醒来就出现在人市。

人市，顾名思义，就是贩卖人口的地方。

沈清漵缩在笼子里，她逃跑之前用炭笔对面容做了些调整，来买奴隶的人都只看了她一眼，就不感兴趣地移开眼睛。

沈清漵垂下眼盯着生锈的铁杆，不知道清泽有没有成功甩掉官兵？她捏紧裙摆，无论如何她都要活下去，她必须活下去！

她打起精神，开始物色目标人选，要想安全地活下去，最好挑一个女子。

日暮时分，沈清漵看到了一个意料之外的人——一个白衣少年，面容生得有些精致，但眉眼之间英气勃发，气质沉稳。

沈清漵记得他，朝廷上分为两派，一派支持太子，一派支持玉妃的儿子二皇子，而这个人就是二皇子。她有一次闯入爹爹的书房，恰好撞见他在跟二皇子谈事情。

她不知道二皇子为什么会来人市，但要想活着找到清泽，跟着二皇子离开，无疑是最好的结果。

沈清漵弄出些动静，成功让二皇子注意到自己。二皇子看到她时，眼底闪过一丝诧异，随后恢复沉稳，从牙婆手里买下了她。

她梳洗整齐后，二皇子脸上流露出一丝惊艳。她知道自己生得好，她的脸就是最好的筹码，她跪下祈求，求他寻回清泽。

二皇子答应了她的请求，她确定了心底的那个猜测，二皇子救她是有目的的，只是不知道他想让她做什么，竟为她冒如此巨大的风险。

一日后，她从二皇子那里得到消息，清泽那日逃跑，没有被官兵抓回去。

沈清漵松了口气，若是让官兵抓回去，就只有死路一条，没有被官兵抓到，说明清泽大概率还活着。她想了一会儿，心里又浮起担忧，清泽才十岁，不知道会不会遇到别的危险。

二皇子答应她，会让手下的人暗地打听清泽的消息，沈清漵跪倒在地："殿下救命之恩，民女无以为报。"

"不必如此。"二皇子扶起她，顿了顿又道，"本宫名唤顾荣安，你可唤本宫安哥哥。"

沈清潋愣了愣，心中百转千回，最后只低头"嗯"了一声。

沈清潋以为顾荣安对自己起了什么心思，紧张了好几天，什么也没发生才松了口气，却又有些不解，这个二皇子对她的态度很奇怪，他对她温柔体贴，事事上心，但她能感觉到他偶尔流露出的一抹蔑视。

沈清潋辗转反侧许久，不断思考二皇子的目的，一个念头逐渐成形：二皇子似乎是想让她喜欢上他？

沈清潋想明白后，在二皇子面前装出爱慕的模样，果然他看她的目光很满意。不过她还是想不明白二皇子的最终目的，他为什么想让她喜欢上他？

后来，二皇子迎娶侧妃进门，侧妃是阮家之女，身份尊贵，这也是个让她想不明白的人。以侧妃的身份，做太子正妃都可以，怎么会心甘情愿做二皇子的侧妃？

阮侧妃主动来见她，高高昂着脑袋，宣示对二皇子的占有欲。

阮侧妃其实挺有趣的，是个看起来高傲，实际上心地很好的人。阮侧妃常常针对她，不过都是些无关痛痒的小事，后来她遇到阮侧妃溺水，还跳入水中把人救了上来。

阮侧妃向她表达了谢意，不过还是警告她，绝不会因为救命之恩就把二皇子让给她。

沈清潋附和道："侧妃身份尊贵，民女身份卑微，怎么敢跟侧妃争？"

阮侧妃很高兴。

时间飞逝，先皇驾崩，太子登基，而二皇子成了安王。

安王让她入宫，成为内应。他告诉她，她爹贪污是被人诬陷，而诬陷她爹的人就是新帝，曾经的太子。

沈清潋不信顾荣安，如果她爹真的是被新帝诬陷，她爹不会闭口不言，只说对不起她。不过她也终于明白了顾荣安的目的，不用再整日胡思乱想了。

进宫之前，她再次向顾荣安询问清泽的下落，可惜依旧没有音信。

沈清漵顺从地参加大选，只是偶尔会想起她的姨母。

大选时，不知道谁推了她一下，她摔在地上，疼痛席卷而上，眼泪不受控制地落下，再抬起眼时，一双腿停留在她身前。

她缓缓抬头，对上新帝阴郁的眼眸，打了个哆嗦。她看到新帝唇角缓缓勾起，然后她就被带去养心殿，并且晚上要侍寝。

沈清漵没想到事情发展得这么快，她恍恍惚惚地沐浴，恍恍惚惚地被送入养心殿，恍恍惚惚地坐在龙床边。

"在想什么？"

懒散的音调召回她的神思，她抬眼看去，新帝无疑是个十分好看的男人，眉如远山、鼻梁挺直，唇薄却不显得薄情，只是那一双眼睛不知为何总是让人觉得害怕。

沈清漵往后缩了缩，清澈的眼眸怯怯的。

新帝笑了一声，微微歪头，唇角微挑却没有笑意："怎么，不记得孤了？"

沈清漵怔愣一瞬，她见过新帝吗？

"还真不记得孤了？"新帝斟了一杯酒，坐到沈清漵身旁，将手中的酒递给她。

沈清漵下意识接住酒杯，看了一眼，轻声道："给我喝的吗？"

新帝唇角微扬："你猜？"

新帝给人的感觉像是幽深的井，一眼望不到底，沈清漵猜不出来。她悄悄瞥了他一眼，试探地抿了一口，一股辣意顺着喉咙往上升，直冲头脑，她捂着嘴咳嗽起来，眼里立刻有了泪意。

此时身旁传来笑声，新帝仿佛一个恶作剧成功的小孩，琥珀色的眼眸中阴郁散去，露出一点温柔的波光。

沈清漵愣了半晌，新帝笑起来时挺好看的，没了那种令人畏惧的感觉，不过他看起来似乎有点熟悉，难道她以前真的见过他？

沈清漵微微蹙眉，温热的气息喷在她的侧脸，她转眼看去，新帝的脸近距离映入她的眼中，她吓了一跳，站起身往旁边一退，然后扭到了脚。

沈清漖疼得眼泪不断落下，她低头看去，发现脚踝肿了起来。

新帝嗤笑一声："怎么还是这么笨？"

沈清漖沉默地流眼泪，新帝捏了捏她的脚踝，她倒吸一口冷气，新帝道："没有伤到骨头，揉揉就好了。"

就这样，新帝给她揉了大半夜的脚踝，她哭了一个晚上，因为脚踝实在太痛了。

沈清漖猜出了新帝的身份，他就是她入宫见姨母那次遇到的恶劣少年，不过她现在的身份是凉州刺史之女司鸣玉，司鸣玉不可能认识新帝。

新帝明显也猜出了她的身份，沈清漖颓废地想，她这枚棋子刚入宫就废了。

清晨，她醒来后，新帝已经不见踪影，王公公拿着圣旨走进来，新帝竟然直接册封她为"清妃"，她成了新帝的宠妃。

自此之后，新帝日日召她侍寝，但只有她知道，她跟新帝就是盖着被子纯聊天，什么也没干。

沈清漖大致猜出了新帝的目的，他是在告诉所有人，她是他的弱点。沈清漖不在意这个，在被安王买下时，她就失去了自由。相比在安王府，她在皇宫还要自在许多。随着相处时间增加，她也不怕新帝了，新帝性子恶劣，爱逗人玩，但不是什么嗜杀暴虐之人。

就这么过了一个月，一天用晚膳时，新帝忽然问她："这么久了，你没什么想问孤的吗？"

沈清漖不知道新帝为什么突然这么问，也不知道自己有什么想问新帝的，摇了摇头。新帝的脸一下子就阴沉下去，没说什么，沉默地吃饭。

沈清漖用完膳食，看了他一眼，犹疑道："陛下生气了吗？"

"顾谈云。"见沈清漖眸光一震，新帝看着她道："孤的名字。"

沈清漖缓缓吐气，轻轻"嗯"了一声，顾谈云还在看她，她又点了点头。顾谈云轻声道："日后无人时，孤允许你唤孤的名字。"

沈清漖不知道顾谈云又想玩什么，点了点头。顾谈云抬手在她额上一敲，语气不悦道："又在敷衍孤。"

"臣妾哪里敢敷衍陛……"

顾谈云打断她的话，道："你唤一声孤的名字，孤就不计较你的敷衍。"

沈清潋抿了抿唇，在顾谈云的坚持下，深吸一口气，缓缓道："顾谈云。"

顾谈云脸上的阴云散去，落日余晖中，他琥珀色的眼眸像是深夜里的星光。沈清潋心跳似停了一拍，而后猛然加速，像是平静的湖面被扔了一颗小石子，涟漪越来越大。

日子就这么平静地过着，两个月后，一封信打破了安宁。

沈清潋收到了第一个任务，顾荣安在秋猎的森林里设下埋伏，她的任务就是把顾谈云引到顾荣安的陷阱里。

还有十几天就是秋猎的日子，沈清潋的视线落在最后一行字上，顾荣安打听到了一些有关清泽的消息。她知道顾荣安是在告诉自己，只有乖乖听他的话，她才能找到清泽。事实上，她确实只能依靠他，当安王从牙婆手里买下她时，她的命运就已经注定。

沈清潋忽然想到了顾谈云，她摇了摇头，把不切实际的想法抛出脑袋。她爹在世之时，支持的是二皇子顾荣安，顾谈云或许不会跟她计较，但绝不可能以德报怨，帮她寻找清泽。

沈清潋将纸条放在蜡烛的火焰上方，纸条一点一点燃成灰烬，她一转眼，对上一双琥珀色的眼眸，顾谈云倚靠在门边，挑眉看着她。

顾谈云懒懒道："孤长得很可怕？"

沈清潋瞳孔收缩，只觉得浑身的血液都往脑袋上涌，她只能努力让自己看起来平静一点，扯出一个僵硬的笑容，走过去挽住他的手道："陛下怎么会可怕？陛下是什么时候来的，怎么一点声音也没有？"

顾谈云偏头盯着她看了一会儿，似笑非笑道："如此倒是孤的不是？"

沈清潋唇角虚假的笑意微敛，低头看着脚尖："臣妾不敢。"

"你有什么不敢的？"顾谈云的声音里含了些无奈，他牵住她的手，沈清潋这才发现她的手因为紧张而握成拳。顾谈云垂着眼，一点点展开她的手，她呼吸微屏，听到顾谈云慢悠悠道："有些事情，你可以尝试告诉孤。"

沈清潋心尖一颤，微微垂眸道："陛下说的是什么事情？"

顾谈云良久没有说话，她悄悄抬眼朝他看去，发现他琥珀色的眼眸正一眨不眨地盯着自己。她抿了抿唇，他是不是猜到了纸条上的内容？

沈清潋以为顾谈云会问些什么，但他什么也没问，只跟她说了秋猎的事情，捏了捏她的脸颊，道："好不容易能出去玩一番，不高兴吗？"

沈清潋点了点头："高兴。"

顾谈云笑了一声："小骗子。"

时间如流水，一眨眼就到了秋猎当日。这些日子，沈清潋一直处于挣扎之中，她不想害顾谈云，可若不按顾荣安的命令行事，顾荣安就不会帮她找到清泽。

情急之下，沈清潋想到了一个两全其美的办法——弄伤自己，比如扭到脚了，这样她就有了无法完成任务的借口。

"要不要骑马？"顾谈云拍了拍马头，长睫垂下，遮出一片淡淡的阴影。

沈清潋一怔，即使看习惯了顾谈云的脸，偶尔还是会被他惊艳。别人都说她容貌倾城，令顾谈云一见倾心，照她看来，顾谈云若为女子，容貌定不下于她。

沈清潋把这个大逆不道的想法压下去，见顾谈云牵着马走到她身旁，琥珀色的眼眸平静剔透，问她："怎么又不说话？你要变成孤的小哑巴？"

沈清潋看了一眼高大的马，有些蠢蠢欲动，但又有些害怕，抿了抿唇道："臣妾不会骑马。"

"没有谁天生会骑马。"顾谈云眉眼含笑道，"要不要试一试？"

沈清潋还在犹豫，顾谈云却已翻身上马，坐在马上，垂眸向她伸出手："抓住孤的手。"

沈清潋抓住他的手，下一刻，她腾空而起，还没来得及害怕，就已经坐在了马上。树木快速后退，在清脆的马蹄声中，沈清潋的紧张感慢慢消失，绷紧的背柔软下来。

风在耳边呼呼地吹，夹杂着青年懒散的音调："放心，孤在你的身后，不会有事的。"

沈清潋唇角微弯，轻轻"嗯"了一声。

马停下来时，沈清潋以为结束了，顾谈云却把缰绳塞入她的手中，沈清潋抓住缰绳，知道顾谈云是让她学骑马，微微偏头道："我开始啦？"

顾谈云轻笑一声，温热的呼吸喷在她的耳边："开始吧。"

沈清潋"驾"了一声，学着顾谈云之前的模样用力挥了一下缰绳，马抬起蹄子往前跑去。顾谈云在她耳边耐心地教导她骑马的要点，没过多久她就学会了骑马。

马奔跑的速度很快，沈清潋只觉得心里所有的烦恼，随着耳边呼呼的风消逝了。只是马停下来之后，沈清潋又想起了自己的任务，唇角笑意微收。

顾谈云看了一眼她的侧脸，道："又不高兴了？"

沈清潋轻声道："我想下去，一直坐在马上不舒服。"

顾谈云翻身下马，朝她伸出手："想下来，那便下来。"

沈清潋下马时，找了个时机扭伤了脚，她一双眼睛泪汪汪的，眼泪止不住地流下。顾谈云紧蹙着眉头，小心地察看她的脚。他找了一根木头将她的腿固定住，带她回了营地，召来太医。

这次的任务，沈清潋成功混了过去，之后顾荣安又给她传了好几次信，她有的糊弄，有的执行。

一次次的糊弄令顾荣安起了怀疑。沈清潋看着手中的纸条，眉头微蹙。夜半，她做了一个噩梦，梦里她回到了十三岁那年，看到她和清泽失散之后，清泽倒在血泊之中，声声泣血道："姐姐救我！"

耳边忽然传来顾谈云的呼唤声，沈清潋睁开眼，用手捂住擂鼓般跳动的心口，细细密密的汗珠将额角的碎发浸湿，顾谈云轻声哄道："孤在这里，什么牛鬼蛇神都不敢过来。"

他伸手将她颊边的发别到耳后，沈清潋深吸一口气，梦境里的画面却不断在她脑中循环。

顾谈云放低声音，轻声哄着，沈清潋抿了抿唇，一股情绪涌起，眼泪自她的眼角一滴滴流下。顾谈云的眉心皱得更厉害，一点一点擦掉她的眼泪，神情阴郁道:"谁欺负你了?"

沈清漱不知为何又有些想笑,各种情绪杂糅在一起,不知道要露出什么表情,干脆捂住脸,闷声道:"你欺负我。"

"我?"顾谈云的声音听着有些茫然,"孤怎么欺负你了?你说来听听,孤以后改就是。"

沈清漱捂着脸,内心挣扎起来。她放下手,露出一双哭红的眼睛:"臣妾隐瞒了陛下很多事。"

顾谈云无奈叹气,指腹拂过她眼角的泪珠:"我知道。"

沈清漱微微睁大眼:"你真的知道?"

"嗯,我知道。"

沈清漱愣愣地看着他,他真的知道所有的一切吗?

"我一直在等你告诉我一切。"

沈清漱敛下眼,手指紧紧拽住被子。

顾谈云笑了笑,道:"我也隐瞒了你一件事。"

沈清漱呼吸微屏,抬眼看他:"隐瞒了什么?"

顾谈云琥珀色的眼眸深深地看着她,她的心突然狂跳起来,听到他清朗的声音缓缓道:"我心悦你。"

沈清漱忘记了如何呼吸,僵硬地躺在床上,不敢相信地看着顾谈云。顾谈云笑着捏住她的鼻子,问:"怎么忽然变笨了?你要憋死自己吗?"

沈清漱呼吸了几口新鲜空气,顾谈云盯着她看了一会儿,追问道:"你的答案呢?"

沈清漱清晰地感觉到脸颊烧了起来,她咬了咬唇,半晌道:"臣妾好像也心悦陛下。"

顾谈云挑了挑眉:"好像?"

沈清漱垂下眼,顾谈云伸手捏了捏她的脸颊:"以后只有我们两个的时候,就不要臣妾来陛下去了,孤更喜欢你唤孤的名字。"

沈清漱跟顾谈云说出了一切,紧张地等待着顾谈云的答案。顾谈云闭了闭眼,把她抱到怀里："孤在。"

　　沈清潋的心顿时安定下来，悄悄抬眼道："我的弟……"

　　顾谈云伸出修长的指，推了一下她的额头："小舅子孤当然是要找的。"

　　过了几天，沈清潋又收到了信，不过现在她有顾谈云做后盾，一点也不怕顾荣安。在她和顾谈云的配合下，顾荣安很快就要自取灭亡了。

　　阮侧妃入宫拜见，沈清潋想了想，还是见了她，不过让她惊讶的是，阮侧妃过来不是为顾荣安求情的，只是单纯过来叙旧。

　　一番打听后，沈清潋知道了原因——原来顾荣安喜欢上了一个名叫江叶的江湖女侠，江叶不喜欢顾荣安，顾荣安意图对江叶强取豪夺，紧要关头阮侧妃出现，骂了顾荣安一顿，自此之后，她渐渐看清顾荣安的真面目，明白是自己当初看走了眼。

　　没过几天，沈清潋又听到了一件惊天秘事。顾荣安竟然是前朝太子之子，李代桃僵成为二皇子，而真正的二皇子……不对，应该是公主，就是差点被顾荣安强取豪夺的江叶！

　　沈清潋召江叶入宫时，忍不住盯着她仔细看了看，发现江叶的长相跟顾谈云有两三分相似。江叶察觉到她的目光，对她笑了笑，沈清潋回以一笑，就这样，她们成了朋友。

　　沈清潋和江叶相见恨晚，每日聊得不亦乐乎，顾谈云的表情一日日越来越阴沉，沈清潋后知后觉地发现顾谈云生气了。她坐到他的身旁，用肩膀轻轻撞了他一下。顾谈云看过来，琥珀色的眼眸映着她的身影，看不出什么情绪。沈清潋把唇角的弧度压下，轻声道："吃醋了？"

　　顾谈云一听，微微挑眉，冷声道："孤还以为你看不到孤了。"

　　顾谈云这句话里浓重的酸味几乎要冲破天际，沈清潋看向另一边，忍下心里的笑意，等再转回头，已经恢复了一本正经的模样："你怎么连自己妹妹的醋都吃？"

　　顾谈云侧头道："孤爱吃醋。"

沈清漱眼睛一眨，快速凑过去，在顾谈云的脸上亲了一下。顾谈云全身僵住，一点点转身，时间仿佛静止一般，直到他的视线落在她的脸上。沈清漱看着眼眸微亮的顾谈云，温声道："陛下还吃醋吗？"

　　顾谈云打量一眼她唇角的弧度，指了指自己的脸颊："再亲一下。"

　　沈清漱眼眸微弯，凑过去要亲他的脸颊，他的脸却微微一侧，吻最终落在了他的唇上。

　　沈清漱每天都要更喜欢顾谈云一点，她以为自己已经很幸福了，直到顾谈云帮她找回了清泽，清泽的情况比她预想的要好许多，他被一户商户收养，那户商户没有孩子，便把他当成亲生孩子对待。这些年来，清泽一直在找她，但他没想到她会回到京城，所以一直没来京城，直到这次运送货物才不得已到了京城。

　　沈清漱看着平平安安的沈清泽，心里悬着的大石终于落下，等沈清泽离开皇宫后，她忍不住号啕大哭。

　　顾谈云叹了口气，把她揽入怀中。沈清漱把压抑的情绪都哭出来后，才发现顾谈云的半边肩膀都让她哭湿了。

　　顾谈云摸了摸她的头："无事，湿了就换一件。"

　　夜晚繁星满天时，顾谈云提着昏黄的灯笼，牵着沈清漱去御花园散步。御花园里响着各类昆虫的叫声，除此之外，只有沈清漱和顾谈云的脚步声。沈清漱的心逐渐平静下来，垂头看着他挺拔的影子，心中微暖。她知道顾谈云是怕她闷着，想要让她开心一点。

　　沈清漱想起幼年的那次见面，轻声道："你幼时是不是很讨厌我？"

　　顾谈云看向她，唇角弧度渐深，道："不是讨厌，觉得你挺好玩的。"

　　沈清漱一愣，转而笑道："所以你把我当成玩具？"

　　"那时候确实是。"

　　沈清漱脚步微顿，偏头望向他，顾谈云牵着她的手，捏了捏她的指骨，道："孤还没说完，怎么就一副兴师问罪的模样了？"

　　沈清漱收回视线，语气平和道："原来陛下只把臣妾当成玩具。"

顾谈云无奈道:"那时候是,现在不是。"见沈清潋微微偏头,斜眼看他,顾谈云笑了笑,"现在你是孤想要相伴一生的人,是孤放在心尖上的人。"

　　沈清潋这才满意,顾谈云眉眼含笑,牵紧她的手。秋季的树叶微微泛黄,微风拂过,带落片片树叶,落在两人的头上、肩上。

　　"你说等我们老了,会是什么样子?"

　　顾谈云牵着她一步步向前,闻言轻笑道:"到时候就是老头子牵着老太太。"

　　"然后呢?"

　　"然后下辈子孤再去找你。"

　　"然后呢?"

　　"然后白头偕老。"

《云潋》完